H.✓
E.✓

Knaur.

Knaur.

*Im Knaur Taschenbuch Verlag ist bereits
folgendes Buch der Autorin erschienen:*
Nibelungenmord

Über die Autorin:
Judith Merchant, geb. 1976, Germanistin und Dozentin für Literatur, lebt mit ihrer Familie in Königswinter am Rhein. 2009 wurde ihre Kurzgeschichte *Monopoly* mit dem Friedrich-Glauser-Preis ausgezeichnet, 2011 erhielt sie den renommierten Preis erneut für ihre Geschichte *Annette schreibt eine Ballade*. *Loreley singt nicht mehr* ist nach ihrem Romandebüt *Nibelungenmord* der zweite Kriminalroman um Jan Seidel und seine eigenwillige Großmutter Edith Herzberger.

Judith Merchant

LORELEY SINGT NICHT MEHR

Kriminalroman

Knaur Taschenbuch Verlag

Jede vermeintliche Ähnlichkeit der Figuren des Buches
mit lebenden oder verstorbenen Personen wäre rein zufällig
und nicht beabsichtigt.

Besuchen Sie uns im Internet:
www.knaur.de

Originalausgabe Juni 2012
Knaur Taschenbuch
© 2012 Knaur Taschenbuch
Ein Unternehmen der Droemerschen Verlagsanstalt
Th. Knaur Nachf. GmbH & Co. KG, München
Alle Rechte vorbehalten. Das Werk darf – auch teilweise –
nur mit Genehmigung des Verlags wiedergegeben werden.
Dieses Werk wurde vermittelt durch die
Verlagsagentur von Dobschütz, München.
Redaktion: Maria Hochsieder
Umschlaggestaltung: ZERO Werbeagentur, München
Umschlagabbildung: Trevillion Images / Adrian Muttitt
Satz: Adobe InDesign im Verlag
Druck und Bindung: CPI – Clausen & Bosse, Leck
Printed in Germany
ISBN 978-3-426-50864-0

2 4 5 3 1

Für Sanjay

Ich weiß nicht, was soll es bedeuten,
Dass ich so traurig bin;
Ein Märchen aus alten Zeiten,
Das kommt mir nicht aus dem Sinn.

Die Luft ist kühl und es dunkelt,
Und ruhig fließt der Rhein;
Der Gipfel des Berges funkelt
Im Abendsonnenschein.

Die schönste Jungfrau sitzet
Dort oben wunderbar;
Ihr goldnes Geschmeide blitzet,
Sie kämmt ihr goldenes Haar.

Sie kämmt es mit goldenem Kamme
Und singt ein Lied dabei;
Das hat eine wundersame,
Gewaltige Melodei.

Den Schiffer im kleinen Schiffe
Ergreift es mit wildem Weh;
Er schaut nicht die Felsenriffe,
Er schaut nur hinauf in die Höh.

Ich glaube, die Wellen verschlingen
Am Ende Schiffer und Kahn;
Und das hat mit ihrem Singen
Die Lore-Ley getan.

                        Heinrich Heine

Prolog

Niemand außer ihm war wach, so dachte er zumindest. Er selbst schlief niemals. Ruhelos wälzte er sich in seinem schlammigen Bett, über sich die Sterne, die ihm keinen Blick mehr wert schienen nach so vielen Jahren der Nachbarschaft.
Bald würde der Morgenwind kommen, ihm die Nebelfetzen vom grauen Rücken zupfen und sie in Richtung Südbrücke wehen, die aufgehende Sonne würde seine silbrigen Schuppen für wenige Minuten in unwirklichem Rot erstrahlen lassen, doch all das war ihm gleichgültig. Seit einiger Zeit rührte ihn selbst die eigene Schönheit nicht mehr.
Vater Rhein war alt geworden. Längst hatte er seinen Kampf gegen den regen Last- und Fährverkehr der Schiffe aufgegeben. Klaglos schluckte er ihre öligen Exkremente, litt stumm und sann auf Vergeltung. In den Wintermonaten schwoll er dann, wenn die Wetter günstig waren, gewaltig an, hob sein mächtiges Haupt und spie seine eisige Verachtung in die Keller und Wohnräume der Menschen.
Wehmütig dachte der Rhein an vergangene Zeiten. Damals war er noch nicht allein gewesen, er hatte eine

Freundin gehabt, eine Spielgefährtin. Gemeinsam hatten sie Schiffer gejagt. Sie hatte hoch oben auf dem Felsen gesessen und ihren betörenden Gesang über die glitzernden Wellen perlen lassen, einen Gesang, der die Sinne der Schiffer verwirren konnte. Der Rhein hatte an den Kähnen gerüttelt, und die Männer waren willenlos in seine Wogen gesunken, begleitet von ihrem silberhellen Gelächter.
Loreley.
Er vermisste sie. Seit sie nicht mehr da war, war er allein. Beim ersten Morgengrauen würden wie immer die ersten Jogger auftauchen, rhythmisch schnaufend, manche von ihnen mit Hunden, und ihre Runden über die drei Rheinbrücken ziehen, sinnlose Achten und Schleifen, am Ufer entlang, über die Brücke, am gegenüberliegenden Ufer zurück, eine andere Brücke überquerend, alle taten das, Tag für Tag, Jahr für Jahr.
So vertieft war der Rhein in seine Gedanken, dass ihm das kleine Abenteuer beinahe entgangen wäre. Etwas war ins Wasser gefallen, und er hatte reflexartig seine silbergrauen Wogen darüber zusammenschlagen lassen, noch ehe er erfasst hatte, was es war.
Es war ein Mensch.
Erstaunlich, dachte der Rhein und blinzelte zum Ufer hin, aber sein trüber Blick reichte nicht weit. Er konnte nicht ausmachen, ob der Mensch nur ein besonders dummer Schwimmer war oder aber von einem seiner Artgenossen ins Wasser geschubst worden war.
Der Rhein schüttelte seine Trägheit ab und konzentrierte sich auf den Körper, der ihm so unverhofft zugefallen war. Vor Vorfreude entschlüpfte ihm ein Glucksen.
Das Spiel konnte beginnen.

Er schickte seinem Opfer einen Strudel hinterher, umfing ein blasses Fußgelenk, zog spielerisch daran. Vom eigenen Auftrieb beflügelt, schnellte der Körper in die Höhe. Vater Rhein tastete ihn mit seinen nassen Finger ab. Der Mensch war nackt. Das war seltsam, jetzt, im Winter. Neugierig musterte er die helle Haut. Etwas ließ ihn stutzen. Flecken. Dunkle, ungleichmäßige Flecken überzogen den Körper wie ein löchriges Netz.

Er schlang seine nassen Arme um das Opfer, um mit eisiger Umklammerung die Temperatur des fremden Körpers seiner eigenen anzupassen. Viel zu tun blieb ihm nicht. Der Körper war bereits kalt.

Tag eins

Erst als der Haken sich durch sein weiches Fleisch bohrte, krümmte sich der Wurm, doch wenn er damit gegen sein Schicksal protestieren wollte, so krümmte er sich umsonst. Es war dunkel, so dass der Angler ihn nicht sehen konnte, und selbst wenn, es wäre ihm egal gewesen.
Hannes Menzenbach warf die Angel aus, und während er sich zurücklehnte, spürte er, wie sich eine wohlbekannte Erregung in ihm aufbaute. Er war bereit. Bereit für den Aal, der früher oder später anbeißen würde.
Andere priesen die Ruhe, die das Angeln mit sich brachte, aber für Hannes war es anders. Für ihn war Angeln ein Kampf, ein Zweikampf. Sein Gegner war der Aal, und Hannes wusste, er würde ihn besiegen. Er besaß alles, was er dazu brauchte: einen Ring mit Knicklicht als Bissanzeiger. Tauwürmer, damit die Kleinfische ihm nicht alles wegfraßen. Vor allem aber besaß er die nötige Erfahrung.
Er hatte einen halben Tauwurm pro Haken aufgezogen. Als der Köder mit einem hellen Klatschen unter der schwarzen Wasseroberfläche verschwand, verschwand mit ihm auch alles andere, selbst die bevorstehende Ver-

abredung, die ihn die halbe Nacht wach gehalten hatte. Nur Chris verschwand nicht. Gerade in den Stunden, in denen Hannes allein mit dem Rhein war und auf den ersten Biss wartete, war Chris bei ihm. Und das war gut so. Diese Stunden gehörten ihm und seinem Sohn. Und dem Aal, wenn er kam.

Es war nachtschwarz, der helle Schein der Straßenbeleuchtung, die die Rheinpromenade säumte, hätte auch bei klarer Sicht nicht bis zum äußersten Ende der Buhne gereicht, wo er saß, jetzt aber, im Nebel, konnte er die hellen Lichtflecken in der Schwärze der Nacht kaum ausmachen.

Nichts anderes war wichtig. Nur er und der Rhein und sein Aal. Alles war gut. Er hatte alles im Griff.

Hannes stellte sich vor, wie sein Aal zielstrebig durch das eisige Wasser glitt auf der Suche nach einem Opfer. Der Aal war ein nachtaktives Raubtier, und jetzt, in den frühsten Morgenstunden, war seine Zeit. Hellwach zickzackte er umher, wenn die Fähren noch fest vertäut am Ufer ruhten und bestenfalls im Wind leicht schaukelten, aber noch war kein Wind aufgekommen.

Der Köder war gut. Der Aal würde anbeißen, dem kalten Wetter zum Trotz.

Doch bis dahin verging viel Zeit, Zeit, in der Hannes auf die dunkle Wasseroberfläche starrte und seinen Gedanken nachhing. Dann meldete sich der Bissanzeiger. Der Aal hatte angebissen. Hannes stand auf, schlug mit der Rutenschnur an, so dass der Haken sich fest ins Maul des Tieres grub, und drillte ihn so schnell es ging ans Ufer, damit der Aal sich nicht festsetzen konnte.

Hannes griff ihn fest, so fest er konnte, bemüht, seinem sich kraftvoll windenden, glitschigen Leib auszuweichen. Sein Messer trennte den Kopf vom Rumpf, aber auch jetzt ließ er keine Sekunde locker, denn dies war der kritische Moment.

Einem weniger erfahrenen Angler mochte der Aal an dieser Stelle entwischen, nicht aber Hannes. Er hatte alles im Griff. Er wusste, dass die Muskelkraft eines geköpften Aals enorm war, immer noch konnte das Tier sich losreißen, ins schwarze Wasser klatschen und weiterschwimmen, ein kopfloser Geisterfisch, der es noch eine Zeitlang mit der eiskalten Strömung des Rheins aufnehmen würde, selbst wenn sein Kopf am Ufer lag und mit toten Augen auf die umherliegenden Basaltbrocken blickte.

Hannes umklammerte den sich windenden Aal länger als nötig. Er genoss den Zweikampf. Diese Minuten waren es, die das stundenlange Warten in Kälte und Dunkelheit krönten, der einsame Kampf.

Dann quirlte der Aal kopflos im Eimer, und Hannes warf die Angel erneut aus, doch der Wurf misslang. Als er die Angelschnur einholen wollte, spürte er, dass etwas Schweres daran hing. Er zog noch einmal, diesmal vorsichtiger, und spürte Widerstand. Der Haken hing fest. Hannes zog die Taschenlampe aus dem Rucksack und ließ ihren hellen Lichtkegel über die Wasseroberfläche huschen.

Sanfte, schwarze Wellen kräuselten sich, eine neben der anderen.

Dann sah er das bleiche Bein.

*

Schon seit Jahren gab es keinen Ganzkörperschlaf mehr für Juli. Wenn sie schlief, blieb mindestens eines ihrer Ohren wach.

Als sie den dumpfen Aufprall hörte, blieb ihr Herz stehen, zumindest fühlte es sich so an. Für einen Moment lag sie schockstarr, gefangen im Gespinst ihrer Traumfetzen. Dann kam der Gedanke an die Kinder, an das, was ihnen passieren konnte, und sie war schlagartig hellwach.
Juli hatte gerade geträumt. Sie konnte nicht mehr sagen, was sie geträumt hatte, es war etwas Schönes gewesen, sie war an einem Ort gewesen, wo sie warm und weich und sicher war, vielleicht im Urlaub, Atlantikküste, blaues Meer, Sonnenwärme auf dem nackten Bauch, Plastikspielzeug im Sand verstreut, die Vorfreude auf ein Eis vielleicht.
Gewöhnlich waren es durchdringende »Mama, Mama!«-Rufe, die sie weckten, dieses Geräusch war neu, bedrohlich. Als ob jemand aus dem Bett gefallen wäre. Fips vielleicht ...
Sie war aufgesprungen, unwillkürlich, instinktiv. Aus dem Zimmer der Jungen hörte sie Gemurmel. Sie drückte den Schalter, und Licht flutete das Zimmer, entriss der Nacht die bunte Autotapete, den gelben, mit vielen Filzstiftstrichen bemalten Sitzsack, den mit Zeichnungen übersäten Maltisch.
»Was ist passiert?«
Die Antwort war unterdrücktes Kichern. Sie trat zum Hochbett. Die Ausbuchtungen unter der Bettdecke verrieten ihr, dass die Jungs sich wieder in das untere Bett verkrochen hatten und dort darauf warteten, dass sie die Decke wegzog und sie entdeckte. Sie tat ihnen den Gefallen.
»Huch!«, machte sie. »Wo sind denn meine Jungs? Ich kann sie nicht sehen! Ach, hallo, Krokodil, kannst du

mir helfen, meine Jungs zu suchen?« Sie klapperte gefährlich mit den Zähnen und hörte Fips unter der Decke entzückt aufschreien, dann schnappte sie nach den Knabenfüßen, die darunter hervorlugten. »Ha! Ich hab was!« Noch ehe sie ebenfalls nach Antons Füßen suchen konnte, hing Fips ihr schon um den Hals, sie roch seinen tröstlichen Kindergeruch und fühlte seine weichen Lippen, als er sie mit Küssen überschüttete. Mit ihm auf dem Arm setzte sie sich auf die Bettkante.
»Warum seid ihr wach? Ich hab ein Geräusch gehört.«
»Fips ist aus dem Bett gesprungen, von ganz oben. Wir wollen mit dir Verstecken spielen«, sagte Anton und zog verlegen an seinem Schlafanzugoberteil. Er wusste genau, dass sie eigentlich nachts schlafen sollten, und versuchte, an ihrer Reaktion abzuschätzen, ob sie schimpfen würde oder nicht. Fips war das egal, er presste seinen Kopf weiter an ihren, bis sie sich vorsichtig aus seiner Umklammerung löste.
»Es hat so laut gerumst. Hast du dir weh getan?«
Fips schüttelte den Kopf, und Juli unterdrückte das Bedürfnis, seinen mageren Jungenkörper nach Verletzungen abzusuchen. Er war das wildeste ihrer Kinder, und so manches Mal war er mit Prellungen und aufgeschlagenen Knien herumgelaufen, die sie erst abends beim Baden entdeckt hatte. Aber sie wusste, wenn sie das Licht nicht bald wieder löschte, war an Schlaf nicht mehr zu denken. Sie durfte nicht zu viel herumalbern. Das Krokodilspiel ... Für einen Moment war sie froh, dass Gis nicht aufgewacht war. Mit den Augen von Gis betrachtet, hatte sie gerade wieder eine pädagogische Sünde begangen.
Die Kinder werden nie lernen durchzuschlafen, wenn du bei jedem Pups aufstehst und Quatsch mit ihnen machst.

Irgendwie hatte er recht. Auf der anderen Seite – er schlief jetzt tief und fest. Von den nächtlichen Unruhen war Gis durch zwei Stöpsel Ohropax getrennt, da konnte er, wenn er morgens ausgeruht erwachte, leicht pädagogische Reden schwingen.

»Marsch ins Bett«, sagte sie so streng wie möglich und dämpfte ihre Stimme, wie um der nächtlichen Stunde Tribut zu zollen. »Sonst wacht Hedda auf. Es ist noch nicht Zeit zum Aufstehen.«

»Wie spät ist es?«, wollte Anton wissen. Er lernte gerade die Uhr.

Juli seufzte. Sie hatte ihre Armbanduhr nicht um. Aber es war wichtig, Anton zu bestärken, wenn er einmal von sich aus etwas wissen wollte. Das kam selten genug vor. Während sein jüngerer Bruder die Welt von früh bis spät mit Fragen bestürmte, blieb der sechsjährige Anton immer im Hintergrund. Juli ging also ins anliegende Bad, warf einen Blick auf den Radiowecker und trat zurück zu den Jungs. »Vier Uhr und fünfzehn Minuten.«

»Viertel nach vier«, korrigierte Anton sie ernsthaft, dann wartete er, bis sie ihn zugedeckt hatte. Sie küsste die Jungen, löschte das Licht und schloss vorsichtig die Tür.

Vier Uhr! Sie war erst vor drei Stunden zu Bett gegangen, hatte noch Wäsche zusammengelegt für den Kindergarten. Die Eltern wuschen die Handtücher reihum, und irgendwie war sie jede Woche dran, zumindest kam es ihr so vor. Vielleicht wusch sie zu oft? Vielleicht hatte sich jemand bei der Liste vertan, und sie wusch die Handtücher ganz allein, nur weil sie die Verteilung nicht in Frage stellte? Sie sollte das nachprüfen. Noch während sie im Geiste eine Notiz machte, wusste sie, dass ihr morgen im Kindergarten ohnehin alles egal sein würde, sobald

sie Fips und Anton glücklich abgeliefert und drei kostbare Stunden freie Zeit vor sich hatte. Zeit, um einzukaufen, Wäsche zu waschen und das Mittagessen zu kochen. Das Mittagessen im Kreise der Familie war wichtig, ebenso wie das Essen selbst, Bio sollte es sein und selbstgekocht und ...
Bitte, lieber Gott, mach, dass sie jetzt schlafen, dachte sie, dann öffnete sie leise die Tür zu Heddas Zimmer. Egal, wie müde sie war, sie konnte nie darauf verzichten, bei jedem Kind nach dem Rechten zu sehen, genauso, wie sie bei jedem nach der Geburt die Finger und Zehen gezählt hatte, wieder und wieder, starr vor Staunen über das Wunder, das die Natur an ihren Kindern vollbracht hatte.
Zum achten Geburtstag hatte Hedda sich eine neue Zimmerfarbe aussuchen dürfen, und die linke Zimmerwand leuchtete in sattem Lila, ihrer aktuellen Lieblingsfarbe. Anders als ihre kleineren Brüder hatte Hedda Angst im Dunkeln. Juli trat ans Bett.
Ihre Tochter schlief. Obwohl es kühl im Zimmer war, kringelte sich ihr Haar in schweißfeuchten Strähnen, und Juli schlug vorsichtig die Bettdecke auf, damit sie ein wenig Hitze abgeben konnte. Halb erwartete Juli, dass das Mädchen hochschrecken würde und weinend ihre Arme um sie schlingen würde, gefangen im Gespinst schrecklicher Alpträume, aber Hedda atmete tief und fest, und das war gut, auch wenn Juli für einen irrationalen Moment gern die Kinderarme um ihren Hals gespürt hätte.
Hedda schlief. Alles war gut. Die Kinder waren in Sicherheit.
Noch zwei Stunden Schlaf, dachte Juli, als sie ins Bett kroch, neben Gis, der regungslos auf seiner Seite lag.

Höchstens. Nur, wenn sie umgehend einschlief und bis zum Schrillen des Weckers nicht gestört wurde. Trotzdem musste sie lächeln.

Ich würde verrückt werden, wenn Lilly nachts ständig nach mir verlangte, hatte Marla gesagt, aber Marla war eben Marla, und Juli war Juli. Juli hielt das aus. Juli hielt viel aus. Alles.

Nur fünf Stunden. Sie wusste, sie würde heute wieder nicht auf mehr als fünf Stunden Schlaf kommen. Es sei denn ... Juli spürte, wie sich ihre Glieder lockerten, sie wurde müde.

Sie schlief beinahe.

»Mama?« Ein kleiner dunkler Schatten stand in der Tür. Für einen Moment ging in Julis Kopf alles durcheinander, das mochte eine vierjährige Hedda sein oder war es Anton, aber dann trat die Gestalt auf sie zu, und sie erkannte, dass es Fips war, klein und mager für sein Alter. »Ich hab einen Alptraum«, verkündete er siegesgewiss.

Juli richtete sich auf, sie fühlte sich benommen. »Fips«, sagte sie.

»Mama! Ein Alptraum!«

Sie seufzte. »Du bist wach. Wenn man wach ist, hat man keinen Alptraum.«

»Doch, ich schon! Und wenn ich allein schlafen muss im Bett, dann hab ich das die ganze Nacht, viele davon. Darf ich bei dir schlafen?« Treuherzig blickte er sie an.

Sie seufzte und hob die Decke. »Komm! Aber keinen Mucks.«

Sie wartete, bis er zu ihr gekrabbelt war, dann drehte sie sich zur Wand und schloss die Augen. Bitte schlaf, dachte sie.

»Ist ja auch besser, wenn ich bei dir schlafe«, hörte sie Fips an ihrem Rücken. »Weil, Papa schläft ja immer so fest. Und einer muss dich beschützen. Das mach ich jetzt. Weil, ich bin dann dein Beschützer. Oder, Mama?«
Sie presste die Augen fest zu und hoffte, dass sie beide der Schlaf überfallen würde, jetzt, unvermittelt.
»Mama? Ich hab dich was gefragt.«
»Schlaf gut, mein Schatz«, flüsterte sie.
Mit angehaltenem Atem lauschte sie ins dunkle Haus, ob Anton seinem Bruder folgen würde, aber kein Laut drang aus dem Jungenzimmer. Fips bohrte seinen Kopf in ihre Seite, seufzte, warf sich herum und zog dabei die Decke mit sich. »Warum schläft Papa immer so doll?«, murmelte er schläfrig.
Juli antwortete nicht, um ihn nicht zu weiteren Fragen zu animieren, aber in ihr nahm die Frage Fahrt auf, kurvte durch ihren Kopf und warf ein Echo in das Tal ihrer Schädeldecke.
Warum schläft Papa immer so tief?
Irgendetwas an dieser Frage erschien ihr bedrohlich. Als ob diese Frage noch viele, viele Sorgen mit sich bringen würde. Sie dachte darüber nach, bis sie endlich einschlief, eine knappe halbe Stunde ehe der Wecker schrillte.

*

Als Kriminalhauptkommissar Jan Seidel am Fundort eintraf, war es fast Morgen, doch er hatte noch keine Sekunde geschlafen. Er parkte seinen Mini am Fähranleger Niederdollendorf und rieb sich noch einmal die Augen, ehe er ausstieg, um seinen Job zu tun.

Sein erster Blick galt nicht dem Einsatzwagen, der weithin sichtbar mit blinkenden Lichtern auf die Anwesenheit seiner Kollegen hinwies, sondern den Möwen. Die Möwen schienen unbeeindruckt von den Lampen, die die Morgendämmerung erhellten, sie hockten nebeneinander auf dem Strick, mit dem die Reservefähre am Ufer vertäut war, dunkle Schemen. Eine löste sich aus dem Pulk, segelte durch die Luft und kreiste dann kreischend über der nebelverhangenen Buhne, ganz so, als wolle sie ihm freundlich den Weg weisen.
Nette Möwe, dachte Jan. Er folgte ihrem Wink.
Es gab keinen Grund, sich vor dem Anblick der Leiche zu fürchten, denn es war, so viel hatte die Einsatzzentrale ihm mitgeteilt, ein Mann, den man gefunden hatte. Mit männlichen Leichen hatte Jan kein Problem. Es waren die toten Frauenkörper, die sich in den unmöglichsten Augenblicken vor sein Blickfeld schoben und ihn an seiner geistigen Gesundheit zweifeln ließen.
Jans aktuelles Problem war seine Müdigkeit, und die verdankte er dem Treffen mit Nicoletta, von dem ihn der Anruf fortgerissen hatte. Es war ein vielversprechendes Treffen gewesen, das erste seit dem desaströsen Versuch eines Neustarts letzten November. Nicoletta hatte ein neues Kleid getragen, dunkelrot, mit einem eigenartig verwickelten Ausschnitt, der ihm etwas präsentierte, das gleichzeitig vertraut und gefährlich schien. Dieses Kleid ist eine Botschaft, hatte er gedacht, und der Abend hatte sich zunächst so entwickelt, als habe er mit dieser Einschätzung recht gehabt. Ein spätes Essen beim Japaner in Bonn, ein Cocktail im Che Guevara, ein Spaziergang am Rhein, vorbei an schlafenden Möwen. Und als Abschluss der Kaffee in seinem Zimmer bei Edith. Es waren eigent-

lich mehrere Kaffee gewesen, die Art von Kaffee, die den Abschied hinauszögerte oder eher: die Entscheidung, in welche Richtung sich das Treffen entwickeln sollte.

Dazu Nicoletta, die mit schiefgelegtem Kopf lachte, die ihn beiläufig berührte und immer wieder diesen Ausschnitt präsentierte, vertraut, fremd. Sie hatte viel erzählt, neue Anschaffungen, Verwandtschaftsgeschichten, Jobgeschichten, beinahe, als läge ihr all das auf dem Herzen, als wolle es raus, als wolle es zu ihm, nein, als müsse es ihm erzählt werden, unbedingt. Doch dann hatte das Gespräch eine schockierende Wendung genommen.

Der Anruf mit der Nachricht, am Flussufer in Königswinter sei eine Leiche gefunden worden, hatte ihn gerettet vor dem, was er unweigerlich hätte sagen müssen. Deswegen trat er trotz seiner Müdigkeit vergleichsweise tatkräftig auf die bucklige, betonverschandelte Rampe, die hinunter zum Ufer und auf die Buhne führte.

Der Rhein lag verhüllt von Nebelschleiern, aber leises Stimmengewirr aus dem milchigen Gespinst verriet ihm, wo die Kollegen im Einsatz waren. Die Weiden und Platanen waren winterlich kahl, in ihnen ballten sich dunkle Kugeln. Misteln. Jan dachte an Mistelzweige, die zum Küssen einluden, an das vergangene Weihnachtsfest mit seiner Großmutter. Sie war die Einzige, die ihn derzeit küsste.

Die Strahler der Spurensicherung erhellten nur den Anfang der Buhne, leuchteten jedes Detail aus: buckliger Basalt, dazwischen Beton, Geröll. Die Kollegen wuselten umher, errichteten eine Sichtsperre, damit der Tote vom Ufer aus nicht zu sehen war. Der Rest der Buhne lag im Dunkeln. Im Dunkeln? Nein.

Jetzt sah er das Leuchten. Es kam vom Ende der Buhne. Ein fluoreszierendes gelbliches Licht. Was war das? Er trat näher.

Eine Gestalt löste sich aus dem Nebel und trat auf ihn zu. Es war seine Kollegin Elena Vogt.

»Was ist denn hier los? Arbeiten die Kollegen jetzt im Dunkeln?«

»Eine ganz spezielle Auffindesituation, extra für dich. Die Kollegen sind schon an der Leiche dran«, sagte sie und deutete auf die helle Stelle im wabernden Nebel.

In diesem Moment flammten die starken Lampen der Spurensicherung auf und erhellten die gesamte Buhne.

»Licht aus!«, brüllte Elena. »Seidel ist hier!«

Das Licht erlosch, und jetzt konnte Jan das geisterhafte Leuchten wieder sehen. »Was ist da los?«, fragte er. »Was für ein Licht ist das?«

Elena hob die Augenbrauen. »So eine Art Christbaumbeleuchtung, könnte man sagen. Komm und schau es dir an.«

Mit jedem Schritt, den Jan näher trat, wurde das Leuchten stärker. Männer in weißen Schutzanzügen huschten wie Gespenster um ihn herum, die Kollegen von der Spurensicherung, die ihre Arbeit taten, mysteriöse Linien zogen, numerierte Täfelchen verteilten und unsichtbare Fundstücke in etikettierte Plastiktüten steckten.

Jan konnte die Umrisse eines Körpers erkennen, der im dunklen Wasser lag. Wenige Meter entfernt floss der Rhein schnell und stark, aber hier hatte die Buhne ihn beruhigt, so dass die Wasseroberfläche fast unbewegt schien. Der Mann war offenbar nackt, die fahle Haut seines Rückens geisterhaft erhellt von unzähligen Lichtpunkten.

Die Leiche leuchtete.

Jan ging unwillkürlich in die Hocke. »Was zum Teufel ist das? Probieren die Kollegen irgendwelche modernen Methoden aus?«

Elena schnaubte. »Die Kollegen von der KTU spucken im Moment Gift und Galle, weil unsere Leiche mit Fremdspuren versaut wurde.«

»Was sind das für Lichter?«

»Knicklichter. So was gehört zum Anglerbedarf.«

»Die Leiche wurde so aufgefunden?«

»Nicht direkt. Offenbar hat unser Zeuge sich extra die Mühe gemacht, sie für uns herzurichten, damit wir sie besser finden – das behauptet er zumindest.« Der spöttische Unterton in Elenas Stimme verriet, wie viel sie von diesen Beteuerungen hielt.

»Er hat was?«

»Die Leiche für uns zum Leuchten gebracht. Simsalabim!«

»Wer ist der Mann?«

»Hannes Menzenbach, ein Hobbyangler. Sitzt da hinten und starrt auf den Rhein.« Elenas Finger wies auf eine unsichtbare Stelle im Nebel. »Er hat um 5 Uhr 47 bei der Zentrale angerufen. Hätte er noch eine halbe Stunde gewartet, wäre mein Wecker sowieso gegangen. Na ja, wir mussten schnell machen, ehe die Presse kommt.«

Jans Blick wanderte zum Ufer. Jetzt verstand er die Eile. Die geisterhaft glimmenden Knicklichter boten der Presse ein spannendes Motiv, das bald, da es Tag wurde, nicht mehr viel wert war. Ein feiner schwefelgelber Streifen ließ die Silhouette des Siebengebirges bereits deutlich hervortreten.

»Warst du etwa noch aus?« Elena musterte mit hochgezogenen Augenbrauen seinen modernen Anzug, das gestreifte Hemd. Jan konnte ihr ansehen, dass der Anruf sie aus dem Bett geholt hatte. Sie trug unter dem offenen Mantel eine falsch geknöpfte Strickjacke, und wenn ihn nicht alles täuschte, lugte darunter ihr Pyjama hervor. Elena legte so wenig Wert auf ihr Äußeres, dass es ihm manchmal in den Augen weh tat.

»Ja«, sagte er. »Wissen wir schon etwas über die Identität?«
»Ich wusste gar nicht, dass du so eine Nachteule bist«, sagte Elena und grinste. »In unmittelbarer Umgebung sind keine Kleider, keine Papiere, nichts. Wenn er irgendwo ins Wasser gegangen sein sollte, dann weiter oben. Ich glaube kaum, dass er bei den winterlichen Temperaturen nackt bis zum Rhein gelaufen ist.«

Bei ihren Worten sah Jan unwillkürlich zu den Füßen des Toten, aber er konnte nicht viel erkennen. Egal. Leichenschau war nicht sein Job. Das sollte Frenze machen.

»Irgendwelche Hinweise auf Gewaltanwendung?«
»Auf den ersten Blick nicht.«
»Spinnt der Kerl?«
»Wer?«
»Der Zeuge, der die Leiche gefunden hat. Wegen der Lichter.«
»Auf mich macht er nicht den Eindruck. Er behauptet, er habe die Leiche markieren müssen, damit er sie wiederfindet. Er hatte kein Handy dabei und musste zum Telefonieren nach Hause, das ist rheinaufwärts, im Ortskern Königswinter.« Das war dort, wo auch Jan wohnte. »Irgendetwas ist da komisch, aber er ist kein Psychotiker oder so.«
»Dann sollten wir uns ihn ganz genau angucken.«

Schweigend betrachteten sie das geisterhafte Glimmern des toten Körpers, dann trat Elena einen Schritt nach vorn, bückte sich nach einem der Lichter und gab es Jan.

Misstrauisch bewegte er es zwischen den Fingern. Es war etwa so lang wie sein kleiner Finger und sehr dünn, die Oberfläche war aus Plastik.
»Komisches Teil«, murmelte er.
»Kennst du die Dinger echt nicht? Darin befinden sich zwei Flüssigkeiten, und wenn man das Stäbchen knickt, fließen sie zusammen und beginnen zu leuchten.«
»Aha.«
»Früher kursierten die Dinger eine Zeitlang auf Technopartys.«
»Du warst mal auf Technopartys?«
»Du nicht?«
»Nein.«
Elena sah ihn an und seufzte, wahrscheinlich bedauerte sie ihn dafür, dass ihm diese Erfahrung entgangen war.
»Wie weit strahlen die Lichter?«
»Warum?«
»Ich will wissen, bis in welche Entfernung man diese Stelle sehen kann. Es muss doch einen Grund geben, warum unser Mann das gemacht hat.«
Elena zuckte die Achseln. »Frag ihn einfach, vielleicht sagt er dir was anderes als mir.«
Hannes Menzenbach hockte zusammengekauert am Ufer und starrte in den Nebel, als läge darin etwas verborgen, das sich jeden Moment enthüllen konnte. Hinter ihm stand ein Eimer, daneben eine Anglertasche. Jan trat zu ihm.
»Kriminalhauptkommissar Jan Seidel, ich werde die Ermittlungen leiten. Geht es Ihnen gut?«
»Bestens«, sagte Menzenbach, und wenn er es ironisch meinte, so war es ihm nicht anzumerken. Er war jünger, als Jan auf den ersten Blick gedacht hatte, vielleicht Ende dreißig. Ein schmales, hageres Gesicht, unrasiert. In sein

dunkles Haar mischte sich bereits eine gehörige Portion Grau.
»Sie haben die Leiche gefunden?«
»Ja.«
»Und die Knicklichter darauf befestigt?«
»Und darum herum. Damit ich sie wiederfinde«, sagte Menzenbach und nickte. Er bewegte seine linke Schulter, als ob sie ihn schmerzte. »Ihre Kollegin sagte schon, dass ich das nicht hätte tun dürfen, aber ich habe nicht weiter darüber nachgedacht.«
»Seit wann sind Sie hier?«
Die Schultern unter dem dunklen Regenmantel hoben sich. »Ich habe keine Uhr dabei. Es war noch dunkel. Das habe ich Ihrer Kollegin schon gesagt.«
»Ich fürchte, Sie müssen alles noch einmal wiederholen. Wann sind Sie denn von zu Hause aufgebrochen?«
»Für Aale muss man früh aufstehen. Mein Wecker ging um kurz vor vier. Ich angle am liebsten am frühen Morgen.«
»Kann ich verstehen«, sagte Jan. Er verstand es tatsächlich. Es war schön. Anders als sonst lag der Rhein still und ungestört. Die Sonne war zögernd aufgegangen, und der Morgennebel begann sich zu lichten und gab den Blick auf glitzerndes Wasser frei. Es würde ein schöner Tag werden. Ein schöner, kalter Tag. »Haben Sie denn etwas gefangen?«
Stumm wies der Mann in den Eimer. Darin wimmelte es dunkel, es mochte ein Aal sein, vielleicht auch mehrere.
»Und Sie wohnen wo?«
Der Kopf des Anglers deutete rheinaufwärts. »In Königswinter. Zu Fuß ist es nicht weit.«
»Warum angeln Sie hier?«

Schulterzucken. »Das ist eine gute Stelle.«
»Die Zentrale sagt, Sie haben von einer Telefonzelle aus angerufen. Warum?«
»Ich habe mein Handy nicht dabei.«
»Warum nicht?«, fragte Jan und hockte neben dem Mann nieder. Jetzt erst bemerkte er, wie der Mann bebte, sein Körper wurde förmlich geschüttelt. Ein Schock?
»Wenn ich angle, will ich meine Ruhe haben.«
»Sie zittern. Ist Ihnen kalt?«
Der Mann nickte und wies auf seine Hosenbeine. Sie glänzten vor Nässe.
»Sie müssen was Warmes anziehen, sonst erkälten Sie sich. Was halten Sie davon, wenn ich Sie nach Hause begleite und wir unser Gespräch dort fortsetzen?«
Menzenbach nickte wieder, nahm seinen Eimer und die Tasche und folgte Jan. Seine Gummistiefel quietschten bei jedem Schritt, es klang, als sei Wasser in ihnen. Die linke Schulter hielt er immer noch schief.
Zaghaftes Morgenlicht zeigte den Rhein in seiner ganzen winterlich-nebligen Schönheit, den gewichtigen Petersberg und die Ruine des Drachenfelsens, die über Königswinter zu wachen schien.
Das Glimmern der Leiche war verblasst. Die Männer vom Erkennungsdienst hatten ihre Arbeit offenbar beendet oder zumindest den Fundort so weit freigegeben, dass der Körper in die Rechtsmedizin wandern konnte. Zwei Männer waren ins Wasser getreten, das hier flach war, und griffen unter den bleichen Körper. Der Kopf der Leiche bewegte sich nicht, als man ihn aus dem Wasser zog, offenbar hatte die Totenstarre eingesetzt. Das bedeutete, der Mann war seit mindestens acht Stunden tot, wahrscheinlich länger. Etwas hing aus dem Gesicht des

Mannes, schlingerte, peitschte dann mit einem satten Schmatzen ins Wasser und verschwand im Grau des Rheins.
Ein Aal. Es wurde kalt in Jans Magengegend, und er musste sich abwenden. Er versuchte, das Bild abzuschütteln, ehe es sich einbrannte.
Ein Aal in der Leiche. Die Blechtrommel fiel ihm ein, die eklige Stelle mit dem Pferdekopf, er hatte den Film als Kind gesehen. Er hatte nächtelang Alpträume gehabt, und Edith hatte mit seiner Mutter geschimpft, dass sie ihn den Film hatte sehen lassen.
Als er das dumpfe Stöhnen hörte, dachte er zuerst, es sei sein eigenes, aber es war Hannes Menzenbach, der sich vornübergebeugt hatte und sichtlich mit sich kämpfte.
»Kein schöner Anblick«, sagte Jan.
Menzenbach sah nicht auf, er spuckte auf den Boden und sagte etwas, das Jan nicht verstehen konnte. Jan ging ein Gedanke durch den Kopf. Nur Aale gehen an totes Fleisch.
Menzenbach richtete sich auf und öffnete den Mund. Erschrecken stand ihm ins Gesicht geschrieben. Er wies auf den Toten, der jetzt vom Schein der Lampen grell erleuchtet war. »Ich glaube, ich ... Nein.«
»Was?«
»Ich dachte gerade ...«
»Kennen Sie den Mann?«
Menzenbach senkte den Kopf. »Ich glaube, ja. Gernot Schirner ist sein Name. Wenn er es ist.«
»Sind Sie sicher?«
Hannes Menzenbach wischte sich mit der Hand über den Mund und sah ihn an. Seine Stimme war leise. »Er ist

der Bruder unseres Nachbarn. Ich glaube schon, dass er es ist. Das Gesicht …«

Jan warf einen Blick zur Leiche, musterte das nur leicht verfärbte Gesicht, das vom Tod kaum entstellt war. Die Veränderungen toter Körper unterlagen ihren eigenen Gesetzen. Jan hatte Tote gesehen, die nach nur einem Tag von der eigenen Ehefrau nicht erkannt worden waren. Dieser jedoch hatte kühl gelegen. Er sah keine Fraßspuren. Hatte er sich die Aale nur eingebildet?

Elena trat zu ihnen. In der Hand hielt sie einen angebissenen Apfel.

»Herr Menzenbach glaubt, er kennt unsere Leiche. Er glaubt, es ist ein Herr …«

»Gernot. Gernot Schirner.« Menzenbachs Stimme klang fest.

»Ach was.« Elena biss ein letztes Mal in ihren Apfel, besah beinahe bedauernd das verbliebene Gehäuse und steckte es nach einem Blick auf die Kollegen von der Spurensicherung in die Tasche ihres Mantels.

»Ich überprüfe das. Gernot Schirner, sagen Sie? Wenn er es wirklich ist, sollte sich das schnell feststellen lassen. Kommt er aus Königswinter?«

»Nein«, sagte Menzenbach. »Ich glaube, er wohnt in Ludwigshafen.«

»Haben Sie eine Ahnung, weswegen er sich hier aufgehalten haben könnte?«

Menzenbach schüttelte den Kopf.

»Ist ja auch egal«, sagte Elena und warf einen Blick auf ihre Armbanduhr. »Danke, jedenfalls. Ist Schirner verheiratet?«

»Ja.«

»Ich kläre dann mal das mit dem Zahnabgleich«, sagte Elena, holte ihr Handy heraus und wandte sich ab. »Ganz schön kalt«, setzte sie hinterher und wies auf die nassen Hosenbeine des Mannes.

Jan überlegte kurz. »Sie werden sich eine ordentliche Erkältung holen, wenn Sie nicht schnell ins Warme kommen. Ich fahre Sie nach Hause«, sagte er dann und wedelte mit dem Autoschlüssel. Einen Zeugen, der die Leiche nicht nur illuminierte, sondern offenbar auch persönlich gekannt hatte, wollte er genau unter die Lupe nehmen, da galt es keine Zeit zu verschwenden.

Menzenbach nickte nur. Vielleicht stand er unter Schock.

»Mein Wagen steht dort drüben«, sagte Jan. Der Gedanke, einige glitschige Aale im Auto zu chauffieren, missfiel ihm, aber er konnte sich schlecht verweigern. Er würde dafür sorgen, dass Menzenbach die Eimer in den Kofferraum stellte, vielleicht konnte er zur Sicherheit eine Plane darunter legen. Und darüber.

Hinter ihnen tauchte Elena auf. Sie nickte Jan kurz zu. Ich habe die Nummer, hieß das wohl. Dann wandte sie sich an Menzenbach. »Eine Frage hätte ich noch, Herr Menzenbach. Haben Sie Ihren Bekannten denn vorher nicht erkannt?«

Hannes zog die Schultern zusammen. »Nein.«

»Warum nicht?«

Der Mann zögerte, sein Gesicht wurde noch eine Spur blasser. »Er lag mit dem Gesicht nach unten.«

»Sie haben ihn nicht bewegt?«

»Man guckt doch nicht so genau hin, wenn man eine Leiche findet.«

»Nein? Und wenn der Mensch noch gelebt hätte? Vielleicht hätten Sie ihm helfen können.«

»Er hat nicht mehr gelebt.«

»Sind Sie Arzt? Oder warum können Sie das mit solcher

Sicherheit sagen? Wir von der Kripo müssen für diese Feststellung nämlich auf den Arzt warten.«
»Weil ...« Der Mann schauderte, rang nach Atem. »Die Möwen waren schon an ihm dran«, flüsterte er, dann machte er einen Satz zur Seite und übergab sich.
Jan sah in den morgengeröteten Himmel. Wieder kreiste eine Rheinmöwe über der Fundstelle und stieß heisere Schreie aus, aber ganz anders als bei seiner Ankunft erschien sie Jan jetzt nicht mehr freundlich.

*

Das Haus lag tatsächlich nur fünfzehn Gehminuten vom Tatort entfernt, inmitten des Gewirrs kleiner Gässchen, das für die Altstadt von Königswinter so typisch war. Es war hellgelb und wirkte gemütlich, beinahe niedlich mit seinen Holzläden.
Hannes Menzenbach allerdings schien unbehaglich zumute, als er die Tür aufschloss, aber vielleicht lag das an seiner durchnässten Hose. Ihm musste mittlerweile eiskalt sein.
»Und nebenan wohnt also der Bruder von Gernot Schirner?«, vergewisserte sich Jan und warf einen Blick auf das Nachbarhaus.
Menzenbach nickte zögernd.
»Ist Ihnen denn etwas aufgefallen?«
Menzenbach schüttelte den Kopf. »Ich schlafe normalerweise sehr tief. Ohropax. Ich muss mir den Wecker neben den Kopf stellen, damit ich ihn überhaupt höre.«
»Aha«, sagte Jan und wunderte sich.
»Marla?«, rief Hannes ins offene Treppenhaus, doch er bekam keine Antwort. Mit einem schwer zu deutenden

Blick nickte er Jan zu. »Offenbar ist meine Frau noch nicht fertig, treten Sie doch bitte ein.«
Das Haus wirkte seltsam unbewohnt auf Jan. Helle Fliesen, weiße Wände, eine greifbare Atmosphäre. In der leeren Küche dudelte das Frühstücksradio. Es roch nach verbranntem Toast.
»Hallo, Papa«, sagte ein Stimmchen aus dem Wohnzimmer.
Das kleine, blondgelockte Mädchen saß vor dem flackernden Fernseher, auf dessen Bildschirm Comicfiguren um einen Baum jagten. Sie trug Rosa von Kopf bis Fuß. Neben ihr stand ein unberührter Teller mit einem Nutella-Toast.
»Wo ist Mama?«
Das Mädchen zuckte die Achseln und sah weiter auf den Fernseher.
Hannes Menzenbach rieb sich die Stirn, er sah erschöpft aus. »Setzen Sie sich doch, es ist leider etwas unordentlich. Meine Frau kommt sicher auch gleich, vermutlich zieht sie sich gerade an.« Er sah an seine tropfnassen Sachen hinunter und zögerte, vermutlich überlegte er, ob er seine Tochter mit dem fremden Polizisten allein lassen konnte.
Jan nickte und nahm auf dem hellen, mit Krümeln übersäten Sofa Platz. Sein Blick glitt wie von selbst zum Bildschirm.
Menzenbach schien um eine Erklärung bemüht. »Lilly guckt sonst kaum fern, nur morgens. Dann ist es nicht so hektisch hier, wissen Sie. Wir müssen uns ja auch fertig machen.«
»Kein Problem«, sagte Jan. Es war interessant. Meist suchten Polizisten die Menschen in unpassenden, privaten Momenten auf, und doch hörten die Leute nicht auf,

sich dafür zu entschuldigen, in welchem Zustand man sie antraf. Als sei Alltag etwas, wofür man sich schämen musste.

Allerdings, dachte er, nachdem Menzenbachs Schritte auf der Treppe verklungen waren, allerdings sah es hier tatsächlich chaotisch aus.

Erst einmal fiel ihm auf, wie dunkel es war. Ein schwerer Vorhang vor der Terrassentür sperrte den Tag gänzlich aus, dafür spendete eine Deckenlampe kaltes Licht. Eine ganze Wand wurde von einem weißen Regalschrank eingenommen, der eine Maßanfertigung sein musste. Darin stapelten sich in wüstem Durcheinander Bücher, Papiere, Hefter, Zeitschriften, zwischen deren Seiten wiederum lose Blätter hervorlugten, Buntstifte, Spielsachen, sogar Wäsche konnte Jan entdecken. Die Polster des Sofas, auf dem Jan saß, waren verrutscht, auf dem staubigen Esstisch setzte sich dasselbe Durcheinander fort wie im Regal. Es war ein großer Glastisch, aber er sah nicht so aus, als ob daran je gegessen wurde. Über einigen Stühlen hingen Wäschestücke, auf einem anderen türmten sich Taschen. An den Wänden hingen Bilder von der glücklichen Familie, Vater, Mutter, Tochter auf der Wildwasserbahn, Aufnahmen vom Kindergarten, Schnappschüsse aus dem Urlaub.

Als Jan die gemeinsame Wohnung mit Nicoletta geplant hatte, hatte er stapelweise Einrichtungszeitschriften gelesen, er hatte Gefallen an schönen Möbeln gefunden. Jetzt wohnte er bei seiner Großmutter im sogenannten Dienstmädchenzimmer, einem nur zwanzig Quadratmeter großen Raum, der auf halber Treppe lag, also von Ediths Wohnung getrennt war. Trotzdem hatte er ihn schön eingerichtet, es passte zu ihm. Es war persönlich.

Diesem Haus aber fehlte etwas, und dabei ging es nicht um schöne Möbel. Normalerweise waren es die Frauen, die mit Blumen, Bildern und Büchern für eine persönliche Note sorgten. Wie auch immer Hannes Menzenbach und seine Frau sein mochten, auf den Raum hatte ihre Persönlichkeit nicht abgestrahlt. Er wirkte unbeseelt. Es fehlte alles, was dem Raum Gemütlichkeit hätte geben können, nur die Spielsachen in Rosa und Pink, die sich von einer Zimmerecke mit Prinzessinnenteppich her ausbreiteten, gaben dem Raum ein wenig Leben.

Jan zuckte zusammen, als er von der Tür einen Laut vernahm und die Gestalt bemerkte. Dort stand eine Frau. Ein ovales, gotisches Gesicht, das von zwei großen grauen Augen beherrscht wurde, glänzendes aschblondes Haar hing schwer bis auf ihren bleigrauen Morgenmantel. Mit einer trägen Bewegung verschränkte sie die Arme, ohne dass ihre Kaffeetasse dabei ins Wanken geriet. »Entschuldigen Sie, ich wusste gar nicht, dass wir Besuch haben.« Bemerkenswert desinteressiert glitt ihr Blick von Jan zu ihrer Tochter und zurück. »Möchten Sie vielleicht auch einen Kaffee?«

»Gern«, sagte Jan.

Mit schleppenden Schritten kam die Frau zurück, stellte eine Tasse vor ihn hin und nahm ihm gegenüber auf dem Sessel Platz. »Er ist schwarz«, sagte sie und deutete auf seine Tasse.

»Das ist schon okay. Frau Menzenbach?«, fragte Jan und wartete ihr Nicken ab. »Mein Name ist Jan Seidel, ich bin von der Kriminalpolizei.«

»Polizei?« Ihre grauen Augen weiteten sich. »Ist etwas passiert?« Ihre langen schmalen Finger griffen hilfesuchend in den fließenden Stoff des Morgenmantels.

»Mama, wann kommt Juli?«, unterbrach sie das Mädchen.
Die Frau hielt ihre seltsamen grauen Augen unverwandt auf Jan geheftet, sie legte den Kopf schief, dann ging ein Ruck durch ihren Körper, und sie antwortete. »Gleich, Lilly. Was ist passiert?« Der letzte Satz war wieder an ihn gerichtet.
Jan zögerte und warf einen vielsagenden Blick auf das Mädchen. Sprach man vor Kindern von Leichen? Von ihrem Leuchten? Von Aalen und gierigen Möwen? Plötzlich fühlte er seine Müdigkeit wie eine schwere Decke. Er griff hilfesuchend nach dem Kaffee, nahm einen großen Schluck und erstarrte. Der Kaffee war eiskalt und so bitter wie Galle.
»Ich glaube, das ist kein Thema für Ihre Tochter«, sagte er dann.
»Würdest du eben in dein Zimmer gehen, Schätzchen?«, sagte Marla Menzenbach, ohne den Blick von ihm zu nehmen.
»Nein«, sagte das Kind und starrte weiter auf den Fernseher. »Gleich kommt Juli. Ich darf immer fernsehen, bis Juli kommt.«
Die Frau seufzte. »Unsere Nachbarin kommt gleich mit ihren Jungen, um die Kinder in den Kindergarten zu bringen. Wir wechseln uns ab.«
»Wie praktisch«, sagte Jan und versuchte, den Geschmack in seinem Mund zu ignorieren. Es gelang ihm nicht.
»Der Kaffee steht schon etwas länger«, sagte Marla, als habe sie seinen Ekel bemerkt.
»Och«, sagte Jan. Dann wechselte er in einen, wie er hoffte, lockeren Plauderton. »Wie lange wohnen Sie hier schon?«

»Seit sechs Jahren etwa.«

»Nette Gegend für Familien. So zentral, und dann dieser schöne Park vor der Tür. Es sind auch nur wenige Schritte zum Rhein.«

»Ja«, sagte sie, und ihre Stimme schien plötzlich zu flirren, unscharf zu werden. Oder war es nur Jans Müdigkeit?

»Wie alt ist Ihre Tochter?«

»Vier.«

Es war eine betretene Stille entstanden, zerrissen nur von den Mickymausstimmen der Zeichentrickserie. Aus dem oberen Stockwerk drang gedämpft das Geräusch prasselnden Wassers. Hannes Menzenbach duschte offenbar.

»Warum sind Sie denn hier, wenn ich fragen darf?«, fragte Marla. Ihre Hände strichen den Stoff des Morgenmantels glatt.

»Ihr Mann hat beim Angeln etwas gefunden und uns informiert«, sagte Jan und warf wieder einen vielsagenden Blick auf Lilly. Diese starrte weiterhin gebannt auf den Bildschirm.

Marla saß reglos da, dann hob sie die Hand an den Hals. »Mein Mann geht ja häufiger zum Angeln«, sagte sie. Irgendetwas geschah mit ihr. »Was ist passiert?«

Jan räusperte sich und sah erneut zu dem Mädchen. »Ich bin von der Kriminalpolizei, wie gesagt. Mordkommission. Wir haben im Rhein eine Leiche gefunden.«

Marla gab einen kleinen klagenden Laut von sich, sie griff sich auch mit der anderen Hand an den Hals, zwischen ihren schmalen weißen Fingern erblühten rote hektische Flecken, die sich ausbreiteten und bis in ihre Wangen stiegen. Sie sagte etwas, aber Jan verstand sie nicht.

»Ist Ihnen nicht gut? Trinken Sie einen Schluck.«
Sie schüttelte den Kopf. Die Röte war so schnell verflogen, wie sie erschienen war, ihr Gesicht war jetzt weiß. Ihr Atem ging schnell, ein zischendes Geräusch wie von einer Fahrradpumpe.
Verunsichert stand Jan auf. »Frau Menzenbach? Ist alles in Ordnung mit Ihnen? Soll ich vielleicht Ihren Mann holen?«
Die Frau reagierte nicht, nur das Zischen antwortete ihm. Das Kind warf ihm einen kurzen Blick zu und konzentrierte sich dann erneut auf den Fernseher.
Jan war mit wenigen Schritten im Flur, hörte das Plätschern der Dusche aus dem Obergeschoss. »Herr Menzenbach, könnten Sie bitte kommen?«
Keine Antwort.
Jan trat in die kalte, unaufgeräumte Küche, fand ein sauberes Glas und füllte es mit Leitungswasser. Auf dem Weg zurück ins Wohnzimmer trat sein Fuß gegen etwas Schweres. Ein Klatschen, dann überflutete etwas kalt und nass seine Füße.
Der Eimer. Sein Inhalt wand sich schwarz und glitschig auf den nassen Fliesen, Jan musste einen Aufschrei unterdrücken.
Es war der Aal.
»Herr Menzenbach!«, brüllte er und merkte, wie Ekel und Panik ihn zu überwältigen drohten.
Als er zurück im Wohnzimmer war, hockte Lilly wie hypnotisiert vor dem Fernseher, mit Marla Menzenbach aber war eine seltsame Veränderung vorgegangen.
Ein Zittern hatte die Frau ergriffen, sie hielt die Arme geradeaus gestreckt, als wolle sie tanzen, und in ihr Gesicht war ein starrer Ausdruck getreten.

»Frau Menzenbach?«
In diesem Moment begann der Körper der Frau zu zucken. Er kippte rückwärts auf das Sofa, die Beine streckten sich durch, Speichel lief aus dem Mund.
»Hilfe! Kommen Sie her!«, brüllte Jan. Das Mädchen sah ihn erschreckt an. »Ruf deinen Papa«, rief er und hoffte, sie würde gehorchen.
Marlas Körper bebte wie unter Stromstößen. Ihr Kopf war nach hinten gestreckt, und in ihren Augen flackerte die Panik.
Jan war mit einem Satz bei ihr, tastete ihren Puls und griff nach seinem Handy. Noch während er wählte, trat er ins Treppenhaus und rief erneut nach dem Hausherrn.
Das Mädchen hatte zu weinen begonnen, schutzsuchend drängte sie sich an Jan. »Ist schon gut«, sagte er und hörte, wie albern seine Worte klangen, er konnte sie nicht beruhigen, er hatte keine Erfahrung mit Kindern. Immerhin versuchte er, mit seinem Körper den Blick des Kindes zu der kollabierenden Frau abzuschirmen. Wo, verdammt, blieb der Vater?
Endlich wurde er verbunden. Seine Stimme überschlug sich, als er einen Notarzt verlangte, hastig seinen Namen und die Adresse durchgab.
Während er sprach, hörte er endlich Schritte auf der Treppe. Sein Blick fiel auf die Frau. Die Arme waren durchgedrückt, die Hände steif und nach innen geklappt. Pfötchenhaltung, schoss ihm durch den Kopf, irgendetwas sagte ihm dieser Begriff, aber was?
Die Stimme im Hörer fragte, ob er einen Herzinfarkt vermutete.
»Kommen Sie einfach sofort! Es sieht nach einer Vergiftung aus, sie bekommt keine Luft mehr. Wir ermitteln

hier wegen eines anderen Todesfalls, also müssen wir mit allem rechnen, ein Tötungsdelikt, ich rufe gleich die Kollegen an. Aber erst mal ... Schicken Sie jemanden, machen Sie schnell, verdammt noch mal!«
Er legte auf, und ihm wurde bewusst, wovon er da gerade gesprochen hatte.
Gift. Im Beisein der Polizei. Ihm fiel der Kaffee ein, gallenbitter, eiskalt. Panik stieg in ihm auf.
Er selbst hatte davon getrunken.
In diesem Moment fiel Marla Menzenbach vom Sofa.

*

Elena war sauer. Markus Reimann, den alle, um ihn nicht mit den zahlreichen anderen Markussen im Präsidium zu verwechseln, nur beim Nachnamen nannten, war vor einer halben Stunde eingetroffen. In Gegenwart der Kollegen war es ihr gelungen, sich zurückzuhalten, aber nun, da sie allein mit ihm am Kiosk der Dollendorfer Fähre stand und Kaffee aus einem Plastikbecher gegen die Kälte schlürfte, brach sich ihr Ärger Bahn.
»Klettern mit Reimann«. Seit langem stand das in ihrem Kalender, und sie hatte sich ebenso lange darauf gefreut. Viel zu sehr gefreut, wie sie sich eingestehen musste, nun, da sich ihre Freude in gleichem Maße in Ärger verwandelt hatte.
Ihre On-and-off-Affäre mit Reimann war, seit er sich mit seiner Frau auf ein platonisches Zusammenleben – der Kinder wegen – geeinigt hatte, zu einer regelrechten Beziehung geworden. Und einvernehmlich vereinbarte Wochenenden sollten in so einem Arrangement heilig sein, fand sie.

»Es tut mir wirklich leid, Elena. Ich kann es aber nicht ändern. Es ist eine Familienfeier ... da kann ich nichts machen. Meine Frau hat mir den Termin erst gestern genannt.«

Sie hasste es, wenn er *meine Frau* sagte. Seine Frau hatte einen Namen. »Jetzt schieb es doch nicht auf Sonja! Du hast die Termine durcheinandergebracht!«

»Ich hab gar nichts durcheinandergebracht!«

»Ach! Und wie kam das dann zustande? Du hättest unser Wochenende blockieren können, so macht man das, wenn etwas Priorität hat!«

»Blockieren, du meine Güte! Meine Schwiegereltern sprechen doch ihre Termine nicht vorher mit mir ab! Sie feiern nun mal an dem Wochenende, was soll ich denn da blockieren?«

»Dann fahr nicht hin.«

»Muss ich aber! Meine Frau kann den großen Wagen nicht fahren, und außerdem wollen die Mädels, dass ich mitkomme. Hör mal, müssen wir deswegen streiten? Es tut mir leid. Ändern kann ich es nicht.«

»Das sagtest du schon mal«, murmelte Elena und klappte ihr Handy auf. »Und jetzt frage ich erst mal nach, wo sich der Herr Schirner nach Meinung seiner Ehefrau befindet. Ehefrauen sind da doch meist im Bilde, oder was meinst du?«

Reimann antwortete nicht, er wandte ihr seinen breiten Rücken zu und zog seine Zigaretten aus der Jackentasche, ein Zeichen stummen Protests vielleicht, vielleicht auch nur seine leidige Sucht.

Elena sah auf den Rhein, während sie auf das Freizeichen wartete. Was mochte Stefanie Schirner gerade tun? Noch wusste sie nicht, dass ihr Mann tot und kalt im

Rhein lag. Elena würde es ihr ganz bestimmt nicht am Telefon sagen. Ob sich die Frau später, wenn sie die Wahrheit erfuhr, betrogen vorkommen würde? Wenn ihr klarwurde, dass das Interesse der Polizei nicht ihm, sondern seiner Leiche gegolten hatte?

»Schirner?«

Der Tonfall war unergründlich. Freundlich, aber reserviert.

»Vogt ist mein Name, Kriminalpolizei Bonn, ich hätte gern Ihren Mann gesprochen. Könnten Sie mir verraten, wo er sich aufhält?«

»Wenn Sie meinen Mann wollen, müssen Sie wohl zur Loreley fahren. Über das Handy ist er momentan nicht erreichbar.« Die Stimme der Frau klang leicht gereizt, und Elena dachte daran, dass sie diesen Zustand später, wenn die Trauer sie erwischte, zurücksehnen würde. Außerdem registrierte Elena, dass das Wort *Kriminalpolizei* nicht den erwarteten Fragesturm provoziert hatte.

»Zur Loreley?«

»Ja, so sagte er mir.« Die Stimme von Stefanie Schirner klang ungeduldig. »Warum wollen Sie das wissen?«

»Das erkläre ich Ihnen später. Zunächst einmal brauche ich den Aufenthaltsort Ihres Mannes. Also noch einmal. Er ist in Sankt Goarshausen, ist das korrekt? Haben Sie seine genaue Adresse?«

»Nein, die habe ich nicht. Wenn Sie ihn sprechen möchten, dann versuchen Sie es auf dem Handy, irgendwann wird er es ja wohl wieder einschalten. Hören Sie, worum geht es überhaupt? Was wollen Sie von meinem Mann?«

»Das«, sagte Elena, »werde ich Ihnen persönlich erklären.« Sie vereinbarte ein Treffen und beendete das Gespräch so schnell wie möglich. Kurz dachte sie daran, wie weit Ludwigshafen sein mochte – würde sie zwei Stunden mit dem Auto brauchen? Länger?

Nachdenklich glitt ihr Blick über die grauglitzernde Wasseroberfläche. Rheinaufwärts, oberhalb des Siebengebirges, dort, wo der Rhein eng wurde und das Ufer steil aufragte, befand sich die Loreley.

Loreley – das war nicht nur die berückende Nixe, die auf einem Felsen an der Rheinenge hockte und die vorbeikommenden Schiffer mit ihrem Gesang so betörte, dass die, den Blick fest auf die Schöne gerichtet, unweigerlich auf die scharfzackigen Felsen aufliefen und kenterten. Loreley, das war auch der Name des Felsens selbst. Diese Stelle war seit Jahrhunderten nicht zuletzt wegen der sich darum rankenden Rheinsage ein beliebtes Ausflugsziel. Trotzdem hatte Elena Zweifel an dem, was die vermeintliche Witwe ihr mitgeteilt hatte.

Reimann zertrat seine Kippe mit der Stiefelspitze. »Und?«

»Laut seiner Ehefrau ist er für einige Tage ohne nähere Verpflichtungen in Sankt Goarshausen.«

»Das passt doch. Wenn er dort zu Tode gekommen ist, hat der Rhein seine Leiche rheinabwärts bis nach Königswinter gespült. Wir sollten die Kollegen in Rheinland-Pfalz schon mal informieren.«

»Schon«, sagte Elena mit gerunzelter Stirn. »Aber mal ehrlich, warum sollte Gernot Schirner zur Loreley fahren?«

»Vielleicht hatte er geschäftlich dort zu tun. Oder er wollte sich die Gegend anschauen und nebenbei die schöne Nixe betrachten, was weiß denn ich?« Er grinste, wohl beim Gedanken an die Nixe, und sie boxte ihm an die Schulter.

»Warst du schon mal an der Loreley? Es ist stinklangweilig. Nur Japaner fahren dorthin, und die sind eh schnell wieder weg, weil sie am selben Tag noch nach Neuschwanstein müssen.«

»Vielleicht war Gernot Schirner ein Mann mit außergewöhnlichem Geschmack. Wahrscheinlich interessiert er sich für Sagen. Diese Geschichte mit der Loreley ist ja auch wirklich interessant. Gefährlich lockt das Weib ... Oder so ähnlich.«

Elena schnaubte. »Interessant nennst du das? Ich finde es wieder mal typisch. Ich meine, worum geht es denn da in Wahrheit? Um Schiffe, die untergehen, und schuld sind natürlich die anderen! Die Männer passen nicht auf, unterschätzen wider besseres Wissen die Gefahr der Felsen und kentern. Aber wer ist es gewesen? Die böse Frau auf dem Felsen. Und warum? Weil sie ihr Haar kämmt und dabei ein Liedchen singt. Da kann man doch nur lachen!«

Reimann musterte sie ohne Regung, griff in die Jackentasche und zündete sich noch eine Zigarette an. Ihr Rauch wehte Elena geradewegs ins Gesicht. »Das ist Sagengut, Elena. Das sind uralte Geschichten, da steckt keine böse Absicht dahinter.«

Elena lachte auf und wedelte den Rauch weg. »Wenn das keine Absicht ist! Eine Entschuldigungsgeschichte ist das! Weil Männer nicht zugeben können, wenn sie einen Fehler gemacht haben.«

»Fehler?«

»Klar, Fehler«, äffte sie ihn nach. »Schiffe? Felsen? In die Luft gucken und dann kentern? Klingt das etwa nicht nach Fehler?«

»Ach so! Ich dachte beinahe, du redest von unserem Wochenende.«

»Ich scheiß auf das Wochenende, Reimann!« Wieder sah sie auf den Rhein. Und dann dachte sie an die Nixe, die rheinaufwärts lauerte, und erneut flammte Zorn in ihr auf, ohne dass sie hätte sagen können, worauf.

*

Die beiden alten Damen, die den besten Fensterplatz im Café Dix besetzten, hatten keinen Blick für das geschäftiger werdende Treiben auf der Hauptstraße.
»Der alte Bröhl ist sich ganz sicher«, sagte Herta und rührte so heftig in ihrer Kaffeetasse, dass die Flüssigkeit überschwappte und das Spitzendeckchen bekleckerte. »Die Polizei war da und hat alles abgesperrt.«
Edith musterte missbilligend die Pfütze, dann nahm sie ihre Serviette und tupfte sorgsam die Tischfläche trocken, doch es nutzte nichts, das Spitzendeckchen war getränkt von Kaffee. »Drüben in Niederdollendorf?«
»Sag ich doch! Am Fähranleger. Der alte Bröhl war mit seinem Dackel unterwegs.«
»Eine Leiche in Niederdollendorf«, wiederholte Edith nachdenklich. »Ist es jemand, den wir kennen?«
Herta schüttelte den Kopf. »Er konnte nichts Genaues sehen. Aber er sagte, die Leiche habe ...«, sie beugte sich vor und flüsterte verschwörerisch, »... geleuchtet!«
»Eine leuchtende Leiche«, sagte Edith verblüfft.
Herta warf ihr einen gehässigen Blick zu. »Ich dachte, dein Enkel erzählt dir immer alles brühwarm? Dafür bist du aber bemerkenswert schlecht informiert!«
Edith musterte die Freundin kühl. »Da die Polizei vor dem alten Bröhl und seinem Dackel am Tatort war und jetzt vermutlich damit beschäftigt ist, den Mörder zu fas-

sen, habe ich heute ausnahmsweise mal ohne Jan frühstücken müssen. Ich bin sicher, er erzählt heute Abend alles, was ich wissen muss.«
Herta brummte zustimmend. Sie hatte es nie verwunden, dass sie selbst zwar mit zahlreichen Kindern, Enkeln und Urenkeln gesegnet war, dass Ediths Enkel Jan dafür aber bei der Kriminalpolizei arbeitete. Das war so interessant!
Die Ladentür klingelte, und eine junge Familie kam hereingestürmt, eine Mutter im Poncho, ein Mädchen mit Schulranzen und zwei kleineren Jungen. Die alten Damen reckten die Köpfe, um nichts zu verpassen.
Die junge Frau sah unordentlich und abgehetzt aus. »Ich hätte gern ein Vollkornbrot und vier Brötchen.«
»Was für reizende Kinder«, sagte Herta.
»Geht so«, sagte Edith. Sie hatte genau gesehen, wie das Mädchen seinen Bruder gezwickt hatte.
»Hallo, Prinzessin«, sagte Herta honigsüß zu dem Mädchen, das neben ihrem Tisch stehen blieb und mit ernster Miene die Tassen und Kuchenteller inspizierte. Sie ließ ungern eine Gelegenheit verstreichen, ihre beträchtliche großmütterliche Erfahrung zur Schau zu stellen.
»Hallo«, sagte das Mädchen. Es lächelte nicht. »Du hast deinen Kaffee gekleckert.«
»Na so was«, sagte Herta, lächelte weiter und griff in ihre Handtasche. »Willst du Kamelle?«
Das Mädchen sah sie weiter ernst an. Ihre Augen waren riesengroß und schokoladenbraun.
»Ich schenke dir das.« Herta wedelte mit dem in Glitzerfolie eingewickelten Bonbon vor dem Gesicht des Mädchens herum. Keine Reaktion. Herta griff nach der kleinen Hand und stopfte das Bonbon hinein. Reflexartig

schloss sich die Kinderhand darum, und Herta nickte zufrieden. »Ja, eine Oma hat immer was Süßes in der Tasche! Du solltest dir auch bald Urenkel anschaffen, Edith!«

Edith ignorierte diese durch und durch dumme Bemerkung.

»Will denn dein Enkelsohn gar keine Kinder, Edith? Ich sehe ihn ja die Tage bei deinem Geburtstag, da muss ich ihn wohl mal fragen. Kinder sind ...« Sie versuchte, dem Mädchen über das dunkle Haar zu streichen, doch das Kind zog den Kopf zurück.

»Hedda!«, rief die junge Mutter mit so scharfer Stimme, dass die alten Damen zusammenzuckten. »Du musst los zur Schule! Hedda?« Sie näherte sich dem Tisch, an dem die beiden alten Damen saßen, und griff nach dem Arm ihrer Tochter.

Herta setzte ein süßlich mildes Großmutterlächeln auf. »Ganz reizend, Ihre Kleine! Ich habe«, sie beugte sich gönnerhaft vor, »ihr nur ein bisschen Wegzehrung zugesteckt. Kamelle. Aber das bleibt unser kleines Geheimnis.« Verschwörerisch zwinkerte sie der Kleinen zu, die sie ihrerseits starr betrachtete.

Die Mutter machte ihre blauen Augen schmal, riss dem Kind das Bonbon aus der Hand und knallte es vor Herta auf den Tisch. »Meine Tochter nimmt nichts von Fremden an. Und außerdem ist Zucker schlecht für die Zähne, vor allem nach dem Frühstück.«

Die Ladentür fiel zu, und sprachlos sahen die alten Damen der jungen Familie nach, die über die Hauptstraße in Richtung Kirche eilten.

»Da hört doch alles auf«, sagte Herta. »Diese jungen Mütter! Hetzen ungekämmt herum, telefonieren den ganzen

Tag mit ihren Mobiltelefonen und stören sich nicht an der Strahlung, aber wenn eine alte Oma ein Bonbon verschenken will, schreien sie zetermordio!«

Edith nickte zustimmend. Auch ihr gefiel die Hektik der jungen Leute nicht. Dann überkam sie die Erinnerung an ihren Enkel als kleinen Jungen, der auch keinen Zucker hatte essen dürfen. Der Arme!

Herta schüttelte langsam den Kopf, die schmalen Lippen fest aufeinandergepresst. »Unerhört«, murmelte sie. »Ich verstehe die Frauen heute nicht! All dieser Stress! Und dazu sind sie vollkommen durch den Wind. Wahrscheinlich hat die da«, ihr Kinn wies vielsagend in Richtung Straße, von der die junge Mutter längst verschwunden war, »ihre Kinder von drei verschiedenen Männern, unter dem hüfthohen Unkraut in ihrem Vorgarten hält sie eine Leiche verborgen, und im Sommer macht sie Urlaub auf Kuba!«

»Kuba?«, fragte Edith irritiert.

Herta nickte bedeutungsvoll. »Meine Enkelin Patricia hat jetzt Urlaub auf Kuba gemacht. Bei den Kommunisten. All inclusive! Kannst du mir mal verraten, wie das gehen soll?«

»Nein«, gab Edith zu.

Herta nickte düster. »Das arme kleine Mädchen! Bei der Mutter. Keine Kamelle!«

Während Herta sich dem Rest ihres Kaffees zuwandte, ließ Edith den Blick gedankenverloren nach draußen wandern.

»Edith? Du sagst ja gar nichts!«

»Wenn ich das gerade richtig gesehen habe, zumindest mit einer deiner Vermutungen hast du recht gehabt«, sagte Edith. »Wobei es natürlich auch sein kann ... Aber das wäre sehr unwahrscheinlich.«

»Edith! Willst du damit sagen, die Frau hat tatsächlich eine Leiche im Garten?« Erschreckt sah Herta zur Tür.
»Das«, sagte Edith bedeutsam und lehnte sich zurück, »verrate ich dir erst, wenn du mir einen Sherry bestellt hast!«
»So früh am Morgen?«, fragte Herta entsetzt. »Aber gut. Fräulein, könnten Sie uns wohl ...«

*

Es gab wirklich keine schlechtere Zeit zum Kleiderverkaufen als den Februar, fand Fanny Schirner und zupfte an den Blusen, die gelangweilt auf ihren Bügeln hingen. Der Winterschlussverkauf war gelaufen, und auf die Frühjahrsmode mochte noch niemand so recht einen Gedanken verschwenden. Das war auch kein Wunder bei dem unerfreulichen Wetter da draußen. Fanny selbst verspürte wenig Lust, sich neue Kleider anzuschauen und diese in engen Umkleidekabinen anzuprobieren, ehe sie den Winterspeck losgeworden war. Wenn die Leute überhaupt Geld ausgaben, dann vermutlich für etwas, das das Zuhausebleiben ein bisschen kuschliger machte, Zierkamine vielleicht oder Sofakissen in wärmenden Farben. Aber mit solchen Gegenständen konnte Fannys kleine, feine Boutique nicht dienen.
Fanny warf einen Blick durch das Schaufenster auf die regennasse Straße. »Was für ein Schmuddelwetter«, dachte sie.
»Hast du was gesagt?«, tönte die Stimme ihrer Mitarbeiterin Anneli hinter dem beigefarbenen Vorhang, der das kleine Büro vom Verkaufsraum trennte.
Fanny trat zu ihr. Anneli saß am Computer und ging die Bestellungen des Monats durch, und beinahe wünschte

Fanny, sie könnte mit ihr tauschen. Zwar hasste sie Zahlen, aber jede Tätigkeit erschien ihr im Moment besser, als in den Regen zu starren und auf Kundinnen zu warten, die nicht kamen.
»Ich sagte, was für ein fieses Schmuddelwetter.«
Anneli zuckte die Achseln und lächelte. »Na ja, es hat auch was für sich. Dafür ist es drinnen umso gemütlicher.«
»Eine interessante Sichtweise.«
»Ich war heute früh mit Pedro auf den Feldern, eine ganze Stunde lang. Danach war ich so richtig schön durchgefroren. Ich sag dir, wenn man dann wieder reinkommt, schmeckt der Kaffee so gut wie nie!« Anneli verdrehte in gespieltem Entzücken die Augen.
»Das klingt gut«, sagte Fanny und unterdrückte ein Gähnen. Anneli war seit kurzem stolze Hundebesitzerin von besagtem Pedro und pries seither täglich die wohltuende Wirkung von frischer Luft und Bewegung. Am liebsten hätte sie Fanny mit Gewalt zum Züchter geschleppt. Manchmal überlegte Fanny, ob sie den Rat ihrer Mitarbeiterin beherzigen sollte.
»Macht Pedro nicht eine Menge Arbeit?«
»Eigentlich nicht. Man muss eben regelmäßig mit ihm raus, aber das tut ja nur gut. Wenn ich mir überlege, dass ich früher in dieses blöde Fitnessstudio gegangen bin! Und Gesellschaft habe ich auch. Gerade abends … Ehrlich gesagt, Pedro ist eine nettere Gesellschaft als mein Ex-Mann. Immerhin streitet er nicht mit mir über das Fernsehprogramm. Also, ich kann einen Hund wirklich nur weiterempfeh…« Anneli biss sich auf die Lippen, und Fanny wusste, was sie dachte.
»Schon gut, Anneli. Eventuell ist das wirklich eine gute Idee, dann wäre ich nicht so allein.«

»Natürlich kann ein Hund keinen geliebten Menschen ersetzen, so meinte ich das nicht, das wollte ich wirklich nicht sagen. Aber ...«
»Schon gut«, wiederholte Fanny. »Sag mal, wann wollte denn die Kundin kommen, für die wir das grüne Strickkleid zurückgelegt haben?«
Anneli schien froh über den Themenwechsel. »Vorgestern.«
»Dann häng ich das Kleid wieder hin.«
Hastig trat Fanny zurück in den Verkaufsraum und war erleichtert, als sich der Vorhang zwischen ihr und ihrer Mitarbeiterin schloss. Anneli machte es in ihrem Versuch, möglichst taktvoll zu sein, nur noch schlimmer. Dabei hatte sich Fanny an den Gedanken, bald allein zu sein, beinahe gewöhnt. Oder kam es ihr nur so vor, weil sie den Gedanken daran nicht zuließ?
Die Ladenklingel riss sie aus ihren Gedanken. Die hochgewachsene Frau, die dringend eine Stilberatung benötigt hätte, betrat dick vermummt den Laden, gefolgt von einem Begleiter in blauem Anorak.
Fanny schenkte den beiden das unaufdringliche Lächeln, das sie für Neukunden reserviert hatte, wünschte einen guten Tag und stellte sich hinter die Ladentheke, um der Kundin die Gelegenheit zu geben, sich ungestört umzusehen.
Die Frau verschwendete allerdings keinen Blick an die Blusen und Pullover auf den Bügeln, sondern trat forsch auf die Ladentheke zu. Sie hatte sehr helle Augen und ein entschlossenes, ungeschminktes Gesicht. »Stefanie Schirner?«, fragte sie, ohne zu lächeln, und zückte einen Ausweis, auf den Fanny nur einen flüchtigen Blick erhaschen konnte.

»Ja bitte?«
»Mein Name ist Elena Vogt, Kriminalpolizei, wir hatten vorhin telefoniert. Und das ist mein Kollege Markus Reimann. Können wir uns irgendwo ungestört unterhalten?«

*

Durch das Schluchzen des Mädchens hindurch hörte Jan, wie es an der Tür klingelte. Und er hörte noch etwas: Das Peitschen und Schlingern auf dem Flurboden, das der Aal machte, der dort in einer Wasserpfütze vermutlich um sein Leben kämpfte.
»Das ist Fips!«, rief Lilly.
Und endlich war da Menzenbach, der die Haustür öffnete, dann ins Wohnzimmer trat und erschrocken seine Tochter hochhob. Im Nachhinein sollte Jan oft denken, dass dies ein interessanter Moment war: ein Ehemann, der sich angesichts seiner kollabierenden Frau erst um das Kind kümmerte. Oder taten das alle Eltern?
»Juli! Juli!«, schrie das Mädchen und versuchte, sich vom Vater zu befreien. Es gelang ihr erst nach einem kräftigen Tritt.
Aus dem Flur kamen schnelle Schritte, dann erschien eine schmale Frau in einem wollenen Poncho, zwei kleine blonde Jungen an der Hand. Mit einem Satz war sie bei Marla, hielt ihren Kopf fest und strich ihr über die Stirn. »Eine Tüte, Hannes«, sagte sie über die Schulter.
Hannes hob erneut seine Tochter auf den Arm und sah gebannt dem Zucken der Beine zu wie einem besonders faszinierenden Schauspiel. »Was?«
»Tüte!«, brüllte die Frau. »Eine Plastiktüte, verdammt!«

Für einen Moment starrte Hannes die Frau sprachlos an, dann setzte er mit einem Ruck seine Tochter ab und verschwand. Sekunden später war er mit einer Plastiktüte zurück.

Die Frau presste die Tüte an den Mund der anderen, und kurz befürchtete Jan, sie wolle sie ersticken.

»Schön atmen, Marla«, flüsterte sie. »Gleich ist es vorbei. Einfach atmen. Ich bin da.«

Ihre kleine Hand griff nach der verkrampften Hand der anderen, und wirklich, wie durch ein Wunder löste sich die Starre der Finger, der Körper entspannte sich, die Panik wich aus dem Blick der schönen grauen Augen. Marla Menzenbach sah wieder aus wie ein schönes, erschöpftes Schneewittchen.

»Ein Rettungswagen ist unterwegs«, sagte Jan etwas hilflos. Er merkte erst, als ihm der Atem zischend entwich, dass er die Luft angehalten hatte. »Was hat sie?«

Die Frau warf ihm einen knappen Blick zu. »Eine Tetanie. Das bekommt sie, wenn sie eine Panikattacke hat. Ein Starrkrampf. Sie hyperventiliert, und dann kommen diese Krämpfe. Eigentlich muss man sie nur in die Tüte atmen lassen, dann vergeht der Anfall von alleine. Aber wenn man das nicht weiß, sieht es vermutlich ziemlich beängstigend aus. Was haben Sie ihr denn erzählt, dass sie sich so aufgeregt hat?«

»Nur das, was hier heute los war«, sagte Jan.

Die Frau schob sich Marlas Arm über die Schulter und hievte sie hoch. »Ich lege sie auf ihr Bett, das wird das Beste sein. Nach diesen Anfällen muss sie sich erst mal ausruhen. Hannes, kannst du vielleicht ein Glas Wasser raufbringen? Und vorher diesen verdammten Aal einfangen?«

»Natürlich«, sagte Menzenbach und verschwand im Flur. Jan hörte, wie er sich an dem Eimer zu schaffen machte, und Ekel stieg in ihm auf.

Er schob das Bild, das sich unweigerlich einstellen wollte, weit von sich und dachte an die Frauen, wie sie die Treppe hinaufstolperten, die eine tatkräftig, die andere eine schlaffe Marionette. Hätte nicht eigentlich Menzenbach sich um seine Frau kümmern müssen? Offenbar war die Nachbarin mit der Pflege besser vertraut als er. Oder lag es daran, dass Menzenbach selbst angegriffen war? Aber wovon? Vom Anblick der Leiche? Oder dem seiner Frau?

Menzenbach kam zurück und setzte sich ihm gegenüber.

»Eingefangen?«, fragte Jan mit Unbehagen.

Menzenbach nickte.

Komische Menschen, dachte Jan. Dann fragte er: »Hat Ihre Frau diese Panikattacken öfters?«

»Leider ja, obwohl es schon besser geworden ist. Sie hat eine Art Hydrophobie. Ich hätte Ihnen sagen sollen, dass ... Entschuldigen Sie.« Er fuhr sich mit den Händen über das Gesicht, das jetzt noch blasser aussah als vorher.

»Was hätten Sie mir sagen sollen?«, fragte Jan. Er ärgerte sich, dass der Mann das Wort nicht erläuterte. Als ob es zum Berufsalltag von Kriminalpolizisten gehörte, griechische Wörter zu übersetzen.

»Dass Sie meiner Frau nichts von der Leiche im Rhein erzählen. Sie hat Angst. Vor beinahe allem, was nass ist. Das klingt wahrscheinlich ziemlich verrückt, oder?« Er lachte trocken auf, als ob der Ausdruck verrückt für das, was Jan eben gesehen hatte, maßlos übertrieben sei.

»Ihre Frau hat Angst vor Wasser, verstehe ich Sie da richtig?«

»Ja. Nein. Eher Angst vor dem Rhein. Sie ist als Kind einmal in einem Keller eingeschlossen gewesen, als dieser von Hochwasser geflutet wurde. Seitdem hat sie das.«
»Eingeschlossen?«, fragte Jan.
Menzenbach seufzte. »Das Wasser ist so schnell gestiegen, dass der Wasserdruck die Tür verschlossen hat. Ihr ist damals nichts passiert, aber sie hat seitdem diese Angst.«
»Ich verstehe.« Das war gelogen. Jan verstand gar nichts, und die Müdigkeit, die hinter seinen Lidern brannte, tat ihr Übriges. Eines immerhin fiel ihm ein.
»Die Aale.«
»Ja?«
»Warum angeln Sie Aale, wenn Ihre Frau panische Angst vor dem Rhein hat? Und warum bringen Sie die mit nach Hause? Oder macht ihr das nichts aus?«
Menzenbach zögerte. »Ich habe schon als Kind geangelt. Angeln gehört zu den Dingen, mit denen man nicht mehr aufhört.«
»Und Sie essen dann gemeinsam?«
»Nein, nein! Mir geht es nur um den Sport. Ich esse ohnehin keinen Aal, der ist mir viel zu fettig.«
»Er verkauft sie an ein Restaurant, aber damit geht er natürlich nicht hausieren«, sagte die Frau, die eben die Treppe herunterkam. Sie warf Hannes einen fast zornigen Blick zu. »Wolltest du Marla nicht ein Glas Wasser bringen? Ich bin übrigens Juli Schirner, die Nachbarin. Also, Juliane. Und Sie sind …?«
Ihr Händedruck war hart und fordernd.
»Seidel von der Kriminalpolizei.« Jan stutzte. Hatte sie Schirner gesagt? Natürlich, der Bruder des Nachbarn, davon hatte Menzenbach ja gesprochen.

Der Gesichtsausdruck von Juli Schirner veränderte sich.
»Polizei? Ist etwas passiert?«
»Das kann man wohl sagen. Sie sagten, Ihr Name sei Schirner. Ich habe Ihnen vermutlich eine traurige Mitteilung zu machen. Setzen Sie sich doch bitte.«

*

Reimann hatte sich offenbar entschieden, das Wochenendthema ruhen zu lassen. Während der Fahrt nach Ludwigshafen hatte er entweder geschwiegen oder Belanglosigkeiten über den Leichenfund von sich gegeben. Das war nur vernünftig, immerhin hatten sie diese Befragung durchzuführen. Trotzdem verstand Elena nicht, wie er so ruhig und – ja – normal sein konnte. Er war so normal, dass er sogar nett zu ihr war. Sie hingegen fuhr jedes Mal adrenalingepeitscht auf, wenn er sie berührte. Wenigstens würde er nachher nach Hause fahren, weil er den Nachmittag frei hatte. Kindergeburtstag.
Elena nippte an ihrer Kaffeetasse und betrachtete deren Goldrand. Es gab überhaupt viel Gold in dem Haus, dazu weiße Teppiche, weiße Möbel und leuchtende, abstrakte Gemälde, die nach Volkshochschulkurs aussahen. Da Stefanie Schirner in unmittelbarer Nähe ihres Ladens wohnte, hatte sie vorgeschlagen, das Gespräch dort weiterzuführen.
»Ich danke Ihnen«, sagte Stefanie Schirner, es klang abwesend, erschöpft, so, als sei sie nicht ganz bei der Sache. Sie war eine recht attraktive Frau, gebräunte Haut, gebleichtes Haar, dazu ein weißer Hosenanzug mit einem neckischen Seidenschal in kräftigem Fuchsia, das mit dem Farbton ihres Lippenstifts korrespondierte. Sie sah

aus wie eine erfolgreiche Geschäftsfrau aus den Niederlanden.

Eine Kopie von Linda de Mol, beschloss Elena. Ja, genau so sah sie aus. Sie konzentrierte sich auf ihr Gegenüber und beschloss, Reimann einfach nicht mehr anzusehen.

Stefanie Schirner hob den Kopf. »Ich kann es noch gar nicht richtig begreifen.« Das nahm Elena ihr ab, exakt diesen Eindruck vermittelte sie.

Sie hatte die Nachricht vom Tod ihres Mannes vergleichsweise gefasst aufgenommen, nur die paar Sekunden, in denen sie die Augen fest geschlossen hatte, verrieten überhaupt Regung. Danach war sie in die stilvolle offene Küche getreten und hatte Kaffee gekocht, Plätzchen auf einem Teller arrangiert. Ablenkungsmanöver, die die Hände beschäftigten und dem Geist Aufschub gewährten, ehe er das Ungeheuerliche an sich heranließ.

Reimann beugte sich vor. »Gibt es jemanden, den Sie gern bei sich hätten? Haben Sie Kinder? Verwandte?«

»Ich werde meine Freundin anrufen, danke. Sie kommt bestimmt.« Wieder der ordnende Griff zum Plätzchenteller.

»War das die Frau eben im Laden?«

Stefanie Schirner hob die Augenbrauen und gab ein tonloses Schnauben von sich. »Anneli? O nein. Das ist meine Mitarbeiterin. Sie macht die Buchhaltung und hilft beim Verkauf. Dann haben wir noch zwei studentische Aushilfen, die je nach Bedarf einspringen. Es ist ja kein großer Laden, wie Sie sicher gesehen haben. Wir kommen gut klar.« Sie verstummte, als fiele ihr urplötzlich ein, dass die Kriminalpolizei nicht wegen ihres Ladens gekommen war.

Elena dachte an den Laden. *Bei Fanny.* Stefanie Schirner. Wahrscheinlich war das ihr Spitzname.

»Normalerweise überschütten uns Angehörige in dieser Situation mit Fragen«, sagte Elena und lehnte sich zurück. »Darf ich fragen, warum das bei Ihnen nicht der Fall ist?«
Stefanie betrachtete sehr genau ihr weißes Hosenbein, dann zupfte sie mit manikürten Fingern einen imaginären Fussel ab und lächelte ein freudloses Lächeln. »Ich muss immer daran denken, was ihm wohl alles erspart bleibt. Ihm und mir.«
»Bitte?«
»Sein Sterben bleibt mir erspart. Ich habe nichts davon mitbekommen. Entschuldigen Sie, das muss egozentrisch für Sie klingen.«
»Gar nicht«, log Elena. Sie wechselte einen schnellen Blick mit Reimann. Es klang sogar sehr egozentrisch. Vor allem klang es rätselhaft.
»Wir haben zwar nie explizit darüber gesprochen, aber ein schneller Tod ist natürlich dem, was auf Gernot zugekommen wäre, eindeutig vorzuziehen. Wenn man keine moralischen Bedenken hat – ich verstehe natürlich, dass nicht alle Menschen darüber so denken.«
»Ich fürchte, ich verstehe Sie nicht«, sagte Elena.
»Nein?« Stefanie Schirner riss die Augen auf, und Elena bemerkte, dass ihre Augen mit einem Fuchsiaton umschattet waren, der dem auf Lippen und Tuch entsprach. »Gernot hatte Krebs in einem sehr fortgeschrittenen Stadium. Weswegen hätte er sich sonst umbringen sollen?«
Elena bemühte sich, ihre Überraschung zu verbergen. »Sie gehen also davon aus, dass Ihr Mann sein Leben selbst beendet hat?«
»Ja. Sie sehen, Sie werden gar nicht gebraucht.«
Reimann schaltete sich ein. »Frau Schirner, die Kriminalpolizei wird in einem Fall wie diesem eingeschaltet,

um festzustellen, ob jemand den Tod Ihres Mannes verursacht haben könnte.«

»Sie denken, er wurde ermordet?« Jetzt endlich kam Bewegung in die Frau, sie stand auf, umkreiste den Couchtisch. »Das ist ganz ausgeschlossen! Warum sollte jemand das tun?« Sie blieb gefährlich nah vor Elena stehen, in ihren blauen Augen stand eine Anklage.

Reimann räusperte sich. »Frau Schirner, bei unbekannter Todesursache leitet man standardmäßig ein sogenanntes Todesermittlungsverfahren ein. Wir sind hier, um herauszufinden, was mit Ihrem Mann passiert ist.«

»Aber Sie sagten doch, er sei im Rhein ertrunken! Das haben Sie eben selbst gesagt!«

»Er wurde am Ufer tot aufgefunden. Ob er ertrunken ist, wissen wir erst nach der Obduktion. Über den genauen Hergang können wir noch nichts sagen. Sie sind also sicher, dass er sich selbst getötet hat?«

Stefanie Schirner hielt inne, sie schien des Herumlaufens müde, vielleicht hatte sie sich auch einfach nur beruhigt. »Ich bin sicher! Ich wusste nicht, dass er vorhatte, sich ... Ich wusste es nicht, aber es passt zu ihm. Es ist eine vernünftige Lösung, und Gernot war sehr vernünftig. Das war er immer.«

Elena erwartete, dass ihre Augen sich endlich mit Tränen füllen würden, doch die schönen blauen Augen von Fanny blieben trocken, keine Sturzbäche gefährdeten Mascara und Lidschatten.

Für einen Moment folgte Elena dem Gedankengang der Witwe – ein Selbstmord? Virginia Woolf fiel ihr ein, die ins Wasser gegangen war, die Taschen voller Steine. Das war lange her. Heutzutage ertränkte man sich nicht mehr. Vor allem Männer taten das statistisch gesehen nicht. Da

gab es effektivere Methoden. Elena hatte in den Jahren ihrer Dienstzeit viele davon kennengelernt. Vor allem aber ein Detail passte nicht zu der These, dass Gernot freiwillig in den Rhein gegangen war. »Wir haben Ihren Mann unbekleidet aufgefunden. Das macht einen Selbstmord nicht unmöglich, aber wir konnten eben auch nichts bei ihm finden, was auf einen Freitod hinweist.«
Fanny starrte Elena mit weit aufgerissenen Augen an. Sie muss doch mal blinzeln, dachte Elena. Sie wurde präziser. »Normalerweise hinterlassen Selbstmörder einen Abschiedsbrief.«
»Normalerweise«, wiederholte Fanny mit flacher Stimme. Vermutlich stand sie doch unter Schock.
Elena nickte. »Die meisten Selbstmörder haben das Bedürfnis, ihren Angehörigen eine Erklärung zu hinterlassen, sich zu verabschieden. Ein Abschiedsbrief wäre hilfreich. Haben Sie etwas Derartiges gefunden?«
Fanny schüttelte den Kopf, ihre weichen blonden Wellen wogten hin und her.
»Haben Sie heute schon in die Post geschaut?«
»Im Briefkasten war nichts, nur Werbung.«
»Wo sonst könnte er einen Abschiedsbrief hinterlassen haben?«
Fanny schloss die Augen, schüttelte den Kopf und nickte dann. »Kommen Sie mit.«
Das Schlafzimmer war leer bis auf ein breites Ehebett mit zwei Nachttischen. Auf dem einen lagen Bücher, Taschentücher und Cremetuben, auf dem anderen stand ein Wecker, nichts weiter. »Hier ist kein Brief, sehen Sie.«
»Hatte Ihr Mann ein Arbeitszimmer hier zu Hause?«
»Ja.«

»Und auf der Arbeit auch, nehme ich an?«
»Dort war er seit zwei Monaten nicht mehr, er war krankgeschrieben.«
»Dann zeigen Sie mir doch bitte sein Arbeitszimmer.«
Fanny sah Elena beinahe erschrocken an. Sie machte keine Anstalten, sie in das Arbeitszimmer zu führen. Stattdessen griff ihre Hand hilfesuchend nach dem Bettpfosten.
»Wo ist es?«, fragte Elena.
»Die letzte Tür.«
»Dann lassen Sie uns mal nachsehen.« Elena ging entschlossen den Gang entlang und öffnete die letzte Tür. Ein großer Schreibtisch mit Drehstühlen auf beiden Seiten, Ordner in Regalen, ein Laserdrucker. Ein Raum, in dem ganz offensichtlich gearbeitet wurde.
»Kein Brief, sehen Sie selbst.« Beinahe trotzig wies Fanny Schirner auf den aufgeräumten Tisch.
Elena ging in die Hocke, klopfte leicht gegen die Schubladen. Sie waren verschlossen.
»Haben Sie etwas dagegen, wenn wir uns hier ein wenig umsehen?«
»Ja, das habe ich!« Fanny Schirner schloss die Augen, strich sich die Haare zurück. Sie sah plötzlich sehr erschöpft aus, eine Frau, deren Bräunungscremes und Blondiermittel eine trügerische Jugend vorgaukelten und die jetzt gleich, sobald die Besucher die Tür hinter sich geschlossen hätten, zur Hausbar greifen und sich ein Trösterchen einschenken würde.
»Entschuldigen Sie, mir ist nicht gut.«
»Das ist doch kein Wunder«, meldete sich Reimann zu Wort. »Trinken Sie etwas. Ein Glas Wasser?«
Elena sah zu, wie Reimann die Frau ins Wohnzimmer geleitete, wo sie sich wie eine Puppe auf das Sofa setzen

ließ. Plötzlich ist sie wie erstarrt, dachte Elena. Der Schreck. Sie begreift jetzt, was geschehen ist. Vorher hat sie ganz automatisch reagiert, so, wie es gut erzogene Menschen machen, vor allem, wenn sie beruflich mit Kunden zu tun haben.

Noch einmal glitt ihr Blick durch Gernot Schirners Arbeitszimmer, seine sterile Funktionalität. An den Wänden Aktenschränke, die allesamt sauber beschriftet waren. »Rente«, »Steuer«, »Rechnungen«, »Reisen«. Ein ganzes Leben verbarg sich zwischen diesen Aktendeckeln. Nein, sogar zwei.

Einem Impuls folgend, hob sie die blitzsaubere Tastatur des Computers hoch. Darunter war nichts. Kein Zettel mit Passwörtern, keine TAN-Listen, keine geheimen Notizen. Kein Schlüssel.

Zurück im Wohnzimmer, setzte sie sich zu der frischgebackenen Witwe und sah auf die Uhr.

»Welche Kleidung trug Ihr Mann denn?«

»Das kann ich Ihnen nicht sagen. Ich habe ihn ja seit zwei Tagen nicht gesehen! Wie gesagt, ich dachte, er sei an der Loreley.«

»Könnten Sie nachsehen, welche Sachen fehlen?«

Stefanie Schirner zögerte, dann nickte sie und stand auf. Als sie nach wenigen Minuten zurückkam, schien sie unschlüssig. »Ich bin nicht sicher. Bei den Hemden kann ich es nicht sagen. Ein grauer Anzug scheint zu fehlen, er hat mehrere von der Sorte, darum bin ich nicht sicher.«

»Welche Marke?«

»Boss. Aber vielleicht ist der auch in der Reinigung.«

Ein Anzug. Nichts, womit man die Loreley erklimmen würde. Erklomm man die überhaupt?

»Können Sie das nachprüfen?«

Sie nickte. »Warten Sie – außerdem fehlen Jeans und sein grauer Pullover.«

»Können Sie uns noch mal genau schildern, wo Ihr Mann die letzten Tage verbracht hat?«

»Vorgestern haben wir zusammen gefrühstückt. Dann bin ich laufen gegangen und kam zurück um ...« Sie zögerte. »Vielleicht um neun? Neun, halb zehn? Er war in seinem Zimmer. Ich duschte. Dann kam er, um sich zu verabschieden, wir sprachen kurz durch die Badezimmertür, und seither habe ich ihn nicht gesehen. Ich wusste aber, dass er verreisen wollte.«

»Geschäftlich?«

Fanny Schirner sah Elena an und zögerte. »Um ehrlich zu sein, ich habe nicht nachgefragt. Mein Mann war ständig unterwegs. Beruflich ohnehin. Und seit er von der Krankheit erfahren hatte, wollte er alles gleichzeitig und alles sofort. Er wollte viermal im Jahr in Urlaub fahren. Er wollte keinen Pharmakongress auslassen.«

»Hat Sie das nicht gestört?«

Sie hob die Nase ein wenig, es sah trotzig aus. »Um ehrlich zu sein, nein. Ich dachte mir, dass er es wohl braucht. Ich kann ihm schließlich nicht vorschreiben, wie er seine letzte Zeit verbringen soll.« Ihre Stimme klang kühl und ließ eine Ahnung aufschimmern, welche Gespräche zu diesem Thema geführt worden waren, ob real oder in Gedanken.

»Erschien er Ihnen irgendwie verändert?«

»Nein, eigentlich nicht.«

»Könnte Ihr Mann vielleicht schon vorher in Königswinter gewesen sein?«

Etwas veränderte sich im Gesicht von Fanny Schirner, wurde hart, lauernd. »Königswinter?«, fragte sie. »Sie haben ihn in Königswinter gefunden?«

Sie drehte sich um und wandte Elena den Rücken zu, als wolle sie ihr Gesicht verbergen. Sie trat ans Fenster und sah hinaus. Elena dachte für einen Moment, ihre Schultern zucken zu sehen, aber das musste ein Irrtum gewesen sein. Die Frau schien zu erstarren. »Zum Sterben nach Königswinter«, murmelte sie. »Das ist wirklich gut.«
Kurz erwog Elena, sie zu korrigieren – der Fundort der Leiche musste nicht zwangsläufig der Ort sein, an dem Gernot zu Tode gekommen oder ins Wasser gegangen war, ebenso gut mochte er auf Höhe der Loreley oder sonst wo flussaufwärts ertrunken sein. Oder abgelegt worden sein.
»Was ist mit Königswinter?«, fragte Elena. »Dort wohnt Ihr Schwager, nicht wahr? Könnte Ihr Mann deswegen dort gewesen sein?«
»Ich habe wirklich keine Ahnung«, sagte Stefanie Schirner. Doch als sie sich umdrehte und ihre Tasse abstellte, blitzte etwas über ihr Gesicht, eine plötzliche Erkenntnis vielleicht.
Vielleicht war es auch Wut.

*

Jan fror. Seine Socken waren immer noch durchnässt von dem Zusammenstoß mit dem Eimer.
Da das Haus der Menzenbachs nur wenige hundert Meter von Ediths Haus entfernt lag, beschloss er, sich umzuziehen, und als er die Stufen zu der Wohnung hinaufstieg, in der er mit seiner Großmutter lebte, spürte er, dass das eine gute Idee gewesen war. Er würde ohnehin Schwierigkeiten haben, diesen Tag durchzustehen, nach der schlaflosen Nacht, nach dem verwirrenden Gespräch mit

Nicoletta, nach dem grausigen Starrkrampf, dessen Zeuge er geworden war. Es würde ein harter Tag werden. Da waren trockene Socken das mindeste.
Jan hatte am Wochenende gewaschen, und die Sachen lagen noch im Wäschekorb im Badezimmer, so dass er in Ediths Wohnung musste. Dort war es warm. Edith saß in ihrem Ohrensessel und las in einem Taschenbuch.
»Ich habe schon davon gehört«, sagte sie und nahm ihre Lesebrille ab. »Eine Leiche, die leuchtet. Du meine Güte, Jan, was ist das bloß für ein Mord?« Sie sah eher begeistert als erschüttert aus.
»Ich komme nur kurz, um mich umzuziehen. Wir sprechen heute Abend, ja?«
Edith nickte. »Natürlich. Hast du denn schon zu Mittag gegessen? Ich wollte Gemüsesuppe machen.«
»Ich habe eigentlich keine Zeit.« Er sah auf die Uhr. Es war nach zwölf. Er hatte weder geschlafen noch gefrühstückt. Ein Mittagessen war genau das Richtige, und danach ein starker Kaffee. Noch besser zwei.
»Okay. Ich zieh ganz schnell trockene Socken an, und dann gehen wir zu Konya, wollen wir?«
Sie nickte erfreut. Nach anfänglichen Schwierigkeiten hatte sie sich an das Essen in dem türkischen Imbiss gewöhnt, und inzwischen aßen sie mindestens einmal in der Woche dort.
Als sie eine Dreiviertelstunde später mit vollen Mägen zur Rheinpromenade gingen, wo Jans Mini stand – Edith hatte darauf bestanden, ihn zum Auto zu begleiten, ein kleiner Verdauungsspaziergang kam ihr gerade recht, behauptete sie –, klingelte Jans Handy.
Es war Elena. »Wir wissen noch nichts Genaueres, aber vermutlich wurde unser Mann angespült. Seine Frau

sagte, er habe sich einige Tage an der Loreley aufgehalten.«

»In Sankt Goarshausen? Was will er denn da? Dort fahren doch nur Japaner hin.«

»Meine Rede«, sagte Elena. »Jedenfalls sieht es nach Selbstmord aus. Zumindest vermutet das die Witwe. Ihr Mann war schwer krank und hatte nur noch wenige Monate zu leben.«

»Ach.«

»Frenze hat mit der Obduktion noch gar nicht angefangen, aber auch seiner Einschätzung nach spricht einiges für Selbstmord. Wir sollen nachher zu ihm in die Rechtsmedizin, dann weiß er mehr.«

»Warum einfach, wenn es auch umständlich geht«, murmelte Jan. Er konnte den Rechtsmediziner nicht ausstehen. »Gibt es einen Abschiedsbrief?«

»Bisher haben wir keinen gefunden. Im Haus ist jedenfalls nichts.«

»Vielleicht hat die Frau ihn verschwinden lassen? Weil etwas für sie Unangenehmes darin stand?«

»Unwahrscheinlich. Wir sprechen uns nachher im Präsidium, Jan!«

»Gibt es etwas Neues?«, fragte Edith, kaum dass Jan aufgelegt hatte.

»Es sieht nach Selbstmord aus. Unser Mann war todkrank. Offenbar hat er die Loreley besucht. Möglicherweise ist er da ins Wasser gegangen und dann hier angespült worden. Wir wissen aber noch nichts Genaueres.«

»Er ist gar nicht hier bei uns gestorben?«, fragte Edith. Sie sah beinahe enttäuscht aus.

In diesem Moment fiel Jans Blick auf die Fassade direkt vor ihnen. Auf das Schild.

»Jan?«
»Vielleicht doch«, murmelte er.
»Wie meinst du das?« Edith folgte seinem Blick, dann verstand sie.
Vor ihnen prangte der prächtige Eingangsbereich des Rheinhotels Loreley.

*

Eigentlich hätte sie sofort Brigitte anrufen sollen. Sie rief immer sofort Brigitte an, ganz gleich, ob sie eine schwierige Kaufentscheidung zu treffen hatte, sich über eine Kundin ärgerte oder Streit mit Gernot hatte. Immer war der Griff zum Telefon wie ein Griff zum Rettungsreifen. In dem Moment, in dem Brigittes warme, sprudelnde Stimme aus dem Hörer strömte, war alles, was vorher gewaltig und entsetzlich erschienen war, plötzlich nur noch halb so wild.
Umso seltsamer, dass Fanny, nachdem sie erfahren hatte, dass sie ab sofort Witwe war, nicht zum Telefon griff. Sie saß auf ihrem weißen Sofa mit den weißen Kissen (»Hier sieht es aus, als sei eine Schneelawine über uns gerollt«, hatte Gernot einmal gesagt), rieb sich die kalten Füße und trank den Kaffee, den die Polizisten hatten stehen lassen. Die Kekse auf dem Teller rührte sie nicht an. Kekse gehörten zu den verbotenen Lebensmitteln.
Ihre Füße waren wirklich sehr kalt. Vielleicht war das ein Schock?
Sie wusste, warum sie nicht zum Telefon griff. Es lag an dem, was die Polizistin eben getan hatte. Ohne Hemmungen war sie durch den Flur gestapft und hatte die Tür zu Gernots Arbeitszimmer aufgerissen, und keiner

der vielen, vielen Bannkreise, die diesen Ort umgaben, hatte sie daran gehindert. Bannkreise, die dafür gesorgt hatten, dass Fanny in diesem Zimmer noch nicht einmal sauber machte. Seit Jahren hatte sie Gernots Arbeitszimmer nicht betreten.
Bis eben. Bis zu dem Augenblick, als sie der Polizistin gefolgt war und sämtliche Schwellen einfach so passiert hatte.
Gernot war tot.
Er konnte sie nicht daran hindern, sein Arbeitszimmer zu betreten.
Er würde es nicht merken.
Und außerdem hatte sie einen sehr guten Grund, seine Sachen zu durchsuchen. Es hatte nichts mit alberner Eifersucht oder Paranoia zu tun oder wie auch immer Gernot es genannt hätte. Es war ... nun, logisch, angesichts der Umstände.
Die meisten Selbstmörder haben das Bedürfnis, ihren Angehörigen eine Erklärung zu hinterlassen, sich zu verabschieden.
Sie suchte einen Brief. Einen Abschiedsbrief.
Oder eine andere Erklärung.
Fanny erhob sich und ging ins Schlafzimmer. Sie zog Wollsocken über ihre kalten Füße, wickelte sich einen Angoraschal um den Hals und trat in den Flur.
Die Tür zu Gernots Arbeitszimmer stand noch offen.
Seit Fanny denken konnte, war sie immer geschlossen gewesen, ganz gleich, ob sich Gernot im Zimmer befand oder nicht. Gernot hatte großen Wert auf diese Privatsphäre gelegt. Wobei privat vielleicht nicht der richtige Ausdruck war – er hatte hier überwiegend geschäftliche Dinge erledigt, aber eben Dinge, bei denen er nicht

hatte gestört werden wollen. Fanny hatte das respektiert.
So war Gernot nun einmal gewesen, schon immer. Als sie ihn kennenlernte – unermesslich lange schien es her zu sein – damals, vor etwa acht Jahren, war ihr das sehr anziehend vorgekommen. Ihr Ex-Freund Ben war ein zudringlicher, zärtlicher Waschlappen gewesen, der ihr auf Schritt und Tritt folgte. Er hatte nie gewusst, wo es langging. Genau das war es aber gewesen, was Fanny von einem Mann erwartete: dass er klare Ziele vor Augen hatte. Gernot hatte die immer gehabt. Er wusste, wohin er beruflich wollte, wohin sie in Urlaub fuhren. Wann er in seinem Arbeitszimmer allein sein wollte. Er hatte auch gewusst, dass Frauen wie Fanny zum Geburtstag keine Kaufhofgutscheine wollten, sondern etwas Romantisches. Er hatte langstielige Rosen gekauft und eine verheißungsvolle Schachtel in der Jacketttasche verborgen, bis der richtige Moment gekommen war.
Fanny war klar, dass es diese Männer beinahe nur noch im Fernsehen gab. Sie wusste aber auch, dass alle Frauen sich heimlich nach diesen Männern sehnten, und deswegen war ihr Staunen darüber, dass ausgerechnet sie ein solches Exemplar abbekommen hatte, groß gewesen. Es hatte einige Zeit gedauert, bis sie schmerzhaft erfahren hatte, dass auch die gutgekleideten, aufmerksamen Männer, die an Jahrestagen Saphirringe zückten, ihre Schattenseiten hatten.
Fanny sah auf ihre Hand und streifte den Ring daran so hastig ab, als habe er sie verbrannt. Sie wusch sich die Hände, dann betrachtete sie sich mit klopfendem Herzen einen Moment im Spiegel und atmete tief durch.

Das Arbeitszimmer hatte nichts von dem, was sie sich ausgemalt hatte. Es sah genau so aus wie eben, als sie mit der Kommissarin eingetreten war, ein schmuckloser Raum mit zweckmäßigen Möbeln.
Und einem verschlossenen Schreibtisch.
Fanny sah sich um. Das Erstbeste, was ihr ins Auge stach, war das Lineal, lang und durchsichtig, vermutlich aus Plexiglas. Sie stieß damit zögernd in die schmale Lücke zwischen Rahmen und Schublade. Eine Schramme erschien auf der glatten Oberfläche.
Er ist tot, dachte Fanny und stieß kräftiger zu. Er kann es nicht sehen. Er kann diese Schramme nicht sehen, und er kann auch mich nicht sehen.
Es knackte laut, als das Lineal zerbrach.
Für einen Moment blickte Fanny auf das abgebrochene Lineal in ihrer Hand, auf die zerschrammte Oberfläche der Schreibtischschublade. Dann stand sie auf, um im Keller nach dem Werkzeugkasten zu suchen.

*

Die Welt schrumpft, dachte Jan.
Nicht nur, dass er und der Zeuge, der die Leiche gefunden hatte, praktisch Nachbarn waren, auch die Loreley, der mutmaßliche Tatort, war auf wundersame Weise nach Königswinter gerückt.
Sollte er Verstärkung aus dem Präsidium anfordern? Edith nach Hause schicken? Nein, dachte Jan. Noch war keineswegs sicher, dass Gernot Schirner sich statt an der Loreley in dem gleichnamigen Hotel aufgehalten hatte. Er würde nur schnell nachfragen. Und falls er recht behielt, war es möglich, dass sich ein Abschiedsbrief von Gernot Schir-

ner im Hotelzimmer befand und dass er ihn entdeckte, ehe die Zimmermädchen ihn in den Müll warfen.
»Komm, wir gehen rein«, sagte er zu Edith.
Der pompöse, aber inzwischen etwas verwitterte Bau des Rheinhotels Loreley verströmte den Charme einer längst vergangenen Epoche, in der sich alles, was Rang und Namen hatte, zur Sommerfrische am Rhein versammelt hatte. Inzwischen hatten die verschnörkelten, weiß gestrichenen Säulen Roststellen, auch an der Fassade hatte der Zahn der Zeit genagt, vielleicht auch nur das letzte Hochwasser, dennoch besaß das Haus nach wie vor seinen ganz eigenen, stolzen Charakter.
Die Rezeption lag im Obergeschoss. Das war nicht komfortabel, aber angesichts des jährlichen Hochwassers, das so manches Mal die Rheinpromenade flutete und die Häuser bedrängte, sinnvoll. Jan sah sich in der opulenten Eingangshalle um, während Edith ein üppiges Blumenarrangement bewunderte. Zwei holländische Rentner kämpften mit dem engen Fahrstuhl.
Jan trat zum Rezeptionstresen, hinter dem eine schmale junge Frau im marineblauen Kostüm stand und ihn irritiert betrachtete. Vermutlich wunderte sie sich über das fehlende Gepäck.
»Kann ich Ihnen weiterhelfen?«
»Jan Seidel ist mein Name, Kriminalpolizei. Ich suche allerdings kein Zimmer, sondern einen möglichen Gast. Und Sie sind …«
»Renate Kerner.« Die Frau riss die Augen auf, als sie seinen Dienstausweis sah. »Und wen suchen Sie?«
»Sein Name ist Gernot Schirner.«
»Da muss ich mal nachsehen«, murmelte Renate Kerner, den Stift zwischen den Lippen. Sie verschwand in einem

Hinterzimmer, vermutlich, um sich zu beraten. Oder befragte sie den Computer?

Jan spürte, wie Edith neben ihn trat. »Und?«, fragte sie neugierig, und er bedeutete ihr zu schweigen.

Die Empfangsdame kam zurück. »Herr Schirner ist tatsächlich unser Gast«, sagte sie und reichte ihm ein Blatt. Es war eine Kopie des Personalausweises. »Heute müsste er auschecken. Er hat für zwei Nächte gebucht. Die Suite Rolandsbogen.« Sie hob die Augenbrauen, als sei das ein erstaunliches Detail.

»Wann haben Sie ihn das letzte Mal gesehen?«

»Laut unserem System hat er heute nicht gefrühstückt. Gestern wohl auch nicht. Aber das ist nicht ungewöhnlich, manche unserer Gäste ziehen es vor, auswärts zu frühstücken, wenn sie zum Beispiel eine Wanderung machen oder eine Verabredung haben. Dabei ist unser Frühstücksbuffet ganz ausgezeichnet«, beeilte sie sich hinzuzufügen.

»Ganz bestimmt ist es das«, sagte Jan nachdenklich.

»Jetzt weiß ich!«, rief Renate Kerner, und ihr Gesicht hellte sich auf. »Sie sind wegen dieser Leiche hier! Hat Herr Schirner damit zu tun? Er ist doch nicht ... O mein Gott!«

Wieder einmal musste Jan feststellen, dass sich Neuigkeiten in Königswinter rasend schnell verbreiteten. »Wir wissen noch nichts Genaues«, sagte er.

Sie nickte heftig. »Er hat gegen Mittag eingecheckt. So ein großer, dunkler Mann, richtig? Mit einem kleinen Koffer und einer schwarzen Tasche. Es ist schon sehr sonderbar, dass er nicht gefrühstückt hat ... Im Nachhinein hätte man natürlich stutzig werden können. Aber wissen Sie, der Gast ist König, und Diskretion hat im Ho-

telgewerbe höchste Priorität. Stellen Sie sich mal vor, wir rufen die Polizei, und nachher stellt sich heraus, dass der Gast nur eine ... Bekanntschaft gemacht hat und die Tage woanders bei bester Gesundheit verlebt! Es steht den Gästen ja frei, wo sie ihre Zeit verbringen, solange sie die gebuchten Nächte zahlen.«
»Ich würde gern das Zimmer von Gernot Schirner sehen.«
»Die Suite«, korrigierte die Empfangsdame und nickte. Hatte sie anfänglich ein wenig lethargisch gewirkt, so barst sie jetzt vor Energie und Tatkraft. »Kommen Sie mit! Die Suite Rolandsbogen befindet sich im dritten Stock.«
»Was hat es mit dem Zimmer denn auf sich?«, erkundigte sich Jan, während er ihr mit Edith durch das beeindruckende Treppenhaus folgte.
Die Antwort war ein verlegenes Lächeln. »Es ist eine schöne Suite, Sie werden sehen. Dazu gehört unser Turmzimmer mit herrlichem Rheinblick. Vielleicht haben Sie den Turm von außen schon gesehen?«
»Nein«, sagte Jan. »Ich wüsste gern ... Sie haben vorhin so einen Blick gehabt, als wunderten Sie sich über die Buchung der Suite.«
»Ach, das meinen Sie.« Für einen Moment blieb sie stehen. Ihr Blick wanderte zu den prächtigen Lüstern im Gang, als könnten diese ihr zu Hilfe eilen und sie erleuchten. Als sie endlich den Mund öffnete, klang ihre Stimme um eine Oktave dunkler und sehr, sehr leise. »Es ist nur so ... Herr Schirner hat die prächtigste Suite genommen, und das, obwohl er allein angereist ist. Das ist etwas ungewöhnlich. Ich hatte mich gefragt, ob er vielleicht, nun ja, Besuch erwartet hat.« Ihr Blick ging von

links nach rechts, als fürchte sie, aus dem Hinterhalt belauscht und für ihre Indiskretion getadelt zu werden.
»Ich verstehe.«
»Wir sind auch schon da«, zwitscherte sie, schloss die Tür zur Suite auf und trat zur Seite, um Jan und Edith Platz zu machen. »Sie können vom Rolandsbogen bis nach Bonn sehen!«
Die Suite war in der Tat prächtig. Eine Treppe verband den Schlafbereich mit dem runden luftigen Turmzimmer. Dieses Turmzimmer machte seinem Namen alle Ehre: Vier Fenster und eine Balkontür boten einen herrlichen Blick in alle Richtungen, und es war sehr geschmackvoll mit gemütlichen Sesseln eingerichtet. Auf dem niedrigen runden Tisch lag kein Abschiedsbrief.
Jan öffnete die Tür und trat einen Schritt auf den winzigen verschnörkelten Balkon. Unter ihm floss träge und grau der Rhein. Jan schwindelte. Für ihn war dieses Zimmer eindeutig zu hoch oben, und hastig trat er zurück.
»Jeder halbwegs vernünftige Selbstmörder würde sich hier hinunterstürzen«, hörte er Edith hinter sich murmeln. »Dem Vater Rhein zu Füßen – schöner geht es wohl kaum!«
»Also bitte!«, sagte Renate Kerner entsetzt. Jan war nicht sicher, ob ihre Entrüstung dem morbiden Vorschlag oder lediglich der Sorge um die unter ihnen in der Wintersonne sitzenden Hotelgäste galt.
»Wir suchen einen Brief, den Herr Schirner hinterlassen haben könnte. Haben Sie so etwas gesehen?«
Auf der Stirn der Frau erschien eine steile Falte. »Das müssen Sie das Zimmermädchen fragen, aber ich halte es für unwahrscheinlich. Selbstverständlich wird nichts

aus den Zimmern entfernt, es wird nur in aller Diskretion für Ordnung gesorgt. Vielleicht im Schlafzimmer?«
»Wir sollten nachsehen.«
Kerner drehte sich nach einem letzten tadelnden Blick auf Edith auf dem Absatz um und schritt ihnen voran die Treppen hinab. Ihr kerzengerader Rücken drückte immer noch Missbilligung aus. Jan schloss die Balkontür und folgte ihr die Stufen hinunter ins Schlafzimmer. Wie zu erwarten, war das breite Doppelbett frisch bezogen, die üblichen Schokoladentäfelchen auf den exakt gekniffenen Kissen verrieten, dass seit dem letzten Besuch der Zimmermädchen niemand darauf gelegen hatte.
Die Suite war sehr geräumig. Viel Platz für eine einzelne Person. Was für einen Grund mochte Gernot Schirner gehabt haben, eine so große Suite zu bestellen? Wollte er jemanden damit beeindrucken?
Nachdenklich betrachtete Jan das riesige Doppelbett. Vielleicht war der Aufenthalt im Rheinhotel anders verlaufen als geplant? Immerhin war die Suite für mehrere Tage gebucht worden. Weswegen sollte man das tun, wenn man sich am ersten Abend bereits umbringen wollte? Oder machten sich Selbstmörder über so etwas keine Gedanken, weil sie wussten, dass sie die Hotelrechnung nicht mehr selbst begleichen müssten?
Ein komischer Gedanke.
Jan ließ den Blick durch den Raum gleiten. Kein Brief, soweit er erkennen konnte. Auf dem Nachttisch lag nur eine Packung Papiertaschentücher – und ein Buch. Jan musste an Edith denken, an das, was ihr die Donna-Leon-Bücher im letzten Fall über die Leserin verraten hatten. Edith hatte es im selben Moment entdeckt wie er und eilte mit wackeligen Schritten darauf zu.

»Nicht!«, warnte er. »Denk an die Spurensicherung!«
»Ein kleiner Blick auf das Buch kann nicht schaden«, sagte sie, und die porzellanblauen Augen blinzelten unschuldig.
Jan seufzte und griff in seine Tasche. »Aber dann zieh bitte Handschuhe an.«
Erfreut nahm Edith die dünnen durchsichtigen Handschuhe entgegen und streifte sie über, so schnell es ihre arthritischen Finger erlaubten. »Wie ein Profi«, murmelte sie fasziniert.
Jan öffnete den Schrank. Jeans, Kaschmirpulli, Hemden. Es sah nicht nach einem Geschäftstermin aus.
Außerdem schienen die Sachen ungetragen zu sein. Jan klappte den Koffer auf. Auch hier lag keine getragene Wäsche. Dem ersten Augenschein nach hatte Gernot Kleidung für zwei oder drei Tage dabeigehabt und nichts davon getragen, möglicherweise war er also schon am ersten Tag umgekommen. An der Garderobe hing ein Schirm, ein schwarzer Herrenschirm mit hölzernem Griff.
Renate Kerner hinter ihm scharrte mit den Füßen.
»Hat Herr Menzenbach etwas bei sich getragen, als Sie ihn zuletzt gesehen haben?«
Sie nickte. »Eine schwarze Nylontasche, so ein Ding, worin man Laptop oder Unterlagen transportiert. Daran kann ich mich gut erinnern, weil er die nach dem Einchecken hat liegen lassen und ich sie ihm hinterhergetragen habe.«
»Er hat sie liegen lassen?«
»Auf seinem Platz im Wintergarten. Dort hatte er einen Kaffee getrunken. Um ehrlich zu sein, Herr Menzenbach schien ein wenig nervös.«

»Nervös?«
Ein zufriedenes Schnaufen von Edith brachte Jan dazu, sich umzudrehen.
»Die Selbstmordtheorie können wir jedenfalls vergessen!«, rief sie. »Gernot Schirner wurde ganz eindeutig umgebracht.«
Sie hielt das Buch hoch wie einen Pokal.

*

Das Foto stand ihr klar und deutlich vor Augen, obwohl es sich längst in der Verborgenheit ihrer Jackentasche befand. Sie hätte es aus dem Gedächtnis zeichnen können. Die junge Frau in dem Boot, das Gesicht hielt sie dem Betrachter zugewandt. Lachende Augen, leicht zugekniffen, geblendet vom Sonnenlicht, das schräg und rötlich ins Bild fiel, Abendsonne vermutlich. Eine leicht gekrauste Nase, auf der sich wenige winzige Sommersprossen befanden. Ein Mund mit zusammengepressten Lippen, die aussahen, als versuchten sie ein Lachen zurückzuhalten. Und das Haar, nixenhaft lang, blond, das in der Sonne aufleuchtete. Im Hintergrund ein vages Blau – es mochte das Meer sein oder der Rhein, vielleicht auch ein See.
Fanny hasste die Frau auf dem Foto von ganzem Herzen, hatte sie immer gehasst, aber jetzt, wo sie wusste, dass ihr Foto in Gernots Schublade gesteckt hatte, brannte dieser Hass wie Säure.
Er verbringt ein paar Tage auf der Loreley.
Die Mehrdeutigkeit ihres eigenen Satzes, die ihr erst im Nachhinein aufgefallen war, brachte sie beinahe zum Würgen.

Sie hatte nur an die Loreley als Ausflugsziel gedacht. Sie hatte nie an Juli gedacht. Dabei hatte sie es immer geahnt. Dass ihre verhasste Schwägerin Gernot immer noch an unsichtbaren Fäden zog. Dass Gernot sofort zur Stelle sein würde, wenn seine Verflossene ihn rief und lockte, ganz egal, wie viele Bälger sie seinem Bruder geboren hatte.
Jetzt war alles ans Licht gekommen, die Briefe und das Bild dokumentierten diese Fäden, doch Gernot war tot, mausetot, und sie war allein zurückgeblieben mit ihrer Wut und ihrem Hass und den Fragen, die sie laut herausbrüllen wollte, nur war da kein Gernot mehr, um sie zu beantworten.
Er war bei ihr gestorben. Bei der anderen.
Aber was Fanny am meisten schmerzte, war, dass er nicht einmal genug Rücksicht auf seine Frau genommen hatte, um dieses Foto aus seinem Schreibtisch zu entfernen, wo sie es nach seinem Tod unweigerlich hatte finden müssen.
Zusammen mit den Briefen.
Fanny setzte sich auf den Küchenstuhl und starrte das Telefon an. Dann nahm sie es in die Hand und klickte sich durch das Adressbuch. »Gis« stand im Kurzwahlspeicher. Das war typisch für Gernot. Jeder wusste, dass er kein Wort mit Gis gesprochen hatte, seit Jahren nicht. Wenn überhaupt, hätte er mit Juli gesprochen. Trotzdem hatte er, als sie letztes Jahr das neue Telefon angeschafft hatten, die Nummer von Gis eingespeichert, weil nach seiner Vorstellung die Nummern von Familienangehörigen in den Kurzwahlspeicher gehörten. Alles musste seine Ordnung haben.
Eine Ordnung, die sie wahnsinnig machte. Fanny war immer wieder versucht gewesen, die Nummer zu lö-

schen. Jedes Mal, wenn sie den Kurzwahlspeicher durchging, stolperte sie über diese Nummer. Wie sollte man jemanden vergessen, dessen Nummer täglich auftauchte?
»Lösch sie doch einfach«, hatte Brigitte zu ihr gesagt.
Jeder von Brigittes Vorschlägen endete mit dem Wort »einfach«, weil für Brigitte das Leben ganz einfach war.
Frag ihn doch einfach.
Ignorier ihn doch einfach.
Oder: Adoptiert doch einfach eins.
Brigitte hatte Gernot nie gemocht, aber vielleicht lag das auch daran, dass Gernot für sie ein Störfaktor gewesen war. Einer, der verhinderte, dass sie mit Fanny verreisen konnte zum Beispiel. Mit verheirateten Freundinnen konnte Brigitte nicht verreisen. Mit verwitweten schon.
Fanny merkte, dass sie immer noch auf das Telefon starrte, und wandte den Blick ab.
Witwe. Sie war jetzt Witwe. Es war ein Wort, das alt klang.
Warum bloß war sie über den Klang des Wortes erschütterter als über das, was es besagte?
Es war Fanny egal, dass er tot war. Aber dass er ausgerechnet in Königswinter gestorben war – das sollte er büßen.
Und erst, als es ihr nass und warm über die Wangen rann, merkte sie, dass sie weinte. Es waren keine Tränen der Trauer, sondern Tränen der Hilflosigkeit.
Sie begriff, dass es keine Gelegenheit mehr geben würde, Gernot für irgendetwas büßen zu lassen. Und das war schlimm, denn jetzt, wo sie das Foto und die Briefe gefunden hatte, hätte sie endlich einen Grund gehabt, ihn anzuklagen.
Sie zog das Foto aus der Jackentasche, ohne es anzusehen. Dann ging sie in die Küche, nahm das Feuerzeug

und sah zu, wie die Flamme an der Ecke des Fotos leckte, größer wurde, auf das blaue Wasser übergriff, Julis blonde Haare fraß. Sie hielt das Bild an einer Ecke fest, bis die Flammen ihr in die Finger bissen. Asche segelte in den Spülstein, es stank. Fanny drehte das Wasser auf, kühlte ihre Finger und ließ es laufen, bis das letzte bisschen Asche verschwunden war.
Sie starrte aus dem Fenster. Und dachte daran, dass sie dieses Bild auch dann verbrannt hätte, wenn Gernot noch leben würde. Dann hätte er es wenigstens bemerkt. Er wäre wütend geworden, und sie hätte ihm zeigen können, wie egal ihr das war. Wie verletzt sie war.
Jetzt war das Verbrennen des Bildes eine überflüssige, pathetische Geste gewesen, eine, von der ihre Hände stanken.
Fanny wusch sich den Geruch von Verbranntem von den Fingern und cremte sie mit einer parfümierten Lotion ein, bis an ihnen kein Rauchgeruch mehr zu erahnen war.
Womöglich hatte er das Foto nur deswegen leichten Herzens zurückgelassen, weil das Letzte, was er gesehen hatte, die echte Loreley gewesen war.
Juli.
Seine Schwägerin.

*

»Es ist ganz einfach«, sagte Edith beinahe entschuldigend.
Die Dame von Empfang hatte sie ungern in der Suite allein gelassen, aber sie hatte zurück an die Rezeption gemusst. Also hatten er und Edith sich in die eleganten Sessel im Turmzimmer gesetzt und genossen nun den

Blick auf den Rhein. Vor ihnen auf dem Tisch lag das Buch wie ein Corpus Delicti.

»Ken Follett«, erklärte Edith und griff nach ihrer Lesebrille. »Er hat den Kassenbon hinten im Buch gelassen. Demzufolge hat er das Buch vorgestern erst gekauft, und zwar in unserer Buchhandlung hier im Ort.«

»Und was sagt uns das jetzt?«, fragte Jan.

»Sieh dir mal den Schnitt an!« Sie hielt ihm das Buch vor die Nase. Die Seitenzahl war beachtlich, ein so dickes Buch hatte er selbst noch nie gelesen. Er las allerdings ohnehin wenig.

»Und?«, fragte er. »Ein dickes Buch. Gernot Schirner hat ein dickes Buch gekauft.«

»Erstens einmal hat er kein dickes Buch gekauft, sondern einen dicken Ken Follett, einen sehr spannenden noch dazu. Aber das meine ich nicht. Der Schnitt! Sieh dir den Schnitt an! Was siehst du?«

»Ich sehe Seiten«, sagte Jan widerstrebend. Er kam sich blöd vor.

»O ja«, sagte sie nachsichtig. »Das stimmt. Aber schau genau hin! Bei Taschenbüchern dieser Qualität erkennt man genau, an welchen Stellen das Buch aufgeschlagen wurde beziehungsweise bis zu welcher Stelle es gelesen wurde. Damals in unserer Buchhandlung ... Marta Gröbing kaufte beinahe jeden Samstag ein Taschenbuch, und am Montag brachte sie es zurück und behauptete, es sei das falsche Buch, und wollte es umtauschen. Ich konnte am Schnitt immer genau erkennen, dass sie es vor dem Umtausch ganz durchgelesen hatte!«

»Und was hast du gemacht?«

»Natürlich habe ich es umgetauscht, sie war ja eine gute Kundin! Außerdem fand ich schon immer, man soll das

Lesen fördern, wo es geht, selbst wenn es das Lesen von Kriminalromanen ist – die ja gemeinhin als ein etwas niederes Kulturprodukt gelten.« Eine zarte Röte war in ihre Wangen gestiegen, und Jan unterdrückte ein Grinsen. Die größte ihm bekannte Konsumentin niederer Kulturprodukte saß ihm zweifelsfrei gegenüber.

»Auf jeden Fall ist es ausgeschlossen, dass er sich umgebracht hat«, fuhr sie dann überraschend fort.

»Tatsächlich?«

Edith nickte entschieden. »Dann hätte er sich nicht am selben Tag Ken Follett gekauft.«

»Ich weiß nicht. Warum sollte jemand, ehe er sich umbringt, nicht noch ein Buch kaufen? Vielleicht, um sich zu trösten oder abzulenken?«

Edith schüttelte den Kopf. »Selbstmörder kaufen keinen Ken Follett. Entweder, sie haben kein Bedürfnis zu lesen, weil sie mit den Gedanken beim bevorstehenden Ende sind, oder sie lesen etwas Bedeutsames. Moby Dick vielleicht oder Robinson Crusoe. Etwas Tröstendes, das für ihr Leben Bedeutung hatte. Vielleicht auch Goethe. Frauen mögen etwas Romantisches wählen, das sie zu Tränen rührt. Aber einen Unterhaltungsroman zu kaufen, ihn so spannend finden, dass man ihn an einem Tag bis zur Hälfte durchliest, und sich umzubringen, noch ehe man die Auflösung weiß? Das glaube ich nicht. Außer ...« Sie hob bedeutungsvoll den arthritisch verkrümmten Zeigefinger. »Es könnte allenfalls sein, dass es ein sehr spontaner Selbstmord war. Dass unser Mann nicht nach Königswinter kam, um sich umzubringen, dass er den Roman kaufte, bis zur Hälfte las – und dann geschah etwas! Aber ein geplanter Selbstmord? Ausgeschlossen.«

»Wir werden sehen«, sagte Jan diplomatisch. »Im Moment spricht aus Sicht der Polizei alles für Selbstmord.«
»Natürlich ist das kein wirklicher Beweis im kriminologischen Sinne«, beeilte sich Edith zu sagen. »Aber für mich schon. Geh du nur allen Spuren nach, das musst du ja. Und dann ... Dann werden wir sehen, ob ich recht habe.« Ihre Stimme klang ausgesprochen siegessicher.

*

Zurück im Präsidium, stellte er erst die Heizung und dann die Kaffeemaschine an. Das bittere, kalte Gebräu von Marla Menzenbach fiel ihm ein, ihr Anfall, seine Angst vor einer Vergiftung. Dann dachte Jan an Edith und ihre vermeintlichen Erkenntnisse und unterdrückte ein Lächeln.
Er startete seinen Rechner und wartete, bis dieser startbereit war, dann googelte er »Tetanie« und fand im Großen und Ganzen bestätigt, was die Nachbarin und die kurz darauf eintreffenden Sanitäter ihm erzählt hatten.
Nach dem dritten Kaffee ging es ihm besser, und er hatte die Informationen über die Leiche durchgelesen, die Nina Treibel in der Zwischenzeit über Gernot Schirner gesammelt hatte.
Schirner war dreiundvierzig Jahre alt, geboren in Wiesbaden, er hatte Chemie studiert und in Marburg promoviert. Seit acht Jahren war er als medizinischer Chemiker bei Alloxess, einem führenden Pharmaunternehmen, tätig. Vor zwei Monaten hatte man ihn wegen seiner fortschreitenden Krebserkrankung krankgeschrieben. Er lebte mit seiner Frau Stefanie seit sieben Jahren in Ludwigshafen, ebenso lange waren sie verheiratet.

Sein Bruder Giselher lebte in Königswinter und war fünf Jahre jünger.
Der Name, dachte Jan, hätte einen älteren Mann vermuten lassen. Giselher? Gernot? Die Eltern mussten einen komischen Geschmack haben. Machten sich Eltern nicht normalerweise eine Menge Gedanken darum, was für einen Namen sie ihrem Kind gaben?
Diese Überlegung brachte ihn pfeilschnell zu der Sache mit Nicoletta und dem Grund, warum sie sich gestern mit ihm getroffen hatte. Die schockierende Mitteilung hatte ihn eiskalt erwischt. Zuerst hatte er an ein versöhnliches Abendessen zweier frisch Getrennter geglaubt, dann war da dieses Kleid mit dem Ausschnitt gewesen, Nicolettas leicht heiseres Lachen, der Abstand ihrer Körper, der sich im Verlauf des Abends immer weiter zu verringern schien. Ihre schnelle, kühle Hand in seinem Nacken, ihr Muttermal dicht an seinem Ohr. Und dann irgendwann, beinahe beiläufig, ließ sie die Katze aus dem Sack.
Nicoletta wollte ein Kind.
Sie war nicht etwa mit ihm ausgegangen, weil rasende Sehnsucht sie gepackt und ihr gezeigt hatte, dass sie ohne ihn nicht leben konnte, obwohl einige Aspekte ihrer vergangenen Beziehung unerklärlich und seltsam, ja vielleicht sogar höchst ungesund gewesen waren.
Auch nicht, weil der schmerzhafte Prozess der Trennung mittlerweile an einem Punkt angelangt war, wo eine zaghafte freundschaftliche Annäherung möglich war, eine Annäherung, bei der man gemeinsam zu Abend aß und einander vielleicht verschämt von neuen Bekanntschaften berichten könnte.
Nein, Nicoletta hatte sich kalkuliert und zielgerichtet mit ihm verabredet, weil sie die unerwartete Trennung letzten

Oktober mit dem Problem der Familienplanung konfrontiert hatte und sie eruieren wollte, ob man sich unter diesen Umständen nicht doch noch zusammenraufen sollte.
Es ist wirklich nicht leicht, noch jemanden zu finden, wenn man berufstätig und über dreißig ist. Und all die Zeit, die es braucht, bis man sich angenähert hat ... Da ist es doch gescheiter, man tut sich mit dem zusammen, den man schon kennt. Und die Hormone und die große Liebe und so, das vergeht ja ohnehin, das wäre auch bei einem neuen Partner nicht anders.
Das hatte sie gesagt, ohne Rücksicht auf sein männliches Ego. Er hatte ihren Pragmatismus immer geliebt, weil er einen Schutzschild vor dem völlig überzogenen Idealismus seiner weltfernen Altphilologenmutter bot, aber dies ging entschieden zu weit.
Konnten diese praktisch denkenden Menschen ihrer Umwelt nicht wenigstens einen Rest Illusion lassen? Sie hätte sagen können, sie wünsche sich brennend ein Kind von ihm. Sie hätte sagen können, er sei der Einzige, mit dem sie sich eine Familie vorstellen könne. Sie hätte ihn küssen können.
In dem Alter kauft man nicht gern die Katze im Sack.
Besten Dank, dachte er. Immerhin bin ich besser als die Katze im Sack. Das ist doch schon mal was.
Er schreckte hoch, als Elena an seinen Tisch trat.
»Du siehst scheiße aus«, sagte sie mit einem Blick auf sein verquollenes Gesicht, und das fand Jan angesichts ihrer eigenen wenig eleganten Erscheinung so unverschämt, dass er augenblicklich hellwach war.
Elena hatte sich immer noch nicht umgezogen, Jan sah weiterhin den karierten Zipfel ihres Schlafanzugs unter der unförmigen Strickjacke hervorlugen.

»Ich bin nur ziemlich müde. War es schlimm?«, fragte Jan. Das Überbringen von Todesnachrichten gehörte neben den Obduktionen zu den meistgehassten Aufgaben.
»Eigentlich nicht. Unsere Frau Schirner war ganz gefasst. Ein bisschen zu gefasst, wenn du mich fragst.«
»Einvernehmlicher Selbstmord? Meinst du, sie wusste davon?«
Elena schüttelte den Kopf. »Dafür war sie zu erstaunt, dass er in Königswinter war. Nein, nicht erstaunt. Sie wirkte beinahe wütend. Überhaupt schien sie mehr wütend als traurig. Eine seltsame Frau, so ein Linda-de-Mol-Verschnitt. Wahrscheinlich weint sie nie, aus Angst um ihre Wimperntusche.«
»Hm«, machte Jan.
»Jedenfalls haben wir keinen Abschiedsbrief gefunden. Wir müssen also die Kollegen in Rheinland-Pfalz hinzuziehen und die Ermittlungen auf die Loreley ausdehnen.«
»Nein, das müssen wir nicht.« Rasch berichtete Jan von Gernots Aufenthalt in der Suite.
Mit großen Augen sah Elena ihn an. »Und wie bist du bitte darauf gekommen?«
»Das Rheinhotel liegt praktisch direkt neben meiner Wohnung.« Er sagte lieber *meine Wohnung* als *die Wohnung meiner Oma*. »Ich bin auf gut Glück rein und habe gefragt, ob sie einen Gast mit dem Namen haben.«
»Und auch da war kein Abschiedsbrief?«
»Nein.«
»Kann es sein, dass die Reinigungskräfte den weggenommen haben oder er sonst wie verschwunden ist?« Elena zerrte an dem Schlafanzugzipfel unter ihrem Pullover.

»Sie sagen, nein. Allerdings hat diese Renate Kerner eine schwarze Tasche erwähnt, die er bei sich trug. Die müssen wir finden, ebenso wie seine Kleidung.«

»Sag mal, was guckst du denn so? Hast du was?« Irritiert folgte Elena seinem Blick, sah an sich selbst rauf und runter.

Jan räusperte sich. »Ist das eigentlich dein Schlafanzug da unter dem Pullover?«

»Was?« Mit ihren viel zu hellen Augen starrte sie ihn an, und wieder einmal fühlte er sich bedroht. Niemand konnte so eigenartig starren wie Elena, das lag vielleicht daran, dass ihr der Vorhang dichter Wimpern fehlte, der den Blick von Frauen verschleierte. Normalerweise.

»Was geht dich mein Schlafanzug an?«

Jan deutete auf den blaukarierten Zipfel, der unter ihrem Strickpullover hervorlugte. »Ich dachte nur, weil wir ja mitten in der Nacht an den Tatort gerufen wurden.«

»Das ist eine Bluse, kein Schlafanzug.«

Er hätte gern gesagt, dass er unter Bluse etwas anderes verstand als ein Schlafanzugoberteil im Stile eines Holzfällerhemds, aber er schwieg. Elena reizte ihn immer wieder zu solchen Bemerkungen, obwohl er wusste, dass das ihrer Beziehung nicht förderlich war. Außerdem hatte Elena in der Vergangenheit bewiesen, dass er sich auf sie verlassen konnte.

»Aha«, sagte er nur.

»Ich besitze im Übrigen gar keinen Schlafanzug, ich schlafe nackt.«

Er schwieg, das war vermutlich das Beste. In diesem Moment klingelte das Telefon, und mit einem letzten vernichtenden Blick auf Jan griff Elena nach dem Hörer. Ihr Gesicht hellte sich auf, sie legte rasch wieder auf und drehte sich zu Jan um. Das Gespräch von eben schien vergessen. »Das war Frenze. Wir sollen mal vorbeischauen, er sagt, er hat wirklich spannende Neuigkeiten für uns.«

*

»Der Fundort ist keinesfalls der Tatort, das steht schon mal fest.«
Georg Frenze schien glücklich. Eitel rieb er sich seinen polierten Schädel, setzte seine Brille auf und wieder ab und betrachtete zufrieden die Kommissare, die sich im respektvollen Abstand um die Leiche aufgestellt hatten, voller Erwartung, was er zu berichten hatte.
Jan hoffte, dass der Rechtsmediziner nicht zu viel versprochen hatte. Meist waren seine Ergebnisse sehr vage, vor allem, was den für die Ermittlungen so wichtigen Todeszeitpunkt anbelangte. Wie immer fühlte Jan sich unwohl im Rechtsmedizinischen Institut. Dieses Gefühl steigerte sich, je näher er den toten Körpern kam. Hier im Präparationssaal war es am schlimmsten. Der Raum war kühl, die Temperatur alleine reichte, um ihn frösteln zu lassen, dazu kamen die zahlreichen eigenartigen metallischen Geräte, die auf den Tabletts ruhten und auf ihren Einsatz lauerten, und jene für menschliche Organe bestimmte Waage, die von der Decke hing und frappierend an die eines Obsthändlers erinnerte.
»Da habt ihr ja wirklich mal was gefunden«, sagte Frenze und tätschelte beinahe liebevoll den Körper, der unter der Plane lag. »Die Sache mit der Weihnachtsbeleuchtung können wir überspringen. Unser Mann hier war mit vier Meter Anglerschnur geschmückt, in der diese Lich-

ter hingen. Das Zeug ist jetzt in der KTU, da könnt ihr nachfragen. Außerdem hat sich an Händen und Füßen Waschhaut gebildet, das ist ja nicht weiter überraschend. Kommen wir zu dem, was wirklich spannend ist.«
»Ich dachte, das mit der Beleuchtung sei wirklich spannend«, sagte Elena.
Frenze lachte entzückt. »Dann passen wir mal auf! Also, unsere Leiche ist ein Mann, eins achtzig, etwa vierzig. Wir haben ein sehr schönes Beispiel für doppelte Totenflecken. Das bedeutet, die Livores, auch genannt Totenflecken oder Leichenflecken, unseres Patienten hier haben sich zuerst gemäß ihrer Lage ausgebildet. Dann, noch ehe sich das Blut ganz verfestigt hatte, ist der Körper erneut bewegt worden, so dass die Flecken sich an anderer Stelle erneut gebildet haben.«
Jan nickte ungeduldig, das Phänomen war ihnen allen hinreichend bekannt.
Frenze lächelte zufrieden. Er liebte es, seine Zuhörer auf die Folter zu spannen. »Ich zeige mal, was mir daran so gut gefallen hat.«
Mit einem Ruck zog er an der Plane – Jan hätte schwören können, dass er die Leiche allein um dieses dramatischen Effekts willen bedeckt hatte. Neugierig traten sie näher. Der Körper des Toten schimmerte beinahe bläulich im Licht der Neonröhren. Er war nahezu unversehrt, der typische T-förmige Schnitt fehlte. Umso mehr fielen die dunklen Leichenflecken auf. Sie waren unregelmäßig verteilt, Füße und Gesäß sowie die Unterarme waren blauviolett angelaufen, hellere Flecken prangten auf Brust, Bauch und der Vorderseite der Beine.
»Mancher *Livor mortis*«, dozierte Frenze und warf den Verfärbungen einen beinahe zärtlichen Blick zu, »gibt

uns den entscheidenden Hinweis. Nicht nur auf die Lage des Toten bei seiner Ermordung, sondern vor allem über die Position, in der er gelagert wurde.«

»Heißt das, er saß?«, fragte Elena knapp.

Frenze strahlte. »Halb und halb, würde ich sagen. Ich habe eine kleine Zeichnung angefertigt. Wenn wir den Körper anhand der Male ausrichten, können wir ziemlich genau rekonstruieren, in welcher Position er sich befunden hat. Ausgestreckt, aber ...« Er tippte auf seinem Notebook herum und sah erwartungsvoll an die weiße Wand, dann kniff er die Augen zusammen. Wahrscheinlich braucht er langsam eine Gleitsichtbrille, dachte Jan.

An der Wand erschien im hellen Rechteck Frenzes Zeichnung. Es war eine schlechte Zeichnung, fand Jan, eine Kinderzeichnung, die die Lage eines Körpers zeigte, mit einer horizontalen Linie, die den Verlauf der dunklen Totenflecken markierte. Es sah aus wie ...

»Er starb in der Badewanne«, rief Elena überrascht.

Frenze nickte erfreut. »Das würde zu den Flecken passen, ja. Zumindest verraten die Flecken, dass die Leiche lange in einer Art Badewanne lag.«

Jan runzelte die Stirn. »Dann muss ihn jemand später an der Buhne abgelegt haben.«

»Oder er wurde angeschwemmt.«

»Badewannentod. Barschel, sag ich nur«, überlegte Elena laut.

Jan durchforstete sein Gehirn nach dem Fall Barschel. Das würde erklären, warum Frenze so aufgedreht war. Dachte er, durch Parallelen zum Fall Barschel würde er als Sachverständiger besondere Aufmerksamkeit erregen?

»Was ist denn die Todesursache? Er ist doch nicht etwa in der Badewanne ertrunken?«
Der Rechtsmediziner schüttelte den Kopf. »Typische Ertrinkungsbefunde liegen nicht vor.«
»Aber?«
Frenze lachte glücklich. »Jetzt kommen wir zum Kern! Unser Toter hatte höchstwahrscheinlich Benzodiazepine im Blut, und zwar lang wirkende, wenn ich mir das Ergebnis ansehe. Die Dinger sind ja sehr gefährlich, man kann sie leicht überdosieren. Was hier auch geschehen ist. Das war allerdings nicht todesursächlich.«
»Sondern?«, fragte Elena. Man sah ihr an, dass sie langsam die Geduld verlor.
»Er ist höchstwahrscheinlich an Unterkühlung gestorben.« Die letzten Silben schrie Frenze förmlich, es klang, als habe er einen Lottogewinner zu verkünden.
»In der Badewanne?«
»Ja.«
»Aber ...«
Frenze hob den Zeigefinger. »Einem Menschen im Normalzustand könnte das gar nicht passieren. Folgendes muss sich abgespielt haben. Unser Mann nahm, ob willentlich oder nicht, ein Mittel zu sich, das sicherstellte, dass er mindestens acht Stunden lang zuverlässig sediert sein würde. Ich tippe auf Flurazepam, das wirkt am längsten und ist halbwegs einfach zu beschaffen, aber da müssen wir auf den toxikologischen Befund warten. Ohne Laboruntersuchungen kann ich ohnehin nichts mit Sicherheit sagen, aber es kann sich nicht anders abgespielt haben als so: Er lag zumindest anfangs in der gefüllten Badewanne, wir haben geringe Rückstände eines Lavendelzusatzes auf seiner Haut gefunden, ätherisches

Öl und Mandelöl, den genauen Hersteller kriegen wir noch raus. Dann schläft unser Mann ein, das Wasser kühlt ab. Mit ihm kühlt der Körper aus. Normalerweise würde unser Mann jetzt aufwachen, der menschliche Körper hat ein Warnsystem, das ihn vor dem Auskühlen schützt. Das Sedativum verhindert dies. Verstehen Sie – niemand würde in dieser entspannten Badewannenlage erfrieren, und es gibt keine Spuren von Fesseln oder Ähnlichem, der Mann lag also freiwillig so. Wäre er nicht sediert, würde er sich bewegen, zusammenkrümmen, was auch immer. Also, weiter zu unserer Badewanne. Die Wassertemperatur sinkt, vermutlich ist das Fenster offen, was die Abkühlung beschleunigt. Der Körper kühlt aus. Bis das Herz stehen bleibt.«

»Ein sanfter Mord«, sagte Jan nachdenklich. Die Badewanne im Rheinhotel Loreley fiel ihm ein, das prunkvolle Ambiente, der herrliche Ausblick auf den Rhein. Ein schöner Ort zum Sterben?

Frenze zuckte die Achseln. »Wohl eher ein sanfter Selbstmord. Unter uns Medizinstudenten galt dieser Ablauf damals als komfortable und vergleichsweise sichere Methode, sich umzubringen. Anders als bei Suizidversuchen durch Sprung und Schuss besteht im Falle des Misslingens nicht die Gefahr, dass man nachher querschnittsgelähmt endet. Und es ist wesentlich angenehmer als Erhängen. Denn solche Dinge sollte man ja beachten, ehe man freiwillig aus dem Leben scheidet.«

Es fiel Jan absolut nicht schwer, sich Frenze als jungen Medizinstudenten vorzustellen, der in der Mensa vergnügt genau solche Themen erörterte.

»Wie praktisch«, murmelte er.

Elena blätterte ungeduldig in ihrem ausgefransten Ringbuchblock. »Also ein Selbstmord? Und dann hat ihn jemand tot in der Badewanne gefunden und in den Rhein gelegt?«

Frenze zuckte die Achseln. »Für die Abläufe sind Sie zuständig, meine Herren. Und Damen, natürlich«, fügte er mit einer galanten kleinen Verbeugung in Elenas Richtung hinzu. »Ich werde Ihnen morgen das Ergebnis der Tests geben, bis dahin müssten wir Abbauprodukte des Sedativums gefunden haben. Näheres zum Präparat kann dann dauern. Obduziert habe ich bis dahin auch.«

»Wie jetzt?«, fragte Elena. »Das bedeutet, Sie haben noch gar keine Medikamente gefunden? Sie vermuten das alles nur, weil Sie selber sich zu Studienzeiten solche Suizide ausgedacht haben?«

»Warten Sie doch einfach die Ergebnisse ab«, sagte Frenze und lächelte selbstsicher.

»Konnten Sie Krankheiten feststellen? Die Ehefrau sagt, Gernot Schirner litt an Krebs.«

»Alles zu seiner Zeit«, sagte Frenze leicht verstimmt. Offenbar war er enttäuscht, dass seine Badewannengeschichte nicht das erwartete Maß an Begeisterung geweckt hatte. »Wie gesagt, auch die Nebenbefunde gibt es morgen. Ach so, noch etwas: Da ist eine Stelle am linken Unterschenkel, eine Wunde, post mortem zugefügt. Sie passt exakt zu dem Angelhaken. Das ist die Stelle, wo der Angler ihn erwischt hat. Nicht besonders wichtig für Sie, denke ich. Ich wollte Ihnen erst einmal mit der Todesursache weiterhelfen.«

»Eine Sache noch«, sagte Jan. Da war ein Bild, das satte Platschen, ein Aal, der klatschend ins Wasser zurückfiel. »Haben Sie Fraßspuren gefunden? Von Fischen?«

»Fische gehen nicht an verwesende Körper«, sagte Frenze.
»Außer Aalen«, sagte Jan.
»Aale?« Frenze lachte. »Natürlich nicht! Dieses Ammenmärchen hält sich beharrlich. Richtig ist, dass Aale jedes geeignete Versteck aufsuchen, und Tierkadaver gehören dazu. Das bedeutet nicht, dass sie von den Kadavern fressen, sie benutzen sie lediglich als Unterschlupf. Früher benutzte man dieses Wissen, um sie zu fangen, indem man Tierschädel ins Wasser ließ, damit sie sich darin sammeln.«
»Ich bin mir ziemlich sicher, dass ich einen Aal an der Leiche gesehen habe«, beharrte Jan.
Frenze sah ihn an. »Kann es sein, dass Sie die *Blechtrommel* gesehen haben? Dieser verdammte Film verwirrt alle.«
»Ich bin nicht verwirrt«, sagte Jan ärgerlich.
»Nein?«, fragte Frenze.
»Über Filme können wir später reden«, sagte Elena ungeduldig. »Ich denke, jetzt sollten wir erst mal den Bruder unseres Opfers besuchen.«

*

Ein zögerlicher Nieselregen setzte ein, als Jan zum zweiten Mal an diesem Tag über den gepflasterten Kirchplatz ging. Im Park hatten Kinder trotz des kalten Wetters eine Decke ausgebreitet, auf der sie Steine und Stöcke sammelten. Ein Picknickspiel? Ein Wettbewerb? Es war ein friedliches, ein schönes Bild, und er fühlte, wie sich ein Lächeln auf sein Gesicht stahl. Nicoletta und ihr Kinderwunsch fielen ihm ein, und für einen Moment erschien

dieser Wunsch ihm gar nicht so absurd wie letzte Nacht. Er sah zu Elena. Elena lächelte nicht.
»Nett haben die es hier«, stellte sie fest. »Eine richtige Bullerbü-Idylle, mein Gott, wie in der Reklame. Sind das die Kinder von der Retterin?«
Sie meinte Juliane Schirner. Jan warf einen Blick auf die winterlich vermummten Kinder. »Ich glaube nicht.«
Das Haus von Familie Schirner war eine exakte Kopie des Nachbarhauses, nur waren die Fensterläden blau und nicht grün wie bei den Menzenbachs. Drinnen sah es allerdings anders aus. Warme Kiefernholzmöbel, bunte Teppiche und ein fröhliches Durcheinander aus Schals und Mützen an der Garderobe verströmten die Gemütlichkeit eines Kinderbuchs. Und es roch. Jan schnupperte. Es roch gut. Nach Gewürzen, Holz und Kerzenwachs.
»Kommen Sie einfach durch, wir sind in der Küche!«, rief Juli Schirner. Jan nickte dem ernsten dunkelhaarigen Mädchen zu, das ihnen geöffnet hatte, und folgte der Stimme.
Man sah sofort, dass die Küche das Herz des Hauses war. Ein altmodischer Kachelofen bullerte gegen die Kälte an, die durch die Fenster kroch. Ein abgestoßener Holzschrank beherbergte bunt zusammengewürfeltes Geschirr, und an den Wänden hingen viele Bilder, die die Kinder offenbar selbst gemalt hatten. Es waren allesamt Bilder, die Kinder zeigten, zwei helle Köpfe waren eindeutig als die der beiden Jungen zu erkennen, die jetzt nebeneinander auf einem Stuhl an dem runden Küchentisch knieten und eine Backform fetteten. Auf einem Holzteller lagen Haselnüsse, die Schalen daneben verrieten, dass sie soeben erst geknackt worden waren.

Juli Schirner stand in einer karierten Schürze neben ihren Söhnen und rieb Möhren auf einer Reibe.

»Darf ich jetzt, Mama?«, bettelte der ältere der beiden Jungen, und Juli gab ihm eine Möhre. »Aber pass auf die Finger auf! Setzen Sie sich doch. Möchten Sie vielleicht eine Tasse Tee?«

»Wir wollten eigentlich Ihren Mann sprechen«, sagte Elena und setzte sich. »Aber einen Tee nehmen wir gern.«

»Mein Mann ist nicht da«, sagte Juli Schirner. Sie sah freundlich, aber erschöpft aus. Sie griff in den Buffetschrank und holte Becher hervor. »Er hat heute eine wichtige Konferenz, ich weiß nicht, wann er zurückkommt.«

Der Tee verdiente den Namen nicht, es war ein wässriger Kräutertee, der nach Medizin roch, die Sorte Tee, den allenfalls Elena trank. Jan nahm einen winzigen Schluck und stellte dann den Henkelbecher unauffällig beiseite. Er war sehr hässlich, vermutlich selbstgetöpfert.

»Fertig! Ich habe die Eier getrennt!«, rief das Mädchen stolz.

Juli wandte sich ihr zu und sah in die Schüssel. »Toll, Hedda! Wer will denn jetzt Eischnee schlagen?«

»Ich! Ich!« Die Kinder riefen durcheinander.

»Hedda, du passt auf, dass nichts danebengeht.«

Misstrauisch sah Jan zu, wie der ältere Junge einen Schneebesen mit einer Handkurbel zur Rotation brachte. »Und damit schaffen die es, Eischnee zu schlagen?«

Juli schüttelte den Kopf und lachte wieder. Sie schien gern zu lachen. Zumindest sahen die vielen Lachfältchen um ihre Augen danach aus. »Das nicht – sie versuchen das fünf Minuten lang, dann verlieren sie die Lust, und

Mama muss übernehmen. Aber in den fünf Minuten haben wir wenigstens Ruhe, um uns zu unterhalten.«
Elena nickte knapp, das Lächeln in den Augen der anderen schien sie nicht zu erreichen. »Sie können sich ja denken, dass wir wegen Ihres Schwagers gekommen sind.«
Auf einen Schlag wurde das Gesicht der jungen Frau ernst. »Eine schreckliche Sache. Sind Sie denn inzwischen sicher, dass er es ist? Haben Sie schon mit meiner Schwägerin gesprochen? Es wird sie furchtbar treffen.«
»Es besteht kein Zweifel, dass er es ist.«
»Furchtbar«, wiederholte Juli Schirner. Ihrem Gesicht war nichts anzusehen. »Und es war ...« Sie zögerte. »Ein Unfall, nehme ich an?«
»Wir ermitteln noch. Hatten Sie ein gutes Verhältnis?«
Juli ließ sich Zeit mit der Antwort. »Ich würde sagen, ja. Früher hatten wir viel miteinander zu tun, mein Mann, sein Bruder und ich. Seit Gernot geheiratet hat, hat sich das etwas reduziert.«
»Was genau heißt ›reduziert‹?«, fragte Elena.
Juli seufzte. Sie hob ihre Tontasse und warf einen Blick hinein, als könne ihr der dünne Kräutertee irgendwie bei der Antwort helfen.
»Auf ein Nichts reduziert. Wir sehen uns praktisch nie. Wir haben keinen Streit oder so, es ist nur ...« Ihr Blick glitt zu den Kindern, die sich einträchtig über die Schüssel Eiweiß beugten. »Meine Schwägerin kann offenbar keine Kinder bekommen. Das ist natürlich sehr schmerzhaft für sie. Und hier bei uns dreht sich mehr oder weniger alles um die Kinder. Ich habe Verständnis, dass sie sich das nicht antun möchte.«
»Antun?«

»Den Schmerz.« Juli musterte Elena, ohne sich von deren kaltem Blick einschüchtern zu lassen. »Haben Sie Kinder?«
Elena schüttelte den Kopf.
»Hätte ich auch nicht gedacht«, sagte Juli. »Sie?«
Jan schüttelte ebenfalls den Kopf.
»Jedenfalls ist es in einem solchen Fall manchmal vernünftiger, wenn man einander aus dem Weg geht. Das ist okay für uns. Vielleicht ändert sich das noch einmal. Man weiß ja nie.«
»Meinen Sie, falls sich doch noch Nachwuchs ankündigt?« Beinahe vergaß Jan, dass sie von einem Toten sprachen. Irgendwie klang Gernot in Julis Erzählung sehr lebendig.
»Da bestand wohl keine Hoffnung, nein. Aber ich hab immer gedacht, irgendwann überwindet Stefanie ihre Trauer und akzeptiert ihr Los. Und dann hätten wir uns gefreut, wenn der Kontakt wieder enger geworden wäre.«
Während sie sprach, waren Julis Hände unablässig in Bewegung, fegten Haselnusssplitter von der Tischplatte, räumten Eierschalen in einen Eimer, wischten Spuren von Eiweiß weg.
»Wie haben Sie sich eigentlich kennengelernt?«
»Ich habe damals in Köln studiert und nebenbei in einer Kneipe in der Südstadt gejobbt. Dort habe ich meinen Mann getroffen. Er war sozusagen Stammkunde.« Ein Lächeln flog über ihr Gesicht, offenbar blitzte eine schöne Erinnerung auf.
»Was haben Sie studiert?«, fragte Elena.
Juli blinzelte überrascht. »Romanistik. Spanisch und Französisch.«
»Und als was arbeiten Sie?«

Juli runzelte die Stirn. »Ich habe drei Kinder. Im Moment arbeite ich überhaupt nicht.« Sie hatte inzwischen Spülwasser eingelassen und tauchte Teller und Tassen hinein. Ein Ablenkungsmanöver?, überlegte Jan. Warum spülte sie, obwohl die Teigschüssel und die Teetassen noch in Gebrauch waren? Vielleicht fiel es ihr auch nur schwer, die Hände ruhig zu halten.

»Ist Ihre Spülmaschine kaputt?«, fragte Elena. Irgendwie schien sie sich festgebissen zu haben.

Juli lachte. »Wir haben keine.«

»Bei drei Kindern?«

Die Frau zuckte die Achseln. »Mir macht das nichts aus, und die Kinder helfen gern. Natürlich geht dabei manchmal etwas zu Bruch, aber so ist das eben.«

»Ist ja auch schön, wenn die Kinder ihre Mutter bei der Arbeit sehen und nicht nur Maschinen«, sagte Elena. In ihrer Stimme lag ein eigenartiger Unterton, aber zum Glück kannte die Frau Jans Kollegin nicht und sprach unbefangen weiter.

»Das finde ich auch. Es gibt den Kindern Sicherheit, und für mich bedeutet es …«

In diesem Moment rollte die Schüssel vom Tisch, und der kleinere der beiden Jungs brach in ohrenbetäubendes Gebrüll aus.

Juli trat zu ihm, und als sie vielsagend die Augen verdrehte, war wieder das Lächeln darin. »Fünf Minuten! Was habe ich gesagt?« Sie nahm von der Spüle einen Lappen, wischte erneut den Tisch ab, entfernte die Eiweißspuren vom Boden und nahm dem Jungen den Schneebesen aus der Hand.

»Dürfte ich mal Ihr Bad benutzen?«, fragte Elena, wartete keine Antwort ab und verschwand.

Juli widmete sich mit viel Ernst dem Eischnee, ließ die Kinder dabei in die Rührschüssel sehen und lächelte, als sie eine leise Frage stellten, die Jan nicht verstand.

Was für eine Engelsgeduld, dachte Jan. Er trat an die Wand und studierte die bunten Zeichnungen, harmlose, teilweise ungelenke Kritzeleien, die allesamt Kinder zeigten, Kinder auf der Rutsche, Kinder in einem Baumhaus, Kinder an einem Fluss, vermutlich dem Rhein.

Kinder. Es schien sich tatsächlich alles um Kinder zu drehen in diesem Haus. Vielleicht galt das für den ganzen Fall?

Ein Ehepaar war unglücklich, dass es keine Kinder bekam, und mied darum ein anderes, das drei davon hatte. Im Nachbarhaus saß derweil ein rosagekleidetes Kind allein vor dem Fernseher und wartete sehnsüchtig darauf, dass die anderen Kinder es abholten, der Vater dieses Mädchens zog derweil die Leiche jenes Mannes aus dem Wasser, der gern Kinder hätte, aber keine bekam ...

Jan schüttelte den Kopf und versuchte sich zu konzentrieren. Seine Augen schmerzten vor Müdigkeit, wahrscheinlich gingen deswegen die Gedanken so mit ihm durch. Er hatte eine Weile auf die Kinderzeichnungen gestarrt, ohne wirklich zu registrieren, was er sah. Irgendetwas an den Zeichnungen hatte ihn irritiert. Irgendetwas stimmte nicht.

Ein lauter Aufschrei des kleineren Jungen riss ihn aus seinen Gedanken. »Mama, Pipi!«

Jan sah auf. Auf der Hose des Jungen breitete sich ein dunkler Fleck aus.

»Ich muss eben Fips die Hose wechseln. Setzen Sie sich doch«, sagte Juli und wies mit hilfloser Geste, die wohl einladend wirken sollte, auf den mit Backzutaten überladenen Küchentisch. »Ich bin in fünf Minuten zurück.«

»Ich will aber mit, Mama«, sagte das Mädchen und warf Jan einen misstrauischen Blick zu.

Juli Schirner seufzte, dann verschwand sie mitsamt den drei Kindern, und Jan hörte, wie sie halblaut auf das Mädchen einsprach.

»Dass es so was noch gibt«, sagte er halblaut zu Elena, die eben in die Küche zurückkehrte.

»Was?«, fragte Elena und setzte sich an den Tisch.

»Ein Leben ohne Spülmaschine. Das müsste dir eigentlich gefallen, von wegen Energiesparen und so. Und dazu der Möhrenkuchen und das ganze gesunde Zeug.«

»Seit wann stehst du auf Möhrenkuchen?«, frage Elena.

»Tu ich gar nicht. Aber ich finde, es sieht ...« Er zögerte. Wie wirkte sie, diese häusliche Idylle? »Ich finde, es sieht sehr friedlich aus.«

»Ich finde, es sieht ziemlich krank aus.«

»Was hast du gegen die Frau?«

»Gegen die Frau persönlich habe ich gar nichts. Ich habe nur etwas dagegen, dass Frauen im 21. Jahrhundert studieren, was den Staat zigtausend Euro kostet, und dann als Hausmütterchen versauern. Frauen haben lange dafür gekämpft, dass sie studieren und arbeiten dürfen. Es ist ein Privileg, das darf man nicht einfach wegschmeißen.«

»Offenbar entscheiden sich andere eben für ein Leben mit Kindern.«

»Von mir aus können sie Kinder haben, aber sie brauchen deswegen nicht alles wegschmeißen und mit ihren Nachkommen Mittelalter spielen.«

»Ich finde es nicht mittelalterlich, wenn man einen Kuchen backt, ich finde es schön«, sagte Jan und genoss für

einen Augenblick die Vision einer puderzuckerbestäubten Nicoletta, die mit vor Hitze geröteten Wangen einen Kuchen aus dem Backofen holte.
Elena warf ihm einen geringschätzigen Blick zu. »Unser Staat subventioniert das Kuchenbacken von Ehefrauen mit seinen Steuergesetzen ganz erheblich. Du müsstest also nur noch eine Frau finden, die bereit ist, dich zu heiraten, dann kannst du zu Hause gern ein bisschen Mittelalter spielen und sie Brot kneten und Wurzeln schrubben lassen, Jan. Aber irgendwie hat sich da bisher niemand gefunden, oder?« Es war das erste Mal, dass Elena auf seine geplatzte Hochzeit anspielte, und Jan fühlte Wut in sich aufsteigen, weil sie das auf so verletzende Art tat.
»Was ich an Emanzen wie dir wirklich unerträglich finde, ist diese besserwisserische Art. Lass doch einen Kuchen einen Kuchen sein, Elena. Willst du Kuchenbacken verbieten?«
»Ja«, sagte Elena knapp. »Außer, mensch wird dafür bezahlt.«
Jan musste diese alberne Bemerkung nicht beantworten. Vermutlich hatte Elena wieder mal Stress mit Reimann. Oder vielleicht gar mit dessen Ehefrau? Sie schien gerade eine Art Ehefrauen-Allergie zu entwickeln.
Juli Schirner trat mit dem kleineren Jungen auf dem Arm in die Küche. Hinter ihr drückten sich die beiden größeren Kinder rein. »So, jetzt haben wir hoffentlich Ruhe!«, lächelte Juli, setzte den Jungen ab und gab ihm einen liebevollen Klaps.
»Wir backen Möhrenkuchen!«, krähte der Kleine.
»Das ist ja sehr schön«, sagte Elena mit einem Unterton, der Juli Schirner hoffentlich entging. »Frau Schirner, er-

zählen Sie uns doch etwas über Ihre Freunde von nebenan.«

Juli Schirner nahm erneut den Lappen zur Hand, als könne der ihr bei der Antwort helfen. »Warum?«, fragte sie ruhig.

Elena stieß Luft aus der Nase. »Weil wir uns grundsätzlich für Menschen interessieren, die Leichen finden. Sind Sie schon lange befreundet?«

»Seit sechs Jahren. Vor sieben Jahren haben wir dieses Haus gekauft, damals haben noch die Eltern von Hannes nebenan gewohnt. Sie sind dann pensioniert worden und haben es ihm überlassen, als sie nach Spanien gezogen sind. Das war ungefähr ein Jahr, nachdem wir hier eingezogen sind.«

»Die Lage ist ja wunderbar hier«, sagte Jan. »Nur wenige Schritte zum Rhein, und dann der Park vor der Tür, in dem die Kinder spielen können ...« Für einen Moment schwindelte ihm, ein Déjà-vu, eine Erinnerung blitzte auf. Er hatte genau dieselben Worte heute vor Marla Menzenbach gebraucht. Jan spürte, wie seine Konzentration zum Teufel ging. Das war die Müdigkeit, er brauchte Schlaf.

»... manchmal so komische Gestalten im Park herumhängen, dass wir die Kinder nicht alleine rauslassen können«, sagte Juli. Jan setzte sich aufrecht.

»Trotzdem schön«, sagte Elena. »So eine richtige Bullerbü-Kindheit mit haufenweise Kindern und Spielen an der frischen Luft und frisch gebackenem Möhrenkuchen und einer ausgeglichenen Mutter, die gern auf eine Spülmaschine verzichtet.«

Juli runzelte die Stirn, jetzt hatte selbst sie bemerkt, dass Elena irgendetwas im Sinn hatte.

»Nur schade, dass Ihre Freundin so merkwürdige Anfälle bekommt, mitten in diese herrliche Idylle hinein«, sagte Elena.

»Das ist eine normale physiologische Reaktion darauf, dass sie hyperventiliert. Es hat irgendetwas mit Kalzium im Blut zu tun, sagt der Arzt.«

»Normale Reaktion«, wiederholte Elena vielsagend. »So, so.«

»Heute Morgen haben Sie mir gesagt, es sei ein Angstanfall«, warf Jan ein. Er hoffte, Elena würde sich zusammenreißen. »Seit wann hat Ihre Freundin diese Angstanfälle?«

Juli hielt in der Bewegung inne, dann stellte sie die Zuckerdose ab, zog den Stuhl heran und setzte sich.

»Seit vier Jahren«, sagte sie. Ihre Stimme war dunkel geworden.

Schlagartig war es still in der Küche geworden, totenstill. Die Kinder standen plötzlich wie erstarrt, ihre Blicke hingen ängstlich am Gesicht der Mutter.

»Was ist damals passiert?«, fragte Jan. Im selben Augenblick fiel ihm ein, was mit den Kinderzeichnungen nicht stimmte, und er erschrak.

Die Zeichnungen zeigten allesamt fünf Kinder. Das war ein Kind zu viel.

Ein Blick in das Gesicht von Juli Schirner verriet Jan, dass er richtig gezählt hatte.

»Der Bruder von Lilly ist im Rhein ertrunken. Da war ich noch ganz klein. Wie klein denn, Mama?« Fips war der Einzige, der seine Sprache wiedergefunden hatte, und er sah um Bestätigung heischend zu seiner Mutter.

Juli schloss kurz die Augen, dann nickte sie. »Ja, das stimmt. Und jetzt möchte ich, dass ihr alle ins Wohnzimmer geht.«

»Dürfen wir fernsehen?«, bat Hedda.
Juli lachte, und zum ersten Mal klang ihr Lachen nicht froh. »Nein, das dürft ihr nicht.«
»Aber vorgestern …«
»Kein Aber! Sucht euch ein Spiel aus. Na los!«
Als die Wohnzimmertür sich hinter den Kindern geschlossen hatte, trat Juli an den Tisch und widmete sich wieder dem Eischnee. »Ich möchte vor den Kindern nicht darüber reden. Die Familie hat diesen Tod nicht besonders …«, sie zögerte, »nicht besonders gut verarbeitet, es steckt für alle viel Angst in diesem Thema. Das bekommen meine Kinder natürlich mit, und es macht auch ihnen Angst.«
Angst, dachte Jan. Natürlich, Marlas Angst, die ihre ganze Familie im Griff hatte, schwappte auf das Nachbarhaus über, da konnte Juli so viel Kuchen backen und so fröhlich lachen, wie sie wollte.
»Es war Hochwasser. Die Kinder wissen genau, dass sie bei Hochwasser nicht an den Rhein dürfen, aber … Chris war damals vier. Lilly war gerade erst geboren, und es ging Marla nicht besonders gut, es war eine schwere Entbindung gewesen. Sie erlaubte ihm, zum Spielen in den Park zu gehen, allein.«
Wie auf Kommando sahen alle drei durch das Fenster auf den Park und die Gasse, die zum Rhein führte. Jan erinnerte sich, wie er heute Morgen die Lage gerühmt hatte. Wenige Schritte zum Rhein, hatte er gesagt.
Zu nah für ein Kind, dachte er jetzt. Er hätte seine Worte gern zurückgenommen, sie mussten für die trauernde Mutter wie eine Ohrfeige gewesen sein.
Juli neigte die Schüssel, um sich zu vergewissern, dass der Schnee fest war, dann hob sie ihn unter den orangen-

farben glänzenden Karottenteig, füllte die Mischung in zwei Springformen und schob beide in den Ofen. Es waren ruhige, selbstverständliche Handgriffe, und ein wenig bannten sie den Schrecken dessen, worüber sie gesprochen hatte. Plötzlich glaubte Jan zu verstehen, warum sie die Möhren mit der Hand rieb. Es schien zu helfen gegen das Entsetzen, das unsichtbar zwischen den fröhlichen Kinderzeichnungen lauerte.

»Das Schlimme war, dass man ihn erst nach einem Monat gefunden hat, weit unten, hinter Köln. Wir wussten die ganze Zeit nicht, was mit ihm war, er hätte auch entführt sein können oder weggelaufen. Die Polizei hat wochenlang nach ihm gesucht. Eigentlich komisch, dass Sie davon nichts mitbekommen haben.« Sie warf ihnen einen Blick zu, als sähe sie sie das erste Mal.

»Ich erinnere mich dunkel«, sagte Elena. Sie wohnte in Köln und war vor vier Jahren noch auf der Polizeischule gewesen. Jan schwieg. Er hatte damals ein anderes Leben gehabt, in Frankfurt, mit Nicoletta. Hatte er etwas mitbekommen von einem Vermisstenfall in Königswinter? Er überlegte, aber ihm fiel nichts ein, es verschwanden ständig Kinder, und ob man mehr darüber erfuhr, hing davon ab, ob die Medien ausreichend andere Themen hatten oder nicht. Oder hatte Edith etwas erzählt? Er musste sie fragen.

»Marla hat die ganze Zeit gewusst, dass er ertrunken ist. Sie muss es gespürt haben. Der Rhein hat ihn geholt, hat sie immer wieder gesagt. Der Rhein. Hannes ist ausgeflippt, wenn sie das gesagt hat, ihm war es wichtig, die Hoffnung nicht aufzugeben. Es war eine schlimme Zeit.«

Eine schwere Stille folgte ihren Worten.

»Der Rhein hat ihn geholt«, sagte Elena nachdenklich. »Das ist eine seltsame Formulierung. Wissen Sie, wie Ihre Freundin darauf kam?«

Juli hob den Ärmel und wischte sich damit über die Nase. »Nun ja, ich fürchte, für Außenstehende klingt das ein wenig verrückt. Marla hat eine Hydrophobie. Pathologische Angst vor dem Wasser. Sie ist mal beinahe ertrunken, seitdem ist sie sehr ...« Sie zögerte. »Schreckhaft«, sagte sie dann.

»Warum zieht sie dann ausgerechnet an den Rhein?«, fragte Jan.

Juli fegte mit der Hand unsichtbare Krumen vom Tisch. »Das Haus gehört Hannes' Eltern. Deswegen müssen sie keine Miete zahlen. Marla dachte ja, sie würde es schaffen – ihre Phobie hatte sich stabilisiert, sie hatte praktisch kaum noch Beschwerden. Sie ist natürlich nicht geschwommen und hat keine Rheinspaziergänge gemacht, aber ihr ging es gut.«

»Und dann kam der Unfall des Jungen«, sagte Jan nachdenklich.

Juli nickte. »Seitdem ist es schlimmer geworden als je zuvor. Sie denkt, dass es ihre Schuld war, weil sie nicht auf ihre Angst gehört hat. Manchmal dämonisiert sie den Rhein regelrecht, Sie wissen schon – er ist im Laufe der Jahre immer weiter begradigt worden, dann wurde sein Ufer zugebaut. So hatte er immer weniger Aufläche zur Verfügung, und die Hochwasser wurden immer schlimmer. Marla denkt, er rächt sich.«

»Die Rache des Rheins.« Jan dachte an die Leiche, die äußerlich unversehrt schien, ohne erkennbare Wunden. An die Loreley, den Felsen, die Rheinenge, die so vielen den Tod gebracht hatte. Und an den Mann, der die Leiche

gefunden hatte – Hannes Menzenbach, dessen Sohn vor beinahe genau vier Jahren ertrunken war.
»In den Neubaugebieten baut man jetzt hochwassersichere Keller, wissen Sie das? Man nennt es weiße Wanne. Das sind Keller, die absolut wasserundurchlässig sind, und ab einer bestimmten Pegelhöhe kann man sie fluten.«
»Was hat das jetzt mit dem toten Kind zu tun?«, fragte Jan. Schwindel machte sich in ihm breit, er konnte nicht sagen, ob es an der Wendung lag, die das Gespräch genommen hatte, oder an seiner Müdigkeit.
»Richtig«, sagte Elena langsam, »das tote Kind.« Sie sah ihn an und schwieg, er wusste, was sie dachte. Warum, verdammt, war Nina Treibel nicht auf diese Information gestoßen? Zumal es sich auf den ersten Blick nicht um einen Unfalltod, sondern um ein Verschwinden gehandelt hatte, das die Polizei einen Monat lang in Atem gehalten hatte. Aber sie konnten interne Probleme im Informationsfluss schwerlich am Küchentisch einer Zeugin besprechen.
»Chris«, sagte Juli. Mehr sagte sie nicht. Sie presste die Lippen zusammen, und Jan bemerkte die Knitterfalten auf ihrer Oberlippe.
»Um noch einmal auf Ihren Schwager zurückzukommen«, sagte Jan. »Wenn er wirklich nicht in Kontakt zu Ihnen stand – fällt Ihnen ein, wen er hier besucht haben könnte?«
Juli nahm ihre hässliche Tontasse in die Hand. »Nein«, sagte sie nach kurzem Überlegen und schüttelte den Kopf. »Er hat nie hier gelebt, also – nein.«
»Können Sie sich irgendeinen Grund vorstellen, warum er Sie hier aufsuchen sollte?«

Entschlossen stellte Juli die Tasse hin.
»Nein.« Ihre Stimme klang endgültig.
»Sagen Sie Ihrem Mann, wir erwarten ihn morgen früh um neun im Präsidium in Bonn«, sagte Jan zum Abschied.
Als er und Elena das Haus wenige Minuten später verließen, betrachtete Jan die Umgebung mit anderen Augen. Nachdenklich ging er durch den Park, aus dem vor vier Jahren ein Kind spurlos verschwunden war. So viel zum Thema Bullerbü-Idylle, dachte er.
Und da war noch etwas, was ihn ins Grübeln brachte. Juli Schirner hatte ihm eine Menge über den Rhein und ihre Nachbarin erzählt – und sehr, sehr wenig über ihren Schwager.

*

Nichts auf der Welt roch so gut wie frisch gebackener Kuchen! Juli sog seinen tröstlichen Duft tief ein und wünschte, er würde die bangen Gedanken auf wundersame Weise vertreiben. Zertifizierte Demeter-Möhren, von Hand gerieben, Eier glücklicher Hühner, Haselnüsse aus dem eigenen Garten. Keine Aromastoffe, die den kindlichen Geschmackssinn auf synthetischen Fraß trimmten. Drei Kinder, die gemeinsam mit ihr gerührt und getan hatten. Ein solcher Kuchen musste doch Wunder wirken. Oder?
Wie immer hatte sie zwei Kuchen gebacken. Die Mühe lohnte für einen einzelnen Kuchen kaum, es war energiesparender, gleich doppelt zu backen, und außerdem hielt Möhrenkuchen mindestens acht Tage frisch, wenn man ihn gut verpackte. Und dann war da Marla …

Vorsichtig nahm Juli eine der Backformen aus dem Ofen und drehte sie behutsam über einem Holzbrett um. Makellos glitt der hellbraune Kuchen aus der Form. Er war perfekt.

Marla. Nachbarn und Freunde waren wichtig, wenn man Kinder hatte, und nirgendwo konnten sowohl Nachbarschaft als auch Freundschaft glücklicher zusammenfinden als bei den Familien Schirner und Menzenbach. Manchmal kam es Juli so vor, als wohnten sie in einem einzigen Haushalt mit zwei ständig offenstehenden Türen, die Kinder liefen von einem zum anderen, die Mütter hinterher, und abends, wenn die Männer von der Arbeit kamen, wussten sie oft nicht, ob es in dem einen oder anderen Haus Abendessen gab. Wobei …, dachte Juli und ließ ihren Blick über den sauber gewischten Küchentisch wandern, den verschrammten Küchenschrank. Es war keine Frage, dass es bei ihr gemütlicher war. Aber manchmal mussten sie natürlich auch bei Marla essen, einfach damit diese Tatsache nicht auffiel und die Beziehung störte.

Es wäre ihr auch lieber, Marla und Hannes säßen jetzt bei ihr vor der Teekanne, unter der das Teelicht im Stövchen flackerte, als drüben in dem kalten Wohnzimmer. Sonderbar, dass Marla noch nicht geklingelt hatte. Zumindest Lilly hätte sie rüberschicken können. Vermutlich waren die beiden fix und fertig. Marla wegen des Anfalls und Hannes … Hannes hatte heute Morgen eine Leiche gefunden. Ausgerechnet Hannes. Hannes, den das Schicksal schon so gestraft hatte.

Warum hatte gerade er diese Leiche finden müssen?

Juli ließ sich auf den Stuhl sinken, als sie an die Leiche dachte. An ihren Schwager.

Gernot.
Sie wollte nicht an Gernot denken. Sie wollte auch nicht, dass Gis an Gernot dachte. Sie wollte vor allem nicht, dass einige Dinge zur Sprache kamen, die besser ungesagt blieben.
Eigentlich hätte sie Gis anrufen müssen, vor Stunden schon.
Gis, hätte sie sagen müssen, die Polizei war eben hier. Dein Bruder ist tot.
Sie könnte auch jetzt noch anrufen, aber sie tat es nicht. Es war so viel besser, Möhrenkuchen zu backen, als Gis vom Tod seines Bruder zu berichten. Das sollte jemand anders tun. Die Polizei. Gis würde ihr schon sagen, wenn er Redebedarf hatte. Oder?
Juli trat in den Flur.
Die Kinder saßen über den Wohnzimmertisch gebeugt, vor sich Wollreste, Vogelfedern und getrocknete Blätter, die an den Rändern zerbröselten.
»Was macht ihr denn da?«
»Wir basteln einen Traumfänger für Fips. Damit er keine Alpträume mehr bekommt.« Hedda knotete eine Feder an ein Stück braunen Wollfaden. Dabei streckte sie die Zungenspitze heraus, wie immer, wenn sie sich besonders konzentrierte.
»Für mich!«, strahlte Fips.
»Aber Fips hat doch gar keine Alpträume«, sagte Juli. Zum Glück, setzte sie in Gedanken hinzu. Es war schlimm genug, dass Hedda darunter litt. Der Traumfänger, ein Ungetüm aus Wolle und Federn, das über ihrem Bett baumelte, hatte daran nichts ändern können, aber eigenartigerweise hemmte das Heddas Glauben an seine magische Wirkung keineswegs. Marla hatte den Traumfänger in ei-

nem Laden an der Hauptstraße gekauft. Er war ein Ausdruck ihres schlechten Gewissens gewesen, denn sie war davon überzeugt, dass es ihre eigenen Ängste waren, die ins Nachbarhaus gesickert waren und die ansonsten unbeschwerte Hedda belasteten. In der Tat hatte Hedda verstörend viele Anfälle miterlebt. Wäre sie heute Morgen bei Marla gewesen – sie hätte Bescheid gewusst. Sie hätte eine Tüte gesucht und eingegriffen. Lilly war noch zu klein. Und außerdem sah sie zu viel fern, dachte Juli. Kein Wunder, wenn Kinder, die ständig vor der Glotze saßen, passiv und unsicher waren. Sie unterdrückte den aufwallenden Stolz auf ihre emsig bastelnden Kinder. Man sollte Kinder nicht vergleichen, natürlich nicht, aber …
»Warum ist Lilly nicht da?«, fragte Fips, als habe er ihre Gedanken gelesen.
Ja, dachte Juli, warum hat niemand geklingelt? Sie selbst verspürte eine unerklärliche Scheu, einfach hinüberzugehen. Wobei – so unerklärlich auch wieder nicht.
Inzwischen war beinahe Zeit zum Abendessen. Gis würde vermutlich erst kommen, wenn die Kinder bereits im Bett lagen, und Hannes kramte meist in seiner Werkstatt herum. Regelmäßige Mahlzeiten gab es im Nachbarhaus ohnehin nicht. Warum also kam Marla nicht?
»Wollen wir einen frischen Möhrenkuchen nach nebenan bringen und Lilly besuchen?«
Die Jungen jubelten auf, vermutlich hauptsächlich wegen der Aussicht auf Kuchen. Das war das Gute an der zuckerfreien Ernährung – die Kinder waren schon mit einem Stück Möhrenkuchen oder einer süßen Birne glücklich und ließen sich viel besser bestechen als Kinder, die quasi am Zuckertropf hingen. Und das war wichtig. Es war so wichtig, dass die Kinder gesund aßen, wo doch heutzuta-

ge überall die Fallen und Versuchungen der Nahrungsmittelindustrie lauerten mit ihren Lock- und Aromastoffen, die die Menschen abhängig machten und verseuchten. Julis Herz krampfte zusammen bei dem Gedanken, dass sie ihre Kinder nicht immer davor würde schützen können.
»Ich will basteln«, sagte Hedda unwillig, während ihre Brüder in den Flur hasteten, um die Schuhe anzuziehen.
»Du kannst doch nachher basteln.« Juli strich ihrer Tochter durch das dunkle Haar, das so wenig Ähnlichkeit mit dem hellen Flaum ihrer Brüder hatte.
Hedda zuckte zurück. »Lass das.«
»Nur wenn du mitkommst.«
»Na gut.« Mit beiden Händen schob Hedda die Wolle von sich und grub die Schneidezähne in die Unterlippe. Sie überlegte. »Mama? Warum ist Marla heute im Wohnzimmer schlecht geworden?«
Schlecht geworden – das war der Euphemismus, zu dem Marla griff, um ihren Anfällen einen weniger erschreckenden Namen zu geben. Aus Julis Sicht machte es wenig Sinn – der Anblick des verkrampften Körpers, der panisch rollenden Augäpfel war so grausam, dass beschönigende Worte den Schrecken kaum mildern konnten, aber Juli hatte immer gezögert, das auszusprechen. Immerhin wusste Marla nicht, wie sie aussah, wenn die Krämpfe sie überkamen, und das war gut so.
Juli fühlte den Blick ihrer Ältesten auf sich, ruhig, nachdenklich. »Sonst hat sie das immer nur draußen«, sagte Hedda.
»Sie hat etwas sehr Schlimmes gehört, mein Schätzchen«, sagte Juli und widerstand der Versuchung, erneut durch das dunkle Haar zu streichen.
»Was denn?«

»Hannes hat jemanden gefunden, als er heute beim Angeln war. Jemanden, der gestorben ist.«
»Einen toten Mann?«
»Ja.«
»Wo ist der gestorben?«
»Das weiß die Polizei noch nicht.«
»Wo hat er denn gelegen?« Heddas dunkle Augen ruhten auf ihr, unnachgiebig.
»Am Rhein. Deswegen hat Marla solche Angst bekommen.«
»Ach so.« Hedda nickte verständnisvoll. Die Tatsache, dass Marla Angst vor dem Rhein hatte, akzeptierten die Kinder widerspruchslos, sie war etwas Alltägliches, das man hinnehmen musste wie das Wetter. Juli hoffte, dass keine Frage mehr käme, zumindest nicht die, die sie fürchtete. Doch die Frage kam.
»Ist er ertrunken? So wie damals Chris?«
»Wahrscheinlich, mein Schätzchen.«
Hedda nickte, als habe sie die Antwort bekommen, die sie erwartet hatte, dann sauste sie in den Flur und streifte ihre Hausschuhe ab. Juli lehnte einen Moment an der Wand wie erstarrt.
Chris.
Es war kein Wunder, dass niemand geklingelt hatte. Hannes musste verzweifelt sein in einer Weise, die Marlas Ängste zu einer Lappalie schrumpfen ließ. Es war beinahe auf den Tag genau vier Jahre her, dass Chris ertrunken war. Ausgerechnet jetzt und ausgerechnet hier eine Leiche zu finden … Es war wie das plötzliche Wiederaufflackern des schlimmsten Alptraums. Nur gut, dass Lilly nicht dabei gewesen war.
Es gab keinen Menschen, der es weniger verdient hatte, diese Leiche zu finden, als Hannes Menzenbach.

»Kommst du, Mama?«, hörte sie Fips' ungeduldige Stimme aus dem Flur.
Sie antwortete nicht. Stattdessen griff sie nach dem Brett mit dem Möhrenkuchen und betete stumm, dass er helfen möge.

*

Die Vermisstensache Chris Menzenbach füllte mehrere Aktenordner. Deswegen war Jan froh, dass er einen der Beamten, die damals an dem Fall dran gewesen waren, in seinem Büro antraf.
Ernst Hoffmann war ein Berg von einem Mann, eine rheinische Frohnatur von Mitte fünfzig, aber die Nachricht, dass ausgerechnet Hannes Menzenbach die Leiche gefunden hatte, schien ihn schwer zu erschüttern. »So ein Zufall«, murmelte er immer wieder und strich sich durch den Schnauz. »Das kann doch nicht wahr sein, der arme Kerl!«
»In der Tat ein komischer Zufall«, sagte Jan. »Deswegen müssen wir den Fall von damals in die Untersuchung mit einbeziehen.«
Ernst Hoffmann nickte. »Wir wurden erst bei Einbruch der Dunkelheit informiert. Der Vater war außer sich, die Stiefmutter weinte die ganze Zeit. Ich kann mich noch an das Baby erinnern, es schrie und schrie, irgendwann kam dann die Nachbarin und nahm es zu sich rüber. Der Vater vermutete das Kind bei der leiblichen Mutter, zu der er kaum noch Kontakt hatte. Er hatte ja das alleinige Sorgerecht. Offenbar hatte er den Verdacht, dass die Mutter sich widersetzt und den Jungen zu sich genommen hatte. Er wirkte sehr verwirrt.«

»Wie, verwirrt?«

»Nun ja – nicht wie ein Vater, dessen Kind verschwunden ist, eher wie einer, der mitten im Chaos steckt. Ich kann mich an dieses Durcheinander erinnern, die Frau weinte, das Baby brüllte, und ständig klingelte es an der Tür, Kollegen, aber auch Nachbarn. Außerdem war ja Hochwasser.« Er verstummte.

»Und dann?«

»Am Morgen tauchte die Mutter im Präsidium auf. Offenbar hatte sie die Nacht nicht in ihrer Wohnung verbracht und deswegen den Anruf erst so spät bemerkt. Sie sagte, sie habe ihren Sohn seit Monaten nicht gesehen, und überschüttete den Vater mit Vorwürfen. Unter uns herrschte anfangs der Eindruck, der Junge habe sich versteckt, das hatte er schon einmal getan, nach einem familiären Streit. Er war damals für mehrere Stunden verschwunden und dann wieder aufgetaucht.«

»Und ihr habt nichts getan?«

»Doch, natürlich! Wir haben in alle Richtungen ermittelt. Es gab keinen Hinweis auf ein Gewaltverbrechen, absolut nichts. Mit der Zeit erschien am wahrscheinlichsten, dass er beim Spielen in den Rhein gestürzt war. Wegen des Hochwassers gab es überall Gerüste, damit die Bewohner in ihre Häuser gelangen konnten. Das war für Jungs natürlich verführerisch.« Bei diesen Worten blitzte der kleine Junge auf, der er selbst einmal gewesen war.

»Aber gesehen hat ihn niemand?«

»Nein. Taucher haben den Rhein abgesucht, aber nichts gefunden. Bis er dann irgendwann bei Köln gesichtet wurde. Da hatte er schon vier Wochen im Wasser gelegen.«

*

Als Jan den Heimweg antrat, war es weit nach neun Uhr. Er wusste nicht, ob Edith noch wach war. Wenn ja, lauerte sie sicher begierig auf die Neuigkeiten, die den Leichenfund betrafen. Er mochte es, abends mit ihr seine Fälle zu besprechen. Meist wartete sie auf ihn, aber manchmal, wenn er später kam, fand er sie auf dem Sofa, wo sie eingeschlafen war, die Lesebrille auf der Nase, das Buch in der schlaffen Hand.

Die Zeiten, in denen man sich jeden Abend in der Kneipe Bierchen reinschüttet, sind ja eh vorbei.

Nicolettas Stimme, unvermittelt. Was hatte sie damit sagen wollen? Der Witz war, dass er ohnehin nie Bier trinken ging. Jan bevorzugte ausgesuchte Rotweine. Er ging gern essen, natürlich trank er dazu, ansonsten aber saß er gern zu Hause und sah fern. War das verkehrt, oder qualifizierte gerade das ihn in Nicolettas Augen zum Familienvater?

Fragen über Fragen, dachte Jan. Er hatte den Wagen abgestellt und war mit hochgeschlagenem Mantelkragen die Hauptstraße entlanggegangen, eine Hauptstraße, die an einem Winterabend wie heute diesen Namen nicht verdiente. Nur aus den Tafelfenstern des Tubak sickerte warmes Licht, und plötzlich überkam Jan große Lust, ein Bier zu trinken. Seine Müdigkeit hatte sich in irgendeinem Winkel zusammengekauert und belästigte ihn kaum mehr. Mit Edith würde er morgen beim Frühstück sprechen. Er öffnete die Tür und trat ein.

Es war überraschend voll, und augenblicklich umfing ihn lautes Stimmengewirr, ein angenehmer Kontrast zu der Stille draußen. Die Plätze an der Theke waren begehrt, dort drängte es sich, hauptsächlich Männer. Nur wenige sahen auf und musterten ihn irritiert, seinen Anzug, den er seit über vierundzwanzig Stunden trug. Zum Glück saß er trotzdem tadellos.

Links waren zwei Tische frei, aber er stellte sich an die Bar und bestellte ein Bier, bemüht, den neugierigen Blicken auszuweichen. Das Handy legte er vor sich, obwohl das idiotisch war, wenn er vorhatte, Nicolettas Anrufe wegzudrücken. Und wer außer ihr sollte anrufen? Allenfalls Clara, seine Schwester.

Er dachte an Nicolettas etwas heiseres Lachen, an das Muttermal, das beim Sprechen auf und ab hüpfte. Und an ihr neues Kleid mit diesem ganz speziellen Ausschnitt, in dessen Anblick er mit freudiger Naivität versunken gewesen war, an Nicolettas zufriedenes Katzenlächeln, mit dem sie diesen Blick quittiert hatte. Sie ist so berechnend, dachte Jan.

Plötzlich fühlte er sich sehr allein, und die misstrauischen Blicke der Umstehenden bedrückten ihn. Er gehörte nicht hierher. Aber wohin gehörte er dann?

Er trank sein Glas aus und hob es in die Höhe, um dem Wirt zu signalisieren, dass er noch eins wollte. Dieses Kleid! Es war ein Kleid, das nicht ihm gegolten hatte, sondern dem Baby, das Nicoletta sich wünschte.

»Was machst du denn hier?«, tönte Reimanns Stimme hinter ihm, dann drängte sich dessen massige Gestalt neben ihn und verlangte zwei Bier.

Zwei? Jan drehte sich um.

»Hallo, Jan«, sagte Elena und hob die Augenbrauen, als wolle sie sagen: Ich hätte meinen Feierabend auch lieber ohne dich verbracht.

Jan musste ein Lächeln unterdrücken, er spürte Erleichterung. Es war ein gutes Gefühl, ein bekanntes Gesicht zu sehen. Sogar zwei.

»Scheiße noch mal«, sagte Reimann, trank das Glas zur Hälfte leer und stellte es ab. »Kindergeburtstag. Zehn Gören auf einmal. Ich hätte nicht gedacht, dass ich das überstehe. Was machst du denn hier, Jan? Ich hab dich hier noch nie gesehen.«

Jan wusste keine Antwort, und so fragte er zurück. »Seid ihr öfter hier?«

»Schon«, sagte Elena ausweichend. Unter ihrer Strickjacke lugte das Schlafanzugoberteil hervor, verwundert registrierte Jan, dass sie es aufgeknöpft trug, und er starrte irritiert auf den Ansatz ihrer Brüste, deren Existenz ihm bisher nicht recht bewusst gewesen war.

»Prost«, sagte Elena und hob ihr Glas. Jan griff errötend nach seinem und war froh, dass sie nicht ihr übliches ironisches Grinsen zeigte. Plötzlich fühlte er Neid auf Reimann. Wie furchtbar auch immer er dieses aufgeknöpfte Schlafanzugoberteil fand, immerhin galt es Reimann und nicht irgendwelchen ungeborenen Kindern.

Obwohl – konnte er es sicher wissen? Vielleicht wollte auch Elena Kinder. Vielleicht wollten das alle Frauen. Wer wusste schon, was Frauen wollten?

»Wir haben gerade über unsere Leiche gesprochen«, sagte Reimann und rieb sich die rötlichen Stoppeln. »Wirklich eine komische Sache mit den Lichtern. Gruselig.«

Jan nickte. Die Aale fielen ihm ein, wimmelnde, zuckende Aale, die noch um ein Vielfaches grausiger waren.

»Der Effekt war gigantisch, gerade im Nebel. Man könnte meinen, jemand habe an eine Verfilmung gedacht oder so.« Elena sah nachdenklich in ihr Glas. Auf ihrer Oberlippe hing Bierschaum.

»Oder an eine Werbung für Knicklichter«, sagte Rei-

mann. Er griff in die Hosentasche, holte ein Plastikbriefchen heraus und gab es Elena. »Da ist es übrigens.«
»Ich hab ihn gebeten, mir eines mitzubringen. Unsere sind jetzt in der Asservatenkammer«, sagte Elena zu Jan und fummelte an der Verpackung. Darin waren zwei farblose Plastikstäbchen und ein Gummistück zur Verbindung. Beherzt knickte Elena eines der Stäbchen durch, und plötzlich erblühte im Inneren ein neonfarbener Leuchtpunkt, der sich ausbreitete, bis das ganze Stäbchen leuchtete wie ein Glühwürmchen.
»Nach einigen Stunden lässt die Leuchtkraft nach«, erklärte Reimann. »Die Lichter werden oben an der Angelrute befestigt, so kann man auch in der Nacht erkennen, ob die Angelschnur in Bewegung ist. Bei dem Nebel, der heute herrschte, sieht man sie aber höchstens sechs bis zehn Meter weit.«
Elenas Knicklicht blieb in der immer voller werdenden Kneipe nicht unbemerkt. Einige der Umstehenden wandten die Köpfe.
»Was hat das Mädchen denn da, ist die hier auf Beute aus?«, fragte ein Schnauzträger hinter Jan seinen Nachbarn belustigt.
Jan wunderte sich kurz, dass jemand Elena als »Mädchen« bezeichnete, dann bedeutete er ihr, das Ding wegzupacken. Sicher hatte die Nachricht vom Leichenfund bereits die Runde gemacht, es war nicht nötig, die Neugier der Leute noch weiter anzukurbeln.
Reimann schien das genauso zu sehen. »Wir setzen uns nach hinten in die Ecke«, sagte er zum Wirt und deutete auf den letzten freien Tisch. »Machst du uns noch drei Bier?«
Der Wirt nickte.
»Ich hab Hunger«, sagte Elena.
»Ich hab noch drei Würstchen«, sagte der Wirt.

»Okay«, sagte Elena.
Erst als alles vor ihnen auf dem Tisch stand und sicher war, dass niemand zuhörte, fing Elena an. »Frenze scheint ja an Selbstmord zu glauben, die Witwe auch. Aber wie ist die unbekleidete Leiche in den Rhein gekommen?«
»Und: Was sollte diese Beleuchtung?«, schob Jan hinterher. »Ehrlich gesagt, gibt mir unser Zeuge erheblich mehr Rätsel auf als unser Opfer. Nicht nur wegen der Sache mit dem Jungen damals.«
»Komische Sache«, sagte Reimann und biss in seine Wurst. Ketchup tropfte auf den Tisch.
»Denkt ihr, Menzenbach hat die Leiche für jemand anderen sichtbar machen wollen? Als leuchtendes Hinweisschild?«
Reimann zuckte die Achseln. »Ich würde eher sagen, er brauchte eine Erklärung dafür, dass wir seine biologischen Spuren an ihr finden. Vorausgesetzt, er wusste, dass wir etwas finden. Er hat vorgesorgt.«
Elena nahm nachdenklich das Knicklicht in die Hand. »Aber warum so auffällig? Er hätte nur sagen müssen, dass er versucht hat, einen vermeintlich Ertrinkenden zu bergen oder so. Dass er versucht hat, ihn zu retten. Das hätte die Spuren doch ausreichend erklärt.«
»Vielleicht war unser Zeuge nicht so schlau wie du«, sagte Reimann und lächelte sein schiefes Lächeln. Sie lächelte zurück.
»Dafür müsste er aber schon ziemlich blöd sein«, sagte Jan. »Wenn man erklären will, warum man Spuren hinterlassen hat, wäre ein angeblicher Rettungsversuch ziemlich naheliegend.«
»Blöd ist Menzenbach auf keinen Fall«, sagte Reimann. Er legte seine Wurst hin und schwieg, als wisse er nicht, ob er weitersprechen sollte.

»Du kennst ihn?«, fragte Jan überrascht.
»Ich war damals auch an dem Fall. Eine schlimme Sache mit dem ertrunkenen Jungen. Menzenbach war total außer sich. Er hat alles gemacht, um seinen Sohn zu finden.«
»Wie waren denn die näheren Umstände?«, fragte Elena und warf Jan einen Seitenblick zu. Konnte es sein, dass dieser Unglücksfall der Ursprung der ganzen Geschichte war? Reimann starrte in sein Kölschglas. »Unauffällig. Es gab keine Hinweise auf ein Verbrechen, keine Hinweise darauf, dass der Junge weggelaufen war. Deswegen wurde auch nicht weiter ermittelt, es gab die üblichen Suchaktionen, Hunde, alles eben. Es herrschte ohnehin Chaos wegen des Hochwassers. Viele Keller waren voll, die Feuerwehr hatte alle Hände voll zu tun.«
»Was ist denn genau passiert?«
»Es war an einem Mittwochnachmittag. Gegen fünfzehn Uhr hat die Stiefmutter den Jungen das letzte Mal gesehen. Er wollte unbedingt draußen spielen, und sie erlaubte ihm, in den Park zu gehen. Die Nachbarn, bei denen er sonst immer spielte, waren weg, und im Park spielten andere Kinder. Marla Menzenbach war mit dem Säugling beschäftigt, das Baby hatte Fieber, und sie war froh, dass sie ein bisschen Ruhe hatte.«
Dass sie ein bisschen Ruhe hatte, dachte Jan. Ruhe hatte Marla danach ja mehr als genug. Wie mochte das sein, wenn man froh war, nicht gestört zu werden? Ab wann kippte die Erleichterung um in Sorge?
»Hannes Menzenbach war an dem Tag unterwegs. Er hatte irgendeinen Auswärtstermin, ich müsste das nachgucken. Gegen sechs war es stockdunkel. Sie rief bei einigen Nachbarn an in der festen Annahme, dass Chris dorthin gegangen war.«

»Aber das war er nicht?«
»Nein. Sie lief in den Park, auch dort war er nicht. Also vermutete sie, dass er an den Rhein gegangen war, Hochwasser gucken.«
»Hat sie ihn dort gesucht?«, fragte Jan. Er hatte die Rheinpromenade vor Augen, kaum hundert Meter vom Haus der Menzenbachs entfernt.
»Sie wollte mit dem kranken Baby nicht raus, hat sie damals zu Protokoll gegeben. Ich glaube, sie hat das tausendfach bereut.«
Sie schwiegen und sahen in ihre leeren Gläser.
»Noch 'ne Runde?«, rief der Wirt.
Reimann nickte. »Sie hat dann zuerst einige Nachbarn rausgeklingelt und mit Taschenlampen das Ufer abgesucht und in den Geschäften nachgefragt. Ihr fiel ein, dass er irgendetwas aus dem Spielzeuggeschäft hatte haben wollen. Aber man hatte ihn nicht gesehen. Überhaupt hatte ihn niemand gesehen. Er war buchstäblich spurlos verschwunden.«
»Wer hat ihn zuletzt gesehen?«
»Marla Menzenbach. Er ist vermutlich nie im Park angekommen.«
»Aber das sind doch nur, ich weiß nicht, zehn Meter?«, fragte Jan ungläubig. »Man kann von der Küche aus auf den Park gucken.«
Reimann zuckte die Achseln. »Im Nachhinein hat sie sich natürlich Vorwürfe gemacht. Aber der Junge war kein Baby mehr, er war fünf Jahre alt, und er wollte ja nur eben vor der Tür spielen.«
Wieder fielen Jan seine Worte vom Morgen ein. Er wünschte, er könnte sie zurücknehmen.
»Stand Gernot Schirner in irgendeiner Verbindung zu der Familie?«

Reimann schüttelte den Kopf. »Der Name ist nie aufgetaucht. Die Familie seines Bruders natürlich, ja, das waren ja die direkten Nachbarn. Aber Gernot Schirner nicht. Warum sollte er?«
»Wir dachten, dass es einen Zusammenhang geben könnte. Irgendwie ist das eigenartige Verhalten von Hannes Menzenbach das Handfesteste, was wir bislang haben, und da er nun mal mit einer ungeklärten Vermisstenmeldung im Zusammenhang steht ...«
»Ungeklärt würde ich nicht sagen. Es war ein tragischer Unfall. Der Rhein führte unglaublich viel Wasser, er hatte alles mitgerissen, da schwammen entwurzelte Bäume, Fässer, Teile von Holzschuppen, Abfall, Fahrräder ... Kein Wunder, dass man den Jungen zunächst nicht gefunden hat. Der Rechtsmediziner vermutete nachher, dass sich die Leiche irgendwo verkeilt hatte, immerhin war das Bett des Rheins nicht wie üblich, sondern hatte sich extrem ausgedehnt. Möglich, dass die Leiche einfach in einem überfluteten Schuppen hängen geblieben war und erst wieder freigegeben wurde, als der Pegel gesunken war.«
»Was für einen Eindruck hattest du denn von Hannes Menzenbach?«, fragte Jan.
»Er tat mir vor allem unglaublich leid. Chris war beinahe so alt wie meine Tochter. Sie ist heute neun geworden.«
Er verstummte, möglicherweise musste er an seine Bemerkung über den Kindergeburtstag denken.
Ich hätte nicht gedacht, dass ich das überstehe.
Hannes Menzenbach, der ganz andere Sachen zu überstehen hatte, hätte sicher liebend gern getauscht.
Mit neu erwachtem Interesse musterte Jan Reimann. Er hatte ihn nie wirklich als Familienvater gesehen; bei den Trennungsgeschichten, die er zum Besten gegeben hatte, war es

immer nur um seine Frau gegangen, die ständig an ihm herummeckerte. Es waren bei aller Tragik lustige Geschichten gewesen, solche, über die man im Kollegenkreis lachen durfte. Von den Kindern war nie die Rede gewesen.
»Scheiße, aber wirklich«, sagte Reimann. »Er war verzweifelt. Er hat alles versucht, um seinen Sohn zu finden.«
»Was soll das heißen?«, mischte sich Elena ein.
Reimann seufzte. »Zu dem Zeitpunkt war noch nicht klar, dass Chris weggelaufen und ertrunken war, obwohl wir davon ausgegangen waren. Für eine Straftat gab es keinen Anhaltspunkt, aber Menzenbach hatte sich total in die Idee verrannt, sein Sohn sei entführt worden. Verständlich, denn in diesem Fall hätte eine gewisse Chance bestanden, dass er ihn zurückbekommt. Die Presse ist Menzenbachs These gefolgt, mit großem Eifer. Kein Wunder, das gab wochenlang tränenreiche Artikel. Die Mutter des Jungen hat sich allerdings ganz rausgehalten.«
»Das kann ich mir vorstellen. Sie wirkt so ... So schläfrig«, sagte Jan und dachte an Marlas schönes, lethargisches Gesicht, die schweren Lider.
Reimann schüttelte den Kopf. »Ich meine nicht Marla Menzenbach, sondern die Ex-Frau, die leibliche Mutter des Jungen. Katja Hartmann. Eine komische Frau. Sie hat die ganze Schuld bei ihrem Ex-Mann gesehen. Sie hat keine Gelegenheit ausgelassen, um ihn anzuklagen.«
»Gab es irgendeinen ernstzunehmenden Hinweis von ihr?«
Reimann schüttelte den Kopf. »Das war einfach nur Gift, was sie verspritzen wollte. Nach meiner Einschätzung hatte sie selbst ein schlechtes Gewissen, dass sie nach der Trennung zugelassen hatte, dass das Kind beim Vater lebte.«
»Der Junge blieb nach der Trennung beim Vater? Komisches Arrangement«, sagte Jan.

Reimann zuckte die Achseln, und kurz überlegte Jan, wie es bei ihm gewesen war. Reimann hatte in einem Einzimmerappartement gewohnt, also waren die Kinder wohl bei seiner Frau geblieben. »Heutzutage hängen eben auch Väter mehr an ihren Kindern als früher. Ist doch klar, dass sie sich dementsprechend bemühen. Und wenn die berufliche Situation es zulässt … Menzenbach hatte ja damals ein Restaurant, da konnte der Junge ihn auch tagsüber zwischendurch sehen. Mit einem Bürojob wäre das nicht gegangen.«
»Ich finde es trotzdem ungewöhnlich«, sagte Jan. »Ich meine, was für eine Mutter macht so etwas, lässt ihr Kind beim Ex-Mann zurück und baut sich ein neues Leben auf? Vor allem, wenn der Ex-Mann eine Neue hat.«
»Warum?«, fragte Elena wie aus der Pistole geschossen. »Ist es selbstverständlich, dass sich immer nur die Mütter um die Kinder kümmern? Wenn sie es nicht tun, sind sie Rabenmütter, und wenn die Väter es nicht tun, liegt es daran, dass Väter ja arbeiten müssen.« Sie hatte diesen aggressiven Unterton, der ihre feministischen Schlachtrufe stets begleitete.
Reimann warf ihr einen nachdenklichen Blick zu. »Du hast vollkommen recht, Elena. Väter hängen genauso an ihren Kindern und wollen ihren Anteil an der Erziehung haben, gerade nach einer Trennung. Wenn ich an meine Mädels denke …«
Elena öffnete den Mund und klappte ihn wieder zu. Wahrscheinlich fiel ihr auf, dass ihre energische Forderung nach Gleichberechtigung von Reimann verlangte, dass er seine Vaterpflichten ernster nahm, was bedeuten würde, dass auch sie am Wochenende seine Gören ertragen müsste.
Jan runzelte die Stirn. Wie war das eigentlich mit Reimann? Hatte er sich jetzt von seiner Frau getrennt oder

nicht? Er war letztes Jahr ausgezogen, dann war er wieder eingezogen, und dann erst hatte die Geschichte mit Elena begonnen. Was bedeutete das genau?
»Wir haben auch den zeitlichen Ablauf noch nicht geklärt«, sagte Elena. Offenbar hatte sie sich entschlossen, das Thema zu wechseln. »Der Anruf ging heute Morgen um kurz vor sechs bei der Polizei ein, laut eigener Aussage hat Menzenbach die Leiche beinahe eine Stunde vorher gefunden. Er hat die Leiche dekoriert und ist nach Hause gegangen, um von dort aus zu telefonieren. Seine Frau hat er nicht geweckt, sondern ist sofort wieder zum Tatort zurück. So weit, so gut – aber was hat er die ganze Zeit gemacht? Für den Weg brauchte er etwa zehn, fünfzehn Minuten. Es bleiben also mindestens fünfundvierzig Minuten, so lange hat er unmöglich gebraucht, um die Leiche mit den Lichtern zu versehen.«
Jan nickte. »Und vor allem: Warum hat er das zugegeben? Er selbst hat uns auf die Zeitlücke aufmerksam gemacht, dabei hätte er doch einfach sagen können, dass er die Leiche erst kurz vor dem Anruf entdeckt hat.«
»Vielleicht weiß er, dass er am besten möglichst nah bei der Wahrheit bleibt. Vielleicht denkt er, jemand könnte ihn gesehen haben«, sagte Reimann.
»Vielleicht weiß er auch nur, dass unsere Kollegen von der Kriminaltechnik mit ziemlicher Genauigkeit sagen können, wie lange diese Dinger schon leuchten.« Elena hielt ihr Knicklicht zwischen Daumen und Zeigefinger hoch. »Und wenn wir nachher feststellen, dass er schon um fünf Uhr seine zweiundvierzig Knicklichter aktiviert hat, steht er dumm da.«
»Zweiundvierzig?«
»So viele waren es laut KTU.«

»Moment – bedeutet das, die Dinger haben die ganze Zeit geleuchtet? Auch in der Stunde, von der wir nicht wissen, was passiert ist?« Jan überlegte.
»Offenbar.«
»Das heißt, er saß beinahe eine Stunde neben einer funkelnden Leiche?«
»Gruselig«, sagte Elena und schüttelte sich.
»Was macht jemand eine Stunde neben einer Leiche?« Allmählich fühlte Jan sich wohl. Er sollte öfter mal ein Bier trinken gehen, so mit Kollegen.
»Die ganze Sache mit der Markierung ergibt doch keinen Sinn«, sagte Jan. »Die Leiche war kinderleicht zu finden, sie lag an der Buhne unmittelbar vor der Fähre. Das ist eine absolut idiotensichere Beschreibung.«
Die beiden anderen schwiegen.
»Also dienten die Lichter doch dazu, seine biologischen Spuren zu erklären?«, fragte Elena schließlich und seufzte. »So kommen wir nicht weiter. Zuallererst müssen wir den Bruder unseres Opfers sprechen.«
Reimann gähnte und warf einen Blick auf die Uhr. »Dann hoffen wir mal, dass er morgen pünktlich im Präsidium erscheint. Wir müssen langsam ins Bett«, sagte er zu Elena und grinste vielsagend.
Elena grinste nicht zurück, das sah Jan genau. Und er war ausnahmsweise froh, dass er nach diesem langen Tag allein ins Bett gehen durfte.

*

Egal, wie spät Gis nach Hause kam, sein erster Weg führte ihn immer in die Kinderzimmer. Das ist gut, dachte Juli. So muss es sein. Sie griff in den Wäschekorb und zog eine Schlafanzughose von Anton hervor. Dann ein Unterhemd. Dann noch eins. Die Wäsche nahm kein Ende, nie. Sie würde wieder erst nach Mitternacht ins Bett kommen.

Gis setzte sich an den Tisch und streckte die Beine aus.

»Sie schlafen«, sagte er.

»Zum Glück!« Es war schwer gewesen, die Kinder ins Bett zu bekommen. Der Besuch der Polizei hatte sie in Unruhe versetzt, die empfindsame Hedda hatte gespürt, dass etwas nicht stimmte, und diese Ahnung hatte sich wie immer auf ihre Brüder übertragen. Juli faltete die Handtücher und legte sie zu einem ordentlichen Stoß zusammen.

Gis griff nach dem Löffel und tauchte ihn in die Suppe.

»Wie war denn euer Tag?«

Das wäre das Stichwort. Nein, dachte Juli. Nach dem Essen. Sie sagte: »Ach, ganz gut. Wobei ... Fips hat zu Frau Becker *altes Puddinggesicht* gesagt, und jetzt ist sie total beleidigt.«

»Das ist mein Junge«, sagte Gis zufrieden und probierte die Suppe.

»Gis! Er darf mit Erwachsenen nicht so sprechen, und mit unseren Nachbarn schon gar nicht!«

»Aber sie ist doch ein altes Puddinggesicht.«

»Trotzdem ist das respektlos! Du darfst vor den Kindern nicht immer so reden, sie schnappen alles auf und erzählen es weiter.« Sie setzte sich zu ihm an den Tisch.

»Es ist ja die Wahrheit.«

»Trotzdem!«

»Okay, okay!« Er griff nach ihrer Hand, beugte sich vor und küsste sie. Sie schmeckte nach Suppe. »Hiermit gelobe ich feierlich, die Leute nicht mehr als das zu bezeichnen, was sie sind. Und was habt ihr noch erlebt?«

Die Polizei war da, dachte Juli. Sie sagte: »Wir haben Möhrenkuchen gebacken, und die Kinder haben ganz toll mitgeholfen. Anton wünscht sich eine Schürze zum Geburtstag.«
»Eine Schürze?«
»Ja. Und einen Schneebesen. Er will Bäcker werden, sagt er.«
Gis lachte auf. »Er kriegt keine Schürze. Der wird noch ein Mädchen, wenn er so weitermacht! Der Junge braucht ganz entschieden andere Vorbilder!«
»Die Kinder sehen dich kaum«, sagte Juli leise und biss sich sofort auf die Lippen.
Gis griff über den Tisch nach ihrer Hand und drückte sie. »Ich weiß, meine Süße, aber im Moment ist wahnsinnig viel zu tun. Wir müssen diesen Termin in Stuttgart nachbereiten, das nimmt kein Ende. Morgen früh haben wir schon wieder ein Meeting.«
Morgen früh. Das war das Stichwort. Juli schloss für einen Moment die Augen. »Morgen früh musst du leider aufs Polizeipräsidium.«
Gis legte den Löffel hin und starrte sie entgeistert an. »Ich muss bitte was?«
»Es ist etwas passiert. Mit deinem Bruder.«

Tag zwei

Es war nicht das Leuchten der Leiche, das ihn weckte, sondern das Wasser.

Erst schimmerten die Umrisse eines Körpers im Nebel, wurden größer, kamen näher. Jan wollte Verstärkung rufen, doch dann lichteten sich die Schwaden, und Nicoletta tauchte daraus auf, er winkte ihr zu, aber sie ging fort von ihm, immer weiter die Buhne hinunter in Richtung Rhein. Er hastete hinterher, denn er musste ihr dringend sagen, dass er sie zurückrufen würde, bald schon, aber sie ging immer weiter, und erst als der Nebel sie beinahe verschluckt hatte, drehte sie sich langsam und mit einem Lächeln nach ihm um, und er sah, dass sie schwanger war. Ungläubig wollte er nach ihr greifen, aber er griff in etwas Glitschiges, Aale, die sich um seine Hände wanden, Jan wollte schreien, bekam keine Luft, er hörte den Rhein, wie er stieg und schwoll und grollte, dann traf ihn eine Welle eiskaltes Wasser, und er wachte endlich auf.

Ein Traum.

Jan sah sich in dem Zimmer um, das er seit vier Monaten bewohnte. Die frisch renovierte Wohnung, in die er und Nicoletta hatten ziehen wollen, hatte er aufgegeben, nachdem ihre Hochzeit geplatzt war. Zum Teufel mit der Maklercourtage! Stattdessen war er in das Haus seiner Großmutter gezogen, mitten in die Altstadt von Königswinter. Er mochte das Haus, ein hellgetünchter Altbau an einer schmalen Gasse, die die Hauptstraße mit der Rheinpromenade verband.

Er hatte seinen Einzug damals allen anderen gegenüber damit begründet, dass er Sorge um Edith hatte, die kurz zuvor gestürzt war und sich standhaft geweigert hatte, in ein Altenheim zu gehen. Aber im Grunde wusste Jan, dass er es getan hatte, damit er nicht allein leben musste, und das ehemalige Dienstbotenzimmer auf halber Treppe, in dem vorher eine Studentin gewohnt hatte, war ohnehin leer gestanden. Er lebte gern mit seiner Großmutter zusammen, und auf eine merkwürdige Weise waren sie ein eingespieltes Team. Seine Mutter war früher viel auf Reisen gewesen und hatte ihn in der Obhut seiner Großmutter gelassen.

Trotzdem fehlte ihm Nicoletta. In den Augen der anderen war er unvollständig, weil ein Mann von dreißig Jahren offenbar eine Partnerin braucht, um den sozialen Gepflogenheiten zu entsprechen. Seine eigene Einschätzung jedoch wechselte ständig – mal fühlte er sich allein, unerträglich allein, dann wiederum erschien ihm seine Wohngemeinschaft mit Edith als genau richtig, er war eingehüllt in etwas, das er noch aus früher Kindheit kannte, geborgen, sicher, gleichzeitig hatte er alle Freiheit und war frei von Erwartungsdruck. Und es gab keinen Streit. Mit Nicoletta hatte es immer Streit gegeben. Trotzdem wollte sie jetzt ein Kind. Wie passte das alles zusammen?

Er stieg die Treppe hoch zu Ediths Wohnung. Wie jeden Morgen saß Edith am gedeckten Frühstückstisch, aber an-

ders als sonst las Edith nicht in einem ihrer Kriminalromane, sondern blätterte in der Zeitung, als er hereinkam.
»Es ist furchtbar«, sagte sie anstelle einer Begrüßung, aber in ihrem Gesicht hielten sich Aufregung und Neugierde ziemlich genau die Waage. »Möchtest du Tee?«
»Gern.«
Während er zusah, wie sie seine Tasse füllte, unterdrückte er ein Lächeln. Er erwartete, dass sie ihn mit Fragen bestürmen würde, immerhin hatten sie gestern Abend nicht wie sonst sprechen können, aber sie tat nichts dergleichen.
»Der arme Mann«, sagte sie stattdessen.
»Gernot Schirner?«, fragte er verwirrt. Über den vermeintlichen Selbstmörder hatten sie gestern Mittag so ausführlich gesprochen, dass ihm ihr plötzliches Mitleid seltsam vorkam.
»Doch nicht der! Hannes Menzenbach. Ich habe gehört, dass er es war, der die Leiche gefunden hat. Warum hast du mir das nicht schon gestern gesagt?«
Der Informationsfluss in Königswinter funktionierte offenbar so gut, dass Edith durch seinen gestrigen Abend im Tubak keinen Verlust erlitten hatte.
»Ich habe selbst erst gestern Nachmittag von der Sache mit dem Jungen erfahren«, entgegnete Jan.
»Ein eigenartiger Zufall«, sagte Edith.
»Ja, das finden wir auch. Möglicherweise besteht ein Zusammenhang.«
»Der arme, arme Mann«, murmelte Edith und sah nachdenklich auf die Zeitung. »Es muss ein furchtbarer Schock für ihn gewesen sein.«
»Kennst du ihn?«
Edith hob die Schultern unter ihrer grauen Strickjacke.
»Vom Sehen natürlich. Es war eine Tragödie damals mit

dem Jungen. Sie haben ihn wochenlang gesucht. Sie hatten noch ein kleines Baby. Eine schreckliche Sache! Und der Mann musste beinahe alles allein tragen, seine Frau ist ja ein wenig überspannt. Angst vor dem Rhein! Es ist schon komisch, da kommen die Leute von überall her, um unseren schönen Rhein zu sehen, und diese junge Frau bekommt hysterische Anfälle, wenn sie ihn sieht.«

Jan schwieg. Die Zeiten, in denen die Touristen des Rheins wegen herbeigeströmt waren, lagen lange zurück. Königswinter konnte zwar dank des Drachenfelsens mit einigen Attraktionen aufwarten, aber selbst das aufwendig renovierte Schloss Drachenburg und der neue Marktplatz konnten nicht darüber hinwegtäuschen, dass die Blütezeit des Ortes vorbei war. Gehörte das Städtchen in ein anderes Jahrhundert, ähnlich wie die Ohnmachtsanfälle von Marla Menzenbach?

»Dass sie die Stiefmutter des Jungen ist, habe ich zuerst auch nicht gewusst«, sagte Jan. Das Wort *Stiefmutter* hallte in ihm nach, es war ein Wort, in dem Märchen mitschwangen. Die böse Stiefmutter.

»Habt ihr denn euren Abschiedsbrief inzwischen gefunden?«, fragte Edith.

»Nein.«

»Dachte ich es mir doch«, sagte Edith zufrieden.

Jan seufzte. »Was uns im Moment am meisten Kopfzerbrechen bereitet, ist die Sache mit der leuchtenden Leiche. Es macht einfach keinen Sinn – weswegen sollte ein Mann, der eine Leiche findet, eine Stunde mit ihr in der Dunkelheit ausharren, um sie dann mit Knicklichtern zu erleuchten und dann erst die Polizei zu holen.«

»Menschen sind manchmal komisch«, sagte Edith.

»Noch komischer ist aber das Zusammentreffen merkwürdiger Zufälle bei diesem Mord.«
»Mord oder Selbstmord«, korrigierte Jan.
»Verzeihung«, sagte Edith und lächelte fein. »Also: Ausgerechnet der Mann, dessen Kind vor vier Jahren ertrank, findet die Leiche des Mannes, der ausgerechnet der Bruder des Nachbarn ist.« Sie machte eine bedeutungsvolle Pause. »Übrigens haben Herta und ich Juli Schirner im Café Dix getroffen«, sagte Edith und blinzelte. »Sehr moderne Familienverhältnisse.«
»Wie meinst du das?«
»Zumindest das Mädchen ist nicht von ihm.«
»Bitte?«
»Der blonde Mann kann nicht der Vater des Mädchens sein. Das Mädchen hat braune Augen, die Eltern haben beide blaue. Das gibt es nicht.«
»Bitte?«, fragte Jan noch einmal.
»Zwei blauäugige Eltern können keine braunäugigen Kinder bekommen. Umgekehrt schon.«
»Woher willst du das wissen?«
»Alte Bauernregel«, sagte Edith lakonisch.
»Es gibt aber bestimmt Ausnahmen.«
»Die bestätigen dann nur die Regel.«
Jan dachte immer noch über die Sache mit der Augenfarbe nach.
»Henny hat auch braune Augen und Clara hat blaue, obwohl ihr Vater braun war.« Bei der Erklärung kam er beinahe ins Stolpern. Henny, seine Mutter, hatte ebenjene Familienverhältnisse geschaffen, die Edith als modern bezeichnet hatte – Jan kannte seinen Vater nicht, und mit dem Vater seiner Halbschwester Clara hatte Henny nur zwei Jahre zusammengelebt.

»Das ist etwas anderes, weil Blau rezessiv ist«, erklärte Edith geduldig. »Ich wollte gar nicht klatschen. Ich wollte nur, dass du Bescheid weißt.« Sie trank ihren Tee aus und setzte ein tugendhaftes Lächeln auf.
Guter Spruch, dachte Jan. In diesem Moment begann sein Handy zu schnarren.
Nicoletta. Er wollte hastig danach greifen, dann zögerte er. *In unserem Alter kauft man nicht mehr die Katze im Sack.*
Er drückte ihren Anruf weg. Als er aufstand, sah er die porzellanblauen Augen seiner Großmutter auf sich gerichtet. »War das Nicoletta?«
»Ich muss los«, sagte er.
»Hattest du denn vorgestern einen schönen Abend?« Sie meinte den Abend mit Nicoletta.
»Oh, ja.«
»Das freut mich.« Sie sah ihn prüfend an, dann lächelte sie.
Er griff nach seiner Tasche, dann beugte er sich hinunter und berührte mit seiner Wange die ihre. Sie fühlte sich kühl und trocken an. Sie ist so alt, dachte er. Wahrscheinlich wünscht sie sich Urenkel.
Vielleicht war Nicolettas Kinderwunsch die einzige Möglichkeit, noch eine Chance bei ihr zu bekommen, überlegte er, als er Minuten später seinen Mini durch die Gässchen lenkte. Er vermisste sie. Andererseits: Wollte er Kinder, unter diesen Umständen, in einer nahezu zertrümmerten Beziehung?
Er würde Nicoletta erst zurückrufen, wenn er auf diese Frage eine Antwort wusste.

*

»Sie haben einfach nicht aufgemacht. Wir standen vor der Tür mit dem Möhrenkuchen in der Hand, und keiner hat aufgemacht. In der Küche hat Licht gebrannt und auch im Wohnzimmer, aber in der Küche war niemand, und im Wohnzimmer waren natürlich die Vorhänge zugezogen. Fips hat geklopft, aber es kam keine Reaktion.«

»Vielleicht wollten sie einfach ihre Ruhe haben. Es war ja für beide ein schlimmer Tag, Hannes hat eine Leiche gefunden, und Marla ... Sie muss sich doch immer etwas erholen, wenn sie ihre Anfälle hatte. Normalerweise bist du es, die ihr sagt, sie soll sich ins Bett legen und sich ausruhen.«

»Aber ...« Aber doch nicht von uns, wollte Juli sagen. Stattdessen drückte sie Zahnpaste aus der Tube und begann, sich die Zähne zu putzen. Sie musste schnell machen. Es war ohnehin ein Wunder, dass die Kinder unten in der Küche blieben und Ruhe gaben. Normalerweise hatte das nichts Gutes zu bedeuten.

Sie trat einen Schritt in den Flur und sah ins Schlafzimmer. Der Mann im Spiegel schlüpfte in sein frisch gebügeltes Hemd, der Mann vor dem Spiegel tat es ihm gleich.

»Ich sehe umwerfend aus, findest du nicht? Dieser Kommissar wird hingerissen sein.«

»Was hast du gesagt?« Juli spülte den Mund aus und steckte ihre Zahnbürste in den Zahnputzbecher.

Gis knöpfte den letzten Knopf zu und legte die Stirn in Dackelfalten. »Ich sagte, ich sehe umwerfend aus für meinen allerersten Besuch in einem Polizeipräsidium! Wahrscheinlich behalten sie mich gleich da und sperren mich ein. Und jetzt wag nicht, mir zu widersprechen!«

Juli zupfte das Handtuch gerade, das schief auf seinem Halter hing. »Ich verstehe nicht, wie du in so einer Situation Witze machen kannst.«

»Das musst du auch nicht verstehen, mein Liebling, du musst doch nicht mal lachen! Aber bitte mach mir einen Kaffee. Eine letzte Tasse Kaffee in Freiheit, ehe der Kommissar mich in Gewahrsam nimmt!«

»Spinner!« Gegen ihren Willen musste sie lachen, scherzhaft schlug sie mit dem Handtuch nach ihm, aber das Lächeln flog ihr aus dem Gesicht, kaum dass sie in der Küche war. Die Kinder saßen überraschend brav am Tisch und aßen die Brote, die Hedda ihnen geschmiert hatte. Gis, der Clown. Er weigerte sich, irgendetwas ernst zu nehmen, selbst jetzt, wo sein Bruder so tragisch ums Leben gekommen und die Nachbarschaft in Aufruhr war. Nein, dachte Juli und löffelte Kaffeepulver in den Filter. Nicht »selbst jetzt«, sondern »gerade jetzt«. Humor war seine Art, mit dem Leben fertigzuwerden. Er hatte schon in ganz anderen Situationen Scherze gemacht. In Situationen, an die sie jetzt nicht denken wollte.

Gis war eben so, wie er war, und das war der Grund, warum sie sich in ihn verliebt hatte. Erst seine Leichtigkeit hatte ihr die kleinbürgerliche Enge, in der sie aufgewachsen war, vor Augen geführt und ihr zugleich den Weg hinaus gewiesen. Und es war ein Segen, dass er diese Leichtigkeit nicht verloren hatte, obwohl er jetzt die Verantwortung für drei Kinder trug und deswegen jeden Morgen in den verhassten Anzug stieg.

»Mama, mein Kopf tut weh«, klagte Fips.

»Wo denn?«

»Da!« Er wies auf seine Stirn. Juli legte die Hand darauf. Warm. Nicht heiß. Sie sollte Fieber messen.

»Dann bleibst du besser hier. Leg dich noch mal ins Bett«, sagte sie. »Vielleicht kannst du noch ein bisschen schlafen.« Sie brachte es nicht übers Herz, die Kinder aus dem Haus zu lassen, wenn sie sich nicht wohl fühlten. Insgeheim dachte sie, dass diese kleinen Wehwehchen eine gute Möglichkeit für die Kinder waren, ihre Mutter mal ganz und gar für sich zu haben. Und das war wichtig.
Und heute ... Nach dem, was gestern geschehen war, war sie froh, wenn sie nicht allein war. Wenn der kleine, fröhliche Fips da war und sie ihn ein wenig umsorgen konnte. Sie wusch die Äpfel, entfernte das Kerngehäuse und schnitt sie in Spalten. Eigentlich wäre es besser, wenn die Kinder sie ganz essen würden, aber Anton und Hedda verweigerten Äpfel, wenn sie nicht geschnitten waren. Immerhin hatte sie es geschafft, dass sie die Schale mitaßen. Die Kinder mussten Obst essen, und eigentlich sollten sie es sogar gern essen, denn bald schon würden sie über Freunde in Kontakt mit Fastfood und Süßigkeiten kommen, und bis dahin mussten sie wissen, wie echtes Essen schmeckte.
»Och, schon wieder Äpfel«, maulte Hedda.
»Äpfel sind das einzige Obst, das es im Februar gibt.«
»Das stimmt nicht! Carolina hat immer Kiwi mit.«
»Aber nicht aus Deutschland!«
»Ist mir doch egal. Ich kann keine Äpfel mehr sehen.«
»Bald ist Sommer.«
Hedda nahm die Apfeldose und verstaute sie in ihrem Ranzen. Dabei tat sie so, als müsse sie sich erbrechen. Anton kicherte, und Juli drohte scherzhaft mit dem Obstmesser. »Hey, ihr Schlingel! Zieht schon mal die Schuhe an!«

Sie war überrascht, dass die Kinder sich ohne ein Wort trollten. Der Kampf um die Ernährung der Kinder strengte sie mehr an, als sie sich eingestehen wollte. Frisches Obst und Gemüse. Jeden Tag selbstgekochtes Essen. Und bei all dem, soweit es ging, auf Haushaltsgeräte verzichten, damit die Kinder begriffen, welche Arbeit in dem steckte, was sie aßen. Respekt war wichtig. Respekt vor dem Essen und Respekt vor der Umwelt.
Juli hörte Schritte die Treppe herunterkommen und räumte schnell die Teller der Kinder in die Spüle.
»Der Kommissar war eigentlich ganz nett. Nur seine Kollegin ...«, sagte sie und rührte in ihrem Tee.
»Was ist mit der Kollegin?«
»Ich weiß nicht. Sie hat sich so komisch umgesehen, mit diesem Blick, du weißt schon.« *Den Blick* ernteten sie oft. Einige Menschen schienen drei Kinder geradezu unanständig zu finden.
»Lass mich raten, ist sie so eine polierte Business-Frau, die sich fragt, wie man es in unserem Chaos aushalten kann?« Während er sprach, griff Gis hinter die Milchflasche und zog ein Auto hervor, das Anton dort geparkt hatte. Er grinste, aber sie konnte sein Lächeln nicht erwidern.
»Eigentlich nicht«, sagte Juli. Sie hätte ihm gern von den unverschämten Fragen nach ihrer Berufstätigkeit erzählt, von dem Vorwurf, der dahinter versteckt war, aber sie schwieg. Es war sinnlos, ihre Lebensentscheidung wieder und wieder zur Sprache zu bringen, sich stets aufs Neue angegriffen zu fühlen.
Im Flur rumorten Hedda und Anton beim Schuheanziehen. Es tat gut, an die Kinder zu denken. Die Kinder waren das Beste, was sie hatte, und sie gaben ihrem Leben Sinn,

jeden Tag aufs Neue. Egal, wie die Angriffe der Umwelt sie verletzten, niemals würde sie tauschen wollen und sich in irgendeinem Job abhetzen, die Kinder tagsüber Fremden überlassen, um dann abends müde aufzutauchen, Tiefkühlkost in die Mikrowelle zu schieben und bei der winzigsten Kleinigkeit die Nerven zu verlieren.
So wie Marla. Marla tat ihr leid. Dabei arbeitete sie noch nicht mal Vollzeit, trotzdem war alles zu viel für sie.
Gis stand auf. »Ich geh dann mal. Ich muss vor meinem Verhör unbedingt noch kurz ins Büro. Kinder! Wir gehen!«
Juli warf Küsse in den Flur, dann sagte sie: »Es ist kein Verhör, sie haben nur ein paar Fragen. Gis?« Er war schon fast aus der Tür und streckte den Kopf noch einmal in den Flur. Als sie sein zerwuscheltes Haar sah, mit dem er seine Geheimratsecken kaschierte, musste sie doch lächeln. »Geht es dir gut? Wirklich?« Sie wollte nach Gernot fragen, aber sie tat es nicht.
»Aber ja! Ich habe dich, wir haben die Kinder. Wie sollte es mir da nicht gutgehen?«
Wegen Gernot, wollte sie sagen, weil Gernot tot ist! Wie kann dir das egal sein? Das wollte sie schreien, aber stattdessen lächelte sie bloß.
Er trat rasch auf sie zu und küsste sie, und sie riss vor Überraschung die Augen auf, als sie seine schnelle Zunge spürte. Dann war er hinter den Kindern her und aus dem Haus, und sie starrte verdattert auf die zugefallene Haustür. Sie ging in die Küche. Sie fegte die Krümel vom Tisch, stellte die Kaffeetasse in die Spüle und ließ Wasser ins Becken. Während es volllief, sah sie aus dem Küchenfenster auf die Parkmauer, auf der eine verirrte Rheinmöwe saß und mit den Flügeln schlug. Trotz des

geschlossenen Fensters glaubte Juli ihren heiseren Schrei zu hören.

War es möglich, dass Gis der Tod seines Bruders tatsächlich nicht naheging? Ihre Hände spülten mechanisch, während sie ihren Gedanken nachhing.

Als die Kirchturmuhr neun schlug, schrak sie beinahe zusammen. Inzwischen würde Gis im Büro sitzen. Sie selbst hatte Berge von Wäsche zu waschen. Bei diesem Wetter versauten die Kinder sich die Hosen, kaum dass sie sie angezogen hatten.

Juli nahm den Wäschekorb und trug ihn in den Keller. Ehe sie die Waschmaschine füllte, inspizierte sie die Wäscheleine. Die Flecken aus Antons Pullover waren nicht rausgegangen. Das war der Nachteil der indischen Waschnüsse. Sie bearbeitete die Stelle mit Gallseife und legte den Pulli mit der anderen Wäsche in die Trommel. Ehe sie den Startknopf drückte, kam ihr ein Gedanke und sie hielt in der Bewegung inne.

War Gis womöglich so leichtherzig, weil mit seinem Bruder zugleich sein Konkurrent verschwunden war?

*

Draußen sah es kalt aus, Wind war aufgezogen und fegte über den verwaisten Balkon. Zwei Buchsbäume harrten dort aus, die sie zum Schutz gegen die Kälte eingepackt hatte. Die Kästen würde sie frühestens Ende März bepflanzen. Nein, zu Ostern. Wann war dieses Jahr eigentlich Ostern?

»Und was sagt der Bestattungsunternehmer?«, tönte Brigittes Stimme an Fannys Ohr, und sie riss sich zusammen und konzentrierte sich auf das Telefongespräch.

»Man kann natürlich keinen Termin ansetzen, solange die Leiche nicht freigegeben ist.«

»Oh«, machte Brigitte nach einer irritierten Pause, und Fanny fand es selbst eigenartig, dass sie »Leiche« gesagt hatte und nicht »Gernot«.

»Vielleicht schon mal eine Trauerfeier im kleinen Rahmen«, sprach Fanny weiter, einfach nur, weil ihr die Pause beinahe körperlich weh tat, weil sie zu viel Raum für Spekulationen ließ. »Es muss ja noch nicht einmal eine christliche Trauerfeier sein, man kann Unternehmen buchen für so etwas. Einfach nur eine Gelegenheit, um zusammenzukommen, eine kleine Rede vielleicht, Musik ...« Sie verstummte.

»Geht es dir gut, Fanny?«

»Ich weiß es nicht.« Sie wusste es wirklich nicht. Sie spürte eine sonderbare Distanz, alles schien so unwirklich.

»Fanny, am besten stellst du dir vor, was Gernot gewollt hätte. Hat er mal über Todesanzeigen gesprochen? Es war ja ...«

Absehbar, ergänzte Fanny im Stillen. »Ja, hat er. Um ehrlich zu sein, er hatte sich ziemlich genaue Gedanken gemacht. Welches Zitat, welche Musik und so weiter.«

»Davon hast du nie etwas erzählt!« Brigitte klang beinahe beleidigt.

»Beerdigungen sind nicht gerade mein Lieblingsthema«, sagte Fanny ausweichend. Vor allem, wenn es um die meines Mannes geht, fügte sie in Gedanken hinzu. Der alles im Detail plante, ohne mich einzubeziehen. Hätte sie Brigitte davon erzählt, wäre das nur Wasser auf ihre ohnehin schon betriebsamen Mühlen gewesen. Brigitte würde niemals ein offenes Wort gegen Gernot sagen, sei er nun tot oder lebendig, aber dass sie ihn am liebsten schon vor Jahren los gewesen wäre, war auch ohne Worte klar.

Sie ist meine beste Freundin, dachte Fanny. Sie will mich für sich allein. Oder will sie nur das Beste? Und ist das dasselbe? Urplötzlich fühlte sie eine warme Woge der Zuneigung zu Brigitte. »Es ist so gut, dass du für mich da bist«, sagte sie.

»Aber immer, Fanny! Gerade jetzt! Pass auf. Du solltest im Moment wirklich nicht alleine sein. Soll ich nachher kommen? Ich bringe uns einen schönen Weißwein mit, und wir schauen einen Film. Ich kann auch über Nacht bleiben.«

»Ich weiß nicht«, sagte Fanny zögernd. Im Geiste sah sie Brigitte auf dem weißen Sofa sitzen, dort, wo sonst Gernot saß. Sie verscheuchte das Bild. »Ich komme zu dir.«

»Prima!« Es gelang Brigitte nur schlecht, ihre Freude zu verbergen. »Dann machen wir es uns nett. Und du bleibst ein paar Tage?«

»Ja.«

»Ich freu mich! Das wird dir guttun. Was für eine Anzeige willst du denn aufgeben?«

»Ich weiß nicht. Etwas Schlichtes. Ein Gedicht und dann nur: ›In stiller Trauer‹.«

»Welches Gedicht?«, fragte Brigitte weiter. Beinahe schien es Fanny so, als ob ihre Freundin sich am Tod von Gernot förmlich labte.

»Eins von Goethe. Das hat er gewollt. Es ist sehr passend.«

»Lies vor!«

»Ich habe es nicht hier. Er hat es einmal erwähnt, als er über seine Beerdigung gesprochen hat.«

Brigitte seufzte bewegt.
Als Fanny aufgelegt hatte, spürte sie ihr Versäumnis beinahe körperlich, wie eine schwere Sünde. Sie hatte Brigitte nichts von dem Schreibtisch erzählt, den sie aufgebrochen hatte. Von dessen Inhalt. Die Schublade voller Papiere, die sie noch nicht anzusehen gewagt hatte.
Und auch nicht, dass sie jedes Wort des Gedichts auswendig kannte. Sie würde es Brigitte nachher mitbringen und sie fragen, was sie davon hielt. Ganz sachlich, nein, sogar locker würde sie ihr das Gedicht hinlegen und dann fragen, ob ihr der letzte Satz nicht komisch vorkam.
Warte nur, balde
Ruhest du auch
In Fannys Ohren klang das wie eine Drohung.
So, als ob Gernot selbst vom Grabe aus nach ihr rufen und über sie bestimmen konnte.

*

»Warum sind Sie gestern nicht gleich nach Hause gekommen, als Sie vom Tod Ihres Bruders gehört haben?«
Gis hob bedauernd die Schultern. »Weil ich es nicht wusste.«
»Ihre Frau sagte uns, Sie hätten eine wichtige Konferenz«, sagte Elena langsam. Jan fand, dass es gefährlich langsam klang. Er kannte Elena. So betont ruhig sprach sie nur, wenn sie aus irgendeinem ihrer seltsamen Gründe kurz vor dem Explodieren stand.
»Das ist richtig. Wir hatten internationalen Besuch.«
»Und der ist so wichtig, dass er keine kurze Unterbrechung verträgt?« Elena lehnte sich an die graue Wand und verschränkte die Arme. »Wenn bei mir ein Familien-

mitglied sterben würde, noch dazu eines unnatürlichen Todes und nur wenige Meter von meinem Haus entfernt, dann würde ich es wissen wollen.«

»Wenige Meter von meinem Haus entfernt ist etwas übertrieben.«

»Im Verhältnis zum Wohnort Ihres Bruders würde ich sogar sagen, dass die Leiche praktisch auf Ihrer Schwelle gefunden wurde.«

Gis zuckte die Achseln. Jan sah mit Erstaunen, dass Elena ihn nicht provozieren konnte. Warum gelingt es ihr bei mir dann immer?, fragte er sich.

»Eins würde mich interessieren«, sagte Elena und hob die Hand. »Haben andere Konferenzteilnehmer Anrufe erhalten und entgegengenommen?«

»Ja«, sagte Gis.

»War denen die Konferenz weniger wichtig?«

Wieder hob er die Schultern. »Das müssen Sie die fragen.«

»Hatten Sie zwischendurch eine Kaffeepause? Eine Unterbrechung?«

»Natürlich.«

»Und haben Sie in dieser Zeit auf Ihr Handy gesehen?«

»Nein, ich hatte es ausgeschaltet. Ich weiß, dass die Leute da unterschiedlich verfahren, aber ich halte mein Privatleben gern ausgeschaltet, während ich auf der Arbeit bin. Bildlich gesprochen, meine ich.«

»Ich verstehe«, sagte Elena. »Und ich hoffe, Sie verstehen, dass es für uns sehr sonderbar ist, dass Sie nicht aufgetaucht sind. Ich hätte erwartet, dass Sie entweder zu Ihrer Frau oder zu Ihrem Nachbarn oder zu Ihrer Schwägerin eilen, nach allem, was passiert ist.«

Gis hob den Kopf. »Ich wusste es ja nicht. Hätte ich es gewusst, wäre ich vermutlich nach Hause gegangen.«

»Wann sind Sie denn nach Hause gegangen?«
»Angekommen bin ich gegen neun, genau weiß ich es nicht. Hören Sie, ist das hier nicht etwas albern? Sie verhören mich, als müssten Sie ein Alibi überprüfen. Wenn ich das alles richtig verstanden habe, dann war mein Bruder gestern längst tot. Oder haben Sie noch andere Fragen an mich?«
»Wir versuchen uns nur ein Bild zu machen«, sagte Jan und nahm gegenüber von Gis Platz. »Ihr Bruder war krank, wussten Sie das?«
»Gernot war was?« Verwirrung breitete sich im Gesicht von Gis aus.
»Unheilbar krank. Er hatte Krebs. Er hätte nicht mehr lange zu leben gehabt.«
»Das wusste ich nicht. Das ist ja ... O mein Gott!« Gis wandte den Kopf ab. »Er hat mir nichts davon gesagt.«
»Hätten Sie das erwartet?«
»Ich weiß nicht. Ich meine, was heißt schon erwartet? Ich war sein einziger Bruder. Irgendwie ...« Sein Blick suchte das Fenster, fand es, wanderte nach draußen. »Ja, ich schätze, das hätte ich erwartet.«
»Wir fragen uns jetzt natürlich vor allem, warum wir Ihren Bruder in Königswinter gefunden haben. Hat er Sie dort öfter besucht? Waren Sie vielleicht verabredet?«
Gis Schirner ließ sich Zeit, ehe er antwortete. Er knickte den leeren Kaffeebecher und sah erneut zum Fenster. »Unser Verhältnis war nicht so besonders, dafür waren unsere Lebensverhältnisse zu unterschiedlich. Noch dazu kommen unsere Frauen nicht besonders gut miteinander aus. Im letzten Monat hat er zwei-, dreimal angerufen, aber ich wusste nicht, worauf er hinauswollte, und habe das Gespräch knapp gehalten.«

»Wann genau haben Sie das letzte Mal von ihm gehört?«
»Das müsste ich nachgucken.«
»Dann tun Sie es doch bitte.«
»Jetzt?« Gis sah erstaunt von einem zum anderen, dann griff er in seine Hosentasche, zog ein Handy hervor und tippte stirnrunzelnd darauf herum. »Mittwoch vor einer Woche, abends um sieben Uhr dreizehn.«
»Was war an dem Tag?«
»Nichts Bestimmtes. Ich war noch auf der Arbeit, ich hatte keine Zeit, darum habe ich ihn weggedrückt.«
»Und später zurückgerufen? Um zu fragen, was er wollte?«
»Das habe ich vergessen.« Gis starrte vor sich, dann schien ihm aufzugehen, dass dies die letzte Gelegenheit gewesen war, nach dem Grund des Anrufs zu fragen.
Jan beobachtete ihn genau. Erst war ihm Gis als locker, beinahe unbeschwert erschienen, aber das war er keineswegs. Er wirkte nicht angespannt, nicht so, als verursache die Befragung ihm Stress, sondern ... betroffen. Er war betroffen, aber er wollte es sich nicht anmerken lassen. »Um noch einmal auf gestern zurückzukommen«, sagte Jan. »Sie waren also nicht mit Ihrem Bruder verabredet?«
Gis lachte auf, es war kein frohes Lachen. »Nein, auf keinen Fall.«
»Können Sie sich vorstellen, wen Gernot sonst besucht haben könnte? Hatte er Freunde in Königswinter?«
»Nein. Außer meiner Frau natürlich, aber die wird Ihnen ja schon gesagt haben, dass kein Kontakt bestand.«
Es war eine seltsame Formulierung, fand Jan.
Elena drängte sich neben ihn. Sie stemmte die Fäuste auf den Tisch. »Um noch einmal auf die Sache mit Ihrem Handy zurückzukommen: Sie tragen es eingeschaltet,

wie wir eben gesehen haben. Ich hätte Verständnis dafür, wenn Sie es bei einer polizeilichen Befragung ausstellen, weil Sie nicht gestört werden wollen, aber nun gut.«
Gis sah auf sein Handy, das noch auf dem Tisch lag. »Ich nutze es ausschließlich für berufliche Zwecke.«
»Und Ihr Bruder?«
»Natürlich kommt es vor, dass auch andere Menschen mich anrufen.«
»Warum kam Ihre Frau dann nicht auf die Idee, Sie anzurufen, nachdem sie vom Tod Ihres Bruder gehört hatte?«
»Meine Frau weiß, dass ich auf der Arbeit nicht angerufen werden möchte. Ich brauche meine Ruhe.«
»Das verstehe ich«, sagte Elena zuckersüß. »Es ist ja auch zu ärgerlich, wenn tote Brüder einen von der Arbeit abhalten.«
Verärgerung mischte sich in die Stimme von Gis. »Es war die Entscheidung meiner Frau, mich nicht anzurufen.«
»Deswegen frage ich mich, wie diese Entscheidung wohl zustande gekommen ist.«
»Wahrscheinlich dachte meine Frau, es sei besser so.«
»Ach?«, sagte Elena spitz. Sonst sagte sie nichts.
Gis Schirner seufzte. »Hören Sie, ich habe einen anstrengenden Job und arbeite bis spätabends. Wenn ich zu Hause bin, bin ich für meine Familie da, und tagsüber bin ich für meinen Job da. So läuft das!«
»Wenn Sie für Ihren Job da sind, gehören dazu das Mittagessen, ein kleiner Plausch und das Blättern in der Zeitung?« Sie wies auf die Tasche, aus der der *General-Anzeiger* lugte.
»Natürlich. Der Austausch mit Kollegen gehört zum Berufsleben dazu, das ist bei Ihnen sicher auch nicht anders.«

»Während Ihre Frau zu Hause die Wäsche wäscht, Rotznasen abwischt, im Garten arbeitet und Sie noch nicht einmal übers Handy anrufen kann.«
Jan war erstaunt über ihren Stimmungswechsel. Hatte Elena nicht gestern noch über Frauen gelästert, die eben diese Tätigkeiten verrichteten, anstatt einer bezahlten Arbeit nachzugehen? Wie kam es, dass sie sich hier stellvertretend für die Hausfrauen dieser Welt über die Missachtung ihrer Arbeit aufregte? Jan unterdrückte ein Seufzen. Er würde Elena niemals verstehen, so viel stand fest. Und egal, was irgendwer tat, Elena würde immer dagegen sein.
»So in etwa lautet unsere Arbeitsteilung, ja.« Überraschenderweise stieg Gis eine leichte Röte ins Gesicht. »Hören Sie. Ich habe einen wirklich anstrengenden Job, und wir haben drei Kinder zu Hause. Wenn ich zigmal am Tag mit meiner Frau telefoniere und über jeden Furz informiert werde, komme ich zu nichts.«
Gis sprach überzeugt, aber er war es nicht, das wusste Jan plötzlich. Überrascht musterte er die Röte im Gesicht seines Gegenübers. Gis Schirner war keinesfalls ohne Zweifel über das, was er da vertrat. Zumindest war er nicht zufrieden damit. Ohne es zu wollen, betrachtete Jan ihn plötzlich aus Elenas Blickwinkel. So sieht Vaterschaft also aus, dachte er. Man verkriecht sich im Büro und schiebt Arbeit vor, wenn das Telefon klingelt. Ob Nicoletta bewusst war, was auf sie beide zukommen würde, wenn sie tatsächlich eine Familie gründeten? Er wünschte, sie hätte das Gespräch mit angehört. Vielleicht wären ihre Kleider, ihr Lächeln, ihre Küsse dann wieder für ihn bestimmt und nicht für die ungeborenen Kinder, die sie sich wünschte.

Er hätte gern Groll verspürt darüber, aber er tat es nicht. Er vermisste Nicoletta. Vielleicht war ein Kind der Preis dafür, dass er mit einer Frau zusammen sein konnte, die eine Nummer zu groß für ihn war. Zahlte nicht jeder einen Preis, wenn es um Beziehungen ging? Er dachte an Elena, die Reimann mit seiner Frau teilte, an Reimanns Frau, die ihn mit Elena teilte. An Reimann, der das Gekeife von beiden ertragen musste. An Gis Schirner, der zwar im Büro seine Ruhe und zu Hause Kuchen haben mochte, dafür aber das Geschrei von drei Kindern im Ohr hatte.
Ihm fielen die Kinderzeichnungen ein, das fünfte Kind. Konnte es sein, dass auch ein totes Kind ein Preis war? Wofür hatte dieses Kind bezahlen müssen? Was mussten die Menzenbachs für den Leichtsinn ihres Sohnes zahlen?
»Wo waren Sie denn vorletzte Nacht?«
»Zu Hause, in meinem Bett«, erwiderte Gis. Er sah ärgerlich aus.
»Und ist Ihnen irgendetwas aufgefallen?«
»Was soll mir denn aufgefallen sein?«
»Etwas Ungewöhnliches.«
»Ich habe geschlafen. Und ich habe nichts gehört, nein. Ich schlafe mit Ohropax.«
»Und die Nacht davor?«
»Da war ich auf Dienstreise. Bei einem Kunden in Stuttgart. Ich kann Ihnen die Kontaktdaten geben, wenn das nötig ist.«
»Ist es. Sie können dann gehen«, sagte Elena zu Gis und nickte ihm kühl zu. Der sprang auf, suchte seine Sachen zusammen und lächelte jungenhaft.
Kaum hatte er den Befragungsraum verlassen, schlug Elena auf den Tisch. »Ohropax! Das hätte ich mir denken können!«

Jan zuckte die Schultern. »Menzenbach benutzt das auch. Mich interessiert allerdings mehr, wie wenig Gis Schirner der Tod seines Bruders anzugehen scheint.«
»In Männer kann man nicht reingucken«, sagte Elena grimmig.
Jan dachte an Tränen. Bisher hatte er keine einzige gesehen. Niemand schien bereit, eine Träne um Gernot Schirner zu vergießen. Das war irgendwie bedrückend. Und sehr, sehr interessant.

*

Die Morgenbesprechung im Präsidium verlief nicht anders als üblich, nur, dass die Loreley-Geschichte um die Sache mit Odysseus und den Sirenen erweitert wurde. Und das war auf Elenas Mist gewachsen.
Während Jan den Stand der Ermittlungen referierte, hob Elena, die bis dahin geschwiegen hatte, plötzlich die Hand. »Stopp!«, rief sie.
Jan sah irritiert hoch.
»Da ist diese Loreley-Sache schon wieder!«
»Wo?«
Sie sah nachdenklich aus. »Die Ohren mit Wachs verstopft! Da sind wir doch schon wieder bei der Loreley! Bei Männern, die die Ohren verschlossen haben, weil sie die schöne Nixe sehen wollten. Und anders als der Schiffer im Heine-Gedicht waren diese Männer nicht so doof und sind offenen Auges in ihr Unglück gerannt – sie wussten von dem betörenden Gesang und haben die Ohren mit Wachs verschlossen, um ohne Gefahr für Leib und Leben am Felsen vorbeifahren zu können. Um zu spannen, könnte man sagen.« Elena lehnte sich zufrieden zurück.

»Du liest Heine?«, spottete Markus Pütz.

»Das ist Unfug«, sagte Dezernatsleiter Gerd Lohse. Vermutlich war er der einzige Mensch, der das Wort *Unfug* benutzte, dachte Jan.

Lohse strich sich die dünnen Haare aus der hohen Stirn und warf Elena einen missbilligenden Blick zu. »Die Geschichte mit den wachsverschlossenen Ohren stammt aus Homers *Odyssee* und beschreibt Odysseus' Begegnung mit den Sirenen. Er wollte ihrem wunderschönen Gesang lauschen, ohne davon in den Wahnsinn getrieben zu werden, also ließ er sich an den Mast binden und befahl seinen Männern, sich die Ohren mit Wachs zu verstopfen, damit sie unbehelligt navigieren konnten.«

»Ist ja auch egal«, sagte Elena. Sie war laut geworden, es passte ihr nicht, dass Lohse sie bezichtigte, Unfug zu reden. »Jedenfalls fällt auf, dass gleich zwei der Männer, die zum Kreis des Opfers gehören, sich die Ohren mit Wachs verschließen. Da sind wir wieder bei den Wasserwesen. Ich wollte nur mal darauf hinweisen.«

»Ohropax hat nichts mit Nixen zu tun, sondern mit Kindern«, meldete sich Reimann zu Wort. »Ich hab das Zeug auch benutzt, als meine beiden klein waren. Sonst kann man ja nicht schlafen bei dem Geschrei.«

Elena funkelte ihn giftig an. »Und deine Frau? Hat die sich auch was in die Ohren gesteckt?«

»Nein, die hat sich um die Kinder gekümmert.«

»Aha«, machte Elena.

»Ich war schließlich derjenige, der am nächsten Morgen arbeiten musste.«

»Und sie diejenige, die gemütlich ausschlafen konnte?«

»Es reicht«, donnerte Lohse. »Für mich stellt sich das Problem gar nicht, weil wir es ja ganz offensichtlich nicht mit einem Tötungsdelikt zu tun haben. Wir haben einen Mann, der schwer krank war und dessen Frau seine Selbstmordabsichten bestätigt.«

»Das stimmt so nicht«, sagte Elena und raschelte mit ihren Papieren. »Sie war von Selbstmord ausgegangen, weil sie das an seiner Stelle getan hätte. Geäußert hatte er nichts dergleichen. Wir haben also keinen Beleg für seine Selbstmordabsichten.«

»Jedenfalls erhärtet Schirners Erkrankung die Selbstmordtheorie«, sagte Lohse. »Ein Krebstod ist kein Spaß. Kein Wunder, dass unser Mann da eine Abkürzung genommen hat.« Er sah Pütz, dessen Frau im vergangenen Jahr an Brustkrebs erkrankt war, dabei nicht an, aber Jan war nicht sicher, ob dies Verlegenheit oder Rücksichtnahme war. Ebenso gut war möglich, dass Lohse es vergessen hatte. »Also Selbstmord«, schloss er.

Elena blätterte in ihren Unterlagen, ehe sie antwortete. »Wir sollten auf jeden Fall das genaue Obduktionsergebnis abwarten. Bisher wissen wir das mit der Krebserkrankung nur von Stefanie Schirner.«

»Was sagt der behandelnde Arzt?«

»Er ist im Urlaub. Den Identitätsabgleich haben wir dank seiner Vertretung trotzdem durchführen können. Es gab Röntgenaufnahmen, darum ging es so schnell.«

Lohse knurrte und griff nach seiner Kaffeetasse.

»Schirner arbeitete bis vor zwei Monaten in der Forschungsabteilung von Alloxess, einem großen Pharmaunternehmen. Wir untersuchen noch, woran er zuletzt beteiligt war, Pharma ist natürlich ein brisantes Feld. Außerdem«, sagte Elena und sah wieder in ihre Unterlagen. »Offen bleibt natürlich, wer die Leiche an den Rhein geschafft hat. Das ist ein Straftatbestand.«

»Das ist keine Sache für unsere Abteilung«, sagte Lohse unwillig. Jan sah ihm an, dass ihm dämmerte, dass es dummerweise sehr wohl an seiner Abteilung hängenbleiben würde.
Unbeirrt ergriff Elena wieder das Wort. »Zwei Sachen sind da außerdem, die uns stören. Das tote Kind. Möglicherweise steht unser Fall im Zusammenhang mit dem Tod von Chris Menzenbach vor vier Jahren. Chris ist am vierten Februar verschwunden und am achtzehnten März am Kölner Ufer aufgefunden worden. Die Obduktion ergab, dass er höchstwahrscheinlich ertrunken ist, aber die Leiche war bereits so stark verwest, dass sich der genauere Tathergang nicht rekonstruieren ließ. Und ausgerechnet Hannes Menzenbach, der Vater, hat die Leiche von Gernot Schirner gefunden, ungefähr an der Stelle, an der damals sein Sohn verschwunden sein muss.«
Jan richtete sich auf. »Der Zeuge hat sich äußerst rätselhaft benommen. Durch seine Aktionen an der Leiche hat er möglicherweise wertvolle Spuren vernichtet, vor allem aber natürlich selbst die Leiche verunreinigt.«
Lohse sah ihn an, ohne eine Regung zu zeigen, und es dauerte einen Moment, bis Jan begriff, warum ihn das verwunderte: Lohse sah ihn sonst nie direkt an. Lohse sah üblicherweise aus dem Fenster, in die Luft, auf seine Papiere, aber jetzt fixierte er Jan.
»Einen Tag noch, würde ich sagen. Knöpfen Sie sich den Zeugen noch einmal vor und checken Sie seine Verbindungen. Wenn Sie nichts finden ...« Er stand auf, zum Zeichen, dass die Besprechung beendet war.
Elena warf Jan einen kurzen Seitenblick zu und nickte gehorsam, während sie ihre Sachen zusammenpackte.
Jan wusste, was sie dachte.

Sie würden etwas finden, ganz bestimmt.
Kaum hatten er und Elena sich ins Büro zurückgezogen, da ging die Tür auf, und Nina trat ein. »Ich hab was für euch!«, rief sie und wedelte mit einem dünnen Ordner.
Jan griff danach. »Nämlich?«
»Erst mal rief Frenze an. Unsere Leiche hatte«, sie nahm den Zettel zur Hilfe, »Flurazepam eingenommen, wie er vermutet hatte. Und dann die Telefonverbindungen. Offenbar hat Gernot Schirner in der Woche vor seinem Tod mit so ziemlich jedem gesprochen, mit dem wir bisher zu tun hatten. Steht alles hier drin.« Sie wies auf den Ordner in Jans Hand.
»Was soll das heißen?«
»Es gab Telefonate mit dem Haus seines Bruders, mit einer Brigitte Schmied und mit dem Anschluss der Familie Menzenbach.«

*

Fanny stellte ihr Cabrio auf dem Parkplatz vor dem großen Mehrfamilienhaus ab, in dem Brigitte seit der Scheidung wohnte. Es war ein rechteckiger, uninspirierter Bau, aber die Wohnungen waren groß und gut geschnitten, und Brigitte hatte ihr Möglichstes getan, um den Zimmern ihren Stempel aufzudrücken. Es war ihr gelungen.
»Meine Liebe«, sagte Brigitte anstelle einer Begrüßung mitfühlend und nahm Fanny ohne weitere Worte in den Arm. Fanny roch die schwere Wolke Shalimar und dachte wie so oft, dass Brigitte einen jugendlicheren Duft wählen sollte.
»Es geht schon«, sagte sie und befreite sich aus der Umarmung.

»Du siehst so verkrampft aus. Komm, erst mal gibt es ein Glas Sprizz.«
»Nein danke.«
Brigitte schaute verwundert auf den leeren Treppenabsatz hinter Fanny und hob die Augenbrauen. »Ist dein Gepäck noch im Auto? Soll ich es holen? Oder willst du erst mal ...«
»Ich bleibe nicht bei dir«, sagte Fanny. »Es tut mir leid.«
»Aber wolltest du nicht ... Ist es wegen der Polizei? Musst du zur Verfügung stehen? Du liebe Güte, sie wollen dich doch nicht etwa verdächtigen?«
Fanny schüttelte den Kopf. »Nein, natürlich nicht. Ich habe es mir ganz einfach anders überlegt.«
»Aber du solltest in dieser Situation nicht allein sein, da waren wir uns doch einig!«
»Das werde ich auch nicht sein.«
»Was ist passiert?«
Fanny sah in Brigittes warme braune Augen und wusste, sie konnte nicht ohne eine Erklärung verschwinden. Mit einem Seufzer trat sie einen Schritt in den Flur und zog die Wohnungstür bis auf einen schmalen Spalt zu. »Ich war an Gernots Schreibtisch.«
»Was soll das heißen?«
»Das, was ich sage. Die Polizei hat gesagt, ich solle Ausschau nach einem Abschiedsbrief halten. Ich habe ihnen gesagt, dass Gernot sich höchstwahrscheinlich, na ja, dass er ins Wasser gegangen ist. Und wenn er das getan hat, dann ist es sehr wahrscheinlich, dass er einen Abschiedsbrief hinterlassen hat.«
»Und?«
»Hat er nicht.« Fanny spürte, noch während die Worte ihren Mund verließen, die abgrundtiefe Bitterkeit, die darin lag, die Enttäuschung, den Schmerz.

Noch nicht einmal einen Abschiedsbrief hatte er hinterlassen.
Jedenfalls nicht ihr.
Brigitte streckte eine Hand mit langen, sorgfältig manikürten Nägeln – sie gingen zur selben Kosmetikerin – nach ihr aus, und Fanny wich zurück. »Also war ich in seinem Arbeitszimmer und habe den Schreibtisch aufgemacht. Und ich habe …« Ihre Stimme knickte weg wie ein dünner Ast, auf den man sich nicht hätte stützen dürfen.
»Was?«
»Ist schon gut. Ich will jetzt nicht drüber reden.«
»Hast du etwa … Hat er etwa … O mein Gott!« Brigittes Stimme hatte eine zornige Note bekommen. »Er wusste doch, dass er bald stirbt! Konnte er dir das nicht ersparen?«
Fanny hob die Schultern, sie wollte ihre Stimme nicht gebrauchen, sie fürchtete, die werde ihr abermals den Dienst versagen.
»Männer! Aber ich sag dir, das tun sie alle. Wirklich. Es hat nichts zu sagen. Es gehört bei Männern einfach dazu, verstehst du? Es richtet sich nicht gegen dich persönlich!«
»Was?«
Brigitte verdrehte die Augen. »Pornos! Immer dasselbe! Ich sag dir, als mein erster Mann damals …« Der Rest ihrer Worte ging in ein Rauschen über, Fanny sah Brigittes sorgsam geschminkten Mund, wie er auf- und zuklappte, und beinahe hätte sie lachen müssen bei dem Gedanken, dass Brigitte ernsthaft glaubte, Fanny sei wegen einiger Pornohefte in Gernots Schreibtischschublade aus der Fassung geraten.

Sie schrak zusammen, als Brigitte ihr die Hand auf den Arm legte. »Ich weiß, ich sollte das nicht sagen, aber weißt du was? Ich könnte mir beinahe vorstellen, dass er das absichtlich gemacht hat! Er hat dich doch immer verletzt mit dieser Achtlosigkeit. Wahrscheinlich …«
»Ich muss los«, sagte Fanny abrupt, öffnete die Wohnungstür und trat hastig in den Flur.
»Was hast du vor?« Brigitte klang jetzt aufrichtig besorgt.
»Mach dir keine Sorgen.«
»Ich mache mir aber Sorgen!«
»Das musst du nicht, wirklich nicht. Ich weiß, was ich tue!«
»Und was tust du? Fanny! Du kannst doch jetzt nicht alleine sein! Und ich hab doch den Wein kalt gestellt!«
Aber Fanny hatte sich schon auf dem Absatz umgedreht, mit den Fingerspitzen gewunken und war die Treppe hinuntergelaufen.
Brigitte starrte einen Moment fassungslos in das leere Treppenhaus, dann schloss sie langsam die Tür. »Du liebe Güte«, murmelte sie, aber diesmal war ihr Gesicht eher erschrocken als besorgt.

*

Jan spürte Lohses Blick noch, als er längst wieder an seinem Schreibtisch saß. Eins hatte er im Verlauf der Besprechung begriffen: Lohse wollte, dass der Fall als Selbstmord behandelt wurde. War es Bequemlichkeit? Lohse war oft sehr bequem.
Nein, dachte Jan, nicht bequem. Gleichgültig.
Der Blick von Lohse war seltsam gewesen. Als ob er das Visier hochgeklappt und dabei etwas offenbart hatte. Es

geht um Chris Menzenbach, dachte Jan. Er und Elena waren die Einzigen, die damals nicht dabei gewesen waren. Fürchtete Lohse, dass sie Ermittlungsfehler fanden, wenn der Fall neu aufgerollt wurde? Er musste mit Elena darüber sprechen.
Vor ihm auf dem Tisch lagen die Notizen, die er sich gestern in der Rechtsmedizin gemacht hatte. Die vorläufig wichtigste Information von Frenzes enthusiastischen Ausführungen war ein schlichtes Detail: Der Fundort der Leiche war nicht der Tatort gewesen.
Jan betrachtete die Karte von Königswinter, die seit gestern den Raum der Mordkommission zierte, und überlegte. Der Tatort konnte eine beliebige Badewanne sein. Sicher war nur, dass jemand die Leiche entweder in Niederdollendorf selbst oder rheinaufwärts abgelegt hatte, von wo sie dann angeschwemmt worden war. Aber warum?
Angenommen, Gernot hatte sich das Leben genommen. Sein nahender Krebstod mochte ein hinreichender Grund dafür sein oder nicht, aber Frenze hatte diese Möglichkeit bekräftigt. Es war ein sanfter Tod gewesen. Im heißen Badewasser einschlafen, einfach nicht mehr aufwachen, unbemerkt in den Tod hinübergleiten. Ein Tod, den jemand, der freiwillig aus dem Leben schied, möglicherweise wählen würde. Trotzdem blieb die Frage: Wer hatte ihn an den Rhein geschafft?
War es Zufall, dass ausgerechnet Hannes Menzenbach ihn gefunden hatte? Hatte Hannes die Leiche dort selbst abgelegt, nur um sie später scheinbar zufällig zu entdecken? Das ergab keinen Sinn. Gar keinen.
Wer auch immer die Leiche transportiert hatte, musste einen Helfer gehabt haben oder ziemlich kräftig sein, wenngleich Gernot nicht übermäßig schwer gewesen

war – Jan blätterte vergeblich in seinen Notizen, er fand das genaue Gewicht nicht.

Jan stand auf und entlockte dem Kaffeeautomaten noch einen Kaffee. Es fiel ihm schwer, sich zu konzentrieren, obwohl er nach dem gestrigen Bier im Tubak tief und fest geschlafen hatte. Das lag an Nicoletta. An Nicoletta und ihrem seltsamen Kleid. Nicoletta und ihren seltsamen Zukunftsplänen.

Er musste aufhören, an sie zu denken, er hatte zu tun. Er hatte einen Fall zu lösen.

Die Fakten, dachte Jan. Was sind die Fakten?

Gernot war entweder durch eigene oder fremde Hand zu Tode gekommen.

Dann gab es jemanden, der seine Leiche an den Rhein getragen hatte.

Dann wiederum jemanden, der diese Leiche gefunden und mit Knicklichtern geschmückt hatte.

Die Menschen sind komisch, dachte Jan. Er leerte die Tasse und hielt inne.

Die Erinnerung an die Knicklichter hatte etwas Irritierendes, etwas störte ihn daran. Sie glommen auf, wiesen ihm den Weg zu einem Gedanken, doch zu welchem?

Jan lehnte sich im Stuhl zurück und überlegte. Da war die Leiche gewesen im schwarzen Wasser, züngelnde Wellen, die Männer von der KTU, wie Gespenster ... und Hannes. Hannes, der die Schulter so schief hielt, als habe er sie verrenkt. Ganz klar, er hatte Schmerzen in der Schulter gehabt. Vielleicht, weil er eine Leiche getragen hatte?

Jan griff zum Telefon, um ein paar mehr Informationen über Hannes Menzenbach zu sammeln.

*

Gernot ist tot. Gernot ist tot.
Juli bückte sich und griff unters Bett, nahm Antons zerknautschte Hosen und schüttelte sie. Ein blau-weiß geringelter Strumpf fiel heraus. Sie nahm ihn und zog ihn prüfend in die Länge. Er war bereits ein wenig zu klein für Anton, Fips würde er passen.
Sie seufzte. Der Junge wuchs und wuchs. Er war längst so groß wie seine große Schwester Hedda, während Fips so klein und drahtig blieb.
Dabei wurde der nächste Woche schon vier.
Die Kinder wurden viel zu schnell groß.
Sie hatte gestern, als Gis endlich nach Hause gekommen war, nicht gewagt, über den Geburtstag zu sprechen, es war ihr pietätlos vorgekommen, angesichts der Sache mit Gernot.
Gernot war tot. Und Gis saß deswegen gerade im Polizeipräsidium.
»Mamaaa!«, scholl es aus dem Badezimmer.
»Ich komme.« Wie durch ein Wunder war Fips genesen, kaum dass seine Geschwister aus dem Haus waren. Sie hatte die Gelegenheit genutzt, ihn zu baden. Er hatte für seine Verhältnisse sehr brav mit seinen Playmobiltieren gespielt, aber jetzt wurde das Wasser kalt und er ungeduldig.
»Ich bin ganz sauber, Mama.«
»Das sehe ich. Und wie gut du riechst!« Wie ein Trüffelschwein näherte Juli ihre Nase der kleinen Schulter, und Fips kicherte. »Playmobil auf den Badewannenrand!«, befahl sie und griff nach dem Handtuch.
»Aber ich will das mit …«
»Die Badewannentiere bleiben in der Badewanne!«
»Okay.« Seufzend stellte Fips die Tiere in eine Reihe. Gerührt betrachtete Juli seinen mageren, von blauen Fle-

cken übersäten Körper, ehe sie ihn in sein Kapuzenhandtuch hüllte.

»Gehen wir jetzt zu Lilly?«, fragte Fips und griff schnell nach seinem Playmobillöwen, um ihn unter dem Handtuch zu verstecken.

»Später. Sie ist ja noch im Kindergarten.«

Während sie die Sachen für Fips rauslegte, fiel ihr wieder der Geburtstag ein. Die Geburtstage der Kinder waren immer schön, für alle Beteiligten. Anders als die Party, bei der die lärmenden Kindergartenfreunde einfielen und das Haus auf den Kopf stellten, hatte es Juli immer geschafft, die eigentlichen Geburtstage zu einem Familienereignis zu machen. Mit Kuchen und Kerzen, fröhlichen Liedern. Je nach Wetter machten sie abends ein Lagerfeuer und brieten Kartoffeln, oder sie saßen am warmen Kachelofen und löffelten heiße Suppe, für die Erwachsenen gab es Sekt und Bier, und sie redeten und lachten so lange, dass Marla und Hannes, wenn sie nach Hause wollten, die schlafende Lilly aus einem Durcheinander von Armen und Beinen hervorziehen mussten.

Der Geburtstag von Fips würde ihnen allen guttun, gerade wegen der Sache mit Gernot.

Gis hatte so merkwürdig gewirkt. Zwar hatte er seine üblichen Witze gemacht, aber er war abwesend, in sich gekehrt. Sie hatte nicht nachbohren wollen. Das Thema Gernot war zwischen ihnen immer wohlweislich ausgespart worden. Er war eben der große Bruder, der in allen Kindheitsgeschichten vorkam und sich ansonsten nicht blicken ließ.

Um die Beerdigung würde sie nicht herumkommen. Normalerweise beerdigte man ja innerhalb von einer Woche. Ob es diesmal anders war, weil Gernots Körper noch in der Rechtsmedizin lag?

Stefanie würde die Antwort wissen. Stefanie, ihre Schwägerin. Stefanie, die sie um nichts in der Welt anrufen wollte. Gut, dass Gis in seinem ersten Schreck nicht an Stefanie gedacht hatte. Womöglich hätte er verlangt, dass Juli die Schwägerin besuchte, um ihr beizustehen.
Juli griff nach ihrer Strickjacke. Es kam ihr vor, als sei es in der Küche plötzlich sehr, sehr kalt geworden.

*

Auf der Hauptstraße herrschte wie an jedem Vormittag unter der Woche geschäftiges Treiben. Edith hatte trotz des diesigen Wetters ungewöhnlich viel Zeit draußen verbracht. Sie hatte besonders ausgiebig die Teekannen im Schaufenster des Teeladens gemustert, hatte die Auslagen der beiden Drogeriemärkte verglichen, war mehrmals um den Briefkasten gekreist, der wie eine Säule auf der Hauptstraße stand, und hatte mit jedem, den sie traf, ein kleines Schwätzchen gehalten.
Als eine ältere Frau mit Regenhaube den Kaiser's verließ, wusste Edith, was sie zu tun hatte.
Die Spitze ihres Regenschirms bohrte sich so geschickt in den Zipfel des Einkaufsnetzes vor ihr, dass es riss. Edith machte einige Stolperschritte, stieß einen kleinen Schrei aus und ließ ihren Regenschirm fallen.
»Du lieber Himmel!«, rief die Frau mit den Regenhaube, drehte sich erschrocken um und betrachtete erst ihr lädiertes Einkaufsnetz, aus dem einige Möhren lugten, und dann Edith. »Ist Ihnen was passiert?«
Edith hielt sich in perfekter Pose die arthritischen Hände vor die Brust und blinzelte verstört. »Nein, meine Liebe, alles in Ordnung, ich bin nur furchtbar erschrocken.«

»Sie müssen mit ihrem Regenschirm in mein Einkaufsnetz geraten und gestolpert sein«, sagte die Frau mit der Haube.

»Oh, das tut mir leid! Es ist kaputt gegangen. Ich kaufe Ihnen selbstverständlich ein neues.« Bestürzt beugte sich Edith zu den losen Maschen des Netzes.

»Aber nicht doch, nicht doch, dieses Ding ist ohnehin so altmodisch, mein Mann schimpft immer, wenn ich damit losziehe, aber sie sind so praktisch, diese Netze.«

»Das sind sie in der Tat ... Frau Geißner, nicht wahr? Wir haben mal auf dem Weihnachtsbasar zusammen ...«

»Aber natürlich, Frau Herzberger! Ich erinnere mich. Geht es Ihnen wirklich gut? Sie sehen ganz blass aus.«

»Nur ein kleiner Schwächeanfall«, wehrte Edith ab und lächelte matt. »Das Herz, wissen Sie. Ich sollte mich hinsetzen und ein Glas Wasser trinken. Vielleicht ... Oh, das Café Dix hat offen. Bitte entschuldigen Sie mich, mir ist nicht gut.« Edith wackelte auf den Eingang des Cafés zu, den Schirm fest umklammert.

Entgeistert sah Frau Geißner ihr nach, dann blickte sie auf die Straße. »Aber warten Sie, Frau Herzberger«, rief sie Edith nach. »Ihre Handtasche! Sie haben ja Ihre Handtasche fallen lassen!«

Zu spät! Die Tür des Café Dix klappte bereits hinter Edith zu.

Kopfschüttelnd hob Frau Geißner Ediths Handtasche auf und folgte ihr in das Café.

»Es ist mir wirklich sehr unangenehm«, sagte Edith bald darauf zum dritten Mal. »Ganz reizend, dass Sie mir meine Tasche gebracht haben. Ich hätte ja gar nicht bezahlen können ohne mein Portemonnaie! Wirklich, erst mache ich Ihr Einkaufsnetz kaputt und dann solche Umstände. Bitte, setzen Sie sich doch.«

Ehe sich Frau Geißner versah, hatte sie gegenüber von Edith Platz genommen. »Ich hätte Ihre Handtasche ja kaum auf der Straße liegen lassen können, wo denken Sie hin! Es wird ja so viel gestohlen heutzutage!«
»Nicht auszudenken!« Edith riss die blauen Augen auf, in ihre Wangen stieg ein aufgeregtes Rosa. »Aber so sehen wir uns wenigstens einmal wieder, Frau Geißner. Bitte, darf ich Ihnen auch einen Sherry bestellen, auf den Schreck?«
Bald darauf standen zwei Gläser vor ihnen auf dem Tisch.
»Lassen Sie mich überlegen«, sagte Edith gedankenverloren und nippte an ihrem Sherry. Sie sah sehr zufrieden aus, fand Frau Geißner. Von dem Schrecken war ihr nahezu nichts mehr anzumerken. Das musste der Sherry sein. Zögernd griff die Frau ebenfalls nach ihrem Glas.
»Sie wohnen hier am Park, richtig? Das Haus gegenüber der Kirche. Freunde von mir haben dort mal gewohnt, aber sie sind leider ins Ausland gezogen. Komisch, dass manche Menschen wegziehen, sobald sie im Rentenalter sind.«
Frau Geißner schüttelte den Kopf. »Nicht wahr? Wo wir es doch so schön hier haben! Das habe ich den Menzenbachs auch gesagt. Nach Mallorca sind sie, und manchmal schreiben sie mir Postkarten. Natürlich sind sie auch zweimal im Jahr hier, schon wegen ihrer Enkeltochter. Sie schwärmen immer vom Wetter auf Mallorca. Und die Medikamente sollen dort auch viel billiger sein. Aber was nützen mir die Medikamente, wenn es dort keinen Rhein gibt, sage ich immer!«
Edith nickte beifällig. »Ich würde hier nicht wegwollen. Wir haben es doch so schön!« Ihr Blick glitt über die Plastikblume auf dem Tisch zu der reichlich bestückten Kuchentheke und wieder zurück zu ihrem Sherryglas. »Und dann kennt man ja auch niemanden auf Mallorca!

Wo Sie doch so nette Nachbarn haben am Park. Sagen Sie – wohnt dort nicht auch der junge Mann, der gestern eine Leiche gefunden hat?«
Spätestens beim zweiten Glas Sherry hatte Frau Geißner ihre diskrete Zurückhaltung aufgegeben.
»Als Schirners hier einzogen, war die junge Frau jedenfalls schon schwanger. Sie müssen das Haus ganz schön überstürzt gekauft haben, dabei sind die Preise hier, nun ja …« Sie hüstelte. »Man sollte meinen, dass junge Leute sich ein wenig Zeit für diese Entscheidung nehmen, immerhin verschulden sie sich damit bis an ihr Lebensende! Und der Mann verdient zwar ganz ordentlich, aber er hatte die Stelle gerade erst angetreten und war keinesfalls vermögend. Jedenfalls musste alles ganz schnell gehen. Geheiratet wurde dann auch.«
»Oh«, machte Edith etwas enttäuscht. Paare, die unverheiratet oder nahezu unverheiratet Kinder bekamen, waren in ihren Augen wirklich nichts Anstößiges mehr.
»Sie denken doch nicht, ich wollte … Frau Herzberger!«, rief Frau Geißner. »Halten Sie mich für so … Denken Sie etwa, dass ich an einer eiligen Hochzeit Anstoß nehmen würde?«
»Natürlich nicht«, log Edith. »Aber was ich mich so frage – mit wem war denn die junge Frau vorher …«, sie hüstelte, »unterwegs?«
Frau Geißner beugte sich erregt vor, nahm noch einen belebenden Schluck Sherry, und ihre Stimme senkte sich zu einem verschwörerischen Flüstern. »Das ist ja das Schlimme! Mit seinem Bruder! Dem, der jetzt tot ist!«

*

Konnte er etwas auf den Königswinterer Klatsch geben? Sehr nachdenklich legte Jan den Hörer auf.

Er hatte es sich zur Gewohnheit gemacht, jeden Tag um die Mittagszeit bei Edith anzurufen. Dieses Mal hatte sie ihn angerufen, um ihm mitzuteilen, dass Juli Schirner eine Beziehung mit ihrem Schwager gehabt hatte. Offenbar stammte Hedda von ihm. Das erklärte auch die Sache mit den braunen Augen. Mit einem Seufzen wandte er sich wieder seinem Computer zu. Er hatte Hannes Menzenbachs Namen ins System eingegeben. Nach und nach enthüllte der Bildschirm die Geschichte des verschwundenen Jungen, von der verzweifelten Suche bis zu seinem Auffinden. Jan überflog die nüchternen Infos, dann schloss er das System und googelte den Fall.

Einige überwiegend reißerische Artikel über die verzweifelte Suche waren immer noch im Netz zu finden. Rettungskräfte und Freiwillige waren unermüdlich im Einsatz gewesen. Da es keine Zeugen gegeben hatte, die bestätigten, dass Chris ins Wasser gefallen war, hatte man in alle Richtungen ermittelt, und das Ergebnis waren zu Tränen rührende Aufrufe in Presse und Fernsehen gewesen, die sich an mögliche Entführer richteten. Menzenbach selbst war offenbar der Einzige gewesen, der nicht an ein Ertrinken geglaubt hatte. Manche der TV-Beiträge waren online abrufbar. Ein bleicher Menzenbach flehte die vermeintlichen Entführer an, sich zu melden, bat potenzielle Zeugen um Mithilfe, erzählte, von den Fragen der Journalisten bedrängt, Anekdoten aus dem Familienleben, von Chris, der zum Geburtstag ein neues Fahrrad bekommen hatte, von seinem Respekt vor dem Wasser, davon, dass der Junge unmöglich allein an den Rhein gegangen sein konnte. Von Beitrag zu Beitrag schien Menzenbachs Gesicht schmaler und verzweifelter zu werden. Schließlich lehnte Jan sich betroffen in seinem Stuhl zurück.

Ganz offensichtlich war Menzenbach davon überzeugt gewesen, dass es sich nicht um den Unfall gehandelt hatte, den die Akten aus dem Fall gemacht hatten.

Von den Berichten über den Tod des Jungen abgesehen, fand Jan eine weitere Information über Menzenbach. Er hatte ein Restaurant am Rhein betrieben, dessen Homepage noch aufrufbar war, auch wenn die letzten Einträge die Schließung ankündigten.

Einigen Zeitungsartikeln zufolge hatte ein Hochwasser das Restaurant geflutet, danach war es nicht mehr eröffnet worden. Warum?, dachte Jan. Sein Magen knurrte. Zum Glück fand er in seiner Schublade eine Packung Kaffeekränze. Er aß einen Keks und suchte weiter.

Bald darauf war er im Bilde. Private Insolvenz. Hannes Menzenbach war pleite. Nicht nur das, er hatte Schulden bis zum Gehtnichtmehr.

Er hatte alles verloren, und jetzt arbeitete er offenbar gar nicht mehr, so wie viele, die nicht wollten, dass ihr Einkommen einkassiert wurde. Stattdessen angelte er und verkaufte die Aale an ein Restaurant. Schwarz natürlich, das hatte die Nachbarin ja angedeutet. Gewerbliches Angeln im Rhein war vermutlich gar nicht erlaubt.

Jan rieb sich die Stirn. Es waren zu viele Details, er musste sich auf das Wesentliche konzentrieren.

»Was machst du denn da?«, riss Elena ihn aus seinen Gedanken. Neugierig trat sie neben ihn und sah auf seinen Bildschirm, etwas, das er eigentlich hasste. Heute aber musste er ohnehin mit ihr reden.

»Ich hab ein paar Informationen zu Hannes Menzenbach rausgesucht«, sagte er. »Ich finde, wir sollten ihn uns ein bisschen näher angucken. Diese Sache mit dem toten Kind gefällt mir nicht. Es ist doch zu seltsam, dass der Mann beinahe auf den Tag genau vier Jahre, nachdem er seinen Sohn verloren hat, eine Leiche findet, die erstens der Bruder seines Nachbarn ist und die er dann zweitens höchst mysteriös erleuchtet.«

Elena nickte. »Das ist es auch. Ich fürchte nur, wir sind die Einzigen, die scharf darauf sind, dass diese Vermisstensache noch mal neu aufgerollt wird.«

»Ach«, sagte Jan. Es war ein seltenes Ereignis, dass er und Elena einmal einer Meinung waren.

»Ich hab gestern mit Reimann darüber gesprochen«, sagte Elena und warf einen schnellen Blick zur Seite. »Mein Eindruck ist: Die haben alle höllische Angst, dass etwas herauskommt, was die Ermittlung im Nachhinein dumm dastehen lässt. Tote Kinder. So etwas ist hochemotional. Und wenn es so aussieht, als hätten die Kollegen damals nicht sauber gearbeitet ...«

Sie sahen einander ungewohnt einträchtig an, dann griff sich Elena den nächststehenden Bürostuhl und rollte damit neben ihn, so dass sie auf seinen Bildschirm gucken konnte. »Was hast du denn?«

»Schulden. Hannes Menzenbach ist verschuldet bis über beide Ohren, seit sein Restaurant pleitegegangen ist.«

»Und warum?«

»Ein Hochwasserschaden in seinem Lokal. Die Gebäude in den hochwassergefährdeten Gebieten muss man extra versichern, und da hat er entweder sparen wollen oder sich verschätzt. Jedenfalls wurde das Gebäude überflutet, und ihm fehlte das Geld für die Renovierung. Er nahm einen Kredit auf, aber das Lokal lief nicht.«

»Und jetzt ist er pleite.«

»Er muss die kommenden Jahre alles bis auf den nichtpfändbaren Teil an seine Gläubiger abdrücken. Allerdings scheint er nicht zu arbeiten, nur seine Frau ist selbständig als Grafikerin tätig.«
»Oh«, machte Elena. »Also doch keine Hysterikerin, die aus purer Langeweile in Ohnmacht fällt.« Sie sah beinahe enttäuscht aus.
»Offenbar nicht. Sie ist die Einzige in der Familie mit Einkommen.«
»Und er arbeitet vermutlich nicht, weil er dann fast alles abgeben müsste. Das ist nicht nett von ihm, die Gläubiger wollen schließlich auch ihr Geld zurück.« Sie schürzte missbilligend die Lippen. »Also, wenn Menzenbach selbst tot im Wasser gelegen hätte, hätten wir ein wunderbares Motiv, ganz gleich, ob es Mord oder Selbstmord war.«
Jan nickte. Er dachte an den einsamen, wortkargen Mann, der mit der Angel in der Hand auf das Wasser geguckt hatte, in dem sein Sohn Jahre vorher verschwunden war.
»Der Mann muss kreuzunglücklich sein. Kind tot, Job weg, Schulden bis unters Dach und eine Frau, die komische Störungen hat.«
»Ein bisschen viel für eine einzelne Familie. Vermutlich stehen die Sachen in irgendeinem Zusammenhang«, sagte Elena nachdenklich. Sie griff, ohne hinzusehen, nach seinen Kaffeekränzen und biss in einen Keks. Dass die Krümel auf Jans Tastatur rieselten, bemerkte sie offenbar nicht.
»Ich frage mich noch etwas«, sagte er langsam. »Seine Frau ist krank und hält den Rhein nicht aus. Sein Sohn ist hier zu Tode gekommen. Jeder hier weiß, dass er pleite ist. Warum, zum Teufel, ziehen die nicht weg und fangen ein neues Leben an?«

»Mit Schulden kann man nicht so leicht ein neues Leben anfangen.«

»Das ist wahr. Aber immerhin kann man frei entscheiden, wo man leben will, weil da nichts mehr ist, was einen hält. Kein Job, kein Haus.«

»Und Marla Menzenbach ist selbständig, sie könnte also überall arbeiten«, ergänzte Elena triumphierend.

»Was also machen die noch hier?«

Sie rückte näher und griff erneut nach seiner Packung mit den Kaffeekränzen. »Was sagst du denn zum Bruder des Toten?«

»Gis? Ich weiß nicht. Ein überarbeiteter Familienvater, der sich in der Arbeit gleichzeitig ein bisschen Freiheit verschaffen will. Er wirkt erstaunlich locker, wenn man bedenkt, dass sein Bruder gestorben ist.«

»Das finde ich auch«, sagte Elena langsam. »Und dann sind da die Telefonverbindungen. Gis Schirner behauptet ja, es habe kein Kontakt zu seinem Bruder bestanden. Wir haben aber die Rufnummernliste, die das eindeutig widerlegt. Ich glaube nicht, dass Gis gelogen hat.«

Jan zuckte die Achseln. Beinahe jeder Mensch log bei Befragungen, die einen aus guten Gründen, die anderen aus reiner Vorsicht, manche aus Gewohnheit.

»Überleg doch mal, Jan – nichts wäre unverdächtiger, als ein Mann, der gelegentlich mit seinem Bruder telefoniert. Es gibt absolut keinen Grund für Gis Schirner, ein solches Telefonat zu verschweigen, im Gegenteil. Es wirkt doch viel seltsamer, wenn er betont, dass kein Kontakt bestand.«

»Also?«

»Also fand das Gespräch nicht mit Gis statt, sondern mit seiner Frau. Unsere Ökomami und der Bruders ihres Mannes ...«

Dann hatte Edith recht gehabt, dachte Jan. Langsam sagte er: »Möglicherweise hat es nichts damit zu tun, aber zumindest Hedda ist nicht das Kind von Gis. Sie hat braune Augen, die Eltern blaue. Es gibt Gerüchte über eine Affäre mit dem toten Schwager.«

»Oh«, sagte Elena überrascht. »Das ist ja interessant.« Nachdenklich kaute sie auf ihrer Unterlippe. »Wir sollten das mal nachprüfen. Wenn sie schon mal fremdgegangen ist ... oder überhaupt fremdgeht ... Dann haben wir ein Motiv!« Elena sprang auf und ging mit langen Schritten auf und ab. »In der Tatnacht war sie alleine. Ihr Mann war auf Dienstreise.«

»Allein würde ich das nicht nennen, wenn man drei Kinder im Haus hat!«

»Die schlafen ja nachts«, widersprach Elena. »Eins hat uns das Gespräch mit dem Mann jedenfalls gezeigt: Juli ist finanziell total abhängig von ihrem Mann. Er sitzt im Büro und trinkt Kaffee, sie schuftet zu Hause zwischen Küche und Kindern. Er will nicht angerufen werden, sie kuscht. Wenn er erfährt, dass sie ihm Hörner aufgesetzt hat, verliert sie alles. Also ermordet sie denjenigen, der es verraten könnte.«

Jan seufzte. »Ich weiß nicht. Die Menschen verlieren heute nicht mehr alles, wenn sie sich trennen, die Frauen schon gar nicht. Außerdem, weswegen sollte sie Gernot ermorden, wenn sie etwas mit ihm hat? Sollte sie dann nicht lieber dessen Frau ermorden und das Zuhause tauschen?« Er hatte die letzten Worte halb im Spaß gesagt, aber er sah, wie Elena ernsthaft darüber nachdachte. Kurz zumindest, dann schüttelte sie entschlossen den Kopf, so dass ihre dicken Pferdehaare flogen.

»Frauen verlieren immer noch bei einer Scheidung. Den sozialen Status, das Haus, was auch immer.« Sie machte eine wegwerfende Bewegung.
»Und streng genommen hat sie schon verloren: Sie hat umsonst studiert, und jetzt hängt sie da und muss sich einreden, dass sich ihr Opfer gelohnt hat und dass Hausarbeit adelt und die Kinder ihre Erfüllung sind.«
Elena sah eher befriedigt als bedauernd aus, dachte Jan. Er sagte: »Du denkst immer noch an diesen beschissenen Möhrenkuchen, kann das sein?«
Sie nickte.
Jan spürte, wie er langsam ärgerlich wurde. Nicht nur, weil Elena wieder einmal so verdammt selbstgerecht war, sondern auch, weil sie ein Modell angriff, das bei den meisten Menschen sehr wohl funktionierte. Verschwommen dachte er an Nicoletta und ihre Pläne.
Elena war vermutlich nur sauer, weil kein vernünftiger Mann auf der Welt sie mit Kindern segnen würde. Unvermittelt musste er an ihr Pyjamaoberteil denken, und ärgerlich schob er das Bild beiseite und zwang sich, sachlich zu werden. »Bei den meisten Leuten, die Kinder haben, bleibt einer zu Hause. Ich kann daran nichts Schlechtes finden.«
»Abhängigkeit«, sagte Elena und pulte den letzten Keks aus der Packung. »Und Abhängigkeit ist immer schlecht.«
»Ist es besser, wenn die Leute keine Kinder bekommen?«, fragte Jan.
Elena zuckte die Achseln. »Jedenfalls werde ich mir sowohl unsere Ökomutti als auch das Umfeld des Toten ganz genau angucken. Wenn unser Toter eine Beziehung zu Juli Schirner hatte, finde ich etwas.« Optimistisch stopfte sie sich den Keks in den Mund.

Wahrscheinlich liegt es an Reimann, dass sie so denkt, dachte er. Reimann, der zu seiner Frau hielt, auch wenn er nur noch so halb mit ihr zusammen war. Sie war eben die Mutter seiner Kinder.
Es war typisch für Elena. Nur sie konnte einen Möhrenkuchen politisieren. Ihn selbst hatte beim Anblick der backenden Juli Sehnsucht gepackt. Lag das daran, dass es Zeit für ihn war, eine Familie zu gründen?

*

An einem normalen Mittwoch würde Juli jetzt mit Marla im Wohnzimmer sitzen und den Kindern beim Basteln zuschauen. Gegen halb sechs würde Hedda, die heute Geigenunterricht hatte, nach Hause kommen, mit einem Aufseufzen ihre Sachen in die Ecke werfen und sich dann ins Getümmel stürzen. Vielleicht hätten die Jungs sich auch durchgesetzt und würden trotz der Kälte im Garten spielen, vermutlich hätten sie im Baumhaus gesessen, das dringend ein neues Dach benötigte.
Leider war heute nichts normal. Obwohl vor den Kindern kein einziges Wort über den Tod ihres Onkels gefallen war, schienen sie zu spüren, dass etwas Schreckliches geschehen war, ganz so, als habe die Leiche am Rheinufer unsichtbare Schwingungen ausgesendet, die von sensiblen Kindernerven aufgefangen und gedeutet wurden. Hedda hatte über Bauchschmerzen geklagt, und obwohl Juli ernsthafte Zweifel an diesen Bauchschmerzen hatte, war sie milde gewesen und hatte Hedda erlaubt, den Geigenunterricht ausfallen zu lassen. Sie hatte sich in ihr Zimmer verkrochen, hatte auf der Zaubertafel ihres jüngsten Bruders gekritzelt und Kassetten gehört.

Erst, als die beiden Kleinen an ihre Zimmertür hämmerten, war sie herausgekommen.

Marla und Lilly waren nicht erschienen, und Fips, der neugierig geklingelt hatte, war allein zurückgekommen und hatte verkündet, Marla habe Kopfweh.

Und Lilly?, hatte Juli gedacht. Warum schickt sie dann nicht Lilly zu uns?

Zum Glück hatten die Kinder Lillys Fehlen gelassen hingenommen und sich in den Vorgarten verzogen, wo sie unter Heddas Anleitung mit morschen Stöcken Löcher gruben. Juli beobachtete sie durchs Küchenfenster und widerstand der Versuchung, im Minutentakt zur Tür des Nachbarhauses zu blicken. Zu Marlas Tür, die auch heute verschlossen blieb.

Sie sortierte die Wäsche, faltete all die kleinen T-Shirts und Hosen und zwang sich, darüber nachzudenken, was sie zum Abendessen kochen sollte.

Sie war so müde.

Trotzdem musste der Gedanke an Marla unterschwellig in ihr gearbeitet haben, denn als sie ein Geräusch an der Tür hörte, sprang sie so hastig auf, dass ihr die Strümpfe vom Schoß rutschten. Sie lief in den Flur, ohne sie aufzuheben. Und erst jetzt ging ihr auf, dass sie gar kein Klingeln gehört hatte.

Die Haustür öffnete sich, und vor ihr stand nicht Marla, sondern Gis. »Hoppla«, sagte er. Und dann: »Was ist los?«

Statt zu antworten, warf sie ihm die Arme um den Hals und drückte die Nase an seine Wange. Tief sog sie seinen beruhigenden Geruch ein, dann fiel ihr etwas ein, und sie ließ von ihm ab. »Warum bist du schon da? Ist etwas passiert?«

Gis schüttelte den Kopf. »Ich wollte einfach mal früher kommen. Ich erzähl es dir später, okay? Erst mal will ich aus diesen Sachen raus.«

Wie immer hatte er es eilig, den Anzug auszuziehen und in Freizeitklamotten zu schlüpfen. Sie hörte ihn oben rumoren, während sie die hinuntergefallenen Strümpfe aufhob, paarweise ordnete und im Wäschekorb stapelte.

»Es ist schön, dass du früher kommst«, rief sie hinauf und merkte, wie angespannt sie auf seine Antwort wartete, die aber ausblieb.

Es dauerte nicht lang, und er kam in Jeans und Kapuzenpullover die Treppe hinuntergelaufen und stellte sich neben sie vor das Küchenfenster. Hedda lachte gerade, es tat gut, ihre viel zu großen zweiten Zähne in dem dreckverschmierten Gesicht aufblitzen zu sehen. »Die machen ja eine tolle Schlammschlacht.«

»Sie wollen ein Haus bauen, und Hedda hat gesagt, erst mal müssen sie das Fundament ausheben.«

Fips hob seinen Stock und schrie empört.

»Sie haben Spaß«, sagte Juli.

»Das ist gut.« Er legte ihr den Arm um die Schulter und drückte sie an sich. »Und du? Wie geht es dir?«

»Gut.« Das Wort kam ihr automatisch über die Lippen, wann immer jemand sie fragte. »Aber ich mache mir Sorgen um Marla. Sie war heute den ganzen Tag noch nicht draußen.«

»Vielleicht muss sie sich erholen, nach ihrem Anfall gestern«, wiederholte Gis seine Worte vom Morgen.

»Aber dann hätte sie uns doch Lilly rübergebracht! Das macht sie sonst immer, wenn sie müde ist. Es ist doch für Lilly auch besser, als nur vor dem Fernseher zu sitzen, und hier stört sie wirklich überhaupt nicht.« Sie hörte selbst, wie weinerlich ihre Stimme klang, und Gis hörte es auch. Er zog sie an sich. »Ruhig«, sagte er in ihr Haar hinein. »Das ist nicht unser Problem. Vielleicht passt Hannes ja auch auf Lilly auf, oder sie sind weggefahren. Nein, hör jetzt auf damit!«, sprach er weiter, um ihren Widerspruch zu ersticken – das Auto stand vor der Tür, und Hannes würde sich niemals freiwillig um Lilly kümmern, wo er doch …

»Was hältst du davon, wenn wir mit den Kindern noch was rausgehen, vielleicht an den Rhein? Ich war unter der Woche so lang nicht mehr bei Tageslicht zu Hause, das müssen wir ausnutzen.«

Juli musste daran denken, dass dies eine der wenigen Gelegenheiten war, überhaupt an den Rhein zu gehen, denn wenn Marla dabei war, konnten sie nur im Siebengebirge spazieren gehen oder an anderen Orten, wo kein fließendes Wasser die Freundin aus der Fassung brachte. Sie sagte: »Schön. Die Kinder werden begeistert sein. Hast du sie schon begrüßt?«

»Nein, sie waren so vertieft in ihren Hausbau.«

Gis ging voraus, und während Juli sich die Stiefel anzog, hörte sie draußen die Jubelschreie der Kinder. Sie band sich den Schal um, als ihr bewusst wurde, dass etwas nicht stimmte. Sie richtete sich auf.

Warum kommt er früher?, dachte sie. Das tut er nie, egal, wie sehr ich oder die Kinder ihn bitten. Es musste etwas zu bedeuten haben, dass er früher kam.

Plötzlich verspürte sie Angst.

»Mama, komm!«, ertönte Antons Stimme von draußen.

»Bin fertig!«, rief sie zurück, und sie merkte, dass die Angst sogar in ihre Stimme gekrochen war.

*

Sie hätte ihn nicht anrufen sollen.
Das war überflüssig, dachte Elena, und erneut flammte Zorn in ihr auf. Aber die Fahrt nach Ludwigshafen war lang gewesen, und sie hatte, ohne nachzudenken, Reimanns Nummer gewählt, mit dem Erfolg, dass sie wieder wegen des Wochenendes gestritten hatten. Sie stritten zu viel.
»Für Fanny tut es mir natürlich leid«, sagte Brigitte Schmied und zupfte gedankenverloren an der Amaryllis herum, die auf dem Fensterbrett stand. Außer der Amaryllis waren dort zwei hölzerne Möwen und eine Muschelsammlung. Die Stühle um den kleinen Esstisch waren blauweiß bezogen, und blauweiß waren auch die Kissen auf dem Korbsofa, über dem ein vermutlich selbstgemaltes Bild wiederum Möwen zeigte.
Brigitte Schmied hatte eine Vorliebe für maritime Accessoires, das stand jedenfalls fest. Und für Aperol Sprizz. Sie hatte ein Glas des orangerot leuchtenden Getränks in der Hand gehalten, als Elena geklingelt hatte.
»Aber?«, fragte Elena.
»Nun ja, sie hatte sich ohnehin an den Gedanken gewöhnen müssen, bald allein zu sein.« Brigitte setzte sich Elena gegenüber auf den Sessel und strich ein Kissen glatt. Offenbar war ihr bewusst, dass dies eine merkwürdige Reaktion auf den unerwarteten Todesfall war, denn sie setzte hastig hinterher: »Gernot und ich hatten keinen besonders engen Kontakt, wissen Sie.«
»Und weswegen hat er Sie dann angerufen?«
»Angerufen?« Mit großen blauen Augen sah Brigitte Schmied Elena an.
»Wir haben die Telefonverbindungen überprüft. Am vorletzten Montag hat Gernot Schirner Sie um neun Uhr vierzehn angerufen und zehn Minuten gesprochen.«

»Ach, jetzt erinnere ich mich! Fanny war bei mir an dem Tag. Sie hatte wohl ihr Handy ausgestellt, deswegen hat er es über das Festnetz versucht. Fanny ist oft bei mir. Wollen Sie nicht doch einen Sprizz?«
»Nein danke«, sagte Elena zum zweiten Mal.
»Wahrscheinlich wollen Sie wissen, was er für ein Mensch war und so«, sagte Brigitte und leerte ihr Glas. »Die beiden waren nicht sehr glücklich. Das haben Sie vermutlich sowieso schon mitbekommen, also kann ich ja offen reden. Ich hab schon verstanden, was Fanny an dem Herrn Doktor fand – er sah gut aus und war erfolgreich, aber er war kalt wie ein Fisch. Sie war sehr einsam in dieser Ehe.« Elena war sich nicht sicher, ob Brigitte tatsächlich Tränen in die Augen traten. »Er hatte nur seine Arbeit im Kopf. Anscheinend war er da sehr erfolgreich, er hatte jedenfalls Geld wie Heu. Aber er war ein rücksichtsloser Scheißkerl. Manche Männer sind einfach ...«
Die Wortwahl von Brigitte Schmied stand in interessantem Gegensatz zu ihrer gepflegten Erscheinung, fand Elena. Langsam gewann sie den Eindruck, dass der Sprizz nicht ihr erster gewesen war. »Erzählen Sie doch mal.«
»Ich habe mich oft gefragt, warum er sie eigentlich geheiratet hat, so wenig Beachtung, wie er ihr geschenkt hat. Sie hatten ja nicht einmal Kinder.«
Elena dachte an die Worte von Juli Schirner über die Kinderlosigkeit des Paares. »Das war vermutlich schmerzhaft für die beiden.«
»Für sie!«, rief Brigitte aus. »Ihm war das scheißegal, glaube ich. Sie hat alles Mögliche versucht, um schwanger zu werden, ich kenn mich da ja nicht so aus, Ovulationstests, Akupunktur, Hormone.«

»Akupunktur?«, fragte Elena erstaunt. Zwar war auch ihre Kenntnis auf dem Gebiet des Kinderkriegens begrenzt, aber Akupunktur schien ihr wenig hilfreich.
Brigitte nickte düster. »Alles, was sie allein machen konnte, hat sie gemacht. Mehr war nicht möglich. Der Herr Doktor hat nämlich die Untersuchungen verweigert. Können Sie sich das vorstellen? Heiratet sie, verbringt den Rest seines Lebens im Labor und lässt ihr nicht einmal ein Kind!«
»Hm«, machte Elena.
»Ich mache mir Sorgen um Fanny«, fuhr Brigitte fort. »Sie war so komisch heute. Und jetzt, wo Sie es sagen – sie wirkte kein bisschen traurig über seinen Tod, und das ist wirklich seltsam.«
Elena, die nichts dergleichen gesagt hatte, nickte besänftigend.

*

Die blasse Frau öffnete die Tür erst nach einigen Minuten und mehrmaligem Klingeln. »Er ist beim Baumarkt«, sagte sie auf Jans Frage nach Hannes. Und: »Es kann noch etwas dauern, bis er zurückkommt.« Sie ließ ihn nur widerstrebend ein.
Jetzt, mit dem Wissen um die tragischen Ereignisse im Leben der Familie, sah Jan das Innere des Hauses mit anderen Augen. Die Verwahrlosung zeugte nicht etwa von zu viel Arbeit oder einem unkonventionellen Lebensstil, sondern von Trauer. Das Chaos im Haus war ein Zeichen der Gleichgültigkeit, nicht nur den Räumen, dem ganzen Leben gegenüber. Einzig das kleine blonde Mädchen vor dem flackernden Bildschirm könnte dem

Ganzen etwas entgegensetzen. Aber kann ein Kind das, dachte Jan, wenn seinen Eltern alle Kraft abhandengekommen ist?

Mit neuem Blick trat er an die Wand und betrachtete die Fotos. Lilly in allen Lebenslagen. Sie sah ruhig und gelassen aus auf den Bildern. Auf wenigen lachte sie, und nur dann, wenn sie mit den Nachbarskindern beisammen war: auf der Rutsche, beim Kindergeburtstag um einen Tisch, auf dem sich Geschenke, Kuchenkrümel und Saftbecher türmten, im Planschbecken.

»Wie kann ich Ihnen weiterhelfen?« Marla trat sichtlich angespannt zu ihm.

Er wies mit dem Kinn auf die Bilder. »Warum haben Sie keine Bilder vom Sohn Ihres Mannes aufgehängt?«

Sie akzeptierte die Tatsache, dass er Bescheid wusste, ohne Regung. »Haben wir, aber nur oben. Wir dachten, es wäre besser für Lilly, wenn das Thema nicht ständig im Raum steht.«

»Aha.«

»Lilly war noch ein Baby, als es passiert ist. Sie kann sich überhaupt nicht an Chris erinnern.«

»Ich verstehe«, sagte Jan. Gleichzeitig wunderte er sich über den Kontrast, der im Umgang mit dem Tod des Kindes zwischen den beiden benachbarten Häusern herrschte. Nebenan hing die Küche voll von Bildern, die die Kinder im Spiel miteinander zeigten, eine fröhliche Normalität, beinahe, als sei der Junge noch am Leben. Im Hause von Chris' eigener Familie dagegen verbannte man die Erinnerung ins Obergeschoss. Andererseits – auch Juli Schirner hatte nicht über den Unfall sprechen wollen.

»Das mit gestern tut mir leid«, sagte Jan. »Geht es Ihnen besser?«

»Ja.« Die schmale Hand umklammerte die Sofakante.
»Gibt es keine Medikamente gegen diese Anfälle?«
»Nicht wirklich, leider.«
»Irgendetwas muss es doch geben.«
»Ich nehme aber keine Medikamente. Nie.« Ihr Mund wurde ein Strich, offenbar gefiel ihr die Frage nicht.
Ich kann es nicht ändern, dachte Jan. Es werden noch mehr Fragen kommen, deswegen bin ich hier. Er räusperte sich. »Wir waren sozusagen im Gespräch gestört worden, deswegen würde ich Ihnen gern noch einige Fragen stellen.«
»Ist gut«, sagte Marla.
»Kannten Sie denn den Toten?«
Marla zögerte einen Moment, dann schüttelte sie den Kopf. »Nicht wirklich. Er war der Bruder unserer Nachbarn. Wir haben uns einige Male gesehen, mehr nicht.«
»Wann?«
»Ich kann es nicht genau sagen. Juli und Gernot haben manchmal über ihn gesprochen, gesehen habe ich ihn vielleicht zwei-, dreimal.«
»Und das letzte Mal?«
»Das muss vor ein paar Monaten gewesen sein.«
»Bei welcher Gelegenheit?«
Anstelle einer Antwort hob sie bedauernd die Schultern.
»Es ist nämlich so, dass Gernot Schirner Ihren Anschluss angerufen hat.«
»Wirklich? Bei uns?« Ihre Stimme klang verblüfft. »Das kann eigentlich nicht sein.«
»Es ist aber so. Letzte Woche Mittwoch, gegen zehn.«
»Das wundert mich jetzt.«
Im oberen Geschoss schrillte ein Telefon. »Das ist geschäftlich«, sagte Marla zögernd. »Könnte ich eben …«

»Aber sicher.«

Er sah ihr nach, wie sie die Treppe hinaufeilte, und folgte ihr nach kurzem Zögern.

Im Arbeitszimmer sah es besser aus als im unteren Stockwerk. Rechts ein Tisch, der die ganze Wand einnahm, links Regale. In der Mitte ein Schreibtisch. Auf einem Sessel vor dem Fenster saß Marla und sprach konzentriert in den Apparat. Sie drehte sich halb zu Jan um, als er ins Zimmer trat.

»Ich rufe Sie später noch einmal an«, sagte sie in den Hörer und legte ohne ein weiteres Wort auf.

»Entschuldigen Sie«, sagte Jan. »Aber ich dachte, vielleicht sprechen wir besser ohne Ihre Tochter weiter. Sie sagten ja selbst, Sie möchten nicht, dass …«

»Schon gut«, sagte Marla.

»Es ist jetzt beinahe auf den Tag genau vier Jahre her, dass Chris verschwunden ist. Deswegen untersuchen wir natürlich einen möglichen Zusammenhang zwischen dem Tod von Gernot Schirner und dem Tod von Chris.« Jan hätte »ihr Sohn« gesagt, aber er wusste nicht, ob es passte. »Stiefsohn« klang komisch. »Ich würde gern das Zimmer von Chris sehen.«

»Dann schauen Sie sich gut um«, entgegnete Marla.

»Bitte?«

»Dies hier war das Zimmer von Chris.«

»Oh«, sagte Jan.

»Sie denken sicher, man sollte das so wie in den Filmen machen. Da lassen die trauernden Eltern die Kinderzimmer unberührt, betreten es von Zeit zu Zeit auf Zehenspitzen und drücken die Kuscheltiere an sich. Bei uns ist die Lage etwas anders.« Sie breitete die Arme aus wie eine Immobilienmaklerin beim Besichtigungstermin.

»Ich habe keine Ahnung, ob es für die Zimmer verstorbener Kinder eine Regel gibt«, sagte Jan.
»Haben Sie Kinder?«
»Nein.« Wieder musste er an Nicoletta denken. Plötzlich überkam ihn eine Welle der Sehnsucht nach ihr, und er setzte hinzu: »Noch nicht.«
»Ich weiß genau, wie alles aussah, als dies noch Chris' Zimmer war. Hier stand sein Bett.« Sie ging zu der Ecke, in der der Drucker stand, und breitete die Arme aus, um die Ausmaße des Bettes zu zeigen. »Es war ein Hochbett. Erst hatte er ein Hochbett mit Rutsche, aber dann meinte er, Rutschen seien etwas für Kleine und er sei jetzt, wo das Baby da war, zu groß. Also hat mein Mann die Rutsche abmontiert. Die Bettwäsche war auch anders, seit Chris ein Großer war. Davor hatte er Autobettwäsche. Jetzt wollte er Star Wars. Juli meinte, das ginge nicht, Star Wars sei Kriegsspielzeug, aber Chris hat so lange gebettelt, bis die Großeltern ihm die Bettwäsche gekauft haben. Meine Schwiegereltern leben ja auf Mallorca, sie haben ihn so selten gesehen. Er hatte Angst im Dunkeln. Deswegen hatte er ein Nachtlicht, das steckte hier, in der Steckdose.« Ihre Stimme wurde immer lauter.
»Hören Sie auf«, sagte Jan leise.
Sie sprach weiter, wie im Rausch. »Das mit dem Nachtlicht fand ich nicht richtig. Die Kinder sollen sich daran gewöhnen, ohne Licht einzuschlafen, meinen Sie nicht? Aber mein Mann hat nachgegeben. Und ich war schließlich nur die Stiefmutter. Star-Wars-Bettwäsche und dann das Nachtlicht gegen die Angst, das ist beinahe komisch, finden Sie nicht? Finden Sie nicht, dass es komisch ist?«

»Hören Sie auf«, wiederholte Jan, diesmal lauter. Er war plötzlich unerträglich müde und traurig, als habe das Elend dieses Hauses von ihm Besitz ergriffen. Er wollte raus aus dem Zimmer dieses toten Jungen.
Marlas Mund klappte zu. »Entschuldigung«, sagte sie.
»Können wir bitte wieder runtergehen?«
»Natürlich.«
Sie schwiegen beide, als sie die Treppe hinunterstiegen.
»Geld«, sagte Marla. »Es geht um Geld. Ich bin selbständig. Anfangs habe ich in einem winzigen Kabuff gearbeitet, das uns jetzt als Bügelzimmer dient. Das ging nicht gut. Außerdem zeigt das Zimmer zum Rhein. Sie wissen ja, dass ich eine Angststörung habe. Ich kann nicht richtig arbeiten, wenn das Fenster zum Rhein zeigt.« Ihre Stimme war ruhig, so, als spräche sie über etwas völlig Normales.
»Aber man kann den Rhein doch vom Haus aus gar nicht sehen.«
»Angst ist nicht rational. Es ist etwa so, als sollten Sie einen Bericht tippen, während Ihnen jemand auf die Finger guckt.«
»Ich verstehe.« Er verstand tatsächlich.
»Chris war ein lieber Junge«, sagte Marla. Sie schien etwas hinzufügen zu wollen, aber dann schloss sie den Mund und nestelte an ihrem Armband.
»Ich hatte praktisch die Rolle der bösen Stiefmutter. Das bleibt nicht aus, wenn man mit einem Mann zusammenkommt, der schon ein Kind hat. Aber die Wahrheit ist, ich habe mich gut mit Chris verstanden. Nicht als seine Mutter. Aber das wollte ich auch nicht. Er hatte ja eine Mutter.«
»Warum ist Chris nicht bei seiner Mutter geblieben?«

»Die Ex-Frau meines Mannes hatte damals Probleme.«
Sie zögerte, ehe sie weitersprach. »Sie wollte, dass Chris möglichst normal aufwächst. Und weil Hannes damals als selbständiger Gastronom ziemlich frei über seine Zeit verfügen konnte, haben die beiden entschieden, dass Chris bei uns bleibt.«
»Das klingt nach einer sehr weisen und selbstlosen Entscheidung.«
Marla entschlüpfte ein Lächeln. »Es war ganz und gar keine leichte Entscheidung, das können Sie mir glauben.«
»Die Ex-Frau Ihres Mannes hat eine Menge Vertrauen zu Ihnen bewiesen.«
»Das war nicht in ihrem Sinne, ganz bestimmt nicht. Sie wollte einfach für Chris das tun, was für ihn richtig war.«
Sie stellte eine Tasse vor ihn hin, und er beschloss augenblicklich, den Kaffee nicht anzurühren.
Marla sah aus dem Fenster. »Sie hat diese Entscheidung jedenfalls bitter bereut.«
»Ich frage mich vor allem, warum Sie hier wohnen bleiben.«
»Das Haus gehört meinen Schwiegereltern. Wir könnten uns sonst gar kein Haus leisten. Wahrscheinlich würden wir in einer winzigen Wohnung leben. Wegen Lilly ist es uns wichtig, dass wir einen Garten haben. Für Kinder ist Platz ja wichtig.«
»Bestimmt.«
Sie nickte erleichtert.
»Könnten Sie mir Ihren Garten zeigen?«
»Bitte haben Sie Verständnis, ich habe zu tun.«
Er betrachtete sie und verstand. »Sie gehen nicht in den Garten, habe ich recht? Gehen Sie überhaupt manchmal vor die Tür?«

Sie zuckte die Achseln.
»Es muss doch eine Qual für Sie sein, hier weiter zu wohnen.«
»Ja,« sagte Marla. »Das ist es.«

*

Die Weiden an der Rheinpromenade waren frisch beschnitten worden, die Schnittwunden leuchteten hell. Noch letzte Woche hatten die Weiden hungrig ihre Äste in die Luft gestreckt, und Juli hatte an die Zeit nach Chris' Verschwinden denken müssen, Wochen des Hochwassers, in denen die Weiden, denen das Wasser bis zum Hals stand, gierig nach allem gegriffen hatten, was sie fassen konnten.
»Der Pegel steigt«, sagte Gis und wies auf eine Buhne, von der nur ein schmaler Streifen zu sehen war.
Der Rhein schimmerte zwischen den kahlen Bäumen hindurch. Das Wasser leckte an ihren Stämmen.
Sie waren am Trampolin angekommen, und die Kinder, allen voran Hedda, hatten es gewohnt ungestüm in Besitz genommen. Ein kleiner Junge, der einsam darauf herumgehüpft war, hatte erschreckt das Weite gesucht, und Juli unterdrückte den Impuls, ihm hinterherzulaufen.
»Lass die Kinder das selbst klären«, sagte Gis und trat zum Trampolin. Er nahm Heddas Hand, während sie hüpfte, als sei sie noch klein.
Juli warf einen schnellen Blick auf diese Szene, dann sah sie weg. Dieser Blick gehörte dazu, von Anfang an. Seit Hedda auf der Welt war, beobachtete sie Gis verstohlen dabei, wie er mit ihr umging.

Sie ist sein Kind, sagte sie sich immer wieder. Im Herzen und vor dem Gesetz ist sie sein Kind, ganz gleich, was die Gene sagen. Wir sind eine Familie.
Für diese Familie würde sie alles tun. Juli ging zu der Bank und setzte sich, ihren Mann und die Kinder fest im Blick.
Sie sprach nicht darüber, welche verschlungenen Wege diese Familie genommen hatte, niemals. Marla hatte ein einziges Mal gefragt. Bereust du es, hatte sie gefragt. Bereust du, dass du mit dem Bruder deines Mannes was hattest.
Juli bereute nichts. Sie wusste, dass sie Gernot im Prinzip hatte dankbar sein müssen. Gis war anders gewesen vor der Sache. Sie konnte sich an seinen Gesichtsausdruck erinnern, als sie ihm von der Schwangerschaft erzählt hatte, der allerersten, jener, über die sie nicht mehr sprachen. »Wir sind doch viel zu jung«, hatte er gesagt. Und: »Ich glaube nicht, dass ich das packe. Meinst du, wir können auf alles verzichten – auf Kino und Reisen und ...« Er hatte sie zur Abtreibung begleitet, das schon, aber danach hatte sein Rückzug begonnen, und sie konnte ihn sogar verstehen, sie selbst fühlte ähnlich. Alles war auf den Prüfstand gestellt worden. Sie hatten ein Kind abgetrieben, weil sie sich die Zukunft nicht verbauen wollten, weil sie kein Geld hatten, weil ihre Beziehung nicht stabil genug war. Danach war jeder Schritt und Tritt mit dieser unabänderlichen Entscheidung belastet gewesen. Natürlich gingen sie weiter ins Kino, aber jeder Besuch hatte einen schalen Beigeschmack. Den Beigeschmack von Kindsmord, dachte Juli. War es das wert?, fragte sie sich, wenn sie im Dunkeln neben Gis saß und versuchte, der Story auf der Kinoleinwand zu fol-

gen. Oder sie dachte: Los, genieß es! Immerhin haben wir für Abende wie diesen unser Kind umgebracht! Was Gis dachte, wusste sie nicht. Sie sprachen nicht darüber. Sie verstummten allmählich.
Ein Urlaub hatte die Rettung bringen sollen, Ibiza, aber es endete damit, dass sie sich jeden Abend in die Kissen weinte, während er sich an der Hotelbar betrank.
Und dann zog Gis aus. Und die Sache mit Gernot begann. Juli hatte immer gewusst, dass sie ihm gefiel. Sie war zu diesem Zeitpunkt ein Schatten ihrer selbst, und sie ließ zu, dass Gernot kam, für sie kochte, sie ausführte. So wurden sie ein Paar, einfach, weil sie sich nicht wehrte. Über Gis sprachen sie nie.
Mit Gernot war es anders. Er wusste, was er wollte. Er wollte sie. Er hatte einen Job. Er wollte Kinder und ein Haus. Er wollte alles so sehr, dass sie sich gar nicht die Frage stellte, was sie selbst wollte. Dann wurde sie erneut schwanger. Und so, als sei sie erst dadurch wachgerüttelt worden, begriff sie schlagartig, dass sie einen furchtbaren Fehler gemacht hatte.
Mitten in der Nacht stand sie bei Gis vor der Tür, mit nichts als einem Rucksack und schwanger von seinem Bruder, und das war der Anfang ihrer Familie. Sie sprachen auch darüber nie. Gernot akzeptierte, dass er verloren hatte. Die gelegentlichen Treffen waren quälend, sie selbst war zerfressen von Schuldgefühlen, und umso erleichterter war sie, als er bald darauf Stefanie heiratete.
Zum Glück stellte er keine Ansprüche an Hedda. Hedda war Gis' Tochter, im Herzen, und Juli wusste, dass ihr ganzes Leben anders verlaufen wäre, wenn Hedda nicht geboren worden wäre und sie dadurch Tatsachen geschaffen hätte, Tatsachen, mit denen Gis sich leichter ar-

rangieren konnte als mit der abstrakten Entscheidung für oder gegen ein Kind.

»Mama, wir gehen weiter!«, schrie Fips und riss sie aus ihren Gedanken. »Mama!«

»Ich komm ja schon!«

Sie sah auf, lächelte und erhob sich von der Bank. Fips winkte, dann nahm er die Hand seines Vaters und zog ihn weiter, die vermummten Gestalten von Anton und Hedda waren schon vorausgeeilt. Sie gingen rheinabwärts, Richtung Fähre.

Die übernächste Buhne würde die sein, an der Gernot gelegen hatte. War Gis das überhaupt bewusst? Oder wollte er dorthin, war er deswegen so früh von der Arbeit heimgekehrt? Aber warum war er dann mit ihr und den Kindern hergekommen? Hätte er, was immer er suchte, nicht besser allein gesucht?

Sie lief, bis sie die anderen eingeholt hatte. Juli ließ unwillkürlich den Blick schweifen. Auf der Buhne war nichts mehr von dem zu sehen, was sich hier abgespielt haben musste. Vielleicht lag das daran, dass der Rhein bereits gestiegen war und nur einen schmalen Streifen übrig gelassen hatte.

Rheinmöwen flatterten um sie herum und kreischten hungrig.

»Haben wir Brot für die Möwen?«, fragte Anton und sah sie bittend an.

»Nein, haben wir nicht.«

»Wir können ja so tun!« Hedda warf Steine ins Wasser, und die Möwen kreischten auf in dem Glauben, sie würden gefüttert. Die Jungs jubelten und taten es ihr nach.

Gis hob einen Stock auf und warf ihn ins Wasser. »Es war nicht schlimm auf dem Präsidium«, sagte er halblaut

und sah zu, wie sein Stock vom Wasser davongetragen wurde. »Aber du hattest recht, diese Kommissarin ist ziemlich aggressiv.« Dann drehte er sich zu den Kindern um. »Kommt! Wir gehen zurück!«
Juli folgte ihm. »Was wollten sie denn von dir?«
»Sie hat sich lange darüber aufgehalten, warum du mich gestern nicht sofort angerufen hast. Irgendwie war sie regelrecht aufgebracht, dass ich faul im Büro sitze und Kaffee trinke, während meine Frau zu Hause schuftet und mich nicht stören darf. So klang das jedenfalls.«
»Und was hast du ihr gesagt?«
»Ich hab ihre Vorurteile im Großen und Ganzen bestätigt. Das erschien mir am einfachsten.«
»Ja«, sagte Juli. »Das war es wohl.«
»Ich frage mich natürlich trotzdem, warum du mich nicht angerufen hast.«
»Es tut mir leid, wenn das falsch war. Ich wollte irgendwie nicht, dass du es von mir erfährst.«
Gis sagte nichts. Er ging weiter, wie immer hatte er seine langen Schritte ihren kurzen angepasst.
»Bist du sauer?«, fragte Juli. »Vielleicht hätte ich anrufen sollen. Ich wusste es einfach nicht. Ich war selbst geschockt.«
Er schüttelte den Kopf und blieb stehen. »Ich muss dich was fragen, und ich will, dass du ehrlich antwortest.«
»Okay«, sagte sie. Plötzlich hatte sie Angst.
»Bist du eigentlich glücklich?«
Sie starrte ihn sekundenlang an, ohne die Frage zu verstehen. »Was?«
»Bist du glücklich?«
Erleichterung schlug über ihr zusammen. »Natürlich bin ich das! Ich habe dich und die Kinder ...«

Gis lächelte nicht. »Du«, sagte er. »Ich meine dich. Bist du mit deinem Leben glücklich?«
»Ja«, sagte sie. »Ich schwöre.« Sie beugte sich vor, um ihn zu küssen, und irgendwie hatte sie das dumpfe Gefühl, dass eine andere Antwort ihm lieber gewesen wäre. »Warum fragst du das? Was ist denn los mit dir?«
Er schüttelte den Kopf. »Ich weiß nicht. Die Fragen dieser Kommissarin ... und dann Gernot. Irgendwie bringt mich das alles durcheinander.«
»Es ist kein Wunder, dass du durcheinander bist, wenn dein Bruder so plötzlich stirbt.«
»Das ist es nicht«, sagte er. »Überlegst du manchmal, ob unser Leben ...«
Weiter kam er nicht, denn Hedda umschlang ihn von hinten, und Anton und Fips klammerten sich johlend an seine Beine.
»Wir haben Hunger!«, schrie Fips.
»Ja, Hunger!«, echote Anton.
»Wir können ja auf dem Rückweg beim Bäcker vorbei und Muzemandeln oder Berliner kaufen«, schlug Gis vor.
»Muzen!«
»Berliner!«
»Beides!«
Das Gebrüll der Kinder war ohrenbetäubend, und als Gis kaum hörbar »Oder?« fragte, dachte Juli für einen Moment an den Möhrenkuchen zu Hause und an den vielen Zucker und die Stabilisatoren und Geschmacksverstärker, die die Bäckereien verwendeten, aber sie wollte keine Spielverderberin sein und nickte.
Als sie wenig später mit der vollen Papiertüte im Arm in die Gasse einbogen, von den lärmenden Kindern umkreist, war sie wieder froh.

Vielleicht sollten wir öfter mal unvernünftig sein und Zuckerzeug kaufen, dachte sie. Oder ohne Marla an den Rhein gehen. Vielleicht sollte auch Gis einfach öfter mal früher nach Hause kommen.
Das Gefühl der Beklemmung, das sie vorhin ergriffen hatte, war verschwunden. Gis wirkte so unbeschwert wie immer.
Die Kinder sangen laut und falsch Weihnachtslieder, die Fips jetzt, wo er endlich alle Strophen beherrschte, nicht lassen konnte.
»Bald ist Karneval!«, rief Gis. »Warum singt ihr nicht ...«
Er verstummte, ohne dass Juli einen Grund erkennen konnte.
»Mama«, rief Hedda. Ihre Stimme klang erschreckt. »Da steht jemand vor unserer Tür!«
Tatsächlich, da stand jemand mit einem Koffer. Und erst als Juli näher trat, sah sie, wer es war.
»Hallo«, sagte die Frau. »Ich dachte, ich komme mal bei euch vorbei.«
Es war Fanny.

*

Die Frage, die der Kommissar so indiskret und arglos geäußert hatte, ließ Marla nicht mehr los. Sie saß auf dem Sofa und fühlte die wohlbekannte Erschöpfung wie eine schwere Decke, die sie niederdrückte.
Gab es wirklich keine Medikamente dagegen? Medikamente, die sie in eine einigermaßen funktionierende Hausfrau und Mutter verwandelten?
Marla registrierte die Wollmäuse, die in den Zimmerecken lauerten, die Wäscheberge, die sich auf den Stüh-

len türmten, Wäsche, die sie längst hätte zum Trocknen aufhängen sollen. Sie riss sich zusammen, stand auf und nahm das oberste Handtuch, dem bereits ein muffiger Geruch entstieg.

Ein Trockner, dachte Marla, ich sollte den Trockner reparieren lassen. Aber dafür müsste sie erst überlegen, welche Nummer sie dafür wählen musste, und das erschien ihr wie eine nicht zu bewältigende Aufgabe.

Sie ließ die Wäsche Wäsche sein und ging hinauf ins Kinderzimmer. Darauf kommt es an, dachte sie, und betrachtete Lilly, die auf dem Boden hockte und spielte.

Lilly bewegte ihre Puppe in der Hand, schaukelte sie auf und ab, aber was genau sie da tat, war fern und unverständlich, es war eine Wand zwischen Marla und der Welt, in der ihre Tochter lebte. Warum war das so? Warum konnten andere Mütter an der Welt ihrer Kinder teilhaben, während sie selbst nur abgrundtiefe Erschöpfung empfand, Erschöpfung, in die manchmal unvorstellbare Mengen Mutterliebe quoll, viel öfter aber schlechtes Gewissen.

Es lag nicht allein an ihren Ängsten, das wusste sie. Die Ängste waren eine andere Baustelle.

»Spielst du schön, Maus?«, fragte sie zaghaft.

»Siehst du doch.«

»Ja, das sehe ich.« Das Bedürfnis überkam sie, ihrer Tochter etwas Liebes zu sagen, ihr nah zu sein, aber unmittelbar hinter diesem Bedürfnis lauerte Ungeduld, der Wunsch, das Gespräch zu beenden und sich zurückzuziehen.

Aber wohin?, dachte Marla.

Wieder dachte sie an die Frage des Kommissars.

Und dann an Hannes. An sein erschöpftes Gesicht. Und an den Arzt, zu dem sie gehen könnte, an die Medika-

mente, die er ihr verschreiben könnte, Tabletten, die ihr zwar die Angst nehmen, ihr Leben aber trotzdem nicht gut machen konnten.
Sie konnte Hannes und ihre Ehe nicht opfern. Denn genau das würde geschehen, wenn sie die Tabletten nahm, sie hatte es vor zwei Jahren erlebt, als sie versucht hatte, etwas gegen die immer brutaler wütenden Panikattacken zu unternehmen. Das war der Preis. Der Preis für ein Leben ohne Ängste war, dass ihr Körper stumpf und taub wurde.
Ein Schnitzel, dachte Marla. Die Oberfläche ihrer Haut wäre so empfindungslos wie ein Schnitzel, das sich teilnahmslos berühren, tätscheln, salzen, pfeffern ließ. Ein Körper, der keine Leidenschaft mehr kannte, der so müde war wie seine Besitzerin. Und was sollte aus ihrer Ehe, ihrer Familie werden, wenn dieser letzte dünne Faden zu Hannes zerriss? Wenn ihnen nicht einmal die Nächte blieben, wäre da gar nichts mehr, das sie miteinander verband, dann würde alles auseinanderbrechen, zerfasern, in Sinnlosigkeit zerfallen.
Und das konnte sie ihrer Familie nicht antun, schon gar nicht angesichts der Schuld, die bereits auf ihr lastete.

*

Als Juli Zuckerdose, Kanne und Tassen auf das Tablett stellte, schwappte der Tee über. Während sie ihn hastig aufwischte, lauschte sie dem gleichmäßigen Gemurmel aus dem Wohnzimmer, Gis' helle Stimme, dazwischen die von Fanny. Juli schloss für einen Moment die Augen und straffte sich. Sie würde da jetzt reingehen und sich, verdammt noch mal, am Gespräch beteiligen. Bisher hat-

te sie kein Wort herausbekommen. Was sagte man in so einer Situation?
Mein Beileid?
Sie musste an Marla denken, der sie jetzt wortlos eine Plastiktüte reichen würde, damit sie rückatmen konnte, damit die Angst verflog.
Warum war Marla nicht hier? Warum hatte sie heute nicht geklingelt, kein einziges Mal?
»Ich schaue mal, wo sie bleibt«, hörte sie Gis' Stimme aus dem Flur.
»Ich komme schon!«, rief sie und trat ins Wohnzimmer.
Fanny saß auf dem Sofa, ihre Handtasche neben sich. Sie sah aus wie immer, und für einen Augenblick musste Juli den Impuls unterdrücken, sie dafür heimlich zu rügen. Eine Witwe sollte so nicht aussehen. Goldblondes Haar, das sich die Strapazen des Färbens und Wellens nicht anmerken ließ. Ein sonniger Teint, der von Urlauben und Cremetuben zeugte. Ein blendend weißer Hosenanzug, dazu das türkisfarbene Halstuch, das exakt zur Handtasche passte. Fanny sah aus, als sei sie einer Hochglanzreklame für Kreuzfahrten entstiegen, auf denen betuchte kinderlose Paare sich die Sonne auf den straffen Leib scheinen ließen. Sollten Witwen nicht eigentlich Schwarz tragen?
Mit einem Nicken nahm Fanny die Tasse entgegen. Offenbar drehte sich das Gespräch gerade darum, wie lange Fanny nicht mehr da gewesen war. Seit dem Einzug, rechnete Juli nach.
»Wir fühlen uns wirklich sehr wohl hier«, sagte Gis gerade. »Wir haben allerdings nicht viel am Haus gemacht, seit wir eingezogen sind. Am Anfang nimmt man sich ja so viel vor, aber was man nicht sofort angeht, macht man

nie. Wir haben natürlich die Böden verlegt und alles, aber nur das Nötigste. Eigentlich sollten die Fensterläden erneuert werden. Aber irgendwann will man ja auch mit dem Wohnen anfangen.« Er lachte auf.
»Natürlich. Das geht wohl jedem so«, sagte Fanny, aber Juli zweifelte daran, dass es ihrer Schwägerin so ging. Menschen ohne Kinder mussten so unermesslich viel Zeit haben! Manchmal dachte Juli heimlich darüber nach, was sie mit dieser Zeit wohl anstellen würde. Wahrscheinlich vergeudete man sie einfach. Sie verrann, und man hatte nichts davon, außer vielleicht ein bisschen mehr Schlaf.
»Wir wollten auch eine Sauna im Keller einbauen, aber, ach«, sagte Gis und machte eine hilflose Handbewegung. Juli blinzelte überrascht. Sauna? Dann dachte sie: Warum nicht? So haben wir wenigstens ein Gesprächsthema.
»Ich liebe Saunen«, warf sie ein.
Fanny nickte. »Ich auch, es ist so gut für die Abwehrkräfte.«
»Und wie!«
»Aber eine eigene haben wir auch nicht, ehrlich gesagt, ist mir das lieber so. Diese Reinigung ... Da fahre ich lieber einmal in der Woche in die Therme.«
Juli nickte verständnisvoll. Ist das verrückt, dachte sie. Wir reden hier, als ob man uns auf einer Party zufällig nebeneinandergesetzt hätte, höflich, freundlich, ohne Sinn und Verstand.
In der Mitte des Tischs lagen die Tüten vom Bäcker, Muzemandeln und Berliner, eine traurige Erinnerung daran, wie fröhlich dieser Tag noch vor einer Stunde ausgesehen hatte. Als Fanny, die trauernde Witwe, noch nicht

wie aus dem Nichts aufgetaucht war und ihr Unglück mitgebracht hatte.

»Es tut mir so leid, Fanny«, sagte Gis aus heiterem Himmel. »Wirklich, wir ...«

»Danke«, sagte Fanny und presste die Lippen aufeinander. »Tja, so ein Todesfall bringt alles durcheinander, nicht?«

Für einen Moment herrschte betretenes Schweigen.

»Wo sind eigentlich die Kinder?«, fragte Juli.

»Ich habe sie hochgeschickt. Sie müssen nicht ...«

Fanny zupfte den türkisfarbenen Seidenschal zurecht.

»Habt ihr ihnen denn gesagt, was passiert ist?«

Da war ein lauernder Unterton in ihrer Stimme, der Juli zusammenzucken ließ.

»Nicht wirklich.« Gis ließ sich zurück ins Sofa sinken, seine viel zu langen Beine wippten.

»Nun ja, sie haben ihren Onkel ja kaum gekannt. Warum sie beunruhigen?« Fanny hatte eine winzige, kaum wahrnehmbare Pause vor dem Wort »Onkel« gemacht. Oder bildete Juli sich das nur ein?

Fanny ließ Juli nicht aus den Augen, während sie einen winzigen Schluck aus ihrer Tasse nahm.

»Sie haben ihn wirklich lang nicht mehr gesehen. Sie würden es gar nicht verstehen.« Juli hörte die Selbstverteidigung, die in ihrer Stimme lag. Sie spürte eine Hand auf dem Rücken, es war die von Gis. Sie wechselten einen Blick. Sein Lächeln tat ihr gut.

Fanny sagte: »In einem Haus mit Kindern ist Trauer ohnehin nicht gut aufgehoben. Ich finde, ihr macht das genau richtig! Wenn man schon drei wunderbare Kinder hat, sollte man sie auch in Ruhe genießen können, ohne störende Trauerfälle.« Sie fixierte Juli, ihre Augen waren eine Spur zu hell, vielleicht trug sie farbige Linsen. Oder standen Tränen darin, bereit, jeden Augenblick zu bersten?

»Natürlich sind wir traurig wegen Gernot, Fanny«, sagte Gis, und erleichtert hörte Juli, dass er genau den richtigen Ton gefunden hatte, beruhigend, voll Mitgefühl. »Er ist mein Bruder. Sicher, der Kontakt war nicht besonders eng, aber so ist das bei Geschwistern manchmal. Wir haben eine ganze Kindheit zusammen verbracht, und wir waren uns zwischendurch sehr nah. Er hat mir das Radfahren beigebracht, er hat mich auf dem Schulhof beschützt. Ich brauche nicht jede Woche mit ihm zu telefonieren, um mich zu vergewissern, wie viel wir teilen.«

Das hatte er gut gesagt, fand Juli. Bei Fannys nächsten Worten erstarrte sie.

»Wie viel ihr teilt«, wiederholte Fanny und lachte kurz und bitter. »Sogar die Frau, nicht wahr.«

Eben hatte Gis noch freundschaftlich und mitfühlend geguckt, bei diesen Worten aber verschloss sich sein Gesicht. »Das ist lange her, Fanny. Ich verstehe, dass du im Moment aufgewühlt bist, aber ...«

»Ja? Verstehst du das wirklich? Ich bin mir irgendwie nicht sicher, ob du es wirklich verstehst. Ich verstehe es ja selbst nicht, aber ich würde es gern verstehen.«

Juli wechselte das Thema, hastig und ohne zu überlegen. »Wann ist denn die Beerdigung?«

»Das weiß ich noch nicht. Sie wissen noch nicht, wann sie die Leiche freigeben können.«

»Ah«, machte Gis.

»Es soll eine Urnenbestattung werden, nicht auf einem Friedhof, sondern in einem Wald. Gernot hat es so gewollt. Er hat auch gesagt, welchen Anzug er tragen will,

welches Gedicht in die Anzeige kommen und welches Lied bei der Trauerfeier gespielt werden soll. Er hat sich vorher mit allem auseinandergesetzt, er überließ ja nichts gern dem Zufall.«
Auf Gis' Gesicht erschien ein Lächeln. »Das stimmt. Alles musste geplant werden. Er fühlte sich nur sicher, wenn er wusste, was auf ihn zukam.«
Juli nahm einen winzigen Schluck von ihrem Kräutertee, verhalten, damit die beiden weitersprachen, ohne sie zu beachten.
»Ich weiß noch, als er das Abitur machte. Er hatte damals diesen Freund, Tobias Leimberg, mit dem er im Leistungskurs war. Die beiden wollten zusammen Interrail machen, und kaum hatten sie entschieden, dass es nach Griechenland gehen sollte, wollte Gernot die Route festlegen. Er saß tagelang da mit seinen Reiseführern und versuchte, günstige Pensionen zu buchen. Die meisten Telefonnummern aus dem Reiseführer existierten nicht mehr, er hat dann die Auslandsauskunft angerufen. Ich bin sicher, das war die unspontanste Interrailtour, die es je gegeben hat.« Gis lachte, dann nahm er ein Taschentuch und putzte sich die Nase. »Unglaublich, wie lang das her ist! Eine Ewigkeit.«
Sein Blick war wehmütig, wanderte zum Fenster. Was sah er, dachte Juli, zwei Brüder, die in einem Baumhaus saßen und Limonade tranken? Oder sah er den erwachsenen Bruder, wie er zuletzt gewesen war, hart und bitter? Erst in diesem Moment begriff sie, dass Gis auf seine Weise sehr wohl um Gernot trauerte.
»Ja, er hat gern geplant«, sagte Fanny. »Er wusste ja, dass ihm nicht viel Zeit bleibt, der Krebs war dabei, seinen Körper zu zerfressen, ich glaube, er wollte deswegen ver-

brannt werden. Gesagt hat er es mir nie. Im Nachhinein ist es sehr praktisch, denn wenn seine Leiche aus der Rechtsmedizin kommt, werden sie ja ganz schön daran herumgeschnippelt haben, ich glaube, sie ziehen sogar die Haut ab. Da ist so ein sauberes Häufchen Asche wirklich die beste Lösung.«

Gis gab ein entsetztes Stöhnen von sich. »Fanny!«

»Was?«

Sie sahen sich stumm an, es war ein wortloses Kräftemessen, ein Ringen.

»Ich geh mal nach den Kindern sehen«, sagte Juli und stand auf. Sie griff nach den beiden Papiertüten mit Berlinern und Muzen und verließ den Raum so hastig, dass sie beinahe stolperte. Sie atmete erst wieder, als sie hinter der geschlossenen Kinderzimmertür Gemurmel hörte. Den Kindern geht's gut, dachte sie. Das ist die Hauptsache.

Die Kinder hatten den Play-Doh-Pastaautomaten aufgebaut und formten Nudeln aus Knete, gelbe, grüne, rosafarbene. Sie jubelten auf, als sie die Tüten in Julis Hand sahen.

»Ist die Frau immer noch da?«, wollte Fips wissen.

»Ja, das ist sie. Aber nicht mehr lange«, sagte Juli, dann fiel ihr siedend heiß der Koffer ein, der neben Fanny gestanden hatte, als sie vor der Haustür gewartet hatte.

Anton stopfte sich zwei Muzen auf einmal in den Mund. Puderzucker stob durch die Luft, als er fragte: »Ist sie wirklich unsere Tante?«

»Klar ist sie das, das ist doch die Frau von Onkel Gernot«, klärte Hedda ihn auf.

»Warum hat sie uns dann nichts mitgebracht?«, wollte Fips wissen. »Die Tanten in den Büchern bringen einem immer was mit.«

»Gar nicht alle«, sagte Anton.
»Doch!«
»Nein!«
»Doch!«
»Blödmann!«
Erleichtert hörte Juli dem hitzigen Wortwechsel zu und betete, dass Fanny sich in der Zwischenzeit in Luft auflösen würde.

*

Sie hatte das Laufen nötig gehabt, ihre Lieblingsstrecke am Aachener Weiher. Eigentlich war es eher ein Rennen als ein Laufen gewesen, so viel Zorn hatte sie in sich gehabt, Zorn, der sie selbst überrascht hatte. Es war ein inneres Wortgefecht gewesen, wieder und wieder war sie den Streit durchgegangen, und jede Wiederholung hatte ihre Wut vervielfacht. Sie hatte dieser Wut nicht davonlaufen können.
Als sie schließlich die Treppenstufen zu ihrer Wohnung hochstieg, war sie vollkommen erschöpft, ihre Beine zitterten, und darum bemerkte sie erst viel zu spät, dass da jemand im dunklen Hausflur stand und wartete.
»Was willst du hier, Reimann?« Sie schrie es fast. Dann sah sie den Koffer. Und verstand.
»Aber du kannst doch nicht ernsthaft …«
»Schließ erst mal auf.«
Als sie im engen Wohnungsflur standen, breitete Reimann die Arme aus, eine beinahe hilflose Geste. »Da bin ich.«
»Das sehe ich. Warum, zum Teufel?« Sie ging in die Küche, nahm eine Wasserflasche und trank in langen, durs-

tigen Zügen. Sie dachte, er würde nachkommen, aber das tat er nicht, er stand noch immer im Flur und wartete, also ging sie zurück zu ihm. »Was soll das?«, fragte sie, jetzt etwas ruhiger.
»Ich bin ausgezogen.«
»Das ist nicht dein Ernst! Denkst du wirklich, dass es mir darum geht? Denkst du, ich will dich in meiner Bude hocken haben?«
Reimann kniete sich neben seinen Koffer und öffnete ihn. Adrenalin schoss ihr durch die Adern, als sie sah, wie er seine Zahnbürste neben ihre in den Zahnputzbecher stellte.
»Du kannst doch nicht ...«
Reimann griff nach ihrer Schulter, und Elenas Arm fiel schlaff herunter. »Jetzt hörst du mir mal zu«, sagte er, und seine Stimme klang so ruhig wie immer. »Ich denke gar nichts, außer, dass du selbst keine Ahnung hast, worum es dir geht. Und jetzt sag mir endlich, wo ich den Koffer hinstellen soll.«

*

Fanny betrachtete das Zimmer, in dem sie lag. Ein Gästezimmer gab es nicht, aber Hedda war ins Jungenzimmer verlegt worden, und von Heddas Kiefernholzbett aus ließ Fanny ihren Blick über die lilafarbene Wand, die Puppen und Bücher im Regal, das Bastelzeug schweifen.
So sah also ein Kinderzimmer aus. In ihrem Haus würde es nie eines geben, und Fanny wusste nicht, ob das Fluch oder Segen war. Lange Zeit hatte sie darum gekämpft, hatte geweint und es als Zeichen mangelnder Liebe ihres Mannes interpretiert, dass er ihre Bemühun-

gen nicht geteilt hatte. Sie hatte an später gedacht, hatte jedem Kinderwagen mit tränenumflortem Blick nachgesehen, aber irgendwann hatte sich ihr Aufruhr gelegt, und sie hatte begonnen, das Ganze mit anderen Augen zu sehen. Brigitte hatte ihr geholfen dabei. Brigitte, selbst kinderlos.
Sie wäre zufrieden gewesen ohne Kinder, wenn wenigstens Gernot ganz und gar ihr gehört hätte. Aber das hatte er nicht.
Sie hatte es immer gespürt, aber sie hatte gedacht, es liege an ihr, eine irrationale Eifersucht auf die vielen Stunden, die er im Labor verbrachte, vielleicht aber auch eine Reaktion auf seine Kälte, die Teil seines Temperaments war, etwas, das sie zuerst anziehend gefunden hatte, männlich sogar.
Und jetzt die Briefe und das Foto.
Zumindest dafür war es gut gewesen, dass sie hergekommen war. Ein wenig immerhin hatte der Anblick ihrer Schwägerin den Stachel gezogen, der Fanny quälte, seit sie das Foto gesehen hatte.
Von Julis früherer Schönheit war nicht viel geblieben. Das ehemals leuchtende, goldene Haar war verblichen und stumpf, auf praktische Schulterlänge geschnitten. Julis Augen waren müde und von Knitterfältchen umgeben, ihre Lippen ein vertrocknetes Altrosa.
So also sieht Loreley aus, nachdem sie drei Kinder geboren hat, dachte Fanny gehässig.
Juli sah abgekämpft aus, verbraucht. Warum nur konnte diese Erkenntnis Fannys Bitterkeit nicht vertreiben?

*

Wirklich verwundert war Juli nicht gewesen, dass Gis der Schwägerin angeboten hatte, bei ihnen zu übernachten. Er selbst schien nicht glücklich darüber, doch er habe sie schließlich nicht herauswerfen können, und sie habe offensichtlich ... Juli wusste, was er meinte, auch sie fühlte sich Fannys Witwenstatus gegenüber seltsam hilflos, also erübrigte sich ein Streit.

Juli hatte also mit mildem Schwägerinnenlächeln das Bett bezogen, frische Handtücher herausgelegt und mit angemessenem Gesichtsausdruck eine gute Nacht gewünscht. Erst, als Gis und sie nebeneinander im Bett lagen, fragte sie: »Warum ist sie bloß hier?«

Sie hatte ihre Stimme zu einem Flüstern gesenkt, denn Fanny ruhte nur wenige Meter entfernt, und wie dünn die Wände waren, wusste niemand so gut wie Juli.

»Ich weiß es nicht.«

In der Dunkelheit hörte sie, wie er sich auf die Seite drehte.

»Irgendetwas muss sie wollen. Sie kommt doch nicht einfach so!«

»Vielleicht ist sie einsam.«

»Ganz bestimmt ist sie das. Aber warum kommt sie damit ausgerechnet zu uns?«

»Vielleicht hat sie niemanden.«

»Hör endlich auf mit diesem *vielleicht!* Ich will nicht, dass sie hier ist!« Erst als es heraus war, spürte Juli, wie sie vor ihren eigenen Worten erschrak. Sie horchte auf Gis, lauschte, ob sein Atem so schnell ging wie ihrer.

Er richtete sich auf, sie fühlte seine Hand auf ihrem Oberarm, ganz ruhig. »Juli, mach dir keine Sorgen. Ich weiß, was du denkst, aber das musst du nicht.«

»Ich mach mir aber Sorgen!« Ihre Stimme hallte viel zu laut im dunklen Schlafzimmer.

Das schien Gis ähnlich zu empfinden, denn er flüsterte jetzt. »Vielleicht sollten wir es Hedda sagen.«
»Sei still! Wir sagen Hedda gar nichts, nie! Das haben wir doch abgesprochen!« Ihre Worte kamen gepresst, ein tonloses, scharfes Zischen, und wie um ihnen die Schärfe zu nehmen, griff sie nach seiner Hand und zog sie an ihren Bauch, wo sie leblos liegen blieb.
»Ich weiß nicht«, sagte Gis schließlich.
Ich auch nicht, dachte sie. Sie tastete nach seiner Hand und wünschte, diese Hand würde sie beruhigen, aber so war es nicht. Er schien es zu merken, denn er zog sie zurück, griff im Dunkeln nach seinen Ohrstöpseln und versank bald darauf in eine andere Welt, in der er sie und die Kinder nicht hörte.
Sie war so müde. Lange noch beobachtete sie den Faltenwurf des Rollos, lauschte auf den gleichmäßiger werdenden Atem von Gis, ehe sie endlich in einen unruhigen Schlaf glitt, einen Schlaf, der nur zu bald von Antons Geschrei unterbrochen werden würde.

Tag drei

Elena war überrascht, als sie erwachte, denn die Tatsache, dass sie erwachte, musste bedeuten, dass sie vorher geschlafen hatte. Ihrer eigenen Wahrnehmung nach hatte sie kein Auge zugetan. Sie hatte sich herumgewälzt, bis Reimann auf das Sofa im winzigen Wohnzimmer umgezogen war. Er hatte geschnarcht – die ganze Nacht hindurch. Sie hatte bislang nicht gewusst, wie laut ein einziger Mensch schnarchen konnte.
Reimanns Invasion hatte den sofortigen Wunsch in ihr geweckt, ihn schnellstmöglich wieder loszuwerden. Es ist meine Wohnung, dachte Elena. Ich kann ihn einfach rausschmeißen.
Aber das konnte sie eben nicht. Auf irgendeine Weise bewirkte sein Auftritt, dass sie sich schlecht fühlte, schuldbewusst sogar. Sie hatte eine Beziehung mit einem Mann begonnen – oder eher: eine Affäre in eine Beziehung überführt –, der wegen der Kinder und der Steuern bei seiner Ehefrau wohnen blieb. Und nur, weil vieles an diesem Zustand sie zornig gemacht hatte, hatten sie gestritten, immer weiter, und das Ergebnis des Ganzen war, dass Reimann dachte, sie wolle etwas anderes von ihm,

als sie bisher gehabt hatte. Was nicht stimmte. Was einfach nicht stimmte.

Aber wenn sie ihn jetzt lautstark hinauswarf, dann würden er und vor allem sie selbst den Eindruck haben, dass sie nicht ganz dicht war.

Aus der Küche hörte sie es rumpeln. Wahrscheinlich machte er gerade Frühstück.

Pärchenfrühstück.

Wütend schlug Elena in ihr Kopfkissen. Es kam nicht in Frage, dass Reimann so eine Pärchennummer mit ihr abzog. Sie wollte keine Küsse am Morgen, keine Rosen zwischen den Zähnen, kein »Hast du gut geschlafen, Schatz?«, kein Frühstückstablett mit Sekt und Orangensaft, sie wollte ihre Ruhe, und das würde sie ihm sagen.

Jetzt.

Als sie die Schlafzimmertür öffnete, stieg ihr als Erstes sein Zigarettenrauch in die Nase. »Mach das verdammte Ding aus!«, rief sie. Sie wollte das Fenster aufreißen, aber dann sah sie, dass es bereits offen stand.

»Guten Morgen auch«, sagte Reimann ungerührt. Er hockte auf dem Sofa, umgeben von Rauchkringeln, und trank Kaffee aus einer Tasse, von der sie gar nicht mehr gewusst hatte, dass sie sie besaß. Vor ihm lag ein Stapel Papiere.

Keine Rose auf dem Frühstückstablett, dachte Elena. Die Erleichterung darüber blieb merkwürdigerweise aus.

»Was liest du da?«

»Die Kontodaten von Gernot Schirner. Und ich glaube beinahe, ich habe etwas gefunden.« Er reichte ihr die Ausdrucke, auf denen er mehrere Zahlen mit grünem Textmarker hervorgehoben hatte.

Elena griff nach den Papieren und setzte sich neben ihn auf die Sofalehne. Mit gerunzelter Stirn überflog sie die Zahlenreihen. Barabhebungen.
»Das ist ja ...«, murmelte sie. Dann sah sie sich um. »Hast du zufällig Tee für mich gemacht?«
»Nein. Hätte ich sollen?«
»Bloß nicht!«
»Na dann ist's ja gut. Du brauchst übrigens dringend eine richtige Kaffeemaschine.« Er rückte ein Stück, so dass sie sich neben ihn setzen konnte, und malte Kringel auf die Ausdrucke. »Guck mal hier.«
Sekunden später waren sie einträchtig in die Arbeit vertieft.
Ohne Frühstück.
Und ohne Rosen.

*

Fanny schien eine Langschläferin zu sein, und das erfüllte Juli mit Bitterkeit. In fliegender Hast bestrich sie Brote, schnitt Äpfel und Möhren und füllte sie in die Brotdosen der Kinder, nebenbei ermahnte sie Fips, seine Milch zu trinken, und stellte Hedda letzte Fragen zu ihrem heutigen Sachkundetest.
Die Nacht war entsetzlich gewesen. Gegen drei war Anton aufgewacht und hatte nach ihr gerufen, und als sie sich in das Jungenzimmer geschleppt hatte, musste sie feststellen, dass er sich übergeben hatte. Ein saurer Brei, dessen Hauptbestandteil Berliner und Muzen waren, verteilte sich über Bettzeug und Teppichboden. Sie hatte Anton in der Wanne abgebraust, ihm einen neuen Schlafanzug angezogen, die Bettwäsche gewechselt und die

verschmutzten Teile in die Waschmaschine gestopft, und danach hatte sie wieder mal nicht einschlafen können, weil sie sich über sich selbst geärgert hatte. Weswegen hatte sie den Kindern die vielen Süßigkeiten erlaubt?
Sie wusste die Antwort, trotzdem drehte sie die Frage hin und her. Natürlich, sie hatte Gis die Freude lassen wollen, etwas für die Kinder zu kaufen, als Belohnung vielleicht auch für ihn, weil er früher nach Hause gekommen war. Dabei hatte sie gewusst, dass Weizenmehl und Zucker nicht gut waren, vor allem nicht in Mengen. Eigentlich lag die Schuld bei ihr, denn es war auch eine dankbare Ablenkung von Fanny gewesen.
Nun, da Fanny oben schlief, betete Juli, dass sie noch eine Weile liegen bliebe. Es wäre wunderbar, wenn sie wenigstens eine Dusche nehmen und saubere Sachen heraussuchen konnte, ehe sie ihrer perfekt gekleideten Schwägerin begegnete. Obwohl es ihr egal sein sollte, wie sie aussah. Sie hatte drei Kinder großzuziehen, Herrgott noch mal, natürlich konnte sie sich da nicht stundenlang damit beschäftigen, ihre Fassade zu polieren. Das wollte sie ja auch gar nicht. Oder?
»Mama, Anton isst gar nichts«, verkündete Hedda.
Juli seufzte. »Geht's noch nicht besser?« Anton hatte beim Aufwachen Stein und Bein geschworen, dass er wieder gesund und bereit für den Kindergarten sei, und Juli war geneigt gewesen, ihm zu glauben.
Jetzt aber sah sie, wie blass er war.
Auf der Treppe ertönten beschwingte Schritte, Gis, der herunterkam.
Er setzte sich an den runden Tisch, wuschelte den Kindern durch die Haare und lächelte ihr aufmunternd zu. Sie erwiderte sein Lächeln nicht.

»Was ist los?«, fragte er. »Du siehst müde aus.«
»Anton ist krank«, krähte Fips.
»Wirklich?« Besorgt wandte sich Gis seinem älteren Sohn zu und befühlte seine Stirn. »Er fühlt sich ganz kühl an.«
»Ich habe gekotzt«, sagte Anton verstimmt und zog seinen Kopf weg.
»Echt? Gerade eben?« Gis warf Zucker in seinen Kaffee, rührte um und trank.
»Nein, heute Nacht.«
»Ach herrje. Dann warst du Arme die halbe Nacht auf, schätze ich?«
»Ist schon okay«, sagte Juli und schenkte ihm Kaffee nach. Sie verteilte die Frühstücksboxen auf Schulranzen und Kindergartentaschen, nachdem sie kontrolliert hatte, dass dort keine vergessenen Obststücke vor sich hin gammelten.
»Hoffentlich wird das nicht so eine Magen-Darm-Geschichte«, sagte Gis besorgt und sah erst Hedda, dann Fips ins Gesicht. »Ihr seht aber gesund aus, ihr beiden.«
»Es waren die vielen Süßigkeiten von gestern. Berliner und Muzen. Die Beweismittel waren aussagekräftig.« Bei der Erinnerung verzog Juli angeekelt das Gesicht.
»Ach was, das bisschen Süßigkeiten!«, sagte Gis leichthin. »Das hat uns doch früher auch nicht geschadet. Wahrscheinlich war Anton ein bisschen aufgeregt. Kein Wunder bei dem Trubel.« Er warf Juli einen bedeutungsvollen Blick zu.
Du warst es, der aufgeregt war, dachte Juli. Gis hatte viel zu viel getrunken gestern. Das Teetrinken war übergangslos ins Abendessen übergegangen, und Gis hatte eine Flasche Wein aufgemacht und dann noch eine, ganz der

herzliche Gastgeber. Damit hatte er sein Unbehagen Fanny gegenüber gut überspielt. So gut, dass Fanny sich offenbar pudelwohl bei ihnen gefühlt hatte und eingezogen war.
»Mir ist schlecht«, jammerte Anton.
»Armer Schatz«, sagte Gis, gab ihm einen Kuss, wobei er darauf achtete, seine Krawatte nicht zu beschmutzen, und sah auf die Uhr. »Ich muss los.«
Hedda griff nach ihrem Schulranzen und huschte hinter ihrem Vater her.
Juli seufzte. »Dann bleibst du heute hier. Schaffst du es denn mit zum Kindergarten? Ich muss Lilly und Fips jetzt bringen. Sonst leg dich einfach ins Bett, ich bin bald zurück.«
Erst als sie die Haustür hinter sich zufallen ließ, spürte sie ihr Unbehagen.
Fanny. Sie ließ Anton allein mit der Schwägerin im Haus zurück.
Im Nachbarhaus war es dunkel, nur ein schwacher Lichtschein im oberen Stockwerk verriet ihr, dass überhaupt schon jemand wach war. Sie klingelte.
Einige Sekunden verstrichen. Sie klingelte noch einmal.
Endlich öffnete sich die Tür einen Spalt, Lillys kleines herzförmiges Gesichtchen spähte heraus. Sie trug noch ihren Schlafanzug. »Fips!«, rief sie aus.
Juli strich ihr über den Blondschopf. »Guten Morgen, Herzchen. Wo ist denn deine Mama?«
Marlas bleiches Gesicht erschien im Türspalt. »Hallo«, sagte sie ohne eine weitere Erklärung.
»Geht es nicht besser?«, fragte Juli.
Marla schüttelte den Kopf. »Lilly ist nicht fertig. Ich lasse sie heute zu Hause.«

Juli biss sich auf die Lippen. Es tat Lilly nicht gut, wenn sie zu viel zu Hause war. Für Marla erschien es oft einfacher, das Kind zu Hause vor dem Fernseher zu lassen, als ihr ein Pausenbrot zu schmieren und dafür zu sorgen, dass sie um kurz nach acht halbwegs sauber und angekleidet war. Lilly aber brauchte die Normalität des Kindergartens, geregelte Abläufe, feste Mahlzeiten. »Soll ich sie schnell fertig machen?«, bot sie an.
Marla schüttelte den Kopf.
Juli zögerte. »Anton bleibt heute auch zu Hause. Ihm ist etwas schlecht, er hat gekotzt. Kein Virus, nichts Ansteckendes«, beeilte sie sich zu sagen. »Nur zu viele Süßigkeiten. Vielleicht kann Lilly ja nachher rüberkommen.« Sie versuchte, die Hoffnung aus ihrer Stimme herauszuhalten. Wie sehr sie es wünschte. Wie sehr sie vor allem wünschte, Marla würde mit rüberkommen, damit sie mit Fanny nicht allein war. Damit alles normal war. So normal, wie das Leben mit einem kranken und einem gesunden Kind eben sein konnte.
»Wir könnten ein bisschen reden. Über alles, was passiert ist.«
»Mal sehen«, sagte Marla und wich ihrem Blick aus.
»Die Polizei war wieder da, oder? Ich hab den Wagen gesehen, gestern.«
»Ja. Die ermitteln natürlich.« Marla presste die Lippen aufeinander, der Türspalt verengte sich um weitere Zentimeter.
»Dann ...« Juli nickte ihr zu, griff nach Fips, den sie förmlich losreißen musste, und ging zum Fahrradanhänger. Erneut fühlte sie Unbehagen, als sie daran dachte, dass Fanny zu Hause hockte wie eine Spinne in ihrem Netz.

Fanny und Anton allein im Haus. Wer wusste, was sie ihm erzählen würde? Vielleicht gar nichts, beruhigte sie sich. Vielleicht würde Fanny in der nächsten halben Stunde weiterschlafen. Vielleicht würde sie ihn im Kinderzimmer gar nicht bemerken. Eigentlich war es unwahrscheinlich, dass Fanny einen Streifzug durch das Haus unternahm.
Aber was, wenn doch? Was, wenn Anton Schritte hörte und zu ihr ging?
Juli spürte, wie ihr eng in der Brust wurde. Sie setzte Fips in den Fahrradanhänger, schlang ihm seinen Schal um den Hals. »Warte«, flüsterte sie. »Ich hole schnell Anton.«
Um nichts in der Welt würde sie zulassen, dass Fanny mit Anton allein blieb.

*

An diesem Morgen hatte ihn Nicolettas Anruf aus dem Schlaf gerissen. Und anders als die letzten Male war er drangegangen, nicht, weil er mit ihr sprechen wollte, sondern reflexartig, im Halbschlaf.
»Was ist denn los mit dir, Jan, ich erreiche dich nicht!«
»Sorry«, hatte er gemurmelt und nach dem Wecker gesehen. Sieben Uhr. Eigentlich hätte er wütend sein müssen, aber er war es nicht.
»Wann hast du Zeit? Kann ich vorbeikommen?«
Er gähnte. »Warum bist du so früh wach?«
Sie hatte gelacht. »Ich geh gleich schwimmen. Weißt du nicht mehr, ich habe doch Urlaub.«
»Stimmt.« Nicoletta hatte an dem gemeinsamen Abend über ihr geplantes Fitnessprogramm gesprochen. Frische

Luft, Sport, irgend so etwas. Unwillkürlich setzte er diese Informationen in einen Zusammenhang mit ihrem Kinderwunsch. Bedeutete das, sie bereitete sich bereits auf eine anstehende Schwangerschaft vor, ohne sein Einverständnis? Immerhin hatte sie an dem gemeinsamen Abend Wein getrunken, und das nicht zu knapp. Alkohol war bestimmt nicht gut für bevorstehende Schwangerschaften. Oder? »Ich muss los ins Präsidium. Der neue Fall hält uns ganz schön in Atem.«

»Wann sehe ich dich denn endlich mal? Soll ich im Präsidium vorbeikommen?«

»Nein«, antwortete er, beinahe hätte er »Bloß nicht!« gerufen. »Ich melde mich, sobald ich Zeit hab.«

Wenig später erreichte er das Präsidium, er war froh um die Aufgaben, die dort auf ihn warteten.

Im Fahrstuhl begegnete er der an einem Brötchen kauenden Elena. Sie grinste so breit, dass er sich eines Kommentars nicht erwehren konnte. »Ist was?«

»Und ob! Der Durchbruch!« Sie klopfte auf ihre Mappe. »Ich habe unser Opfer durchleuchtet.«

»Unser Opfer?« Vor seinen Augen erschien Chris, der schauerlich verfärbte und entstellte Kinderkörper.

»Die Kontodaten. Reimann und ich haben eine Nachtschicht eingelegt.«

Natürlich, Elena sprach von Gernot Schirner.

»Na dann«, sagte er und gab ihr den Vortritt in den Besprechungsraum.

Wenig später wusste er, dass sie Grund zum Triumphieren gehabt hatte. In die morgenmüde Stimmung der Mordkommission platzten die neuen Erkenntnisse jedenfalls wie eine Bombe.

»Erpressung?«, wiederholte Lohse ungläubig und blickte

abwechselnd von Elena zu dem Stapel Auszüge, die sie ihm überreicht hatte.

Von Gernot Schirners Sparkonto waren in den letzten Monaten ungewöhnlich hohe Beträge abgehoben worden. Die erste Auszahlung war datiert auf den 2. November und betrug zehntausend Euro, es folgten Abbuchungen, die teils darüber, teils darunter lagen, bis zur letzten Woche, in der Gernot erneut zehntausend abgehoben hatte.

Elena sah ausgesprochen zufrieden aus. »Und schlagartig sind wir bei der Frage: Womit kann man wohl einen Chemiker, der in der Pharmaindustrie tätig ist, erpressen? Wir sollten uns also umgehend seinen Arbeitsplatz genauer anschauen. Ich werde heute noch nach Ludwigshafen zur Firma Alloxess fahren und mich dort umhören. Diese Pharmariesen haben doch alle Dreck am Stecken, es würde mich nicht wundern, wenn wir da fündig werden!«

»Ich weiß nicht ...« Jan dachte nach. »Wenn wir den Fundort, also Königswinter, mit einbeziehen und eine mögliche Verbindung zu dem verschwundenen Jungen, dann könnte das bedeuten, dass Gernot mit etwas erpresst wurde, das im Zusammenhang mit dem Jungen steht. Oder?«

Reimann legte den Kopf schief. »Nicht unbedingt.«

»Ich höre«, sagte Lohse. Er sah wachsam aus.

»Also«, überlegte Jan. »Gernot hat irgendwie mit dem Tod des Jungen zu tun gehabt oder hat etwas im Zusammenhang damit verschwiegen. Deswegen wurde er erpresst. Und weil er nicht mehr zahlen wollte, wurde er umgebracht.«

»Er hat aber gezahlt«, wandte Reimann ein. »Allein zehntausend letzte Woche!«

»Vielleicht ist das Geld nicht angekommen?«
»Eine Sache bereitet uns Kopfzerbrechen«, sagte Elena und wechselte einen einvernehmlichen Blick mit Reimann. »Erpresser bringen normalerweise nicht den Erpressten um, sondern umgekehrt. Wenn Gernot jemanden erpresst hätte, würde sein Tod Sinn machen, aber so ...«
»Ich frage mich vor allem, womit man einen Mann, der nur noch kurz zu leben hat, erpressen kann. Wovor soll der Angst haben?«
»Davor, dass sein Ruf beschädigt wird. Er will, dass ihn alle in guter Erinnerung behalten.«
»Wer ist alle? Seine Frau vielleicht? Die beiden hatten offenbar ein ziemlich kühles Verhältnis.«
Elena griff nach ihrer Wasserflasche und drehte den Verschluss auf. »Vielleicht geht es um mehr als nur um ihn selbst? Um sein Projekt? Wenn er nicht so dermaßen unbeliebt gewesen wäre, würde ich ja vermuten, er war ein Forscher mit Idealen und hatte etwas entwickelt, das er der Menschheit hinterlassen will. Aber das können wir bei Gernot Schirner vermutlich ausschließen. Seine Firma stellt Medikamente her. Da könnte mir so einiges einfallen! Auf jeden Fall knöpfe ich mir noch einmal seine Kollegen vor. Irgendwo hat dieser Mann Dreck am Stecken. Jeder hat ja Dreck am Stecken, und einer, der erpresst wird, erst recht.« Sie hob die Flasche und trank in langen, durstigen Zügen.
Wie ein Pferd an der Tränke, dachte Jan. Er fragte: »Jeder? Du auch?«
»Was?«
»Du hast gesagt, dass jeder Dreck am Stecken hat.«
»Aber hallo! Du etwa nicht?«

Das wüsstest du wohl gern, dachte Jan. Er sah Elena und Reimann nach, wie sie aus dem Raum stiefelten, sie mit langen Schritten voran, der stämmige Reimann hinterher. Ein komisches Paar sind die beiden, dachte Jan.
Er konnte Elenas Überzeugung, dass eine Erpressung der Schlüssel zu allem war, nicht teilen. Wieder wandte er sich den Tatortfotos zu.
Vor seinem inneren Auge glommen Lichter auf dem weißen, leblosen Körper von Gernot Schirner, während schwarze Wellen an ihm leckten und die Aale und Möwen sich an ihm gütlich taten.
Die leuchtende Leiche war der Schlüssel zu diesem Rätsel, und die Lichter wussten die Antwort. Er würde Hannes Menzenbach zwingen, sie ihm preiszugeben.

*

»Alloxess« prangte in mächtigen Lettern auf der Glaswand im Eingangsbereich des Unternehmens.
»Eine schreckliche Sache«, sagte Jonas Johnson, nachdem er Elena mit großen Gesten empfangen und in sein Büro geleitet hatte. Er schüttelte mitfühlend den Kopf. »Wir können es noch gar nicht fassen!« Johnson war ein großer schlanker Mann mit einer dieser modernen Nerdbrillen, sein Haar hatte er keck zu einer Tolle frisiert.
Typischer Pressesprecher, dachte Elena. Sie sagte: »Wenn ich das richtig mitbekommen habe, war Herr Schirner doch schon seit längerer Zeit nicht mehr bei Ihnen.«
»Er war krankgeschrieben, ja. Wegen seiner Krebserkrankung.« Mit unbehaglicher Miene rückte er seine Brille gerade. Vermutlich überlegte er, ob er auch die Krankheit des Chemikers mit mitfühlenden Worten versehen musste.

»Er wurde in Königswinter ans Ufer geschwemmt, muss also dort oder weiter rheinaufwärts ins Wasser gelangt sein. Ludwigshafen liegt ja auch am Rhein.« Sie musterte ihn.
Jonas Johnson schien diese Bemerkung nicht als Angriff zu verstehen. »Natürlich! Deswegen sind wir hier.«
»Wie bitte?«
»Alle produzierenden Pharmafirmen wählen ihre Standorte an großen Flüssen, weil sie billiges Kühlwasser benötigen.«
»Ach so«, sagte Elena. »Mich interessiert jetzt vor allem, woran Schirner gearbeitet hat. Können Sie mir da weiterhelfen?«
»Natürlich, natürlich!« Jonas Johnson führte Elena zu einer kleinen Sitzecke seines weiträumigen Büros. »Möchten Sie vielleicht etwas trinken? Kaffee? Tee?«
»Danke, ich hab selbst.« Elena zog ihre Wasserflasche aus dem Rucksack und schraubte sie auf. »Schießen Sie einfach los!«
»Gern!« Er nahm ihr gegenüber Platz und schlug die Beine übereinander. »Die wesentlichen Fakten über unser Unternehmen konnten Sie ja der Informationsbroschüre entnehmen.« Er deutete mit einer Geste auf den Stapel Alloxess-Prospekte, mit denen man Elena bereits am Eingang versorgt hatte.
»Nein, Herr Johnson«, Elena schüttelte den Kopf. »Ich bin nicht hier, weil ich mich bei Ihnen bewerben oder einen Artikel schreiben will. Ich möchte wissen, woran Gernot Schirner konkret gearbeitet hat und ob dies im Zusammenhang mit seinem Todesfall stehen könnte. Er hatte Benzodiazepine im Blut. Stellen Sie so etwas her?«
»Natürlich stellt Alloxess Benzodiazepine her, wer tut das nicht?«, sagte Johnson abwehrend. »Jedes Pharma-

unternehmen ist auf diesem Gebiet vertreten. Vermuten Sie etwa, er ist an einem unserer Produkte gestorben?« Seine Augen hinter der Brille blinzelten.
»Das prüfen wir noch«, sagte Elena ausweichend. »Also, was war seine Aufgabe hier?«
»Gernot Schirner war bei uns als medizinischer Chemiker im Bereich *Research and Development* tätig.«
»Das bedeutet, er entwickelte neue Medikamente?«
»Ganz genau, neue Wirkstoffe. APIs sagen wir dazu – *active pharmaceutical ingredients*.«
»Meine Güte, Sie mögen aber Englisch«, sagte Elena, ohne zu lächeln.
Johnson sah etwas irritiert aus. »Das ist branchenspezifisch, entschuldigen Sie bitte! Zuletzt arbeitete er in einer Gruppe, die an einem Produkt zur Akutbehandlung nach Schlaganfall forscht. Ein Mittel, das einen Schlaganfall rückgängig machen oder bis zu zwei Stunden danach noch die Folgen reparieren könnte.«
»Klingt gut«, sagte Elena gedankenverloren.
Johnson nickte. »Ein solches Mittel wird dringend benötigt. Bis jetzt ist dergleichen gar nicht auf dem Markt.«
»Das bedeutet für Sie eine Menge Geld?«
Johnson lächelte höflich. »Das Produkt befindet sich noch in der Entwicklung. Zu diesem Zeitpunkt kann man nicht absehen, ob es je auf den Markt kommt. Die Entwicklung eines neuen Produkts bis zur Marktreife dauert bis zu zehn Jahre, dabei durchläuft es mehrere klinische Phasen und kostet erst einmal eine Menge Geld, deswegen kann aktuell niemand sagen, ob sich der Aufwand lohnen wird oder nicht. Aber wir sind optimistisch, dass wir damit bald vielen Menschen helfen können.«

»Okay«, sagte Elena. »Klingt, als ob das sehr aufwendig und der Erfolg ungewiss wäre. Ich vermute, dass die Forscher folglich unter immensem Druck stehen und in ständiger Konkurrenz zueinander arbeiten?«
Johnson lächelte glatt. »Die Zusammenarbeit innerhalb der Teams funktioniert bei uns ausgezeichnet! Das muss sie auch. Nur so können wir die Ergebnisse erzielen, die wir wollen. Und Druck sind Forscher gewöhnt, damit muss man umgehen können, sonst bekommt man diesen Posten nicht.«
»Jetzt tun Sie doch bitte nicht so, als sei Pharmaforschung ein Ponyhof«, sagte Elena etwas ungeduldig. »Wir haben eine Leiche! Dies hier ist ein Krimi, wenn Sie so wollen, mich interessieren die bösen Geschichten!«
»Was wollen Sie von mir hören?« Johnson hob in einer Unschuldsgeste die Hände.
»Zum Beispiel: Wer hat Schirners Projekt jetzt übernommen?«
»Das ist Dr. Jens Klöpfer. Er hat vorher schon im selben Bereich gearbeitet.«
»Dann«, sagte Elena, »würde ich ihn gern kennenlernen.«

*

Es fiel Marla ohnehin schwer, zur Ruhe zu kommen, die innere Alarmbereitschaft auszuschalten, wegen deren sie seit einigen Tagen auf dem Sprung war wie ein gehetztes Raubtier. Das Dauerklingeln an der Tür aber machte es gänzlich unmöglich.
Und wieder klingelte es.

»Mach auf, Mama«, sagte Lilly unwirsch. Sie kniete vor dem Fernseher und verfolgte mit offenem Mund eine alberne Zeichentrickserie.
»Nein, Maus. Mama braucht heute Ruhe.«
Lilly antwortete nicht, und das war gut so. Anfangs hatte sie unablässig zur Tür gewollt. Zu Fips und Juli und Anton und Hedda. Zu der ganzen bunten Welt, die sich hinter der Tür verbarg. Jetzt hatte sie aufgegeben. Zum Glück war Lilly noch zu klein, um gegen Marlas Entscheidung zu rebellieren. Um zu begreifen, wie ungewöhnlich diese war. Denn normalerweise, wenn es Marla nicht gutging, war es Juli, die Heilung und Ruhe ins Haus brachte.
Marla setzte sich neben Lilly auf den Boden und strich ihr über die Haare.
»Lass das, Mama«, sagte Lilly, ohne den Blick vom flackernden Bildschirm zu wenden.
Marla nahm die Hand wieder weg.
»Ich will Kuchen. Juli hatte Kuchen. Warum haben wir nicht aufgemacht?«
»Heute nicht, Schatz. Heute sind wir mal allein, nur du und ich.«
»Wir können den Kuchen nehmen und die Tür wieder zumachen. Dann sind wir allein *und* haben Kuchen«, stellte Lilly trocken fest. »Den können wir dann allein aufessen, nur du und ich.«
»Stimmt«, sagte Marla. Mehr sagte sie nicht. Ihr fehlte die Kraft.
Es klingelte wieder.
Lilly sah ungerührt auf den Bildschirm, und Marla flehte, dass das Klingeln aufhören würde, aber das tat es nicht. Irrte sie sich, oder klang es anders als sonst? Juli

drückte den Daumen immer lang auf den Knopf. Dieses Klingeln war nicht Juli.

Marla ging in die Küche und spähte durchs Fenster. Der Kommissar. Sie sah ihm an, dass er nicht nachgeben würde, also öffnete sie nach dem sechsten Klingeln die Tür. Es fiel ihr schwer. Die Tür erschien ihr heute wie das Tor einer Festung. Es hatte bisher die Welt und alle Feinde erfolgreich abgewehrt.

»Kommen Sie doch herein«, sagte sie. Und log: »Ich habe Sie gar nicht gehört.«

»Schon okay«, sagte der Kommissar und folgte ihr ins Wohnzimmer. Dort saß Lilly im Schlafanzug vor dem Fernseher und würdigte ihn keines Blickes.

»Lilly, gehst du in dein Zimmer? Hör eine Conni-Kassette oder so.«

Lilly sah auf, und zu Marlas Überraschung gehorchte sie auf Anhieb. Was kriegt sie wohl alles mit?, dachte Marla. Dann sagte sie: »Wie kann ich Ihnen denn weiterhelfen?«

»Eigentlich will ich vor allem Ihren Mann sprechen.«

»Der ist nicht da.« Hannes hatte schon früh das Haus verlassen. Er hatte nicht gesagt, wohin er wollte, und sie hatte auch nicht gefragt.

»Ach so«, sagte der Kommissar. Er setzte sich, ohne dass sie ihn gebeten hatte. Auf das Sofa, auf dem er auch gesessen hatte, als sie ihren Anfall bekommen hatte.

»Ich hole eben Kaffee«, sagte sie und wollte in die Küche ausweichen, aber er schnitt ihr das Wort ab. »Ich brauche keinen Kaffee, ich möchte, dass Sie mir jetzt zuhören.«

»Gut«, sagte sie und setzte sich. Sie zog eine rosa Strickjacke unter dem Sofakissen hervor und begann halbherzig, sie zusammenzufalten.

»Inzwischen hat sich die Lage ein wenig geklärt, und ich wollte Sie über den Stand der Ermittlungen auf dem Laufenden halten. Wir gehen davon aus, dass Gernot Schirner erpresst wurde. Er hat in den vergangenen Monaten mehrmals höhere Beträge abgehoben.«

»Aha«, sagte Marla und strich über den Ärmel der rosa Jacke. Bleib ruhig, dachte sie. Sag nichts. Sie haben keine Ahnung, was sich abgespielt hat, sie stochern im Dunkeln.

Sie atmete langsam und bewusst aus. Sie hatte alles im Griff.

»Da ist die Vorgeschichte Ihres Mannes. Er hat seinen Sohn verloren. Er braucht Geld. Und er war ausgerechnet derjenige, der die Leiche gefunden hat. Das stimmt uns natürlich sehr nachdenklich, und wahrscheinlich wird es der Haftrichter ähnlich sehen.«

Marla Menzenbach saß reglos auf dem Sofa, die Hände auf den Knien. Rieb mit den Handinnenflächen über ihre Jeans. Dachte an Hannes und sein schmales, trauriges Gesicht. An das, was er hatte durchmachen müssen. Dann atmete sie weiter. Beim Einatmen zählte sie bis vier. Beim Ausatmen bis sieben. Eins-zwei-drei-vier. Eins-zwei-drei-vier-fünf...

»Wenn Sie irgendetwas wissen, das uns helfen kann, sagen Sie es uns am besten sofort.«

Eins-zwei-drei-vier...

»Frau Menzenbach?«

Plötzlich und ohne Nachdenken fällte sie ihre Entscheidung. »Das mit den Knicklichtern...« Sie stockte.

Er sagte: »Sprechen Sie weiter.«

Sie versteckte ihre Hände unter den Oberschenkeln, um sie am Zittern zu hindern. Dann redete sie, sie redete ohne Überlegung, die Worte drängten aus ihr heraus. »Sie können sich nicht vorstellen, wie das damals für ihn war, diese Ungewissheit. Die Ungewissheit war das Schlimmste. Er hat gewartet und gehofft. Irgendwann haben wir der Tatsache ins Auge sehen müssen, dass Chris wahrscheinlich nicht zurückkommen würde. Und da ging es erst los.«

»Womit?«

»Mit der Vorstellung, was mit Chris passieren würde. Mein Mann ist tagein, tagaus am Rhein entlanggelaufen, um ihn zu suchen. Ganz allein. Ich konnte ihn nicht begleiten.« Die letzten Worte flüsterte sie. Schweißperlen standen auf ihrer Stirn, ihr Blick war starr ins Leere gerichtet, aber sie sprach weiter. »Der Pegel war gesunken, und in den Weiden hing alles Mögliche, was der Rhein mit sich geführt hatte. Treibholz, Fahrräder, Plastikabfälle. Hannes ging immer weiter rheinabwärts. Stundenlang. Immer, wenn er von weitem etwas zwischen den Zweigen hängen sah, dachte er ...« Ihr versagte die Stimme.

Der Kommissar sprach aus, was ihr nicht über die Lippen wollte. »Er dachte, dass es sein Sohn sein könnte.«

Marla nickte. »Und ich konnte ihm nicht helfen«, sagte sie leise. »Als Chris endlich gefunden wurde, war es eine Erleichterung. Dass Chris nicht mehr im nassen Wasser liegen musste. Hannes bestand darauf, ihn zu sehen, obwohl ...« Wieder kippte ihre Stimme. »Das hat ihm sehr geholfen. Den Körper zu sehen, zu wissen, was mit ihm passiert war. Nur so konnte er begreifen, dass Chris nicht mehr da war.«

»Was hat das mit den Knicklichtern zu tun?«

Sie seufzte.

»Was hat das alles mit den Knicklichtern zu tun?«, wiederholte Jan.

Ein beinahe überraschter Ausdruck huschte über Marla Menzenbachs Gesicht. »Hannes weiß, wie entsetzlich die Unsicherheit ist, wie wichtig Gewissheit für die Hinterbliebenen ist. Er konnte die Leiche nicht alleine lassen und riskieren, dass sie abtreibt.«

»Er hätte sie auf die Buhne ziehen können. Dort wäre sie vor dem Wasser sicher gewesen.«

Marla wurde noch eine Spur blasser. Lag es daran, dass er das Wasser erwähnt hatte? Auf der anderen Seite schien ihr Atem ruhig – nichts wies auf eine nahende Panikattacke hin.

»Das hätten Sie vielleicht gemacht, weil Sie Polizist sind. Jeder andere ist von einer solchen Situation doch völlig überfordert, da reagiert man nicht unbedingt rational.«

Dennoch musste sich Jan über Menzenbachs fehlende Scheu wundern. Wie hatte er sich, noch dazu mit seiner Vorgeschichte, so unbefangen einer Leiche nähern können? Jan selbst reagierte empfindlich auf Leichen, zumindest auf weibliche. Das war etwas, das er sich in seinem Beruf eigentlich nicht leisten konnte. In seinem Privatleben hatten seine irrationalen Reaktionen bereits verheerende Folgen gehabt. Wären die Leichen nicht gewesen, die ihm auf die Potenz geschlagen waren, dann wäre er jetzt mit Nicoletta verheiratet, dann wären all die unglücklichen Zwischenfälle vom letzten Herbst nie geschehen.

»Wenn das seine Sorge war, warum hat er uns das nicht gesagt?«

»Hannes hat damals wochenlang nichts anderes gemacht, als zu sprechen! Mit Polizisten, mit Zeugen, mit der Presse. Es hat alles nichts gebracht. Noch eine Befra-

gung, noch ein Interview, immer dasselbe durchkauen, immer wieder aufs Neue.« Die Worte kamen jetzt schnell, stoßweise aus ihrem Mund, als dränge es Marla, sie loszuwerden. »Irgendwann hat man keine Worte mehr, verstehen Sie? Inzwischen redet er nicht einmal mehr mit mir. Er sagt praktisch gar nichts mehr. Wenn alle Angst und alle Trauer so grell ausgeleuchtet und kommentiert und im Lokalfernsehen gesendet wird, dann muss man wahrscheinlich irgendwann verstummen.«
Jan dachte an Menzenbachs bleiches, angespanntes Gesicht vor den Fernsehkameras, und er wusste, was sie meinte.
»Wer spricht mit niemandem mehr?«, ertönte eine Stimme von der Wohnzimmertür, und Marla fuhr zusammen. Hannes Menzenbach kam offenbar von draußen, seine Gummistiefel waren dreckig, und über der Schulter trug er eine gewaltige Heckenschere. Er nickte Jan kurz zu, dann ging er zu seiner Frau, legte ihr die Hände auf die Schultern und neigte sein Gesicht an ihr Haar. »Gibt es etwas Neues über den Toten?«
»Leider nein. Ich habe noch einige Fragen an Sie.«
Menzenbach nickte, dann trat er zurück in den Flur. Als er wieder ins Wohnzimmer kam, hatte er die Gummistiefel ausgezogen. »Alles okay?«, fragte er seine Frau. »Du siehst blass aus.«
Sie zuckte die Achseln, zögerte, schüttelte dann den Kopf.
Wahrscheinlich ist sie froh, wenn ihr Mann vergisst, was er eben gehört hat, dachte Jan.
»Mir ist tatsächlich nicht ganz wohl«, sagte Marla und versuchte ein entschuldigendes Lächeln, das gründlich misslang. »Wenn Sie nichts mehr von mir wissen wol-

len, würde ich ins Arbeitszimmer gehen. Ich habe noch zu tun.«

»Leg dich besser hin«, empfahl Menzenbach, aber er sah sie dabei nicht an. Sein Blick war fest auf Jan geheftet. Sobald seine Frau den Raum verlassen hatte, beugte er sich vor. »Und?«

»Ich habe eben noch einmal mit Ihrer Frau wegen der Knicklichter gesprochen«, sagte Jan.

»So«, sagte Menzenbach. Dann sagte er gar nichts mehr.

»Sie sagte mir, dass Sie verhindern wollten, dass die Leiche abtreibt und im Rhein verschwindet, so wie damals Ihr Sohn.«

»Das habe ich Ihnen bereits vor Tagen gesagt.«

»Damals war uns der Zusammenhang zum Verschwinden Ihres Sohnes nicht klar. Dass Sie, wie soll ich es nennen – dass Sie eine traumatische Verbindung zu Toten haben.«

Menzenbach beugte sich vor, als krümme er sich bei dem Gedanken an das, was er gefunden hatte. »Die Möwen waren schon an ihm dran. Ich konnte ihn doch nicht den Möwen überlassen!«

»Deswegen haben Sie auch so lange neben dem Toten gewartet?«

Menzenbach nickte. Er sah erschöpft aus, sein schmales Gesicht war unrasiert. »Ich wusste, dass ich losrennen und ein Telefon suchen musste, aber ich konnte einfach nicht. Ich konnte diesen Mann nicht allein lassen, dabei wusste ich noch nicht einmal, wer es war. Ich dachte ... Ich weiß nicht, was ich dachte. Ich habe lange Zeit dort gestanden und gerufen, aber niemand kam vorbei. Kein Wunder, es war ja noch so früh. Irgendwann kam ich dann auf die Idee mit den Lichtern.«

»Damit die Möwen nicht an den Körper gehen?«
Menzenbach schüttelte den Kopf, und als er dann sprach, war es mehr ein Flüstern. »Damit der Mann nicht im Rhein verlorengeht, so wie mein Sohn.«
Jetzt schwiegen beide, es war ein respektvolles Schweigen, wie eine Gedenkminute.
Jan spürte, dass er dem Mann glaubte. Auf seine eigene Weise hatte Menzenbach die Würde des Toten zu schützen versucht.
Die Möwe fiel ihm ein, ein respektloses Wesen, das triumphierend und mit heiseren Schreien über dem Fundort gekreist war und sich an der Leiche zu laben versucht hatte.
Jan stand auf. Es fiel ihm schwer, das Thema zu wechseln. »Danke, dass Sie es mir gesagt haben. Allerdings bin ich nicht deswegen gekommen. Wir gehen einem Hinweis nach.«
Menzenbach sah auf. »Und zwar?«
»Sie hatten uns gesagt, dass Sie Gernot praktisch nicht kannten und keinerlei Kontakt zu ihm hatten.«
»Ja, das habe ich gesagt«, erwiderte Menzenbach vieldeutig.
»Laut Kalender des Toten hatte er am Tag nach Auffinden der Leiche einen Termin mit Ihnen. Um elf Uhr im Rheinpavillon. Können Sie mir dazu etwas sagen?«
Menzenbach senkte den Kopf noch ein wenig tiefer. Es war die Haltung eines Mannes, den auch die letzte Hoffnung verlassen hatte. »Er rief mich vor einigen Tagen an, weil er mir etwas sagen wollte. Deswegen machten wir ein Treffen aus.«
»Worum ging es?«, fragte Jan, aber er ahnte die Antwort, noch ehe Menzenbach sie aussprach.

»Er hat mir die Wahrheit über Chris versprochen. Gernot Schirner wusste, was meinem Sohn passiert ist. Und jetzt ist er tot, und niemand kann mir sagen, was damals wirklich war.«

*

Dr. Jens Klöpfer bemühte sich nicht, seine Ungeduld zu verbergen. Anders als in Elenas Vorstellung trug er keinen weißen Kittel, und er hielt auch keine Pipette in der Hand. Er saß hinter seinem Bildschirm und schien geradezu ärgerlich über die Störung. »Was gibt es denn!«, rief er, ohne sie hereinzubitten.
»Ich bin wegen Gernot Schirner hier. Wir ermitteln wegen der Todesumstände.«
Dr. Klöpfer nickte knapp. »Und?« Er war ein unrasierter Mann mit flackernden Augen und schlechter Haltung. Vor ihm standen drei leere Kaffeetassen.
Warum drei?, dachte Elena. »Sie haben zusammengearbeitet, habe ich eben erfahren.«
Dr. Klöpfer schüttelte den Kopf, sein Stirnrunzeln vertiefte sich. »Haben wir nicht! Wir haben jeder für sich an Entwicklungskandidaten für dieselbe Indikation geforscht. Das war es auch schon.«
»Im selben Team.«
»Unser Team ist groß.« Er wandte sich scheinbar wieder seinem Bildschirm zu, aber Elena spürte, dass er sie beobachtete.
»Sie mochten ihn nicht«, stellte sie fest.
»Nein, wer tat das schon?« Klöpfer vollführte auf seinem Bürostuhl eine halbe Drehung in Richtung Elena, verschränkte die Arme und sah sie offen an. »Schirner war

ein Arschloch. Ich vermute, das haben Sie in den letzten Tagen schon einige Male gehört.«

»Eigentlich nicht, aber das klingt interessant«, sagte Elena. »Klären Sie mich doch mal auf!«

Klöpfer seufzte. »Gernot Schirner war der rücksichtsloseste Kerl, der mir je begegnet ist, und das will in unserer Branche wirklich etwas heißen! Er hatte nur sich selbst und seinen Erfolg im Kopf. Wäre er nicht so gut in seinem Job gewesen, hätte man ihn schon längst geschmissen.«

»Er war also gut?«

Klöpfer zuckte die Achseln. »Aus Unternehmenssicht ja.«

»Das müssen Sie mir erklären.«

»Schirner ging es um Erfolg, nicht um die Sache. Darauf hat er seine Forschung ausgerichtet. Was nicht passte, wurde passend gemacht.«

»Sie meinen, er fälschte Ergebnisse?« Elenas Herz begann zu hämmern.

»Ja, das meine ich.«

»Ich spekuliere jetzt mal«, sagte Elena und kniff die Augen zusammen. »Bei den Tests tauchten plötzlich unerwartete Nebenwirkungen auf, und der gute Herr Schirner hat sie unter den Teppich gekehrt, um den Erfolg seiner Arbeit nicht zu gefährden.«

Klöpfer lachte auf, es war ein echtes Lachen. »Ihre Vorstellung von Pharmaunternehmen haben Sie wohl aus dem Fernsehen! Das Produkt war noch lange nicht so weit, dass es an Menschen getestet werden konnte. Schauen Sie, die Sache läuft so.« Er beugte sich vor. Elena sah, dass er schöne Hände hatte. »Wir haben beide an Entwicklungskandidaten für die Schlaganfallbekämp-

fung geforscht, All-145 heißt der aktuelle Hoffnungsträger. Dafür müssen wir im Labor Hunderte sogenannter Lead-Strukturen synthetisieren.«
»Ich verstehe Bahnhof«, sagte Elena.
Klöpfer seufzte. »Einfach ausgedrückt, wir haben Hunderte kleine Fläschchen mit weißen Pülverchen, ohne zu wissen, welches davon wirksam sein könnte. Wir können uns da nur an Analogmolekülen oder Computermodellierungen orientieren. Verstehen Sie, was das heißt?«
»Ihre Forschung ist ein einziges Fischen im Trüben«, stellte Elena fest.
»So kann man es auch nennen, ja. Die Pülverchen gehen dann in die biologische Testung, Screening genannt. Dabei wird ein bestimmter Wert gemessen, der die Wirksamkeit bestimmt. IC_{50}.«
»IC_{50}«, wiederholte Elena.
»So heißt der Wert, ja. Gernot Schirner wusste natürlich, dass ich für dieselbe Indikation forsche wie er, wir sind ja in einer Gruppe. Und was macht er? Er spioniert mich aus. Er muss irgendwie mitbekommen haben, dass eine meiner Substanzen einen super IC_{50}-Wert hatte, und er hat die Daten gefälscht, so dass sie unwirksam aussahen. Nach meiner Einschätzung hat er auch sein eigenes Screening gefälscht, so dass er plötzlich den tollen Wert hatte, obwohl er gar nicht den richtigen Kandidaten hatte.«
»Und was soll das bringen?«, fragte Elena verständnislos. »Davon hatte er doch nichts, es musste doch auffallen, wenn seine Ergebnisse in der Folge nicht stimmen!«
Klöpfer runzelte die Stirn. »Das ist es, was ich eben meinte – so einfach ist es nicht! Schirner hat auf Basis der gefälschten Screenings erreicht, dass die Idioten von

da oben einen riesigen Batzen in seine Forschung gesteckt haben und die Konkurrenz, also ich, abgezogen wurde.«

»Er hat Zeit und Geld gewonnen und konnte in Ruhe weiterforschen?«

Der Chemiker nickte. »Und ich war ausgebootet.«

»Dann hatten Sie ja wirklich einen Grund, ihn zu hassen.«

»Und wie! Ich hätte ihm liebend gern den Hals umgedreht! Aber ich habe es nicht getan, und dann bekam er Krebs. Das hat er jetzt davon.«

»Ermordet wurde er auch noch«, sagte Elena und betrachtete Klöpfer neugierig. »Sie haben Schirner so richtig gefressen, oder?«

»Ja, das habe ich. Und ich kann Ihnen das so offen sagen, weil ich nichts zu befürchten habe. Durch seine Erkrankung habe ich nämlich längst alles zurückbekommen, was er mir vorher weggenommen hat, der Mord war also aus meiner Sicht völlig überflüssig. Seit zwei Monaten ist sein Schreibtisch geräumt.«

»Ach ja, der Schreibtisch«, sagte Elena. Der Abschiedsbrief fiel ihr ein. »Hier ist nichts mehr? Kein Tisch, keine Schublade?«

»Nein.«

»Schade«, murmelte Elena. »Wie sind Sie eigentlich draufgekommen, dass er die Ergebnisse gefälscht hat?«

»Ich habe im Laborrechner zufällig eine Kopie mit den Originaldaten unseres Screenings entdeckt.«

»Zufällig?«, fragte Elena.

Klöpfer lächelte schief und zuckte die Achseln. »Ich war natürlich misstrauisch, da habe ich das nachgeprüft.«

»Nettes Betriebsklima haben Sie hier«, stellte Elena fest.

»Wie darf ich mir das vorstellen – misstraut bei Ihnen jeder jedem?«

»Jeder, der ein bisschen was zu sagen hat. Klar. Bei Schirner natürlich erst recht, wie gesagt, er hatte bereits seinen Ruf. Eigentlich seltsam, dass er die Kopie nicht vernichtet hat. Wahrscheinlich hat die Laborantin nicht so gut aufgepasst. Vielleicht war ihr auch gar nicht bewusst, was sie getan hat, eigentlich kann ich mir die Sache nur so erklären. Er muss sie irgendwie überzeugt haben, ihm die Daten zu geben, auf unsere Ergebnisse hatte er nämlich offiziell keinen Zugriff.«

»Und sind Sie damit nicht petzen gegangen?«

»Petzen? Klar!« Klöpfer lachte auf. »Das Team hat schon so viel Geld in die Entwicklung gesteckt, die wollten das unter der Decke halten. Interne Schwierigkeiten, hat der Teamleiter gesagt, interessieren niemanden, solange der Entwicklungskandidat vielversprechend ist. Er hatte wahrscheinlich Schiss, dass er vom Management gehängt wird. Bei denen hat nämlich niemand Interesse an Details. Die wollen nur Ergebnisse, und wenn All-145 ein Blockbuster wird, steigen die Aktien, und alle sind glücklich.«

»Blockbuster?«, fragte Elena irritiert.

»So sagen wir das, wenn ein Produkt einen Jahresumsatz von über einer Milliarde Dollar erzielt. Von diesen Erfolgen hängt der ganze verdammte Laden ab. Wenn Sie mich fragen, All-145 wird ganz sicher ein Blockbuster.« Seine Stimme klang bei seinen letzten Worten beinahe zärtlich, als er All-145 sagte.

»Wollen wir es hoffen«, sagte Elena zweifelnd.

»Wenn Sie noch Fragen haben, können Sie mich ja anrufen«, sagte Klöpfer etwas ungeduldig und schob ihr eine

Visitenkarte zu. »Ich habe jetzt wirklich zu tun.« Sein Blick hing bereits am Bildschirm. Wahrscheinlich war er in Gedanken längst wieder bei All-145.
Ein verrückter Wissenschaftler, dachte Elena. Und um ihn herum ein Haifischbecken. Alle gegen alle.
Als Elena das Alloxess-Gebäude verließ, dachte sie darüber nach, dass das Klima im Polizeipräsidium im Vergleich geradezu warm und freundlich war.

*

»Es ist mal wieder so weit!«, sagte die freundliche blonde Bedienung und wies vielsagend auf die bunten Papiergirlanden und fröhlichen Clowns, die über Nacht das Café Dix erobert hatten und zusammen mit den puderzuckerbestäubten Muzen und Berlinern auf den nahenden Karneval aufmerksam machten.
»Was will man machen«, entgegnete Edith zerstreut und trank hastig ihren Tee. Heute war ihr nicht nach Gesprächen zumute.
Sie hatte keine Zeit. Eine ganze Stunde hatte sie im winterlich kalten Park Wache gestanden in der Hoffnung, etwas Interessantes zu entdecken, aber nichts hatte sich gerührt in den beiden Häusern, die sie so interessierten. Stattdessen war ihr die Kälte in die Glieder gekrochen, so dass sie sich dringend hatte aufwärmen müssen. Der Tee hatte gutgetan. Aber was, wenn sie in der Zwischenzeit etwas verpasst hatte?
Deswegen missfiel ihr auch, was sie durch das Fenster sah: Herta, die ihren Rollwagen über die Hauptstraße zog und dabei neugierig den Kopf in alle Richtungen reckte. Edith duckte sich hinter der Gardine, aber zu spät, die

andere hatte sie bereits entdeckt. Die Ladenglocke bimmelte.

»Es ist mal wieder so weit!«, rief Herta fröhlich, zeigte auf die Karnevalsdekoration und setzte sich ungefragt zu Edith an den Tisch. »Gut, dass ich dich treffe, du hast mich ja noch gar nicht zu deinem Geburtstag eingeladen! Morgen, oder?«

Widerstrebend nickte Edith.

»Du hast doch tatsächlich vergessen, mich einzuladen! Du wirst vergesslich, Edith! Wann soll ich denn kommen?«

»Ich feiere nicht«, sagte Edith würdevoll. »Ich werde den Tag wohl mit meinem Enkel verbringen.«

»Langsam wirst du ein wenig wunderlich, Edith. Dabei gibt es so viel zu erzählen!« Erregt beugte Herta sich vor. »Diese hysterische Mutter, die keine Kamelle mochte, soll ja was mit der Rheinleiche gehabt haben. Also, als er noch lebte natürlich. Gut, dass jetzt Karneval ist! Da können sich ihre armen Kinder nach Herzenslust satt essen! Aber Edith? Willst du etwa schon gehen?«

»Es tut mir leid«, sagte Edith. Sie legte das Geld auf den Tisch und griff nach ihrer Handtasche. »Aber ich habe heute schrecklich viel zu tun.«

»Zu tun? Wie das denn, wenn du deinen Geburtstag nicht feierst!«

Aber Edith achtete nicht auf die Worte ihrer Freundin. Sie war längst aus der Tür.

*

Sie hörte, wie die beiden Männer miteinander sprachen, ein dumpfes Gemurmel drang hinauf in ihr Arbeitszimmer. Dann hörte sie die Tür ins Schloss fallen, das musste der Kommissar sein, der endlich gegangen war, und Hannes, der hinaufrief. »Marla? Ich geh noch mal raus, ja?«

»Ja!« Ihre Stimme war dünn. Das Gespräch mit dem Kommissar hatte sie viel Kraft gekostet. Erst als sie gemerkt hatte, dass sich die Fragen überwiegend um Hannes drehten, hatte sie gewusst, dass sie das Gespräch durchstehen würde.

Er hatte nicht sie gemeint. Ihm ging es um Chris. Um den Tag, an dem er verschwunden war.

Sie erinnerte sich gut an jenen Tag.

An die Kälte, den Wind, der an ihrem Morgenmantel riss. Wie sie versucht hatte, den Kragen hochzuschlagen, mit einer Hand, weil sie im anderen Arm das Baby hielt. Sie war reingegangen, hatte Lilly hastig auf dem Sofa abgelegt, obwohl es hieß, man dürfe das nicht, weil sich die Kinder blitzschnell herunterrollten. Schon da war ihr das als nicht so gefährlich erschienen wie das Ausbleiben von Chris' Antwort.

Die ungläubigen Schritte in den Park. »Chris?«

Die kahlen Äste der Bäume vor dem frostig blauen Himmel. Das Tosen des Rheins, kaum hörbar, aber für sie doch so deutlich, eiskaltes Wasser, das unaufhaltsam flussabwärts drängte.

»Chris?«

Das Begreifen, das bereits nach ihr krallte, obwohl alles noch offen, obwohl tausend glückliche Ausgänge möglich schienen.

»Chris!«

Die Schuld.

Das Gesicht von Hannes.

Und die Suche, die lange, lange Suche.

Das alles war nicht vorbei. Es holte sie immer wieder ein. War es ein Wunder, dass ein Mensch zusammenbrach, wenn er so vielen Fragen ausweichen, so viele unsichtbare Angriffe parieren musste? Und dazu die Angst vor dem Wasser?

Der Gedanke an das Wasser reichte aus, um eine Welle der Panik in ihr hochschwappen zu lassen.

Was hatte Juli damals, nach der Sache mit Chris, zu ihr gesagt?

Du brauchst Normalität. Einen geregelten Tagesablauf, feste Strukturen. Das hilft nicht nur gegen Ängste. Es hilft auch gegen dieses Gedankenkarussell.

Juli hatte gut reden. Wenn Juli Sorgen hatte, hinderte sie das nicht daran, Kohl und Rüben zu schnippeln, tröstende Suppe zu kochen oder Kuchen zu backen, den Küchenboden zu fegen, Kerzen anzuzünden und Tee zu trinken. Dann sah es zumindest äußerlich so aus, als sei alles in Ordnung, und diese äußere Ordnung wirkte dann wiederum auf Juli zurück. Zumindest kam es Marla so vor.

Wenn Marla Sorgen hatte, konnte sie gar nichts tun. Sie wurde stumm und kalt und starrte an die Wand, bis das Grübeln sich von selbst abstellte und einem reptilienhaften Starrezustand wich.

Ich muss es schaffen, dachte Marla. Ein normales Leben. Für Lilly.

Aber wie sollte sie es schaffen, mit dem Rhein vor der Haustür, der ihr wie ein nasser, riesenhafter Lindwurm auflauerte und sie immer wieder in Panik versetzte?

Oft war ihr, als könne sie ihn spüren. Das war nicht einmal unlogisch: Eine so große Masse kaltes Wasser, die in eine Richtung strömte – warum sollte man das nicht spüren können, ähnlich wie Kamele in der Wüste Wasser rochen, auch wenn es meilenweit entfernt war?

Marla atmete tief aus, und mit ihrem Atem wich auch die Angst ein klein wenig.

Der Rhein würde bleiben. Er war dort seit Abertausenden von Jahren. Sie konnte ihn nicht bezwingen. Sie konnte nur verhindern, dass er sie bezwang.

Sie griff nach dem Glas Wasser und trank es leer. Sie atmete tief ein. Dann atmete sie aus.

Das Ausatmen war das Wichtigste. Sie musste sich auf das Ausatmen konzentrieren. Sie brauchte Juli nicht. Dafür nicht.

Aber Juli brauchte sie. Und sie musste jetzt eine gute Freundin sein und für Juli da sein, statt sich zu verkriechen. Außerdem musste sie Lilly eine bessere Mutter sein.

Die Tür zum Kinderzimmer war fest geschlossen, beinahe so, als habe Lilly die Erwachsenenwelt mit ihren Gefahren und Problemen und Polizisten ausgesperrt. Marla öffnete sie einen Spalt.

Lilly saß an ihrem Tisch und malte die Bäume in ihrem Malbuch rosa und lila. Aus dem Kassettenrekorder drangen die Stimmen von Conni und ihrer Mutter. Beruhigende Welt. Kinderwelt.

»Ist alles okay, Maus?«, fragte sie.

»Ja«, sagte Lilly. Und wieder wunderte sich Marla, warum ausgerechnet sie so ein ruhiges, ausgeglichenes Kind hatte. Juli würde jetzt sagen, Lilly war ausgeglichen, weil sie es sein musste. Weil sie spürte, dass sonst alles zusammenbrechen würde. Juli würde sagen, dass es besser wäre, wenn Lilly mehr protestieren, ihre Wünsche deutlicher artikulieren würde.

Ach, Juli!
»Ich wollte einen Kuchen backen«, sagte Marla.
»Warum?«
Die Antwort ihrer Tochter verschlug Marla für einen Moment die Sprache. »Du wolltest doch Kuchen essen, Maus! Und dann können wir Juli welchen rüberbringen.«
»Aber Juli hat doch selber Kuchen.«
Marla spürte, wie sich Zorn in ihr regte. Sie würde diesen Kuchen backen! Sie hatte es sich vorgenommen.
Sie würde einkaufen gehen wie eine normale Mutter. Kuchen. Sie würde Kuchen backen. Eine Backmischung nur, aber immerhin. Und dann würde es im ganzen Haus nach Kuchen riechen, und Lilly würde beim Verzieren helfen, eine richtige Mutter und ihre richtige Tochter, die einen richtigen Kuchen buken.
Und einen Teller davon zu den Nachbarn brachten, weil diese Nachbarn Kuchen gut gebrauchen konnten nach allem, was sie durchgemacht hatten.
»Ich muss einkaufen gehen. Bleib du schön hier, ich bin bald zurück.«
»Ich will mit!« Jetzt sah Lilly auf, zum ersten Mal, seit Marla das Zimmer betreten hatte.
»Nein, das geht nicht. Guck was Schönes im Fernsehen. Soll ich dir eine DVD anmachen?«
»Okay.«
Lilly nahm ohne weitere Proteste ihren Platz vor dem Fernseher ein. Das war gut. Denn wenn Marla tatsächlich einkaufen wollte, musste sie wissen, dass Lilly in Sicherheit war, und nirgendwo war ein Kind so sicher wie vor dem Fernseher. Sie wusste, Lilly würde sich keinen Zentimeter rühren, wie hypnotisiert würde sie vor dem Bild-

schirm hocken. Das war viel besser als draußen, wo so viel passieren konnte. Wo sie plötzlich verschwinden oder weglaufen konnte. Wo die Mutter plötzlich umfallen und Lilly schutzlos zurücklassen konnte, in der Nähe von Straßen, Gartenteichen, dem Rhein. Hier im Haus dagegen konnte Lilly nichts passieren.
Marla öffnete die Haustür und ging los.

*

Hannes Menzenbachs blasses, erschöpftes Gesicht ging Jan nicht aus dem Kopf, auch als er längst auf der Autobahn war und Richtung Köln fuhr. Er hatte die Verzweiflung hinter den knappen Worten sehr genau verstanden. Menzenbach war kurz davor gewesen, die Wahrheit über den Tod seines Sohnes herauszufinden, und dann war der Mann, der sie ihm mitteilen wollte, ermordet worden. Hatte jemand verhindern wollen, dass diese Wahrheit offenbar wurde? Die Vermutung lag nahe.
Jan wusste jetzt, dass er recht gehabt hatte. Der vermeintliche Unfall von Chris war der Schlüssel zum Mord an Gernot Schirner.
Den Vater des Jungen konnte er als Täter ausschließen. Wenn überhaupt, dann war Hannes Menzenbachs Verhalten gesteuert von abgrundtiefer Trauer. Jemand, der einen anderen kalkuliert erpresste und anschließend ermordete, würde im Leben nicht so eine surreale, geradezu traumatisch inspirierte Aktion wie die Leichenerleuchtung begehen. Wie passte das zu der Vermutung, dass Gernot erpresst worden war?
Gar nicht. Menzenbach als Erpresser, der lieber Geld nahm, als den Mord an seinem Sohn aufzuklären? Die

mutmaßliche Erpressung passte einfach nicht ins Bild. Eine Fehleinschätzung der Kollegen. Es musste eine andere Erklärung für die Abbuchungen geben.
Aus diesem Grund fuhr er nach Köln – er wollte die Frau sprechen, die bisher niemand mit dem Mord in Verbindung gebracht hatte: Katja Hartmann, Chris' leibliche Mutter. Eine Frau, die erst ihren Mann an eine andere verloren, dann das Sorgerecht abgegeben hatte und schließlich erfahren musste, dass ihr Sohn aus der Obhut seines Vaters verschwunden und ertrunken war.
»Wollen Sie zu mir?«
Die Frau, die Jan die Tür öffnete, sah ganz anders aus, als er erwartet hatte. Eine kühle, dezent geschminkte Frau, deren lange Beine in grauen Hosen steckten. Sie trug einen jener Hosenanzüge, die auf verwirrende Weise männlich erschienen und die Weiblichkeit der darin steckenden Frau umso mehr betonten.
»Jan Seidel, Kriminalpolizei.« Er schenkte ihr ein knappes Nicken und trat ein, etwas eingeschüchtert durch die Kurven, die sich unter ihrem Hosenanzug verbargen.
»Das klingt ja spannend«, sagte sie und musterte ihn nachdenklich. »Haben Sie noch einen Moment? Ich will eben ein Telefonat beenden.«
»Natürlich.«
Er setzte sich an den großen hellen Küchentisch und sah sich um. Diese Küche sah nicht so aus, als ob in ihr viel gekocht wurde. Chromglänzende Armaturen, Arbeitsflächen, die nahezu unberührt schienen. Alles verströmte kühle Sachlichkeit, ganz wie die Frau.
»So, jetzt habe ich Zeit für Sie.« Sie nahm ihm gegenüber Platz und schaute ihm direkt in die Augen. Offenbar kam ihr nicht der Gedanke, ihm erst einmal Tee anzubieten.

Dafür konnte er jetzt erkennen, dass sie älter war, als ihre Silhouette vermuten ließ, vielleicht fünfundvierzig. In die Haut um ihre Augen gruben sich viele kleine Fältchen, und auch ihr Hals war nicht der einer jungen Frau. Seltsamerweise entspannte ihn das.
»Wir ermitteln wegen eines Todesfalls am Rhein. Gernot Schirner. Ich schätze, der Name sagt Ihnen etwas.«
»Da muss ich passen.«
Etwas ungeduldig fuhr sie sich mit den Händen durch das aschblonde Haar. Jan registrierte, dass sie kurze, gepflegte Fingernägel trug. Offenbar hielt sie es nicht für nötig, ihre zweifellos überzeugende Weiblichkeit mit zusätzlichen fraulichen Attributen zu unterstreichen. Es war eine Art Understatement, das ihm gefiel.
»Vor drei Tagen fand Ihr Ex-Mann die Leiche von Gernot Schirner in Königswinter am Rhein. Wegen einiger Übereinstimmungen haben wir jetzt auch den Tod Ihres Sohnes in die Ermittlung mit einbezogen. Deswegen bin ich hier. Ich möchte Ihnen einige Fragen dazu stellen.«
»Ach«, sagte die Frau und nahm ruckartig ihre Hände aus den Haaren. »Ich verstehe.«
Sie stand unvermittelt auf, öffnete die Tür zum Flur. »Schatz!«, rief sie. »Kommst du mal bitte? Hier ist jemand, der dich sprechen will.«
»Ich würde gern allein mit Ihnen sprechen, Frau Hartmann«, sagte Jan. Er war irritiert.
»Ich bin nicht die, für die Sie mich halten«, sagte sie und lächelte ihm höflich zu. Im gleichen Augenblick drängte jemand an ihr vorbei in die Küche und machte Jans Verwirrung komplett.
Der neue Mann von Frau Hartmann war eine Frau. Beziehungsweise die Frau, die Jan irrtümlicherweise für die

Mutter von Chris gehalten hatte, war die neue Frau der wirklichen Mutter.
Es dauerte ein wenig, bis Jan sich neu sortiert hatte. »Ich geh dann mal«, sagte die Frau im Hosenanzug, von der er nun, da sie nicht Katja Hartmann war, den Namen nicht wusste. Inzwischen nahm Katja Hartmann ihm gegenüber Platz. Sie war ein dunkler, mütterlicher Typ im erdfarbenen Wollkleid und sah ihn ruhig und gefasst an. Um ihren Hals baumelte ein riesiger blassblauer Halbedelstein. Irgendwie wirkte sie deplatziert in dieser modernen Küche. Oder lag es daran, dass Jan sie sich nicht als Lebensgefährtin der anderen vorstellen konnte?
»Sie wirken überrascht«, stellte sie fest.
»Ein wenig«, log Jan. »Sie wissen, warum ich hier bin?«
»Ich denke schon. Ich habe in der Zeitung von dem Todesfall in Königswinter gelesen.«
»Ihr Ex-Mann hat die Leiche gefunden.«
»Das ging aus den Artikeln hervor, ja. Aber was wollen Sie von mir?«
»Ich bin wegen Chris hier.«
Er sah, wie seine Worte Katja Hartmann trafen. Ein, zwei Sekunden schloss sie die Augen, dann hatte sie sich wieder gefasst. Ihre Hand spielte mit dem Halbedelstein.
»Mein Sohn ist tot. Ich glaube nicht, dass unser Gespräch daran etwas ändern kann.«
»Wir wollen keinen wichtigen Hinweis übersehen. Es gibt einige Parallelen zwischen dem Verschwinden Ihres Sohnes und dem aktuellen Fall, deswegen gehen wir routinemäßig die Akten noch einmal durch.« Er sagte Verschwinden, aber das war ein Euphemismus, und am kurzen Zucken ihres Mundwinkels sah er, dass sie den

Sachverhalt ebenso deutete. Es ging nicht um Verschwinden. Es ging um Tod. Den Tod ihres Sohnes, der wochenlang im Wasser gelegen hatte, ehe der Rhein ihn endlich freigab. Zumindest das, was Möwen, Fische und Verwesung von ihm übrig gelassen hatten.

»Ich verstehe Sie nicht ganz«, sagte Katja Hartmann. Ihre Stimme klang ruhig, ihm fiel auf, dass sie leicht lispelte. Aus irgendeinem Grund irritierte ihn das.

Jan räusperte sich. »Es ist keinesfalls klar, ob es sich beim Tod von Gernot Schirner um Selbstmord oder Mord handelt. Und dann hat ausgerechnet Ihr Mann die Leiche gefunden.«

»Mein Ex-Mann«, sagte Hartmann. Der Blick aus ihren dunklen Augen war unergründlich. »Was kann ich Ihnen denn jetzt sagen, was Sie nicht schon wissen?«

»Das weiß ich nicht. Haben Sie eine Ahnung, ob der Tod Ihres Sohnes und der Tod von Schirner in irgendeinem Zusammenhang stehen könnten?«

»Nein.« Sie verschränkte die Arme vor der Brust.

»Kannten Sie Gernot Schirner denn?«

»Nein, nicht, dass ich wüsste.« Wieder griff sie nach dem Stein.

»Oder sonst jemanden aus der Familie Schirner?«

»Nein«, wiederholte sie. Es klang automatisch.

»Das kommt mir unwahrscheinlich vor. Immerhin wohnt die Familie gleich neben Ihrem Mann. Sie müssen doch mal jemandem begegnet sein.«

Sie hob den Kopf und sah ihm offen ins Gesicht, aber er registrierte genau, dass ihre verschränkten Arme eine Barriere zwischen ihnen markierten. »Ich habe meinen Sohn sehr selten zu Gesicht bekommen.«

»Wie kam das?«

»Ich hatte auf das Sorgerecht verzichtet. Das war eine Entscheidung, die mir nicht leichtgefallen ist. Jedes Wiedersehen mit meinem Sohn war sehr schmerzhaft für uns beide. Wir waren weit entfernt von der glücklichen Zwei-Wochen-Regelung, die wir damals im Gerichtssaal vereinbart hatten. Ich hatte mir das so leicht vorgestellt – Chris bleibt bei seinem Vater, damit er von meiner schwierigen Situation«, ein leichtes Zögern, das Jan Zeit ließ, an die andere Frau zu denken, die Frau, deren Formenreichtum unter dem Hosenanzug ihm jetzt geradezu unanständig erschien, »möglichst wenig mitbekommt.«
Jan zwang sich zur Sachlichkeit. »So war es nicht?«
»Nein. Ich dachte, alle zwei Wochen besucht er mich, und wir sind einfach nur Mutter und Sohn.«
»Alle zwei Wochen«, wiederholte Jan.
»Ja.«
Gegen seinen Willen fühlte Jan sich an seine eigene Kindheit erinnert. Saß ihm hier eine Mutter gegenüber, für die das Muttersein nur eine Rolle war, die sie sich ab und an überstreifte wie einen Pullover? So wie seine Mutter Henny, die rastlos herumgezogen war auf der Suche nach einer Arbeit, die ihr die Erfüllung gab, die ihre Kinder ihr nicht hatten geben können. Er fragte: »Und warum funktionierte das nicht?«
»Ich hatte den Eindruck, dass Chris mich nicht sehen wollte.« Sie sprach deutlich und klar, aber ein Schatten verdunkelte ihr Gesicht und verriet ihre Traurigkeit. »Ich hatte damals genug mit mir selbst zu tun. Irgendwie passte das nicht zusammen.«
Sie presste für einen Moment die Lippen zusammen, wie um die Kontrolle über sich nicht zu verlieren. »Ich habe alles so gemacht, wie Hannes es gewollt hat. Nicht weil

ich meinen Sohn nicht vermisst habe, sondern weil ich so ein schlechtes Gewissen hatte. Immerhin habe ich die beiden im Stich gelassen. Hannes hat damals wenig getan, um es mir leichter zu machen, er hat …« Sie verstummte. »Aus seiner Sicht ist es kein Wunder, er war natürlich verletzt und traurig und was weiß ich – wenn Männer wegen Frauen verlassen werden, ist es für ihr Ego natürlich ein schlimmer Schlag.«

»So«, sagte Jan kühl.

»Ist ja auch egal. Jedenfalls hat Hannes bald darauf diese junge hübsche Frau kennengelernt, und Chris hat sich auch noch gut mit ihr verstanden. Sein Schmerz war also von kurzer Dauer.« Ihre Stimme hatte einen bitteren Unterton bekommen, und für einen Moment grub sich eine scharfe Falte in ihre Mundwinkel, die verriet, dass sie nicht alles so im Griff hatte, wie sie vorgab. »Und dann wird sie schwanger und bekommt das Baby und prompt …«

»Und was?«

»Sie hat nicht aufgepasst. Sie hat nicht auf meinen Jungen aufgepasst. So schwer kann das doch nicht sein! Eine junge Frau … Wahrscheinlich hatte sie anderes im Kopf. Es ist ja auch nicht leicht mit einem Baby. Überhaupt mit Kindern. Und …« Ihre widersprüchlichen Bemerkungen schilderten anschaulich das ganze Dilemma ihres Gefühlslebens.

Jan betrachtete nachdenklich ihr Gesicht. Eine eigenartige Situation. Eine Rabenmutter voller Schuldgefühle war sie gewesen, dann war der Unfall passiert und hatte auf seltsame Weise die Rollen vertauscht – jetzt war es eine andere Frau, die man dafür an den Pranger stellen konnte, dass sie nicht achtgegeben hatte. Gleichzeitig nahm ihr die Tatsache, dass sie den Jungen zuerst verlassen hatte, in gewisser Weise wiederum das Recht, der anderen, die ihren Platz eingenommen hatte, Vorwürfe zu machen.

»Ihr Ex-Mann hat die Leiche beim Angeln entdeckt«, wechselte Jan das Thema. »Er hat frühmorgens am Rhein geangelt.«

»Das hat er schon immer gern getan.«

»Aale geangelt?«

»Aal?«, wiederholte sie ungläubig.

»Ja.«

»Und hat er etwas gefangen?«

»Ja.« Die Erinnerung kam blitzartig, Wasser, das sich aus dem Eimer auf seine Füße ergoss, Gewimmel auf dem Boden.

»Das ist eigenartig.«

»Warum?«

»Weil es überhaupt nicht die Zeit für Aale ist. Es ist zu kalt. Aale gehen erst bei wärmeren Temperaturen.«

»Was soll das heißen?«, fragte Jan verwirrt.

»Das muss gar nichts heißen. Es ist nur komisch, mehr nicht.«

»Aber wenn Sie sagen, Aale schwimmen nicht bei …«

Sie seufzte. »Beim Angeln geht es um Erfahrungswerte. Sehen Sie, ich habe meinen dicksten Aal mittags um zwölf gefangen.«

Jan wurde langsam ungeduldig. »Das bedeutet?«

»Aale sind nachtaktiv. Normalerweise angelt man sie deswegen nur nachts.« Ihre Stimme war langsam und geduldig, so, als erkläre sie etwas einem kleinen Kind. Das ärgerte Jan, trotzdem hörte er zu, er wusste, dass das, was sie sagte, von entscheidender Bedeutung sein konnte.

»Trotzdem habe ich meinen dicksten Aal mittags gefangen. Das war im Urlaub, es war mir eigentlich egal, ob ich etwas fange oder nicht. Und dann habe ich so einen dicken Aal an der Angel! Anglerlatein, sagen die Leute, wenn man so etwas erzählt, aber so ist es nicht. In den tollsten Geschichten steckt immer ein wahrer Kern, mehr als das. Meistens sind gerade die Geschichten, die am unwahrscheinlichsten klingen, wahr.«
Jan musste an die Loreley denken und an den Mann, der ohne eine sichtbare tödliche Wunde im Wasser gelegen hatte. Allerdings war der nicht am tödlichen Gesang einer Nixe gestorben, sondern an dem abkühlenden Badewasser, das seinem Körper langsam Wärme und Leben entzogen hatte. Ein Tod in der Badewanne, wie erbärmlich! Da wäre Ertrinken im Rhein würdevoller gewesen.
»Was ich meine«, fuhr sie fort, »ist, dass Ausnahmen die Regel bestätigen, auch beim Angeln. Ich frage mich allerdings, was mit Hannes los war, dass er mitten in der Nacht Aale geangelt hat.«
»Wieso?«
Sie zögerte. Dann trat sie ans Fenster und verschränkte die Arme, als sei ihr plötzlich kalt. Wovon?, dachte Jan. Kalt von zu vielen Erinnerungen an kaltes Rheinwasser? An Angelausflüge?
Ihre Stimme klang leise. »Aale angelt er nur, wenn er sehr gestresst ist.«
Jan runzelte die Stirn. »Und warum bitte das? Wenn er gute Laune hat, angelt er Zander, oder wie ist das?«
Sie seufzte und setzte sich wieder zu ihm an den Tisch.
»Aalangeln«, sagte sie, »ist etwas Besonderes. Es ist so archaisch. Man bekommt Aale nicht gebändigt. Zumindest war es das, was Hannes immer gesagt hat. Und ge-

nau das hat ihm gefallen. Ich weiß noch ...« Sie schwieg einen Moment, gefangen im Gespinst der Erinnerungen an ihren Ex-Mann, ein anderes Leben.

»Sie müssen wissen, dass die Tötung von Aalen ein besonders schwieriges Unterfangen ist. Normalerweise betäubt man Fische durch einen Schlag auf den Kopf und tötet sie dann mit einem gezielten Herzstich. Aale sind sehr robust, und es ist nicht immer sicher, ob die Betäubung tatsächlich wirkt. Vor allem aber ist es beim Aal aufgrund seines Körperbaus und weil die Nerven seinen Körper ständig in Bewegung halten, sehr viel schwerer, das Herz zu treffen. Bei ungeübten Anglern kann es durchaus passieren, dass mehrere Stiche notwendig sind, bis der Aal wirklich tot ist. Und selbst dann bleibt er in Bewegung. Man muss aufpassen, dass sie einem nicht entwischen. Tot oder lebendig. Sie können sogar noch davonschwimmen, wenn sie längst geköpft sind. Wie oft ist uns das anfangs passiert – es beißt einer an, wir holen ihn raus, töten ihn und dann ... bleibt der Aal doch der Sieger.«

Jan dachte an das zuckende, wimmelnde dunkle Ding im Eimer. War es tot gewesen oder lebendig?

»Ich danke Ihnen für die Informationen«, sagte Jan. »Ich glaube, ich verstehe diese Sache mit dem Angeln jetzt ein wenig besser.«

Tatsächlich war Hannes an dem Morgen angespannt gewesen – wegen des bevorstehenden Termins, bei dem ihm die Wahrheit über den Tod seines Sohnes enthüllt werden sollte. Mit seiner neuen Frau hatte er offenbar nicht darüber sprechen wollen. Es machte Sinn, dass der Mann an einem solchen Tag angeln ging, unabhängig von den vergleichsweise ungeeigneten Temperaturen.

Katja Hartmann sah ihn an, ihr Gesicht verriet Interesse, vielleicht hatte es ihr gefallen, an vergangene Anglerzeiten zu denken.
»Es tut mir leid, was Sie alles durchmachen müssen«, sagte Jan.
Sie musterte ihn, als ob dieser Satz sie sehr erstaune.
»Sie haben gar keine Ahnung davon, was ich durchmache. Oder durchgemacht habe«, stellte sie klar und griff erneut nach dem Halbedelstein. Jan nickte knapp und beinahe beschämt und wandte sich zum Gehen.
»Eins fällt mir noch ein«, sagte Katja zögernd. »Wegen Chris.«
»Ja?«
»Einige Wochen vor seinem Unfall hat mich seine Erzieherin angerufen, weil sie etwas mit mir besprechen wollte … Sie wusste offenbar nicht, dass wir uns getrennt hatten. Die meisten Menschen sind automatisch der Meinung, dass die Mutter für ein Kind zuständig ist.«
»Das war doch die Erzieherin, die auch bei der Beerdigung aufgetaucht ist«, meldete sich die Freundin von der Tür.
Irritiert sah Jan von einer zu anderen. »Und?«
Katja Hartmann ließ die Schultern sinken, und die andere trat zu ihr und legte ihr liebevoll die Hand in den Nacken.
»Ja, genau die, ich kann mich erinnern. Sie wirkte sehr bedrückt. Ich glaube, sie hatte Chris wirklich gern. Sie schien sich verantwortlich zu fühlen.«
Nachdenklich sah Jan sie an. Hatte die Erzieherin tatsächlich die Zuständigkeiten verwechselt? Oder hatte sie aus anderen Gründen mit der Mutter reden wollen?
»Und was hat sie gesagt?«

»Das weiß ich nicht. Ich habe sie nicht zurückgerufen.« Sie presste die Lippen aufeinander. »Ich habe mich davor gescheut, unsere Familiensituation mit jemand Außenstehendem zu diskutieren. Als sie sich dann nicht mehr gemeldet hat, nahm ich an, sie habe inzwischen mit Hannes geredet und festgestellt, dass er für Chris zuständig war.«
»Haben Sie den Namen dieser Erzieherin?«
Die Mutter schüttelte den Kopf.
»Aber sie war bei der Beerdigung?«
»Ja.«
Die Freundin sah von einem zum anderen. »Sie hat doch auch eine Kondolenzkarte geschrieben, oder?«
Katja verschränkte die Arme. »Das kann sein«, sagte sie ausweichend.
»Es wäre nett, wenn Sie nachsehen«, sagte Jan, doch die Frau rührte sich nicht.
»Ich geh schon«, sagte die Freundin.
Mit der Adresse der Erzieherin in der Tasche und einem dunklen Trauerrand im Gemüt verließ Jan die Wohnung der beiden Frauen.

*

Es war keineswegs so, dass Marla niemals aus dem Haus ging. Sie war keine dieser Angstpatienten, die ihr Zimmer nicht verlassen konnten und deswegen mit einem auf wenige Meter beschränkten Radius vorliebnahmen. Solche hatte sie in ihren sechs Wochen in der Klinik kennengelernt. Nein, so war sie nicht.
Manchmal ging sie mit Juli und den Kindern zu dem Spielplatz, der bergwärts lag. Manchmal stieg sie auch

alleine ins Auto, umfuhr die Altstadt und nahm den kürzesten Weg zur Autobahn – ein absolut sicherer Weg ohne Rheinblick.

All dies wagte sie jedoch nur an guten Tagen. Heute war kein guter Tag. Noch dazu hatte sie sich vorgenommen einzukaufen. Das bedeutete, sie musste sich auf den schmalen Weg an der Kirche wagen, am Park vorbei. Und dann die Hauptstraße entlang, die durch viele kleine Gassen mit der Rheinpromenade verbunden war. Jede dieser Gassen kam ihr vor wie eine Rutsche, auf der man geradewegs ins Nasse sausen konnte, wenn man auch nur in die Richtung blickte. Sie würde den Blick fest auf den Boden heften müssen. Die Hauptstraße war mit einem abwechslungsreichen Muster aus Granit, Basalt und Betonsteinen gepflastert. Sie würde Steine zählen und nicht zur Seite sehen. Heute konnten ihr die Rheingassen gefährlich werden, das wusste sie.

Marla spürte, dass ihr der Schweiß ausgebrochen war, obwohl es ein kalter Februartag war. Sie zog ein Taschentuch aus der Manteltasche und wischte sich das Gesicht ab.

Sie zwang sich, an den Kuchen zu denken. Den Kuchen, den sie backen würde. Den Teig, den sie mit Lilly rühren würde, gemeinsam würden sie ihn in den Ofen schieben und später gemeinsam die Ofentür öffnen, es würde nach frisch gebackenem Kuchen duften, Wohlbehagen würde durch das Haus strömen, in dem es sonst nur nach kaltem Kaffee roch.

Marla hatte lang nicht gebacken. Das musste sie auch nicht. Juli buk unentwegt. Juli buk auch für fremde Kinder und deren Mütter. Nein, nicht für Fremde, für Freunde. Juli war ihre Freundin, ihre einzige Freundin. Deswe-

gen tat sie das. Sie tat auch andere Sachen. Freundinnen taten Sachen füreinander. Dafür waren Freundinnen da.
Kalter Schweiß lief Marla den Rücken hinab, und sie blieb einen Moment stehen. Atmen, dachte sie. Vor allem ausatmen.
Es ist nichts Schlimmes. Es ist nur die Angst. Die Angst muss mich nicht besiegen. Ich kann die Angst besiegen.
Sie dachte an den Kuchen. Was für eine Backmischung? Vor vielen Jahren hatte sie manchmal für den Englischunterricht Kuchen gebacken, fürs Zuspätkommen. Jeder, der zu spät kam, hatte Kuchen backen müssen. Sie hatte lang nicht mehr daran gedacht. Eine fragwürdige pädagogische Maßnahme. Damals hatte sie immer eine Backmischung mit Kokosfüllung und Schokoglasur gemacht. Ob es die noch gab? Sie hörte ein eigenartiges pustendes Geräusch.
Das war ihr Atem. Sie griff in die Manteltasche, um die Tüte hervorzuziehen, doch sie fand sie nicht. Die andere Manteltasche war leer, nur ein Taschentuch. Das Taschentuch, das ihr eben die Stirn getrocknet hatte.
War die Tüte aus der Manteltasche gefallen, als sie das Taschentuch hervorgezogen hatte? Marla drehte sich um, ihr Blick suchte die Tüte und fand sie nicht, irrte umher, fiel in die Gasse und rutschte darauf aus, sauste mit atemberaubender Geschwindigkeit hinunter bis zum blassen Blaugrau des Rheins, in dem er sich verlor.

*

»Hast du Reimann gesehen?«, fragte sie Pütz, doch der schüttelte den Kopf.
Pütz war schon der Dritte, den sie fragte. Sie hätte zu gern mit Reimann über den Besuch bei Alloxess gespro-

chen, über den Blockbuster, an dem Gernot Schirner gearbeitet hatte. Elena setzte sich an ihren Schreibtisch und holte ihren Notizblock heraus, um mit dem Bericht über den Besuch bei Alloxess zu beginnen.

Seit dem gemeinsamen Frühstück sah sie die Sache mit Reimann mit anderen Augen. Warum nur hatte sie gedacht, sie würden unweigerlich in so eine Pärchengeschichte mit Frühstück im Bett hineinschlittern? Reimann blieb Reimann, und Elena blieb Elena. Rein zufällig passten sie hervorragend zusammen. Und wenn sie zusammenwohnten, gab es kein Süßholzraspeln und keine Blumensträuße und kein sonstiges Pärchengetue, sondern anständigen Sex und vernünftige Gespräche. Sie würde sich nicht automatisch in eine jener Frauen verwandeln, vor denen ihr grauste.

Und deswegen wollte sie ihn jetzt sehen und ihm von Alloxess erzählen, und außerdem würde sie ihn fragen, ob er den Zweitschlüssel zu ihrer Wohnung haben wollte, der bislang im Blumentopf im Hausflur lag.

Irgendetwas prickelte in Elenas Magengegend, sie wusste aber nicht, ob das mit Reimann zusammenhing und ob es eine Warnung oder Vorfreude auf den Abend war.

Sie griff nach dem Handy. Er ging erst nach dem vierten Klingeln dran. »Elena?«

»So heiß ich, ja.« Das Prickeln blieb, und sie musste lächeln.

Sie hörte ihn gähnen. »Schön, dass du anrufst. Warst du bei diesen Pharmaleuten?«

»Ja, war ich. Und stell dir vor, Schirner hat zuletzt an einer ganz heißen Sache gearbeitet. Ein neuartiges Schlaganfallmedikament, von dem sich die Firma einen riesigen Umsatz verspricht. Eine Milliarde Dollar Jahres-

umsatz. Stell dir das vor! Offenbar ist Gernot Schirner bei der Sache geradezu über Leichen gegangen, er hat eine Laborantin benutzt, um ...« Sie stockte. Die Laborantin. Wie war die darin verwickelt? »Reimann?«
Aus dem Hörer kam noch ein Gähnen.
»Reimann? Sag mal, pennst du etwa?« Im selben Moment durchfuhr sie ein Gedanke. Sie war davon ausgegangen, dass er unterwegs war, aber wenn er gähnte ... Wo?, dachte sie. Wo pennt er? Ist er etwa doch wieder nach Hause zu Sonja?
»Ja, ich hab mich hingelegt. Immerhin hab ich die halbe Nacht über den Akten gebrütet.«
»Wo«, fragte sie und sah aus dem Bürofenster.
»Wo?«
»Wo du dich hingelegt hast.«
»In dein Bett natürlich! Ich schlage vor, du bringst auf dem Nachhauseweg was vom Chinesen mit, und wir machen uns einen gemütlichen Abend.«
Ihre Stimmung schlug um, unvermittelt, wie das Wetter im April. »Wie bist du reingekommen?«, fragte sie.
Sie hörte sein Lachen. »Hör mal, ich bin Polizist! Ich habe in den Blumentopf im Hausflur geguckt, und da war der Schlüssel.«
»Ich finde es nicht okay, dass du einfach in meine Wohnung gehst.«
»Ach herrje, bist du sauer? Wir sprechen später darüber, okay?« Seine Stimme klang friedlich, gemütlich, nicht so, als ahne er, was gerade in ihr vorging. Er kapiert es nicht, dachte sie. Ich kapiere es ja selbst nicht.
Sie legte auf und sah erneut aus dem Fenster.
Reimann hätte das nicht tun dürfen. Er konnte nicht mit der Geschwindigkeit und der Schubkraft eines Güter-

zugs in ihr zufriedenes Singleleben donnern und erwarten, mit ein bisschen Kuscheln und ein paar Schachteln vom Chinesen ließe sich ein derart invasives Vorgehen wie die Aneignung eines Wohnungsschlüssels bereinigen.
Aber das würden sie später besprechen. Ohne Essen vom Chinesen. Erst einmal musste sie etwas herausfinden. Elena zog die Visitenkarte des Chemikers hervor, griff nach dem Telefon und wählte die Nummer. »Eine kleine Frage, Herr Dr. Klöpfer.«
»Nämlich?«
»Den Namen der Laborantin hätte ich noch gern.«
»Welcher Laborantin?«
»Die für den gefälschten Messwert verantwortlich ist. IC_{50}«, fügte sie nach kurzem Nachdenken hinzu und unterdrückte ein Grinsen. Das hättest du nicht gedacht, Herr Doktor!
Klöpfer lachte auf, als habe sie einen guten Witz gemacht. »Silke Brachau heißt sie. Adresse und so erhalten Sie über die Personalabteilung. Aber wissen Sie was? Die ist nicht mehr bei uns. Schirner ist sie losgeworden.«
»Was soll das heißen?«
»Kurz nach der Geschichte hat er sie für sein Labor angefordert. Dort hat sie angeblich Proben verunreinigt, und er hat sie gefeuert, ehe sie kapiert hat, was Sache ist.«
»Ich danke Ihnen«, sagte Elena und legte auf. Nachdenklich betrachtete sie ihr Handy.
Silke Brachau musste einen ganz schönen Groll auf Schirner gehabt haben.

*

Sie schaffte mehr Schritte als gedacht.
An der Kirche vorbei, den basaltgepflasterten Weg entlang. Nur nicht auf der Hauptsstraße umfallen, wo sich in Windeseile eine Traube von Menschen um sie herum bilden würde, neugierige, tuschelnde Nachbarn, die ihr mit Wasser und Zucker und wohlmeinenden Tipps zu helfen versuchen würden, um dann angeregt im Café zu verschwinden und die Sache durchzuhecheln.
Der Park. Da war schon der Park und dahinter ihr Haus und das von Juli. Sie würde bei Juli klingeln. Juli würde blitzschnell eine Tüte bereithalten und tun, was zu tun war, falls sie selbst dazu nicht mehr in der Lage war. Marlas Beine bewegten sich von selbst, wie die einer Marionette. Sie versuchte, ihre Hand zur Faust zu ballen, aber die Starre hatte die Finger bereits erreicht, und die Erkenntnis darüber steigerte Marlas Angst.
Sie wollte sich auf den Kies unter ihren Füßen konzentrieren, die Meisen im kahlen Baum, die Oma, die auf einer Parkbank saß, aber es gelang ihr nicht. Das Rauschen des Rheins schwoll in ihrem Kopf an, summte ihr in den Ohren und jagte ihren Puls in die Höhe.
Ihre Arme wurden bereits steif, als das freundliche Gesicht der Oma plötzlich in ihrem Blickfeld auftauchte.
»Ist Ihnen nicht gut?«
»Es geht schon«, wollte sie sagen, aber stattdessen nickte sie, froh, dass ihr Körper ihr diese Regung noch gestattete. Die Oma zog sie zur Parkbank. »Kann ich Ihnen helfen? Ein Glas Wasser vielleicht? Ich müsste schnell zum Café … Oder ein Bonbon?« Sie holte aus ihrer altmodischen Handtasche ein verklebtes dunkelgrünes Eukalyptusbonbon und bemühte sich, es mit ihren krummen Fingern aufzuwickeln.

Eine Tüte, dachte Marla. Ich brauche nur eine Tüte. Ihre Augäpfel kippten nach oben, die Ränder ihres Sichtfelds wurden unscharf.
Da erschien Juli.

*

Der Besuch bei Katja Hartmann hatte manche Fragen, die sich Jan gestellt hatten, geklärt. Inzwischen konnte er die Situation, in der sich Hannes und seine Ex-Frau befunden hatten, zumindest andeutungsweise erahnen.
Männer haben es nicht leicht, dachte er. Mit Katja Hartmann allerdings wollte er auch nicht tauschen. Wie mochte es sein für diese Mutter, die ihren Sohn dem Vater überlassen hatte und dann erfuhr, dass er weit weg von ihr verschwunden und ertrunken war? Ihr schlechtes Gewissen musste übermächtig sein.
War es möglich, dass dieses schlechte Gewissen vier Jahre in ihr gegärt und sich explosionsartig entladen hatte? Musste er sie unter den Tatverdächtigen einreihen? Hatte sie Grund, Gernot Schirner Schuld zu geben?
Zunächst einmal würde er die Erzieherin aufsuchen.
Erst sah er nur Fell. Wuscheliges, dunkles Fell, aus dem eine winzige feuchte Nase herausguckte.
Jan machte eine Bewegung, und wie der Blitz war die kleine Katze im undurchdringlichen Grün der Hecke verschwunden, die das kleine Grundstück vom Bürgersteig trennte.
Vorsichtig streckte Jan die Hand aus. Ohne es zu bemerken war er in die Hocke gegangen. »Miezmiez!«, lockte er.

In diesem Moment wurde die Haustür, neben der er kniete, heftig aufgerissen.

»Carlo!«, rief die Frau, dann sah sie zu ihm hinunter und verstummte. »Was machen Sie denn hier?«

Die Frage war berechtigt, dachte Jan. So würdevoll wie möglich erhob er sich und nickte der Frau knapp zu. »Seidel ist mein Name, Kriminalpolizei. Sind Sie Frau Paul?«

»Warum?«

»Ich habe einige Fragen zu Chris Menzenbach.«

»Oh!« Eva-Maria Paul verschränkte die Arme und wich zurück, dann seufzte sie. »Sie können natürlich reinkommen, es ist nur … Ich suche meine Katze. Meinen Kater, genauer gesagt. Ich habe vorhin die Post reingeholt, ich fürchte, dabei ist er mir entwischt.«

Jan deutete auf die Hecke. »Ich glaube, Carlo versteckt sich dort.«

Fünf Minuten später saß er am Esstisch und Carlo unter dem Sofa.

»Die Sache ist ja schon vier Jahre her«, sagte die Erzieherin. Ihrem Gesicht war anzumerken, dass sie fieberhaft überlegte, was Jan wohl von ihr wollte.

»Möglicherweise haben Sie mitbekommen, dass es einen ungeklärten Todesfall in Königswinter gab. In dem Zusammenhang rollen wir das Verschwinden von Chris Menzenbach noch einmal auf.«

»Ach so.« Ihr Blick glitt auf dem Fußboden herum.

»Sie waren damals Erzieherin in Chris' Kindergarten.« Das war eine Feststellung, keine Frage. »Erzählen Sie doch mal, was er für ein Kind war.«

Ein Kratzen an seinem Fuß ließ ihn zusammenfahren. Es war Carlo, der sich offenbar aus seinem Versteck unter dem Sofa getraut hatte.

Vorsichtig griff Jan nach ihm und hob ihn auf den Schoß.
»Er mag Sie«, lächelte die Erzieherin.
»Ich mag ihn auch«, sagte Jan, mehr zu Carlo als Frau Paul. »Was für eine Katze ist das eigentlich? Sein Fell ist so lang.«
»Eine norwegische Waldkatze. Ich habe ihn letzte Woche erst geholt, von einer Familie aus dem Westerwald.«
»So eine habe ich noch nie gesehen.«
Die Erzieherin nickte, als habe er ihr ein lang ersehntes Stichwort geliefert. »Ich bin eigentlich kein Fan von Rassetieren, wissen Sie? Aber ich bin gegen Katzen allergisch, und eine Freundin hat mir erzählt, dass diese Rasse bei den meisten Allergikern keine Reaktionen auslöst.«
»Ach«, sagte Jan und dachte nach. »Das ist ja interessant.«
»Aber Sie sind nicht deswegen gekommen, schätze ich. Chris hatte es nicht leicht.« Sie seufzte. »Seine leibliche Mutter bekam er nicht mehr zu Gesicht, dann die neue Mutter, die ein Baby erwartete … So etwas ist für jedes Kind schwer. Zum Glück hatte Chris seine kleine Freundin Hedda. Wenn er überhaupt etwas von seinem Familienleben erzählte, dann von ihr.« Sie verstummte. »Ich habe oft gedacht, dass sein Unfall für das kleine Mädchen geradezu traumatisch gewesen sein muss, wenn sie an ihm genauso hing wie er an ihr. Wobei – verglichen mit dem, was die Eltern durchmachen … Furchtbar! Haben Sie Kinder?«
»Was?« Irritiert sah Jan auf. Die Penetranz, mit der er in diesem Fall von allen Leuten gefragt wurde, ob er Kinder hatte, verwunderte ihn, er fühlte sich als kinderloser Junggeselle geradezu diskriminiert.

Ganz unvermittelt überkam ihn etwas, und er sagte: »Ja, eine kleine Tochter. Sie ist drei. Ein süßes Ding, macht nur Blödsinn. Sie hat braune Locken und will sich nie kämmen lassen. Das hat sie von ihrer Mutter. Ich meine, die Locken.« Er verstummte überrascht, überwältigt von der Woge der Inspiration, die von seinem Phantasiekind herüberschwappte. Allerdings – ob »ein süßes Ding« der richtige Terminus war, wenn man vom eigenen Kind sprach? Wahrscheinlich nicht.

Jedenfalls hatte seine Showeinlage Erfolg. Das Gesicht der Erzieherin war jetzt weich, ihm zugewandt. »In dem Alter sind sie am süßesten«, seufzte sie und sah ihn mit einer Mischung aus Sympathie und Neugierde an. Hoffentlich fragt sie nicht nach einem Foto, schoss es Jan durch den Kopf. Ganz bestimmt tragen Familienväter Fotos ihrer Kinder mit sich herum. Er könnte zwar sagen, dass er sein Portemonnaie im Auto gelassen hatte, aber sein Handy ... Ein fotofreies Handy war bei dem stolzen Vater einer süßen Tochter mit braunen Locken sehr unwahrscheinlich.

Er reckte die Schultern und beschloss, das Gespräch wieder in sachlichere Bahnen zu lenken, aber der Blick von Eva-Maria Paul klebte förmlich an ihm.

»Es ist eine unerträgliche Vorstellung, dass einem Kind so etwas passiert. Oder vielleicht ist die Vorstellung, was es für die Eltern bedeutet, ein Kind zu verlieren, noch schlimmer. Sehen Sie«, sagte sie behutsam. »Es war für uns alle entsetzlich.«

Er beugte sich vor, machte seine Augen schmal und griff nach ihrem Unterarm. »Das ist es für die Familie noch immer, jeden einzelnen Tag. Deswegen werden ich und meine Kollegen alles tun, um die Angelegenheit lückenlos aufzuklären. Ich bin mir sicher, dass Sie mir dabei helfen können. Darum bitte ich Sie: Sagen Sie mir alles, was Sie wissen!«

»Ich hatte Kontakt zur Mutter aufgenommen, weil ich mir um Chris Sorgen machte. Nicht nur, weil er unglücklich schien, es gab Spuren, die möglicherweise auf eine Misshandlung hinwiesen.«

Jan stieß scharf die Luft aus. »Spuren von Misshandlung? Sind Sie sicher?«

Sie seufzte. »Leider nein. Bei Kindern in dem Alter ist das schwer, sie prügeln sich, toben herum, stürzen. Manche Male sind eindeutig, etwa Hämatome an den Oberarmen, wenn die Kinder fest gepackt und geschüttelt werden. In einem solchen Fall hätte ich natürlich umgehend das Jugendamt eingeschaltet. Bei Chris war es … unspezifisch. Er hatte ständig blaue Flecken, so, als ob er geschlagen wurde.«

»Haben Sie ihn darauf angesprochen?«

»Natürlich!« Ihre Stimme wurde lauter, und sie beugte sich erregt vor. »Aber er sagte nur, er wisse es nicht! Seine Reaktion war es ja erst, die mich überhaupt stutzig gemacht hat. Er wirkte verschreckt.«

»Wie meinen Sie das?«

»Er wollte nicht darüber reden. Und deswegen dachte ich …«

»Ja?«

»Dass er jemanden schützen will.« Unwillkürlich glitt ihr Blick zu dem kleinen Kater, der mit seiner Pfote an einem losen Faden des Sofas zupfte.

»Und Sie sind nie auf die Idee gekommen, das Jugendamt anzurufen?«

Sie stand auf und begann, im Zimmer herumzugehen, ein Zeichen dafür, wie sehr das Thema sie umtrieb.

»Doch, natürlich. Ich habe das mit der Chefin besprochen. Unser Vertrauen ins Jugendamt ist allerdings stark erschüttert.«

Er wusste, worauf sie anspielte. Erst kürzlich war ein Fall in der Presse gewesen, bei dem das Jugendamt die Misshandlung eines Pflegekindes seitens der Pflegeeltern geradezu gedeckt hatte.

»Das Jugendamt steht in den letzten Jahren unter großem Druck und unter permanenter Beurteilung durch die Öffentlichkeit. Was wäre gewesen, wenn es überreagiert hätte, obwohl Chris sich nur auf dem Spielplatz geprügelt hatte? Er war ohnehin kein sehr stabiles Kind, bei der Familiensituation. Eins war klar, wenn wir den Fall gemeldet hätten, wäre bei denen die Hölle losgewesen, ganz gleich, ob zu Recht oder zu Unrecht.«

Jan schwieg.

»Sie können mir glauben, ich weiß bis heute nicht, was richtig gewesen wäre.«

»Warum haben Sie meinen Kollegen damals nichts von Ihren Befürchtungen erzählt?«

In die Augen der Erzieherin schossen Tränen. »Dann hätten mir doch alle die Schuld zugeschoben, verstehen Sie? Weil ich mich nicht ans Jugendamt gewandt habe.«

»Jetzt ist Chris tot.«

»Ja«, sagte die Erzieherin und wandte sich ab. Jan betrachtete ihre bebenden Schultern und dachte, dass das schlechte Gewissen der Erzieherin sehr schwer wiegen musste, wenn es sie nach vier Jahren immer noch zum Weinen brachte.

Verdacht auf Kindesmisshandlung. Das war eine neue und völlig überraschende Perspektive. Wie war es mög-

lich, dass niemandem sonst etwas an dem Kind aufgefallen war? Gar nicht, dachte Jan. Das war schlichtweg unmöglich. Oder?
Frau Paul schien ihm vertrauenswürdig, gerade weil sie nichts gesagt hatte. Sie hatte in der Situation sorgsam abgewogen, was richtig und was falsch war, und als der Junge dann verschwunden war, hatte sie begriffen, dass sie die falsche Entscheidung getroffen hatte.
Chris war misshandelt worden, und sie hatten geschwiegen. Der Vater, die Stiefmutter, die Nachbarin. Wobei höchstwahrscheinlich jemand von ihnen daran beteiligt gewesen war. War das der Grund für das Schweigen?
»Entschuldigen Sie«, stieß die Frau hervor. »Der Gedanke ist einfach ... Ich bin sicher, Sie können das verstehen, Sie haben ja selbst eine Tochter.«
Jan nickte langsam.
»Die Vorstellung, dass einem Kind ... Es tut mir so leid, alles.«
Als Jan das Haus der Erzieherin verließ, weinte diese immer noch. Trotzdem ging er mit einem goldenen, warmen Funken in der Brust, und das lag an seiner Tochter, von der er jetzt wusste, dass er sie haben wollte.
Das nächste Mal, wenn Nicoletta anrief, würde er den Anruf nicht wegdrücken. Sie hatten viel zu besprechen.

*

Die Personalabteilung von Alloxess hatte die Anschrift ihrer ehemaligen Mitarbeiterin zuerst nicht herausrücken wollen. Was für ein Laden, dachte Elena. Die Tatsache, dass Gernot Schirner möglicherweise ermordet worden war, und die daraus folgende Ermittlung schienen

ihnen kaum ein Schulterzucken wert. Oder tat sie dem Pharmaunternehmen Unrecht, und die Geheimniskrämerei war notwendig angesichts des harten Wettbewerbs? Elena wusste es nicht. Sie hatte keine Ahnung von derlei Dingen, und nach dem Zusammentreffen mit dem energischen Dr. Klöpfer war sie froh darum.
Interessant war, dass die Laborantin ihren Wohnsitz gewechselt hatte und jetzt in Brühl wohnte. Das war von Ludwigshafen aus gesehen nahe Königswinter. Na ja, beinahe. Zufall?
Wir werden sehen, dachte Elena und stieg aus dem Wagen. Herrmannsweg. Hier war es.
Die Nummer 15 war ein Mehrfamilienhaus aus den Sechzigern. »Brachau / Schmidt« stand auf dem Klingelschild. Während sie wartete, ließ sie den Blick schweifen. Es war eine langweilige Wohnsiedlung, ein Haus sah aus wie das andere, eine ältere Frau schob ihren Dackel spazieren, eine jüngere ihren Kinderwagen. Beide musterten Elena neugierig, blieben aber nicht stehen.
Im Haus rührte sich nichts.
Elena hinterließ einen Zettel mit der Bitte um einen Anruf sowie ihre Visitenkarte im Briefkasten.
Mittel gegen Schlaganfall, dachte sie. Eine Milliarde Jahresumsatz.
Und dann kam ihr ein Gedanke. Wie konnte es sein, dass Gernot Schirner, der doch offenbar so ehrgeizig gewesen war, sich hatte krankschreiben lassen und in Königswinter herumgelungert hatte, statt weiter an seinem Blockbuster zu forschen?

*

Sie hatten Mühe gehabt, die Oma wieder loszuwerden. Während sie in Richtung Haus gegangen waren, hatte die alte Dame Marlas Arm umklammert, als fürchte sie, diese werde ohne ihre wacklige Stütze zusammenbrechen, aber Juli war es eher so vorgekommen, als habe die Alte sich an Marla festgehalten, um auf jeden Fall mit hineinzudürfen und nichts zu verpassen. Wahrscheinlich eine einsame alte Frau, die verzweifelt auf der Suche nach ein wenig Abwechslung und Sozialkontakt war und auf eine Tasse Kaffee spekuliert hatte.
Juli war energisch gewesen. »Vielen Dank, dass Sie meiner Freundin helfen wollten. Ich denke, sie braucht jetzt Ruhe.«
Die Oma hatte eifrig genickt. »Vielleicht sollten wir doch besser einen Arzt rufen. Nur zur Sicherheit.«
»Nein, keine Sorge. Ihr fehlt nichts, sie muss sich nur ausruhen.«
»Wenn Sie meinen …«
Juli hatte sie so freundlich wie möglich und so nachdrücklich wie nötig aus der Küche bugsiert, dann hatte sie Hedda geschickt, um Lilly zu holen, und den Kindern gesagt, sie sollten im Garten spielen. Auf dem Stövchen dampfte Tee. Auf dem Teller wartete der Möhrenkuchen. Alles war unter Kontrolle.
Marla saß auf dem Stuhl und starrte in den Kräutertee, den Juli vor ihr hingestellt hatte. Sie sah blass aus. Blass und schwach, wie immer nach einem Anfall.
»Geht es besser?«, fragte Juli.
»Ja.«
»Was im Himmels willen hast du denn allein da draußen gemacht?«
Marla schloss die Augen und schwieg. Juli kannte sie gut genug, um zu wissen, dass sie ihren Atem zählte, darum

bemüht, dass ihr Körper ihr jetzt, wo sie gerade wieder halbwegs stabil war, gehorchte. Dabei war das überflüssig, auf einen Anfall folgte gewöhnlich so bald kein zweiter, aber Marla tat es, um sich zu vergewissern, dass alles in Ordnung war.
»Warum warst du draußen?«, wiederholte Juli.
Marla sah auf, ihre Stimme war leise. »Eier und ein paar Sachen kaufen. Eine Backmischung. Ich wollte Kuchen backen.«
»Du musst doch keinen Kuchen backen! Sag mir einfach Bescheid, wenn du etwas brauchst, das kann doch ich machen!« Julis Stimme klang schärfer als beabsichtigt, und wie um dies auszugleichen, griff sie nach der Teekanne und goss Marla ein wenig blassen Tee nach.
»Ich wollte es eben mal selbst versuchen.«
»Das musst du nicht! Du hättest doch klingeln können!«
Marla richtete sich auf. »Das geht so nicht weiter! Ich muss ein halbwegs normales Leben hinkriegen! Ich bin wirklich froh, dass du mir hilfst, aber ich habe eine Tochter, für die ich verantwortlich bin und für die ich selbst sorgen will. Ich kann nicht ständig darauf angewiesen sein, dass jemand vom Nachbarhaus eingreift und unserem Leben ein bisschen Normalität gibt!«
Die Worte trafen Juli wie ein Peitschenhieb. Jemand vom Nachbarhaus. Sie zuckte zusammen. »Wir sind Freundinnen. Da ist es doch klar, dass man einander hilft.«
»Ich bin dir ja auch dankbar für alles. Aber irgendwann muss ich allein klarkommen, und ich wollte heute damit anfangen.«
»Du hast mir schließlich auch geholfen, als ich dich gebraucht habe.« Die Worte hingen schwer im Raum. Juli befeuchtete die Lippen. »Im Ernst, Marla. Das ist gerade

ein schlechter Zeitpunkt, um draufloszumarschieren und Kuchen zu backen. Ich verstehe dich, ich verstehe dich wirklich, aber du gehst einfach ein zu großes Risiko ein. Solange hier dauernd die Polizei herumschwirrt, sollten wir ...« Sie zögerte. »Sollten wir alles tun, um möglichst unauffällig zu bleiben. Und wenn du vor der Haustür kollabierst, ist das leider alles andere als unauffällig.«

Marla richtete ihre großen grauen Augen auf die Tischplatte. »Deswegen war das doch alles.«

»Was?«

»Deswegen wollte ich Kuchen backen.«

»Das versteh ich nicht.«

Marla seufzte. »Der Kommissar war wieder da. Er lässt mich nicht in Ruhe, ständig kommt er und stellt irgendwelche Fragen. Ich wollte etwas Normales tun. Ich werde immer nervöser. So schlimm wie jetzt war es lange nicht. Ich kann nicht aus dem Haus, ich fange bei der geringsten Kleinigkeit an zu zittern. Ich kann nicht mehr, Juli. Wir hätten das nicht tun dürfen.«

»Oh«, sagte Juli. Sie stand sehr langsam auf und trat zur Spüle, dann griff sie nach dem Geschirrtuch und trocknete sorgfältig die Arbeitsplatte ab. Sie sah aus dem Fenster. Draußen war alles wie immer. Sie konnte die Kinder im Garten hören, sie juchzten, vermutlich schaukelten sie.

»Wir hatten keine andere Wahl«, sagte sie leise. »Manchmal muss man Umwege gehen, wenn man seine Familie schützen will. Das weißt du selbst doch am besten.«

»Schon«, sagte Marla abwehrend. »Aber irgendwie ist alles schiefgegangen! Wenn er rheinabwärts getrieben worden wäre und man ihn erst im Frühjahr gefunden hätte ...«

»Wir hatten Pech.«
»Aber das ist viel zu viel Pech, das kann doch gar nicht sein! Dass ausgerechnet Hannes ihn findet! Ausgerechnet er! Das ist doch wie verhext. Es gibt keinen Menschen auf der Welt, der es weniger verdient hat, eine Leiche zu finden, als Hannes!« Marlas Stimme war lauter geworden, schrill wie ein durchdrehender Motor.
»Das stimmt«, sagte Juli leise. »Es tut mir leid.«
»Dieser verfluchte Rhein! Er bringt meiner Familie nichts als Unglück!«
»Das hat alles ganz vernünftige Gründe.« Juli schwieg, überlegte, was sie sagen konnte und was sie besser verschweigen sollte. »Es war richtig so. Wo sonst hätten wir ihn ablegen sollen, wenn nicht im Rhein?«
»Wir hätten eine Stelle weiter rheinabwärts nehmen sollen!«
»Es musste schnell gehen, und wir waren zu Fuß. Was hätten wir denn tun sollen? Der Schiffsanleger war der beste Ort.«
»Mir geht das Bild nicht aus dem Kopf. Wie es geklatscht hat. Wenn ich nur daran denke, dann merke ich …« Marla verstummte, aber ihre flatternden Hände, die Panik in ihrer Stimme sprachen für sich.
»Aber du hast es geschafft! Und das sollte dir zeigen, dass deine Angst dir nicht im Weg stehen muss.«
Marla schüttelte den Kopf. »Wenn ich dieses Zeug nehme, meinst du wohl! Aber das tue ich nicht noch einmal. Nie mehr!«
»Es ist wichtig, dass du die Nerven behältst«, sagte Juli. Ihre Stimme klang ruhig, besänftigend, aber sie merkte, wie Marla ihr entglitt, und das machte ihr Angst.
»Wir hätten das niemals tun dürfen, niemals. Es war eine

totale Schnapsidee.« Marla ließ die Worte *von dir* weg, aber Juli hörte sie dennoch.

Sie sah aus dem Fenster. »Vielleicht hätten wir ihn wieder anziehen sollen, dann hätte man nicht daran gezweifelt, dass er von selbst ins Wasser gegangen ist.«

»Wir sind einfach in Panik geraten. Das hätten wir nicht tun dürfen«, sagte Marla. Die Worte klangen, gerade aus ihrem Mund, absurd, so, als gehöre Panik zu den Dingen, über die man bestimmen könne.

»Das kommt eben vor.«

»Ich weiß«, sagte Marla. »Ich weiß ja. Trotzdem überlege ich, ob wir es nicht viel schlimmer machen. Ich halte das einfach nicht mehr aus! Diese Bilder von Gernot und dem Wasser … Und dann die Polizei, die überall herumschnüffelt.«

»Was willst du machen?«, fragte Juli mit angehaltenem Atem. Sie kannte die Antwort, noch ehe Marla sie aussprach.

»Ich werde mit der Polizei reden und alles erklären. Einfach die Wahrheit sagen. Dass Gernot unangemeldet vorbeigekommen ist, weil er schwer krank war und euch vor seinem Tod noch einmal sehen wollte. Dass er überraschend in der Wanne einen Herzinfarkt bekommen hat. Dass du Angst hattest und nicht wusstest, was du Gis sagen solltest, nach der Sache mit euch damals. Das werden sie verstehen.«

»Ausgerechnet an dem Abend, an dem Gis auf Dienstreise ist? Und wie soll ich das mit der Badewanne erklären? Warum lasse ich meinen Schwager in unser Bad?«

»Es hat geregnet, und er war klatschnass, weil er seinen Schirm vergessen hatte! So war es doch, Juli. Bleib einfach bei der Wahrheit.«

»Ich sage gar nichts!« Wieder sah Juli zum Fenster hinaus. Den Kindern ging es gut. Und dabei würde es bleiben. Als sie sich umdrehte, war ihr Gesicht hart. »Wenn ich die Wahrheit sagen soll, dann werde ich das tun. Dann sage ich aber auch, was vor vier Jahren tatsächlich passiert ist. Denn das interessiert sie im Moment ganz besonders.«

»Das ist jetzt nicht dein Ernst«, sagte Marla. Sie war noch blasser geworden.

Juli hob die Schultern. »Gern mache ich das nicht. Aber wenn du meinst, du musst zur Polizei gehen …«

»Das ist doch etwas total anderes! Und außerdem ist das keine Sache für die Polizei, es ist …« Sie verstummte.

»Also, Marla, soll ich der Polizei erzählen, was damals an dem Tag wirklich mit Chris war? Warum er davongelaufen ist? Soll ich es Hannes erzählen?«

»Das ist Erpressung«, sagte Marla leise. »Ich kann es nicht fassen, dass du das machst.«

Eine Stimme von der Küchentür ließ beide zusammenschrecken. »Erpressung? Was ist Erpressung?« In der Tür stand Fanny, die goldblonden Haare straff zurückgebunden, und sah mit zusammengekniffenen Augen von einer zur anderen.

*

Sein Handy zeigte zwei eingegangene Anrufe von Nicoletta, aber trotzdem rief er sie nicht zurück. Er fühlte sich unbehaglich. Offenbar wollte sie unbedingt mit ihm sprechen. Sie würde sauer sein, wenn er ihr weiterhin auswich.

Eins nach dem anderen, dachte Jan.

Während er sich in den Verkehr einfädelte, grübelte er über die neuen Perspektiven nach. Hatte jemand den Jungen beseitigt, damit die Misshandlungen nicht offenbart wurden? Vielleicht, weil der Junge einer vertrauten Person von den Fragen der Erzieherin erzählt hatte? Oder hatte der Junge abhauen wollen? Wollte er zu seiner Mutter? Ein Fünfjähriger – wie mochte der vorgehen? Würde er seine Mutter anrufen? Würde er zum Bahnhof fahren? Oder würde er sich auf sein Rad setzen und blind losradeln, rheinabwärts, dem Kölner Dom entgegen, weil er wusste, dass dort irgendwo in der großen Stadt seine Mutter wohnte? Ausgeschlossen war das nicht.
Dann gab es noch die Möglichkeit, dass die Gewalt gegen den Jungen eskaliert war. Vielleicht war er infolge der Misshandlung zu Tode gekommen und der Täter hatte ihn im Rhein entsorgt, um sich der Strafverfolgung zu entziehen.
Der Täter, dachte Jan. Oder die Täterin. So viele Menschen kamen gar nicht in Frage, statistisch gesehen war es am wahrscheinlichsten, dass es jemand aus dem engsten Umfeld war. Hannes. Die Stiefmutter. Die Nachbarin oder der Nachbar. Kam sonst noch jemand in Frage?
Wieder dachte er an das Opfer. An Chris. Der wie ein ganz normaler Junge blaue Flecken und Prellungen gehabt hatte. Misshandlungen oder Unfälle?
Wenn ihm jemand etwas über den Körper des Jungen verraten konnte, über den Unterschied zwischen auffälligen und unbedeutenden Verletzungen, dann war das jemand aus der Rechtsmedizin. Frenze.

*

Für einen Moment herrschte erschrecktes Schweigen, dann stand Juli auf und räusperte sich. »Das ist meine Schwägerin Fanny. Die Frau von ... von Gernot. Ich weiß nicht, ob ihr euch mal kennengelernt habt. Marla Menzenbach, meine Nachbarin ... und Freundin.«
»Ist schon etwas her«, sagte Marla und blinzelte. »Mein Beileid.«
»Danke«, sagte Fanny. Sie trug ihr übliches Ensemble aus weißen Sachen mit knalligen Farbtupfern. Eine Weile blieb sie in der Tür stehen, dann setzte sie sich zu den beiden Frauen an den Tisch, offenbar gewillt, die angespannte Stimmung zu ignorieren.
»Wie geht es denn?«, fragte Marla schließlich.
Fanny sah sie an, als sei sie überrascht über die Frage. Ihre Augen hatte sie kunstvoll umschattet, sie wirkte wie ein Fremdkörper in dieser Küche. »Mein Mann hat sich umgebracht, wie Sie ja wahrscheinlich wissen. Ich bin jetzt Witwe.«
»Das tut mir wirklich leid«, wiederholte Marla etwas kläglich.
»Das muss es nicht.« Fanny schlug langsam ein Bein über das andere. »Ich habe ja eine Schwägerin, die mich aufnimmt und sich ein wenig um mich kümmert.«
Juli stand abrupt auf.
Fanny legte die manikürten Hände auf den Tisch und sah Marla vertraulich an. »Es ist für mich sehr wichtig, hier zu sein. Mein Mann hat keinen Abschiedsbrief hinterlassen. Das ist seltsam. Aber ich dachte mir, ich finde ihn vielleicht hier. In Königswinter, wo sein Herz hing.«
Juli hielt in der Bewegung inne. »Rede doch keinen Schwachsinn, Fanny«, zischte sie.

»Das ist kein Schwachsinn!« Fanny presste die Handflächen gegen die Tischplatte. Man sah trotzdem, dass sie zitterten. Dann wandte sie sich wieder an Marla.
»Falls Sie es nicht wissen – mein Mann und meine Schwägerin hatten mal was miteinander.«
»Ach«, sagte Marla.
Juli blinzelte Fanny kämpferisch an. »Halte Marla da raus! Es geht ihr heute nicht gut!«
»Wie schade«, sagte Fanny unbeeindruckt. »Mir geht es allerdings auch nicht besonders gut, wie du dir vielleicht vorstellen kannst. Wie die Polizei mir mitteilen musste, hat sich mein Mann in einer Badewanne umgebracht. Nur war es leider nicht meine Badewanne. Ich wüsste zu gern, in wessen Badewanne …«
Juli sah abwechselnd von ihrer Schwägerin zu Marla, ihr Gesichtsausdruck wechselte von Sorge zu Wut. »Es wäre wirklich besser, wenn du jetzt gehst, Fanny.«
»Und wohin soll ich gehen? In das Kinderzimmer, in dem ich schlafe? In die Badewanne? Oder vielleicht in das Hotel Loreley, in dem du deine Schäferstündchen hattest?«
»Du bist wirklich vollkommen verrückt geworden! Das mit Gernot und mir ist Ewigkeiten her und …«
»So!«, rief Fanny laut, dann war sie plötzlich ganz still. Ihre Augen glitzerten. »Und wie erklärst du dir dann die Briefe, die ich gefunden habe?«
»Briefe?«
»Ja«, sagte Fanny langsam. »Briefe. Nur so bin ich überhaupt auf die Idee gekommen, euch zu besuchen. Wegen der Briefe, die du ihm geschrieben hast.«
Sie zog etwas aus ihrer Tasche und legte es auf den Tisch. Es war ein handbeschriebener Zettel. »Ich habe eine gan-

ze Menge davon gefunden, als ich Gernots Schreibtisch aufgeräumt habe. *Ich liebe dich, vergiss das nicht,* steht hier, das ist doch sehr hübsch. Und hier, *Ich kann es kaum erwarten, dich endlich wieder ...*« Sie deklamierte mit dramatischer Geste, aber ihr Gesicht war grau.
»Lass das, Fanny!«, rief Juli ärgerlich, doch die andere hörte nicht auf sie.
»Wissen Sie, ich dachte ja immer, ich würde mir das einbilden, es sei schon lange vorbei mit meinem Mann und seiner Schwägerin. Ich dachte, ich sei verrückt und eifersüchtig.« Während sie sprach, zog sie unbeirrt einen Zettel nach dem anderen aus der Tasche und ließ sie durch die Luft flattern, wie Flugblätter segelten sie durch die Küche.
»Aber jetzt habe ich den Beweis! All ihre Briefe hat er aufbewahrt, jeden noch so kleinen Zettel!«
»Das ist so albern, Fanny! Wegen ein paar alten Briefen ...«
Fanny drehte sich zu ihrer Schwägerin und verzog das Gesicht. »Alte Briefe? Wer sagt denn, dass es alte sind? Der hier ist gar nicht so alt, wie du tust! *Das mit gestern ist nie passiert ... Es würde meine Familie zerstören, wenn jemand herausbekäme ...*«
»Hör sofort auf, Fanny!«, schrie Juli. Sie riss am Arm ihrer Schwägerin, versuchte, ihr das Papier zu entreißen, aber es misslang. Fanny lachte ihr ins Gesicht. Sie war um einen halben Kopf größer als Juli, es war ein ungleicher Kampf, den Fanny beendete, indem sie auch die verbliebenen Zettel in die Luft warf, so dass sie in alle Richtungen zu Boden segelten.
Marla griff nach einem, der ihr ins Gesicht flatterte. »*Gernot, ich werde nie mehr ...*«, las sie, beinahe ohne es zu wollen. Und dann las sie das Datum und stutzte, doch

schon riss Juli ihr den Zettel aus der Hand, prallte zurück und stieß unvermittelt gegen die Oma, die mit weit aufgerissenen Augen in der offenen Tür stand und das Gespräch verfolgte.

»Was machen Sie hier?«, fuhr Juli sie an.

Nervös nestelte die Oma am Knopf ihres Mantels. »Ich suche meine Brosche. Und die Tür war nur angelehnt. Ich habe geklingelt, aber offenbar hat mich niemand gehört. Ich muss vorhin meine Brosche hier verloren haben. Sie ist sehr alt und …«

»Hier ist keine Brosche«, sagte Juli abwehrend.

»Doch, ganz bestimmt. Als ich vorhin Ihre Freundin hierherbrachte …« Die porzellanblauen Augen der Oma huschten unruhig umher, taxierten die von Zetteln übersäte Küche, die blasse Marla, die schwer atmende Fanny.

»Es ist gerade wirklich ungünstig«, wiederholte Juli und drängte die Oma zur Tür.

»Ach, da ist sie ja!« Mit ihrem arthritisch verkrümmten Finger deutete die alte Dame in die Zimmerecke. Tatsächlich, da lag etwas. Triumphierend hob sie die Brosche auf und hielt sie in die Luft.

Es war eine altmodische Kamee. »Gott sei Dank, dass ich sie wiederhabe! Es ist ein Familienerbstück, sehr alt, und der Verschluss geht nicht mehr richtig. Ich werde sie wohl reparieren lassen müssen.« Ihre Stimme klang bedauernd.

*

Jan hörte das Summen des Rechtsmediziners schon vom Gang aus, es war eine fröhliche Melodie. Als Jan den Präparationssaal betrat, sah er ihn über ein Klemmbrett gebeugt.

»Ich hätte Ihnen das auch am Telefon erklärt«, sagte Frenze und musterte ihn durch seine Brillengläser.
»Was?«
»Die Sache mit den Nebenbefunden. Deswegen sind Sie doch hier, oder?«
»Nein.«
»Ach so. Ich hab gerade bei Ihnen angerufen und Frau Treibel angekündigt, dass der Bericht gleich kommt. Aber ich musste noch was fertig machen.« Er wies auf sein Klemmbrett.
»Worum geht es denn?«
»Eine Kleinigkeit. Gernot Schirner hatte eine Vasektomie vornehmen lassen.«
»Er war sterilisiert?«
»Ja, schon seit einigen Jahren.«
Jan überlegte. Gut möglich, dass Schirner sich entschlossen hatte, nach Hedda keine weiteren Kinder zu zeugen. Aber wie kam es, dass seine eigene Frau das nicht wusste? Denn Fannys Freundin zufolge hatte sie sich sehnlichst gewünscht, Kinder zu bekommen. Konnte es sein, dass Schirner seiner Frau eine so wichtige Sache wie seine Vasektomie verschwiegen hatte?
Was für ein Kerl, dachte Jan. Kein Wunder, dass niemand um ihn weint.
Er sagte: »Ich bin nicht wegen Gernot Schirner gekommen. Es geht um einen länger zurückliegenden Fall, Chris Menzenbach. Den ertrunkenen Jungen.«
»Eine schlimme Sache.« Frenze nahm die Brille ab und rieb sich die Augen. Sie wirkten schutzlos ohne die Gläser davor. »Wie kann ich helfen?«
»Gab es irgendwelche Spuren, die auf Misshandlungen hinwiesen?«

»Misshandlungen?« Frenze starrte Jan für einen Moment an, dann setzte er seine Brille wieder auf. »Ich war damals nicht zuständig, die Obduktion haben die Kollegen in Köln gemacht, weil der Junge dort gefunden wurde. Stand denn nichts in den Akten?«
»Nein.«
»Dann ist auch nichts gefunden worden.«
»Halten Sie es für möglich, dass man etwas übersehen hat?«
»Das kommt ganz darauf an. Zurückliegende Frakturen würde man in jedem Fall erkennen, auch wenn sie gut verheilt sind. Bei Hämatomen und äußerlichen Verletzungen sehe ich keine Chance, denn die Leiche lag wochenlang im Wasser und war bereits stark verwest.« Seine Stimme klang sachlich. »Aber die Sache war doch, wenn ich mich recht entsinne, ein Unfall. Wieso glauben Sie, dass der Junge misshandelt wurde?«
»Ich weiß noch gar nicht, ob ich das glaube«, sagte Jan nachdenklich. »Da ist noch etwas anderes, um das ich Sie bitten wollte. Die Spuren, die unserer neuen Leiche angehaftet haben, wurden ins Labor geschickt, und die haben offenbar viel zu tun. Könnten Sie …«
»Ich werde sehen, was ich machen kann«, sagte Frenze gnädig.
»Danke.« Dann stutzte Jan und hob den Kopf.
Er hörte das schnelle Stakkato hoher Absätze auf dem Gang, ein Gemurmel an der Pforte. Es waren Schritte, die er kannte.
Nicoletta.
Er erstarrte. »Ich muss dann los«, sagte er hastig und griff nach seinen Unterlagen. »Rufen Sie mich an, wenn es etwas Neues gibt?«

»Das tue ich«, sagte Frenze und rieb sich versonnen seine Glatze.
Jan huschte hinaus, nur wenige Minuten bevor Nicoletta und Georg Frenze sich das erste Mal begegneten.

*

Draußen ging Edith Herzberger wackeligen Schritts durch den Park. Sie sah sehr nachdenklich aus.
Leider hatte sie nur einen winzigen Teil des Gesprächs mitbekommen. Es war ein Streit gewesen um Briefe. Briefe, die jemand gefunden hatte. Woher kannte sie das? Es wollte ihr nicht einfallen. In irgendeinem Roman ...
Für einen Moment blieb Edith stehen, öffnete den Mantel und befestigte mit krummen Fingern die Kameenbrosche an ihrer Strickjacke. Es war eine wunderschöne Kamee. Und nach all den Jahren funktionierte der Verschluss noch immer tadellos.
Sie griff in die Manteltasche, zog einen Zettel heraus und strich ihn glatt. Niemand hatte gesehen, wie sie ihn eingesteckt hatte.
Die Sache mit den Briefen ... Edith nickte langsam. Dann sagte sie: »Effi Briest!«

*

Die Frau, die energischen Schritts den Präparationssaal betrat, war sehr hübsch. Dichtes dunkles Haar, elegant im Nacken zusammengefasst. Schlank war sie, ihre Oberlippe zierte ein Schönheitsfleck, und sie trug so hohe und schmale Absätze, dass Frenze das Skalpell in seiner Hand beinahe harmlos vorkam.

Darüber hinaus hatte diese Frau nichts von der üblichen Abwehrhaltung, die Fremde beim Betreten des Präparationssaals normalerweise zeigten. Sie sah eher neugierig aus.
»Eigentlich darf hier niemand rein«, sagte er so streng wie möglich und beugte sich über den Körper auf dem Seziertisch, nur um die Frau etwas unauffälliger betrachten zu können.
»Eigentlich bin ich auch gar nicht hier«, lächelte die Frau. »Ich schaue nur herein, sozusagen. Ich suche Jan Seidel.«
»Der ist schon weg.«
»Das sehe ich«, erwiderte die Frau. Ihr Blick glitt über Frenzes Kittel, das Skalpell in seiner Hand und hellte sich auf. »Sind Sie Frenze? Der Rechtsmediziner?«
»Das bin ich.«
»Freut mich«, strahlte die Frau. »Ich bin Nicoletta. Die Ex-Freundin von Jan.«
»So«, sagte Frenze. Er legte bedächtig das Skalpell ab und streifte die Handschuhe ab, dann reichte er ihr die Hand. »Georg«, sagte er.

*

Fanny hatte türenknallend die Küche verlassen und eine Stille hinterlassen, die beinahe noch bedrohlicher war als der dramatische Auftritt davor.
»Die Sache gerät total außer Kontrolle«, sagte Marla erschöpft.
Juli sagte nichts. Sie setzte neues Wasser auf und füllte Kräuter in das Teesieb.
Marla beobachtete sie teilnahmslos. »Sie hat uns gehört.«
»Wer? Die Alte oder Fanny?«
»Beide.«

»Beruhig dich, Marla.«
Juli setzte sich ihr gegenüber, und für einen Moment sah Marla die Situation von außen, zwei Freundinnen, die am Spätnachmittag in der gemütlichen Küche bei Tee und Kuchen saßen und einen Plausch hielten, während draußen in Hörweite die Kinder tobten. Aber so war es nicht, das wusste Marla. Etwas hatte sich verändert.
»Du hast mir gedroht«, sagte sie.
Juli strich sich die Haare aus der Stirn und stützte das Kinn auf. »Habe ich das?«
»Ja, das hast du. Wenn du redest über das, was an dem Tag war ...« Sie brach ab.
An jenem Februartag vor vier Jahren. Der Tag, an dem sie so müde gewesen war, dass sie die Beherrschung verloren hatte.
Die Nacht davor war grauenhaft gewesen, Lilly hatte unablässig geschrien, und sie selbst hatte Schmerzen gehabt, weil ihre Brust sich entzündet hatte. Erst gegen Mittag, als Lilly einschlief, hatte sie sich eine ruhige Stunde gönnen wollen. Sie hatte schlafen wollen, endlich einmal. Doch da war Chris gewesen. Er hatte Streit mit Hedda gehabt und wollte zu Hause bleiben. Obwohl sie wieder und wieder versucht hatte, ihn zu den Nachbarn zu schicken, war er stur geblieben. Sie hatte sich hingelegt und war augenblicklich eingeschlafen, wenige Minuten nur, bis Chris sie geweckt hatte. Chris, der im Kinderzimmer mit den Schienen seiner Holzeisenbahn gegen die Wand gehämmert hatte, wieder und wieder.
»Lass das!«, hatte sie gesagt. Und: »Bitte.«
Sie hatte sich wieder hingelegt, bis erneutes Hämmern sie hatte hochfahren lassen. Für einen Moment war sie verwirrt, dann kam die Wut.

»Wenn du nicht endlich mit dem verdammten Gehämmer aufhörst, dann …«
»Was dann?« Sein Blick, herausfordernd. Er hob die Hand mit der Schiene, schien abzuwarten und schlug dann zu, gegen die Wand, einmal, zweimal, und das Geräusch erschien ihr schlimmer, als wenn er ihr ins Gesicht geschlagen hätte.
Sie riss ihm die Schiene aus der Hand. »Ich hab gesagt, du sollst ruhig sein!«
»Du darfst mir gar nichts sagen! Du bist nicht meine Mutter!«, rief er, und sie konnte sich genau erinnern, wie er sie daraufhin angesehen hatte, neugierig, ob sie bei diesem Satz zusammenzucken würde.
»Zum Glück, verdammt!«, hatte sie gerufen. Schmerz zuckte über sein kleines Gesicht, ein Gesicht, dass sie mochte, liebte sogar, aber nicht, wenn sie so müde war wie an diesem Tag.
Verloren hatte er vor ihr gestanden. Sie hatte sich umgedreht und war aus seinem Zimmer gegangen. Im Hinausgehen hatte sie die fatalen Worte gesagt. »Und jetzt geh von mir aus zum Teufel oder zum Spielen oder zu deiner verdammten Mutter, aber lass mich schlafen.«
Sie wusste nicht, wie er daraufhin geguckt hatte, ob er etwas gesagt hatte. Es war ihr ganz und gar egal gewesen, sie hatte sich wieder aufs Sofa sinken lassen, die Haustür hatte bald darauf geklappt, sie hatte nicht darauf geachtet. Alles war ihr egal gewesen – bis auf den Schlaf, der jetzt vor ihr lag, zum Greifen nah.
Sie griff zu. Sie schlief.
Zwei Stunden Schlaf, tief und fest.
Und teuer erkauft.
Schlaf, den sie immer noch abbezahlte.

Nur Juli hatte sie davon erzählt, denn zu der war sie gerannt, als sie Chris nicht hatte finden können. Sie hatte geweint. »Wenn Hannes hört, was ich gesagt habe ...«
Und irgendwann hatte Juli gesagt: »Das muss er ja nicht.«
Als sie Hannes endlich anrief, sagte sie nur, dass Chris zum Spielen nach draußen gegangen war. Es war ohne Überlegung passiert, ohne großes Kalkül, eine Lüge, die eigentlich eine Halbwahrheit war, mit der sie sich schützen wollte. Zu dem Zeitpunkt war sie davon ausgegangen, dass Chris bald auftauchen würde. Erst die vielen Wiederholungen hatten diese Halbwahrheit entstellt und zur Lüge aufgeblasen, die Polizei, Dinge, mit denen sie vorher nicht hatte rechnen können. Aber sie konnte und wollte von ihrer Geschichte nicht mehr abweichen.
»Es ist wohl am besten, wenn wir beide nichts sagen«, sagte Juli mitten in Marlas Gedanken hinein.
In diesem Moment hörten sie Fanny aus dem Obergeschoss rufen.
»Ich gehe jetzt übrigens in die Badewanne!«
Ihre Stimme klang drohend.

*

Es war dumm gewesen, vor Nicoletta davonzulaufen, das wusste Jan. Andererseits war Nicoletta dermaßen forsch in allem, was sie tat und forderte, dass wahrscheinlich die meisten Männer die Flucht ergriffen hätten. Oder etwa nicht?
Jan seufzte. Nein, seine Flucht war eine ganz natürliche männliche Reaktion auf den aggressiv vorgebrachten Kinderwunsch einer hormongeschüttelten Frau.

Aber das geplante Baby, so hatte Jan erkannt, bot eine Chance. Er dachte an die ausgedachte Lockentochter. Natürlich mussten sie es langsam angehen, nicht in Nicolettas Tempo. Und erst einmal mussten sie einiges, was zwischen ihnen stand, ausräumen. Voraussetzung war allerdings, dass er nicht mehr vor ihr floh. Sie mussten reden.
Er hatte Blumen gekauft. Gelbe Rosen, in knisternde Folie gehüllt. Er atmete tief durch, als er vor ihrem Haus stand. Während er die Stufen zu ihrer Wohnung hochstieg, flogen ihm die Worte durch den Kopf, die er sagen wollte. Oder sollte er gar nichts sagen?
Erst als er vor der Wohnungstür angelangt war, sah er, dass er nicht alleine war.
»Na so etwas«, sagte Frenze. Sein kahlrasierter Schädel glänzte grotesk über einem Strauß pinkfarbener und violetter Freilandrosen.
»Was machen Sie denn hier?«, fragte Jan.
»Offenbar dasselbe wie Sie.«
Für einen kurzen Moment musterten sie einander, maßen einander mit Blicken, beinahe schien die Möglichkeit zu bestehen, dass einer von ihnen den Hut nehmen und weichen würde.
Die Wohnungstür wurde heftig aufgerissen, und eine ausgesprochen schicke Nicoletta erschien.
»Na so etwas!«, echote sie, ganz, als habe sie Frenzes Bemerkung gehört. »Was machst du denn hier?« Die Frage war offensichtlich an Jan gerichtet, was ihn erzürnte.
»Ich wollte dich besuchen.«
»Das passt jetzt schlecht. Aber – kommt doch erst mal rein.«
Frenze musterte die knisternde Folie um Jans Strauß mit einem kritischen Seitenblick. »Normalerweise nimmt

man die Blumen aus der Verpackung, ehe man sie überreicht.«

»In Italien macht man es umgekehrt, damit die Beschenkte sieht, dass die Blumen aus einem Geschäft stammen und nicht aus irgendeinem Vorgarten.« Mit einem verächtlichen Blick auf Frenzes Blumen und dem befriedigenden Gefühl, das letzte Wort gehabt zu haben, trat Jan als Erster in die Wohnung.

Wenig später saßen die beiden Männer auf dem roten Samtsofa vor der grau gestrichenen Steinwand. Jan fiel auf, dass er Frenze das erste Mal ohne Kittel sah. Er trug einen schwarzen Rollkragenpullover und abgewetzte Jeans. Studentisch, befand Jan. Unmöglich. Wahrscheinlich bildete Frenze sich ein, in Verbindung mit Brille und Glatzkopf lasse ihn dies intellektuell erscheinen.

»Ich muss erst mal sehen, ob ich überhaupt zwei Vasen finde«, sagte Nicoletta und fügte erklärend zu Frenze hinzu: »Ich wohne nämlich erst seit kurzem hier, und mein Haushalt ist noch nicht komplett.« Sie verschwand in der Küche und überließ die Männer ihrem Schicksal.

»Und?«, fragte Frenze im Plauderton. »Schon weitergekommen?«

Jan schüttelte den Kopf. »Wir warten auf die Ergebnisse. Solange wir nicht wissen, wie und von wem die Leiche transportiert wurde, kommen wir nicht weiter. Deswegen hatte ich ja um Unterstützung gebeten.« Wenn er gedacht hatte, dass Frenze diesen Hieb als das verstehen würde, was es war, nämlich eine Kritik an der Langsamkeit, mit der das Rechtsmedizinische Institut arbeitete, dann hatte er sich getäuscht.

Frenze lachte entzückt. »So hilflos seid ihr? Ja, ohne die Rechtsmedizin tappt die Polizei im Dunkeln.«

»Ihre Idee mit dem Selbstmord war jedenfalls Murks. Unser Mann hat sich ganz offensichtlich nicht umgebracht.«
Frenze strich sich über den kahlen Schädel. »Das habe ich auch niemals behauptet. Ich habe lediglich darauf hingewiesen, dass der rekonstruierte Vorgang als eine komfortable Form der Selbsttötung gilt. Mehr nicht. Ein bisschen was müsst ihr Jungs ja auch noch zu tun haben.«
»Na dann ist's ja gut.« Jan erhob sich und folgte Nicoletta in die kleine Küche, wo sie verbissen mit dem Messer an den Rosenstielen herumsäbelte. »Was macht der Typ hier?«, zischte er ihr zu.
»Frenze?« Sie reckte den Kopf nach dem Wohnzimmer. »Netter Kerl. Mist, ich habe tatsächlich nur eine einzige Vase! Hast du noch welche? Wir hatten doch damals mehrere, oder? Bring die mir bald mal vorbei, die brauchst du doch eh nicht.«
»Wie kommt denn der nette Kerl in deine Wohnung?«
»Wir sind uns in der Rechtsmedizin über den Weg gelaufen. Ich hab dich dort gesucht, nebenbei bemerkt. Und dann haben wir uns unterhalten. Es ist ganz angenehm, wenn zur Abwechslung mal ein Mann nicht vor mir wegläuft, Jan!«
»Ich bin nicht vor dir weggelaufen. Ich hatte zu tun.«
Energisch zwängte Nicoletta die Stengel des pinkfarbenen Straußes in eine Vase. »Und ich habe ebenfalls zu tun. Ich gehe nämlich gleich mit einem Mann abendessen.«
»Aber doch nicht mit Frenze?«
»Offensichtlich doch«, entgegnete Nicoletta kühl. Dann nahm sie eine Rührschüssel, füllte sie mit Wasser und stellte seine gelben Rosen hinein. »Gut so, oder?«

Jan sah die Bevorzugung von Frenzes Rosen mit Besorgnis.

»Der Typ riecht nach Formalin, Nicoletta!«

»Irrtum. Er riecht nach Jean Paul Gaultier«, korrigierte sie und trat ins Wohnzimmer, die Vase mit Frenzes Blumen in der Hand. »Georg? Könntest du schon mal einen Platz für die schönen Rosen suchen?«

Georg? Jan nahm die Rührschüssel mit seinen Blumen und folgte ihr.

Konnte es sein, dass Nicoletta tatsächlich Gefallen an diesem näselnden, glatzköpfigen Leichenschnippler fand?

»Plastikfolie ist zum Einwickeln von Blumen leider ausgesprochen ungeeignet«, sagte Frenze und warf den Blumen in der Rührschüssel einen besorgten Blick zu. »Auch wenn das in Italien üblich sein mag. Weil sie absolut sauerstoffundurchlässig ist, beschleunigt die Folie geradezu den Zerfall. Blumen sind ja ebenso organisch wie menschliche Körper, nicht wahr, und gehorchen denselben Bedingungen, was ihre Verwesung anbelangt.«

»Sie müssen es ja wissen«, kicherte Nicoletta.

Frenze sah geschmeichelt aus. »Es ist bedauerlich, wie viele Menschen das nicht wissen. Ich hatte einmal einen Fall, in dem ein Zeuge die Hände des Opfers beim Transport schützen und die Spuren bewahren wollte. Der Gute hat Plastiktüten über die Hände gestülpt.« Frenze betonte jede Silbe des Wortes *Plastiktüten*.

»Und dann?« Nicoletta sah fasziniert aus und überhaupt nicht so, als gehe Frenze ihr auf die Nerven.

»Nicht nur, dass dies die Verwesung beschleunigt hat, nein, darüber hinaus hat sich die Folie statisch aufgeladen und die Kleinstspuren angesogen, die sich auf der Haut befanden. Ergebnis: Die Spuren waren in sämtli-

chen Ecken der Tüte statt auf den Händen des Opfers. Wie dumm kann man sein, frage ich mich da!« Man konnte in Frenzes Stimme noch den Tadel mitschwingen hören, den er dem vorwitzigen Zeugen erteilt hatte.
»Puh!«, machte Nicoletta und fuhr sich wie wild durch die Haare. Das war ein schlechtes Zeichen, befand Jan.
»Zum Glück gelang es mir und meinen Kollegen, die Spuren zu sichern.« Frenze sah beifallheischend um sich, als habe er ein Tor geschossen.
Angeber, dachte Jan. Er sagte: »Kann ich dich mal kurz in der Küche sprechen, Nicoletta? Allein.«
»Okay.« Sie lächelte Frenze zu und folgte Jan in die Küche. Er verschloss die Tür zum Wohnzimmer sorgfältig.
»Ich wollte eigentlich heute Abend mit dir reden. Deswegen bin ich gekommen.«
Sie schob ihr dichtes dunkles Haar zurück und lächelte spöttisch, so dass ihr Muttermal hüpfte. Er sah, dass es um ihre Augen herum funkelte, sie hatte Glitzerlidschatten aufgetragen. Für Frenze etwa?
»Darf ich mal lachen, Jan? Ich versuche seit Tagen, dich zu erreichen. Ich dachte, wir hätten an dem Abend was besprochen!«
Er schwieg. Jetzt gab es kein Entrinnen mehr.
»Ich hab dich sogar in der Rechtsmedizin aufgesucht. Offenbar habe ich dich knapp verpasst.«
»Woher wusstest du überhaupt, dass ich dort war?«
Sie lachte ihr etwas heiseres Lachen. »Immerhin war ich ein Jahr mit einem Kriminalkommissar verlobt!« Sie lachte wieder. »Es gab eine Leiche in Königswinter. Du bist weder zu Hause noch im Präsidium. Also kombiniere ich: Du bist in der Rechtsmedizin!«

»Das ist Blödsinn. Ich hätte auch unterwegs sein können, Zeugen befragen, was auch immer.«

»In diesem Fall hätte ich irgendwo einen Latte macchiato getrunken und es später noch einmal probiert. Ich habe Urlaub, schon vergessen?«

»Nein.«

»Was ist denn jetzt mit der Maschine? Bist du einverstanden?«

»Maschine?« Für einen Moment wurde es leicht in seinem Kopf, zu leicht sogar.

»Das hatten wir doch besprochen, Jan! Ich würde die Kaffeemaschine gern behalten. Du bekommst dafür den Fernseher. Das heißt, den hast du ja schon. Warum ist das so schwer zu regeln? Wir waren uns doch einig! Außerdem war dir die Reinigung eh immer zu aufwendig.«

Er runzelte die Stirn. »Deswegen hast du dauernd angerufen?«

Nicoletta musterte ihn neugierig. »Ja, klar. Weswegen denn sonst?«

»Wegen dem Baby.«

»Welches Baby? Das von Carlotta? Ach, von dem Schreck hab ich mich erholt. Sie muss wissen, was sie tut. Sie ist ja alt genug. Wobei ich sicher bin, der Typ wird ...« Den Rest hörte er nicht.

Das Baby von Carlotta. Hatte sie darüber gesprochen?

In dem Alter kauft man ja nicht mehr die Katze im Sack.

Er erinnerte sich nicht an Details. Er war sicher gewesen zu wissen, worüber sie gesprochen hatten. Über sie beide. Offenbar war das ein Irrtum gewesen.

»Jan? Hörst du mir überhaupt zu?«

Er riss die Tür zum Wohnzimmer auf und trat zu Frenze.

»Die Spuren von Gernot Schirners Leiche brauchen wir wirklich sehr bald. Eigentlich bis morgen früh.«
»Tatsächlich?«, fragte Frenze. »Dann los, los! Wenn Sie sich beeilen, macht Ihnen im Institut noch jemand auf.«
Das war ein Rausschmiss. Dieser Kerl, der Nicoletta erst seit wenigen Stunden kannte, wollte ihn, Jan Seidel, der mit ihr verlobt gewesen war, vor die Tür setzen! Aber nachdem Jan sah, welche Blicke Nicoletta dem Leichenschnippler zuwarf, erstarben ihm die Widerworte auf der Zunge.
»Warte noch, Jan!«, rief Nicoletta ihm hinterher. Er war schon zur Tür hinaus und drehte sich noch einmal um. »Ja?«
Sie lehnte im Türrahmen und sah ihn beinahe verlegen an. »Das ist jetzt vielleicht nicht ganz höflich, aber magst du deine schönen Blumen vielleicht wieder mitnehmen? Ich habe einfach keine Vase dafür, und so in der Rührschüssel ... Nebeneinander in die Vase passen sie wirklich nicht.«
»Nein«, sagte Jan nachdenklich. »Das passt in der Tat nicht.«
Er nahm die tropfenden Blumen und ging. Auf der Treppe beschloss er, noch ein Bier im Tubak zu trinken. Mindestens.

*

Im Tubak empfing Jan dasselbe Stimmengewirr wie beim letzten Mal, die Gäste schienen in angeregte Gespräche vertieft, Scherzworte flogen umher, Gläser klirrten aneinander, Lachsalven ertönten. Alle waren bester Dinge. Alle? Fast alle.

Die Frau, die einsam am Tresen saß und in ihr Kölschglas starrte, kam Jan bekannt vor.
»Hallo«, sagte er zu Elena, stellte sich neben sie und gab dem Wirt einen Wink, auch ihm ein Bier zu bringen.
»Hi.« Sie musterte ihn erstaunt. Jan fiel auf, dass sie angespannt aussah.
»Ich wollte noch ein Bier trinken. Ich wohne ja gleich um die Ecke«, sagte er und merkte selbst, wie entschuldigend es klang, als müsse er sich vor Elena rechtfertigen, dass er in ihrer Stammkneipe ein Bier trank.
Sie hob ihr Glas und trank es leer. »Und ich hab einfach keinen Bock, nach Hause zu gehen.«
»Ah«, machte Jan. Er spähte umher. »Und wo ist Reimann?«
»Zu Hause.« Sie nickte ein wenig vor sich hin wie ein Wackeldackel und setzte erklärend hinzu: »Bei mir zu Hause.«
»Oh«, machte Jan. Was auch immer bei Elena und Reimann los war, er verstand es nicht. Aber das wollte er auch nicht. Wer wollte schon alles wissen? Er dachte kurz an Nicoletta und Frenze und schob den Gedanken hastig weg. Das Bier tat gut. Wenn es so weiterging, würde er vom Wein- zum Kölschtrinker mutieren.
»Warum hast du einen Blumenstrauß dabei?« Erst als Elena mit dem Kinn darauf deutete, bemerkte Jan, dass er immer noch den Rosenstrauß in der Hand hielt. Achtlos legte er ihn auf die Theke.
»Ich hab Neuigkeiten«, sagte er.
»Schieß los!«
Er räusperte sich. »Ich vermute, dass der Junge ermordet wurde.«
»Ermordet?« Ihr Blick wurde wach.

»Sie!« Die Frau hinter der Theke rüttelte an seinem Arm. »Ihre Blumen stören hier! Können Sie die vielleicht woanders hinlegen?«
»Klar!« Jan legte den Strauß auf den Boden und beschloss, ihn dort zu vergessen.
»Aber nachher wieder mitnehmen«, mahnte die Frau.
Jan nickte. Dann wandte er sich an Elena. »Es gibt Hinweise, dass der Junge misshandelt worden ist.« Mit wenigen Sätzen beschrieb Jan den Verdacht der Erzieherin, ihr Zögern, ihre Beobachtungen.
Elena schüttelte ungläubig den Kopf. »Das kann nicht sein. Das wäre doch damals rausgekommen. Die haben alles genau untersucht.«
»Offenbar nicht. Du darfst nicht vergessen, dass es keinerlei Anzeichen für ein Verbrechen gab. Der Rhein hatte Hochwasser, und dabei sind einige Menschen ertrunken. Das war nur begrenzt ein Fall für die Kriminalpolizei. Und außerdem hatte die Erzieherin ja mit niemandem über ihre Beobachtungen gesprochen.«
»Was dafür spricht, dass niemand ihre Einschätzung geteilt hat, denn sonst wäre die Misshandlungsgeschichte im Laufe der Untersuchung zutage gekommen.«
»Nicht unbedingt! Blaue Flecken bei einem Jungen sind nun wirklich nichts Außergewöhnliches. Die Erzieherin allerdings, die natürlich viele Kinder kennt, hat diese speziellen Auffälligkeiten bemerkt. Richtig misstrauisch wurde sie erst durch die Reaktion des Jungen. Offenbar wollte er verbergen, von wem die Misshandlungen stammten. Das hat sie stutzig gemacht. Es sprach dafür, dass er Angst hatte, darüber zu sprechen. Oder jemanden schützen wollte.«
»Harter Tobak«, sagte Elena gedankenverloren. »Wir können nicht damit rechnen, dass uns jemand weiter-

hilft. Denn dann müsste der Betreffende sich Vorwürfe machen, dass er damals geschwiegen hat. Weswegen hat diese Erzieherin überhaupt mit dir gesprochen?«
Jan dachte an das Gespräch, das sich so unvorhersehbar entwickelt hatte. An seine braungelockte Tochter, die das Herz der Erzieherin erweicht hatte. »Die Sache treibt sie immer noch herum«, sagte er dann. »Es ist ja nur ein einziger Hinweis. Vielleicht war es ganz anders, aber wir müssen der Sache nachgehen.«
Elena nickte zustimmend. »Das sehe ich auch so. Wir haben es also möglicherweise mit zwei Morden zu tun. Oder einem Mord und einem Selbstmord. Und die Verbindung der beiden Fälle scheint Hannes Menzenbach zu sein.«
»Es sieht ganz danach aus.«
Elena malte mit ihrem Kölschglas Ringe auf die Theke. »Was wollte Gernot Schirner Hannes sagen?«
»Es muss etwas sein, das mit dem Tod von Chris in Verbindung steht. Er wusste etwas und wollte es dem Vater mitteilen.«
»Den Beschreibungen seiner Ex-Kollegen zufolge war er ein ziemlicher Kotzbrocken. Dachte nur an seinen eigenen Vorteil, war skrupellos. Einzig die Nachbarin hatte ein anderes Bild von ihm, aber das ist eine ältere Frau, wer weiß, was die überhaupt mitbekommen hat.«
»Ältere Frauen bekommen manchmal mehr mit, als man so denkt«, sagte Jan. Er dachte an Edith.
»Bleiben wir doch mal bei skrupellos«, sagte Elena. »Angenommen, er wollte die Informationen über Chris zu seinem eigenen Vorteil nutzen.«
»Das würde bedeuten, dass er von Hannes Menzenbach für seine Informationen eine Gegenleistung gefordert hat.«

»Menzenbach kann nicht zahlen, weil er pleite ist, gerät in Wut und bringt ihn um.«
»Die Sache hat nur einen Haken.« Jan schüttelte den Kopf. »Das Treffen sollte erst am folgenden Tag stattfinden!«
»Das vereinbarte Treffen, ja. Aber Menzenbach wohnte im Rheinhotel Loreley. Was, wenn die beiden einander vorher schon zufällig begegnet sind?«
Jan nickte nachdenklich. »Sie können einander überall über den Weg gelaufen sein, das Hotel und das Haus sind nur wenige hundert Meter voneinander entfernt. Beim Spaziergang am Rhein, beim Einkauf, beim Bäcker. Vielleicht hatten sie das geplante Gespräch schon geführt.«
»Und Menzenbach beschließt, den Mann, der die für ihn so wichtigen Informationen hat, umzubringen, indem er ihn in der hoteleigenen Badewanne betäubt und erfrieren lässt, ihn dann in den Rhein legt, mit Lichtern schmückt und die Polizei ruft?«
Jan seufzte. »Vielleicht hat er die Informationen bekommen, und sie haben ihm nicht gefallen.«
»Ich hab genug von den Spekulationen. Wir brauchen verwertbare Hinweise!«
»Zumindest in Sachen Leichentransport wissen wir bald mehr«, sagte Jan. »Frenze wollte sich kümmern.«
Elena nickte anerkennend. »Hast du ihm Dampf gemacht? Gut so! Wir brauchen das Ergebnis. Soll Frenze sich ruhig mal die Nacht um die Ohren schlagen mit seinen Spuren!«
Jan sagte nichts. Er mochte nicht darüber nachdenken, was Frenze in dieser Nacht tat. Was ihn auf verschlungenen Wegen zu seiner nächsten Frage führte. »Was ist denn da mit dir und Reimann?«

Elena warf ihm einen düsteren Blick zu und zuckte die breiten Schultern. »Keine Ahnung. Auf jeden Fall sitzt er jetzt in meiner Wohnung und wartet auf mich.«
»Und ist das gut oder schlecht?«
Ein langes Schweigen war die Antwort, dann seufzte Elena. »Wenn ich das wüsste. Heute Morgen fand ich es ganz gut. Aber jetzt ...«
Der Gedanke, dass andere Menschen es auch nicht leicht hatten, machte Jan irgendwie froh. »Trinken wir noch was«, sagte er und hob zwei Finger in Richtung Wirt.

Tag vier

Sie hatte geträumt.
Es war ein wirrer, verschlungener Traum gewesen, Hannes war bei ihr gewesen, an ihrer Seite, er hatte das Baby im Arm getragen, das Baby, das wohl Lilly sein musste, dann war Wind aufgekommen, und es gab Streit, viel Streit, Hannes hatte geschrien. Der Wind war stärker geworden, ein Tosen, und Blätter waren vom Himmel gefallen, von Windstößen umhergewirbelt, nicht die Blätter der Bäume, nein, Papier.
Es hatte Papier geregnet.
Und da war noch etwas gewesen. Eine Zahl.
Marla schlug die Augen auf. Der Traum war weg. Die Zahl war noch da.
Keine Zahl. Ein Datum.
Sie setzte sich auf, die Bettdecke glitt zu Boden. Der Platz neben ihr war leer. Marla stand auf und öffnete das Fenster. Kalte Morgenluft strömte herein.
Sie hörte Geräusche aus dem benachbarten Kinderzimmer und ging hinüber. Lilly saß im Schlafanzug vor ihrem Barbiehaus, einem Alptraum in Rosa und Weiß. In der Hand hielt sie Business-Barbie, leise summend

bewegte sie die Puppe im Haus umher, treppauf, treppab.
»Guten Morgen, Maus.«
»Hallo, Mama.« Lilly sah nicht auf, ganz auf ihr Spiel konzentriert.
»Hast du gut geschlafen?«
»Ja. Wo ist Papa?«
»Er ist wahrscheinlich angeln.« Marla wunderte sich nur einen Moment darüber, wie treffsicher ihre Tochter die Frage gestellt hatte. Immerhin war Lilly noch gar nicht im Elternschlafzimmer gewesen, woher also wusste sie, dass Hannes nicht da war? Lilly wusste immer alles. Und meist zog sie es vor, die Dinge zu ignorieren und sich auf den Fernseher oder ihre Barbie zu konzentrieren.
Marla hatte gewusst, dass Hannes zum Angeln gehen würde. Dass das gestrige Gespräch ihn forttreiben würde, an den Rhein zu seinen Fischen und seinen persönlichen Geistern, wo er schweigend grübeln und aufs Wasser starren würde.
Plötzlich und unvermittelt war die Zahl wieder da. Das Datum. Die Briefe. Der eine, den sie in der Hand gehalten hatte.
Ihre Schultern verspannten sich. Sie versuchte, die Traumfetzen zu verscheuchen, sich auf ihre Tochter zu konzentrieren. Die sie brauchte.
»Du musst dich anziehen, Maus.«
Sie trat zum Kleiderschrank und öffnete ihn. Viele gestapelte Sachen, in Rosa, in Rot, in Pink. Gemustert und unifarben. Sie griff nach einem Shirt, dann nach einem anderen, hilflos wanderte ihr Blick zwischen den Sachen hin und her. Dann setzte sie sich auf den Teppichboden. Der Traum. Er wollte nicht weichen.

Es war, als umklammerten graue Traumkringel ihre Arme, hinderten sie daran, sich dem Tag zu stellen.
Kaffee. Sie brauchte Kaffee.
Aufs Geratewohl griff sie eine Hose, eine Strumpfhose, ein Shirt. Dann fiel ihr ein, dass Lilly die Strumpfhose nicht alleine anziehen konnte, und sie nahm stattdessen Strümpfe heraus. »Ziehst du dich an? Ich geh schon mal runter«, sagte sie, und Lilly nickte, den Blick fest auf die Puppe gerichtet. Marla wusste, sie würde sich anziehen, ganz alleine. In wenigen Minuten würde sie tadellos gekleidet in der Küche auftauchen und brav ihre Cornflakes essen.
Während Julis Kinder laut und aggressiv ihre Mutter einforderten, wo sie auch standen und gingen, spürte Lilly instinktiv, dass sie funktionieren musste, dass das häusliche System äußerst fragil war, bei der geringsten Erschütterung zerbrechen konnte. Lillys Fügsamkeit war kein Zeichen eines Erziehungserfolgs, sondern zeigte vielmehr Marlas Versagen als Mutter.
Juli war eine viel bessere Mutter.
Aber Juli hatte seltsam reagiert, gestern in der Küche. Zuerst war sie einfach ärgerlich gewesen, kein Wunder bei dem Auftritt, den ihre Schwägerin hingelegt hatte. Doch dann war sie ganz anders gewesen als sonst. Panisch.
Kaffee. Sie brauchte Kaffee.
Die Zahl, die ein Datum war, schob sich wieder in ihr Bewusstsein, als das heiße Wasser zischend in den Kaffeefilter tropfte.
Februar. Der 5. Februar.
Das Datum von Julis Brief war der Tag nach Chris' Verschwinden gewesen.

*

Jans Morgen begann mit einem Kater. Er war das Kölsch nicht gewohnt. Von Wein bekam er nie einen Kater.
Es war lang geworden gestern im Tubak, viel zu lang. Elena und er hatten in neuer Eintracht ein Kölsch nach dem anderen getrunken, wobei sie ziemlich offensichtlich versucht hatten, die Gespenster, die mit ihnen am Tisch saßen, fortzuspülen.
Nicoletta. Frenze. Reimann.
Anfangs waren die drei noch sehr präsent gewesen, obwohl sie mit keinem Wort erwähnt worden waren. Nach einer Weile aber waren da nur er und Elena gewesen und das Kölsch und der Fall.
Als er sich mit brummendem Schädel aus dem Bett erhob, fiel ihm ein, dass er seinen Deckel gar nicht bezahlt hatte. Oder doch? Es wäre nicht ohne Ironie, wenn ausgerechnet der Kriminalkommissar die Zeche prellte.
Als Jan sich etwas später als sonst an den Frühstückstisch setzte, sah er gleich, dass Edith etwas zu berichten hatte. Sie blätterte weder in einem Buch noch im *General-Anzeiger,* sondern strahlte ihm entgegen.
»Ist alles in Ordnung?«, fragte er.
»Aber natürlich!« Sie drehte den Brotkorb ein wenig, und er sah, dass sie schon beim Bäcker gewesen war.
»Brötchen an einem normalen Tag?«, fragte er, aber sie lächelte bloß und schenkte ihm Tee ein.
»Es ist wohl länger geworden gestern«, begann sie diskret.
»Ja, ich war mit Kollegen noch auf ein Bier im Tubak. Ich hoffe, du hast nicht auf mich gewartet.«
»Gibt es Neuigkeiten?«
»Ja. Es hat sich eine ganz neue Richtung aufgetan.« Er berichtete, was die Erzieherin ihm anvertraut hatte.

Edith sah erschrocken aus. »Du meinst, der arme Junge wurde möglicherweise misshandelt?«
»Zumindest vermutet das die Erzieherin.«
»Und sie hat nichts unternommen?«
»Sie hatte ja ihre Gründe. Obwohl die im Nachhinein natürlich nicht zählen.«
Edith nickte nachdenklich. »Und dann hat sie nicht gewagt, etwas zu sagen, damit man ihr keinen Vorwurf macht. Und weil es ohnehin nichts mehr genutzt hätte. Sie muss sich schrecklich fühlen, die Arme!«
»Das tut sie. Sie war richtig erleichtert, über die Sache sprechen zu können.« Jan stutzte, dann betrachtete er seine Großmutter genauer. »Sag mal, gehst du aus?«
»Nein, warum?«
»Weil du dich so schick gemacht hast.«
»Meinst du die alte Brosche?« Verlegen zupfte Edith an ihrer Strickjacke. »Schön, nicht?« Sie lächelte versonnen. »Ich habe gestern übrigens zufällig ein Gespräch der jungen Frauen mitangehört, ein sehr interessantes Gespräch.«
»Welcher Frauen?«
»Juli Schirner, ihre Schwägerin und die Kranke«, zählte Edith auf.
Jan runzelte die Stirn. »Zufällig?«
»Ich wollte eigentlich nur nachschauen, ob die Krokusse im Park schon blühen.«
»Seit wann interessierst du dich für Krokusse?«
Sie blinzelte. »Nun ja, eine alte Witwe braucht manchmal Bewegung. Jedenfalls traf ich im Park Marla Menzenbach, als sie gerade einen Panikanfall hatte. Ich half ihr dann nach Hause.«
»So.« Jan war einigermaßen verblüfft.
Edith lächelte geschmeichelt. »Wie es der Zufall wollte, ver-

lor ich in der Küche meine schöne alte Brosche und musste noch einmal zurück. Und da hörte ich, wie die Witwe und diese junge Mutter miteinander stritten. Es ging um Briefe.«
»Briefe?«
»Um Briefe. Offenbar hat die Witwe im Nachlass des armen Mannes alte Briefe gefunden und sich furchtbar darüber aufgeregt. Sie wollte eine Antwort von ihrer Schwägerin und warf die Briefe nur so durch die Luft.«
»Heutzutage schreibt doch kein Mensch mehr Briefe.«
»Offenbar doch«, sagte Edith. »Auch wenn ich natürlich nicht genau weiß, von wann diese Briefe sind. Es waren ja mehrere.«
»Briefe«, wiederholte Jan nachdenklich. »Und worauf wollte die Witwe eine Antwort?«
»Das wusste sie, glaube ich, selber nicht.« Edith hob ihre Serviette. Darunter lag ein Zettel. Sie reichte ihn Jan. »Das ist leider der einzige Brief, den ich unbemerkt mitnehmen konnte.«
Jan nahm das Blatt und las. Es war eine kurze Nachricht von der Art, wie man sie dem Partner auf dem Küchentisch hinterließ. *Ich habe den Wagen genommen, weil ich nachher noch einkaufen gehe. Holst du eine DVD für heute Abend? Küsse, ich freu mich! Juli*
Die Nachricht war undatiert.
Jan hob fragend die Augenbrauen. »Ein Zettel aus der Zeit, in der die beiden noch ein Paar waren. Was soll daran so brisant sein?«
»An diesem Zettel nicht«, sagte Edith eifrig. »Aber vielleicht an einem der anderen.«
Jan bestrich eine Scheibe Toastbrot mit Marmelade und betrachtete sie nachdenklich, ohne abzubeißen. »Das würde zumindest erklären, weswegen Fanny Schirner

sich überhaupt im Hause ihrer Schwägerin aufhält – weil sie sie mit den gefundenen Briefen konfrontieren will, die etwas enthüllen, was sie vorher nicht wusste. Es ist ja wirklich eigenartig: Beide beteuern, dass sie praktisch keinen Kontakt haben, und unmittelbar nach diesen Beteuerungen zieht Fanny bei denen ein!«

»Es ist natürlich normal, dass Familien in schweren Zeiten zusammenrücken«, bemerkte Edith. »Aber in diesem speziellen Fall ... Sie muss etwas gefunden haben, das sie sehr aufgeregt hat. Ich habe schon überlegt, ob Fanny vielleicht Erpresserbriefe gefunden hat.«

Jan schüttelte den Kopf. »Das wäre unwahrscheinlich. Ich glaube nicht, dass Erpresser heutzutage richtige Briefe schreiben. Vor allem aber: Warum hat Gernot sie aufbewahrt?«

Edith sah sehr zufrieden aus. Sie legte ruhig den Löffel neben die Tasse und sagte bedeutsam: »Effi Briest!«

Jan runzelte die Stirn. »Effi Briest? Ist das nicht diese Schnulze von Fontane? Was soll das bedeuten?«

Edith nickte eifrig. »Genau das frage ich mich auch! Diese Sache mit den Briefen ist so rätselhaft. Es ist wie bei Effi Briest. So überflüssig, nicht wahr?«

»Ich versteh nur Bahnhof, Edith. Was ist überflüssig? Fontane?«

Edith schüttelte entrüstet den Kopf. »Aber nein! Es ist so überflüssig, gefährliche Briefe aufzubewahren! Das hat mich an Effi Briest immer gestört. Und auch an Gernot. Gefährliche Briefe aufzubewahren. Das ist so ... so unüberlegt! Und all diese Totschießerei deswegen!«

»Gernot wurde nicht totgeschossen.«

»Aber der arme Crampas! Und warum? Nur wegen der Liebesbriefe. Weil jemand sie fand, für den sie nicht be-

stimmt waren – nämlich der arme, betrogene Ehemann Instetten! Fontane brauchte diese Liebesbriefe natürlich, damit er die Affäre ans Licht bringen konnte. Es war ja damals modern, dass die Männer einander totschossen und die Frauen krank wurden oder auf die Gleise sprangen. Also mussten die Briefe sein, damit das Ende stimmt.«
»Das Ende?«
»Das Ende vom Roman! Von Effi Briest!«, erklärte Edith geduldig. »Aber ich habe mich als Leserin immer gefragt: Wozu hatte Effi die Briefe eigentlich aufbewahrt? Aus lauter Dummheit? Oder sehnte sie sich nach ein wenig Drama? Oder wollte sie es ihrem Ehemann zeigen? Effi liebte Crampas doch nicht einmal, er war ja auch ein solcher Windhund! Aber sie war eben romantisch. Oder sehr, sehr dumm.«
»Gernot jedenfalls war weder dumm noch romantisch.«
Edith legte den Kopf schief. »Ich glaube, das müssen wir erst noch herausfinden, Jan.«

*

Der Kaffee war heiß, bitter und tröstlich, trotzdem konnte er das Datum mit all seiner Tragweite nicht wegspülen. Der Brief war vom 5. Februar.
Das bedeutete, dass an jenem Tag noch jemand in Königswinter gewesen war. Gernot.
Und Juli hatte nichts davon gesagt, nie. Dabei waren sie alle den Tag wieder und wieder durchgegangen, die Polizei hatte gefragt, Hannes hatte gefragt, Hannes vor allem, der bleiche, erstarrte Hannes, der seinen Sohn suchte.
Marla setzte sich an den Küchentisch, der übersät war mit Post, Zeitungen und Malsachen. Eigentlich sollte sie

aufräumen, endlich einmal, aber ihr fehlte die Kraft. Außerdem musste sie nachdenken.

War es möglich, dass sich etwas an diesem Tag ganz anders abgespielt hatte, als sie all die Jahre gedacht hatte? Ihre eigene Erinnerung war ohnehin löchrig. Sie war zu Tode erschöpft gewesen, übermüdet, unsicher, das Baby auf dem Arm, dazu der Schreck über das Verschwinden von Chris, die gleißende Scham angesichts ihrer Schuld, der Versuch, diese zu verbergen, dann die Angst um Chris. Es war ein Wirrwarr der Gefühle gewesen, sie hatte nicht auf Juli geachtet, Juli war vielmehr die gewesen, die auf sie geachtet hatte, die Suppen und Kuchen herangeschafft und dafür gesorgt hatte, dass sie aß und trank, die das Baby gewickelt hatte, während Marla selbst teilnahmslos auf dem Bett gelegen und an die Wand gestarrt hatte. Dabei war Juli damals selbst hochschwanger gewesen. Mit Fips.

Wie passte dies alles zu den Liebesbriefen?

Gar nicht.

War es möglich, dass Juli an diesem oder einem anderen Tag Liebesbriefe geschrieben hatte? Wie aber hatte sie mit Gernot zusammen sein können, wenn sie sich doch beinahe unablässig um Marla gekümmert hatte?

Marla stellte die leere Tasse in die Spüle.

Davor, dachte sie. Dazwischen. Irgendwann muss sie Gernot getroffen haben. Das bedeutete, er war hier gewesen. Aber warum? Was hatte Gernot getan? Und wie hatte er Juli dazu gebracht, dass sie über seine Anwesenheit so beharrlich schwieg?

Sie musste das herausfinden. Aber würde Juli ihr die Wahrheit sagen, jetzt, nachdem sie so lange geschwiegen hatte? Jetzt, wo Gernot tot war?

Bei dem Gedanken an Juli und Gernot überkam sie ein Frösteln, etwas Wohlbekanntes kroch in ihr hoch. Angst.
»Du hast die Cornflakes vergessen«, hörte sie die Stimme ihrer Tochter. Marla drehte sich um.
»Moment, Maus.« Sie schob achtlos das Chaos auf dem Tisch beiseite und stellte die Schachtel auf den Tisch, dann die Schüssel. Sie wusste, dass Lilly sich selbst einschütten wollte.
Der Schlüssel zu allem waren die Briefe. Und die Briefe waren bei Fanny.
Marla atmete entschlossen durch, dann trank sie die Tasse leer und wandte sich an Lilly. »Heute geht es nicht in den Kindergarten. Wir bleiben mal zu Hause, meinst du nicht?«
»Warum?«
Marla zögerte. »Ich muss gleich etwas erledigen. Ich bin aber bald zurück.«
»Ich will fernsehen.«
»Okay.«
Während es sich Lilly von dem Fernseher bequem machte, sah Marla auf die Uhr. Jeden Moment würde Juli an der Tür stehen, um Lilly für den Kindergarten abzuholen. Wieder fröstelte Marla. Sie wollte Juli nicht sehen.
Sie griff nach dem Telefon und wählte die Nummer des Nachbarhauses. Während es tutete, starrte sie ihre Tochter an, die in dem Chaos des Wohnzimmers saß wie eine rosa Prinzessin und ihre Cornflakes aß. Als sie Heddas Stimme hörte, schloss Marla vor Erleichterung die Augen. Hätte sie es geschafft, Juli anzulügen? Hätte Juli ihrer Stimme angehört, dass etwas nicht stimmte?
»Guten Morgen, Hedda! Kannst du deiner Mama sagen, dass Lilly heute nicht in den Kindergarten geht? Sie hat in der Nacht ein bisschen Fieber gehabt.«

»Okay«, sagte Hedda knapp und legte auf.
Marla starrte einen Moment den Telefonhörer in ihrer Hand an. Das war leicht gewesen.
»Du hast gelogen«, tönte es aus dem Wohnzimmer.
»Was?«
»Gelogen hast du. Ich hab gar kein Fieber.«
»Du bist ein bisschen warm.«
»Du hast gelogen. Das ist auch egal. Alle lügen. Hedda lügt auch. Sie hat gesagt, dass sie keine Zähne mehr putzen muss. Und dass sie den ganzen Abend fernsehen durfte, sogar beim Essen. Dabei darf sie gar nicht fernsehen. Nur ich darf das. Und Fips hat gesagt, dass der Popo schmilzt vom Rutschen.« Sie klang zufrieden.
Marla ging in die Küche und schaltete das Deckenlicht aus, damit man sie von außen nicht sehen konnte. Dann setzte sie sich ans Fenster. Sie fixierte so lange den benachbarten Hauseingang, bis Juli erschien, im wollenen Poncho, und mit den Kindern an der Hand in Richtung Kirche lief, im Eilschritt.
Sie fühlte sich nicht wohl dabei, sie so zu beobachten. Aber sie konnte Fanny schlecht nach den Briefen fragen, solange Juli danebenstand. Aber Juli würde frühestens in einer halben Stunde zurück sein.
Marla öffnete die Schublade mit den Plastiktüten und nahm eine zweite heraus. In jeder Jackentasche eine Tüte. Sie würde diesmal auf Nummer sicher gehen.
Marla steckte den Kopf ins Wohnzimmer. »Maus? Ich geh eben raus. Bin gleich zurück. Du bleibst schön hier, okay?«
Lilly nickte.
Lilly war sicher vor dem Fernseher. Und sie selbst würde sich zusammenreißen und herausfinden, was Juli zu ver-

bergen hatte. Auch wenn der Gedanke Angst in ihr hochkriechen ließ.
Marla tastete nach den Plastiktüten. Sie würde sich von der Angst nicht besiegen lassen.
Diesmal nicht.

*

»Das war ja lang gestern«, sagte die Stimme hinter ihrem Rücken. Elena hütete sich davor, sich zu dieser Stimme umzudrehen, weil ihr dann noch schwerer fallen würde zu sagen, was sie sagen musste.
Trotz der zahlreichen Biere im Tubak war sie lange vor ihrem Wecker erwacht, und die Tatsache, dass Reimann neben ihr schlief, hatte sie regelrecht hochschrecken lassen. Ein Lauf am Rhein war einem gemeinsamen Frühstück entschieden vorzuziehen. Doch der Versuch, lautlos nach ihren Klamotten zu angeln und Reimann aus dem Weg zu gehen, war offenbar misslungen.
Sie zog hastig ihr Shirt über, dann den Sweater, als könne ein Verhüllen ihrer Nacktheit dabei helfen, so zu tun, als sei nie etwas zwischen ihnen gewesen.
»Du wolltest dich klammheimlich vom Acker machen«, stellte Reimann fest.
Sie zuckte die Achseln und angelte nach ihren Laufschuhen. Immer noch vermied sie es, sich umzudrehen, aber die Geräusche in ihrem Rücken waren deutlich, sie sah ihn förmlich vor sich, wie er, den Kopf aufgestützt, ihren Rücken betrachtete, wie die andere Hand selbstvergessen den behaarten Bauch kraulte.
»Wo warst du denn gestern Abend? Ich hab dich gar nicht kommen hören.«

»Ich war mit Jan im Tubak einen trinken.«

»Mit Jan?« Reimann prustete. »Na, dann muss ich mir ja keine Sorgen machen.« Sie hörte das Ächzen der Matratze, als er sich wieder zurückfallen ließ.

Sie wusste nicht, wie er das gemeint hatte, ob er darauf anspielte, dass Jan keine Konkurrenz für ihn war, so dass er ihr gestatten konnte, ein Bier mit ihm zu trinken. Sie wünschte, dass der wohlbekannte Zorn in ihr aufflammen würde, Zorn, der ihr half, aus so schwierigen Situationen wie diesen herauszukommen. Weil es viel einfacher war, vorauszupreschen und herumzuschreien, weil das, was sie Reimann sagen musste, sagen wollte, leichter im Zorn auszusprechen war als in Ruhe. Weil ihr im Zorn entgehen würde, ob und wie sie ihn traf mit ihren Worten.

»Das geht so nicht, Reimann«, sagte sie, weil es ja nun herausmusste. »Ich will nicht, dass du hier wohnst. Das läuft irgendwie nicht mit uns.«

»In der ersten Nacht lief es aber ganz gut«, sagte Reimann.

»Jetzt aber nicht mehr. Weil ich es nicht will.«

»Ich kann nicht zurück zu meiner Familie. Ausgezogen ist ausgezogen. Und fürs Erste wohne ich jetzt nun mal bei dir.«

»So einfach geht das nicht.«

»Doch«, sagte Reimann. Dann stand er auf und ging in Unterhose aus dem Zimmer. Dabei kratzte er sich am Bauch, genau so, wie sie es sich eben vorgestellt hatte.

»Ich hab übrigens eine anständige Kaffeemaschine gekauft«, rief er über die Schulter zurück.

*

Jan hatte Mühe, das verwirrende Gespräch mit Edith aus dem Kopf zu bekommen, als er in Richtung Präsidium fuhr. Liebesbriefe! Wer schrieb heutzutage noch Liebesbriefe? Er dachte an Nicoletta und errötete beinahe. Zum Geburtstag hatte er ihr jedes Jahr eine Karte geschrieben, eine Karte, die ganz entschieden nur für sie persönlich und auf keinen Fall für fremde Augen bestimmt war. Möglicherweise hatte Fanny eine solche Karte ausgegraben. Rührte daher ihre Entrüstung? Hatte eine Karte oder ein Brief ein andauerndes Verhältnis offengelegt? Es war ein merkwürdiger Gedanke, dass ein Mordopfer auf diese Art ein weiteres Mal zum Opfer wurde, einfach nur dadurch, dass seine Schreibtischschubladen plötzlich anderen offen standen. Wie schmerzhaft, wenn ein solcher Blick in den Schreibtisch das Andenken eines geliebten Menschen verdunkelte! Wie viele alte Pornos, Hotelrechnungen und sonstige eheliche Geheimnisse mochten in den Schubladen Verstorbener lauern, bereit, die trauernden Hinterbliebenen noch weiter zu verletzen?

Wenn Liebesbriefe nicht so veraltet waren, wie er dachte – wie sah es dann mit Erpresserbriefen aus?

Juli Schirner verweigerte sich offenbar bewusst dem Fortschritt. Würde jemand, der Eischnee mit der Hand schlug, auch seine Erpresserbriefe mit der Hand schreiben? Das wäre dumm, und dumm war Juli Schirner nicht, obwohl sie seltsam war. War Effi Briest dumm gewesen?

Sehr nachdenklich betrat Jan das Präsidium. Er versuchte, Ediths wirre Ideen aus seinen Gedanken zu verscheuchen und sich auf die neue Ermittlungsrichtung zu konzentrieren.

Es ging um den Jungen. Einen Jungen, der möglicherweise misshandelt und dann zu Tode gekommen war. Die Frage war jetzt: Wer außer Gernot Schirner hatte davon gewusst? Oder: Warum hatte Gernot Schirner davon gewusst?
Der Gedanke an Schirner ließ ihn zum Telefon greifen.
»Nina? Ist der Bericht von Frenze schon da?«
»Nein. Soll ich mal nachfragen?«
»Ja, mach das bitte.«
Er drückte zwei Aspirin aus dem Blister und zerkaute sie. Das war zu viel Kölsch gewesen gestern, aber es hatte sich gelohnt. Jedes Glas hatte Nicoletta und Frenze ein wenig weiter in die Ferne gerückt. Und Elena ... Elena war anders gewesen als sonst. Sie arbeiteten seit über einem Jahr zusammen, und Jan hatte sie immer nur als bissige, spöttische, aufbrausende, unerträgliche Emanze erlebt. Gestern war sie ihm das erste Mal menschlich erschienen. Als netter Mensch dazu.
Wo mochte sie stecken? Hatte sie auch einen Kater? Oder stritt sie mit Reimann?
Dieser Misshandlungsgeschichte mussten sie nachgehen. Wer hatte Chris etwas getan und warum? Und: Hatte Gernot etwas gewusst, das ihm zum Verhängnis geworden war?
Erneut griff Jan nach dem Telefon und ließ sich mit dem Jugendamt verbinden. Er würde schon noch herausbekommen, welche Informationen Gernot gefährlich geworden waren.

*

Auch nach mehrmaligem Klingeln hatte niemand geöffnet. Ob Fanny noch schlief?
Marla konnte nicht warten. Juli würde bald zurück sein. Entschlossen zog sie ihren Schlüsselbund mit Julis Ersatzschlüssel aus der Hosentasche und öffnete die Haustür.
Die Küche sah aufgeräumt aus im Vergleich zu ihrer eigenen.
»Fanny?«
Keine Antwort. Marla stieg die Treppe hinauf. »Fanny, ich bin es, Marla, die Nachbarin von nebenan!«
Plötzlich zögerte sie. War das richtig, was sie hier tat? Sie kannte Julis Schwägerin überhaupt nicht. Juli war immerhin ihre beste Freundin.
Nicht nur die beste, dachte sie. Die einzige. Sie hatte ihr so oft beigestanden, durfte Marla sie jetzt hintergehen?
Im Obergeschoss regte sich nichts. Marla atmete tief durch. Sie würde nicht nach den Briefen fragen. Aber wie sollte sie erklären, weswegen sie gekommen war? Und: Warum antwortete Fanny nicht?
»Fanny, ich bin es, Marla!«
Sie verharrte vor der Tür zu Heddas Zimmer. Ein Anflug von Panik überfiel sie.
Wie von selbst fand die Hand in ihre rechte Jackentasche. Vorsichtshalber zog sie die Tüte heraus. Eine rote Plastiktüte.
Nein. Marla atmete tief durch. Sie würde ohnehin keinen Anfall bekommen, dazu gab es keinen Anlass. Nichts Schlimmes, dachte sie. Es geht nur um einen Brief. Ich will nur klären, wer an dem Tag hier war.
Sie wusste, dass das nicht stimmte. Falls etwas an jenem Tag anders gewesen war, falls jemand etwas verschwiegen hatte, dann war das keinesfalls eine Lappalie. Aber

daran durfte sie jetzt nicht denken. Sie durfte einfach nicht zu weit denken.
Es war wie mit dem Rhein. Wann immer Marla das Haus verließ, durfte sie nicht bis an den Rhein denken. Sie musste das Wissen, dass der Rhein nahezu die ganze Altstadt umschlang, weit wegschieben, durfte nur an die nächsten Schritte denken. So war es auch jetzt. Sie wollte nur klären, was mit den Briefen war.
Marla klopfte an die Tür.
»Fanny?«
Keine Antwort. Sie drückte die Türklinke herunter.
»Fanny?«
Sie trat ein. Im Zimmer war es dunkel, die Rollläden waren heruntergelassen. Marla ließ den Blick schweifen, doch sie sah keine Briefe. Nur einen Koffer, Kleidung, die sauber über einem Stuhl hing.
Fanny lag im Bett. Auf dem Nachttisch neben ihr lag ein Brief.
Und noch ehe Marla nach der kalten Hand griff, die schlaff aus dem Bett hing, wusste sie, dass Fanny tot war.

*

Es waren lange, zähe Gespräche gewesen, und sie hatten nichts gebracht.
Seufzend ließ Jan den Telefonhörer sinken. Im Jugendamt hatte man ihn von einer Person zur anderen verbunden, und niemand hatte ihm helfen können. Immerhin stand jetzt fest, dass keine Akten zu Chris existierten. Das wäre allerdings angesichts der zurückliegenden Ermittlungen auch sehr verwunderlich gewesen. Er stützte das Kinn auf und überlegte. Worauf hatte er gehofft?

Ein Pfiff von Elena ließ ihn herumfahren. »Kommissar Seidel in Denkerpose! Oder schläfst du etwa, Jan?« Ihre Stimme klang so spöttisch wie sonst, aber der Blick, mit dem sie ihn bedachte, war freundlich, sie lächelte sogar und trat an seinen Tisch.

»Noch nicht.«

»War ein Kölsch zu viel gestern, oder? Bei mir zumindest.«

»Bei mir auch.« Jan hätte gern gefragt, was jetzt mit Reimann war, aber er ließ es bleiben. Immerhin war das gestrige Beisammensein mit Elena vor allem darauf zurückzuführen, dass sie Ärger mit Reimann hatte. Das war kompliziert. Es war besser, wenn er nichts wusste. Außerdem war da etwas mit der Loreley, das ihm im Kopf herumschwirrte.

»Gibt es etwas Neues?«

»Mir geht diese Loreley-Sache nicht aus dem Kopf.«

»Warum?«, fragte Elena und grinste. »Wegen der schönen Nixe?«

Jan zuckte die Achseln.

»Vergiss es, Jan! Rheinnixen sind nicht mehr aktuell. Und an der Story war schon immer etwas faul. Sündenbockgeschichten von schuldbewussten Fischern, sag ich da nur.«

Jan seufzte. »Ich rede nicht von der Nixe, Elena, sondern von dem Hotel. Warum ist er in das Hotel gegangen?«

Sie setzte sich halb auf seinen Schreibtisch – bei ihrer Größe kein Problem – und sah sich suchend um, vermutlich hielt sie Ausschau nach Keksen. Es tat ihm beinahe leid, dass er heute keine dabeihatte. »Weil er für längere Zeit bleiben wollte.« Sie zählte an den Fingern ab. »Weil er es sich leisten konnte. Weil er wusste, dass er im Haus seines Bruders nicht willkommen war.«

Alle Punkte klangen plausibel. »Okay, nehmen wir mal

an, er wollte verschiedene Sachen hier regeln. Vielleicht wollte er sich von seiner Schwägerin, sogar von seinem Bruder oder seiner Tochter verabschieden. Warum geben die es nicht zu? Und warum ... warum diese irre teure Suite? Dieses Turmzimmer?«
Elena musterte ihn nachdenklich. »Für mich macht das Sinn. Mehrere Zeugen haben bestätigt, dass Gernot seit seiner Erkrankung das Leben auskosten wollte, von allem das Beste. Er wollte eben an nichts sparen, weil er sich mit dem Geld nicht den Sarg tapezieren wollte, wie man so schön sagt. Also nahm er gezielt das schönste Zimmer im Hotel.«
»Das kann natürlich sein«, stimmte Jan zu.
Elena stand auf und sah auf die Uhr. »Ich muss auf alle Fälle noch mal bei der Laborantin auf den Busch klopfen. Die gute Frau hatte allen Grund, ihn zu hassen. Erst hat er sie für seine Zwecke ausgenutzt und dann dafür gesorgt, dass ihr gekündigt wird!«
Jan stand auf und griff nach seiner Jacke. »Und ich gehe ins Rheinhotel. Vielleicht haben wir etwas übersehen.«

*

Der Brief neben Fanny war nicht etwa der, den Marla suchte, sondern offenbar ein Abschiedsbrief. Marla warf nur einen Blick darauf, dann durchsuchte sie das Zimmer. Der Koffer enthielt nichts als einige wenige Wäschestücke. Die restliche Kleidung hatte Fanny auf Bügeln an die Tür gehängt.
Wo waren die Briefe? Mit spitzen Fingern wühlte Marla in der Wäsche. Ihr Herz hämmerte. Sie fühlte sich wie eine Einbrecherin.

Sie kann mich nicht sehen, dachte sie. Sie ist tot.
Die Briefe. Wo konnten die Briefe sein? Marla sah sich um, bemüht, die leblose Frau mit keinem Blick zu streifen. Das übliche Kuddelmuddel von Heddas Kinderzimmer umgab sie. Überquellende Bücherregale, ein kleiner Schreibtisch mit Heften. Fanny würde ihre Sachen sicherlich nicht im Kinderzimmerschrank einsortieren.
Neben dem Bett stand ein Kosmetikkoffer. Marla zog ihn heran, darauf bedacht, der Leiche nicht zu nahe zu kommen. Der Kosmetikkoffer war mit einem Zahlenschloss gesichert, aber der Deckel sprang sofort auf. Eine unvorstellbare Menge an Kosmetika quoll Marla entgegen. Dazwischen lag ein Stapel Briefe. Die Briefe, die Fanny gestern herumgeworfen hatte. Hastig blätterte Marla durch den Stapel, einmal, zweimal. Es waren überwiegend kleine, verliebte Nachrichten, wie man sie auf dem Küchentisch hinterließ, zwei richtige Liebesbriefe. Der, den sie suchte, war nicht dabei. Der Brief war verschwunden.
Sie wollte nachdenken, doch etwas berührte sie an der Seite, so plötzlich, dass sie zusammenschrak und die Tüte fallen ließ.
Die tote Fanny. Hatte die Leiche nach ihr gegriffen? Hastig huschte Marlas Hand in die Manteltaschen, erst in die eine, dann in die andere, wo sie die zweite Tüte fand und sich hastig vor das Gesicht hielt. Einige Atemzüge, dann war sie sicher, dass sie keinen Anfall bekommen würde. Fannys Hand hing schlaff aus dem Bett. Sie musste dagegen gestoßen sein.
Was sollte sie tun? Was um Himmels willen sollte sie tun? Die Polizei rufen?

Sie war unerlaubt hier eingedrungen, das stand fest, wenngleich mit dem Nachschlüssel, den Juli ihr gegeben hatte.
Wusste Juli schon, dass ihre Schwägerin sich umgebracht hatte?
Etwas in Marla setzte aus, einen kleinen Moment nur, eine Idee nahm Form an, schlug einen Bogen und war dann verschwunden. Beinahe.
Juli.
Wusste sie, dass ...
Marla runzelte die Stirn. Sie kannte Juli. Wenn Juli ihre Schwägerin tot im Bett finden würde, würde sie diese Tatsache erst einmal ignorieren, um die Kinder nicht zu beunruhigen. Sie würde Frühstück machen und die Kinder unter munterem Geplauder in die Schule und in den Kindergarten bringen.
Marla schlug die Hand vor den Mund.
Juli hatte Nerven wie Drahtseile. Was war mit Gernot gewesen in der Nacht?
Lillys Worte fielen ihr ein. Da war etwas gewesen, etwas mit Hedda.
Sie hat gesagt, dass sie den ganzen Abend fernsehen durfte, sogar beim Essen. Dabei darf sie gar nicht fernsehen.
Die müssen nicht mehr Zähne putzen.
Hatte Hedda die Wahrheit gesagt? Hatte Juli, die sonst so streng über die Freizeit ihrer Kinder wachte, die Kinder vor dem Fernseher geparkt und anschließend ohne Zähneputzen ins Bett geschickt, damit sie nicht merkten, dass im Badezimmer ihr Onkel starb?

*

Die Dame hinter dem Empfangstresen war genau genommen noch nicht einmal eine Frau, eher ein Mädchen. Aus ihrer schlechtsitzenden Jacke schauten gerötete Handgelenke heraus, an denen pummelige Kinderhände hingen.

»Herzlich willkommen im Rheinhotel!«, sagte sie und sah an ihm vorbei.

»Jan Seidel, Kriminalpolizei.«

»Polizei?« Das Mädchen riss die Augen auf und schnappte nach Luft. Auf ihrem runden Gesicht erschienen hektische Flecken.

»Ich würde gern Frau Kerner sprechen.«

»Die hat frei.« Ängstlich sah sich das Mädchen um.

»Könnten Sie mir dann helfen? Ich müsste noch einen Blick in die Turmzimmersuite werfen.«

»Ich schau mal nach, ob die frei ist.«

Hastig beugte sich das Mädchen über den Tisch und blätterte. Nachdenklich sah Jan ihr zu. »Haben Sie Gernot Schirner eigentlich kennengelernt?«

Das Mädchen schüttelte heftig den Kopf. Die Flecken auf dem Hals wurden größer. »Nein!«

»Gesehen?«

»Nur ganz kurz.«

Jan musterte das Mädchen, das mit hochrotem Kopf am Ärmel herumzupfte. »Ist etwas nicht in Ordnung?«

»Hören Sie, mir tut das so leid«, platzte das Mädchen heraus. »Aber ich wusste ja nicht, dass es wichtig ist. Und als er tot war, wollte ich nicht, dass die Chefin das mitkriegt. Ich habe doch letzte Woche erst hier angefangen!«

»Wovon sprechen Sie?«

»Von der Tasche. Der Herr Schirner hatte doch seine Tasche vergessen. Und ich hab sie nicht an die Rezeption gelegt, sondern in mein Zimmer.«

»Moment«, sagte Jan. »Die Tasche von Gernot Schirner ist in Ihrem Zimmer?«

»Ja.«

»Dann holen Sie sie her, verdammt noch mal!«

Kaum eine Minute später war das Mädchen zurück. Die schwarze Tasche hielt sie fest umklammert.

Jan nahm die Tasche, es war eine schwarze Nylontasche. Er zog den Reißverschluss auf. Kein Laptop, aber Papiere, Notizbuch, Geldbeutel und ein Kalender. »Warum haben Sie die Tasche nicht der Polizei gegeben?«

»Ich war doch nicht da, als Sie gekommen sind. Und als ich dann gehört habe, was mit dem Herrn Schirner passiert ist ...« Sie senkte den Kopf.

»Was machen Sie denn normalerweise, wenn einer der Hotelgäste etwas vergisst? Dafür haben Sie doch vermutlich einen Platz, oder?«

»Schon«, hauchte das Mädchen. »Aber ich bin ja nur Praktikantin, ich bleibe nur bis mittags an der Rezeption, und da dachte ich ...«

»Ja?«

Das Mädchen presste die Lippen aufeinander. »Natürlich hätte ich die Tasche bei Barbara lassen können. Aber dann hätte die ja das Trinkgeld bekommen! Wenn einer so eine schöne Suite mietet, dann gibt er sicher Trinkgeld, und wenn ich die Tasche an der Rezeption abgegeben hätte, dann hätte die Barbara das Trinkgeld bekommen.«

Jan betrachtete das Mädchen verblüfft. Trinkgeld. Es war um Trinkgeld für eine vermisste Tasche gegangen. »Ich verstehe«, sagte er nur.

»Aber sagen Sie es der Chefin nicht, okay?«
»Versprochen«, sagte Jan. Er nahm die Tasche und verließ das Hotel. Er war sicher, darin würde er das Puzzlestück finden, das ihm noch fehlte.

*

Elenas Zettel und die Visitenkarte steckten noch im Briefkasten. Offenbar war Silke Brachau gar nicht nach Hause gekommen, ebenso wenig wie ihr Lebensgefährte.
»Zu wem wollen Sie denn?«
Elena drehte sich um. Ein älterer Herr mit Einkaufstüte, den Schlüssel in der Hand, musterte sie interessiert. Er trug einen Hut.
»Zu Silke Brachau.«
»Die sind weg. Schon seit zwei Wochen. Die machen Weltreise.«
»Die machen was?«
»Weltreise. Nicht richtig, aber in Asien wollen sie herumfahren. Kommen frühestens im April zurück, haben sie gesagt. Na ja, Zeit haben sie. Sind ja arbeitslos. Er schon länger als sie.«
»Ach«, sagte Elena.
Der Herr nickte, als habe sie etwas Bahnbrechendes zum Gespräch beigetragen. »Zeit haben sie. Wo sie das Geld herhaben, frag ich mich nur.«
Das frag ich mich auch, dachte Elena.
Der Herr war jetzt in seinem Element. »Schickt das Arbeitsamt denen das Geld dann nach Asien? Eigentlich müssen die sich doch zur Verfügung halten, sollte man meinen.«
»Sollte man meinen«, stimmte Elena zu.

»Mir würden sie die Rente jedenfalls nicht nach Thailand nachschicken. Wobei, ich hab noch nie gefragt, vielleicht sollte ich einfach mal fragen. Fragen kostet ja nix«, sagte der Herr und lachte meckernd.
»Ja, fragen Sie mal«, sagte Elena und ließ ihn stehen.
Eine arbeitslose Laborantin, die mit ihrem Freund auf Weltreise ging. Elena wäre jede Wette eingegangen, dass das Geld dafür von Gernot Schirner stammte. Aber wenn Silke Brachau seit zwei Wochen außer Landes war, konnte sie mit dessen Tod kaum etwas zu tun haben.

*

So schnell sie konnte hastete Marla zurück nach Hause. Nur keine Sekunde verschenken, nur nicht nachdenken, nur nicht panisch werden. Und vor allem: nicht Juli in die Arme laufen.
Konnte es sein, dass Juli an Gernots Tod mitgewirkt hatte? War es denkbar, dass sie Marla benutzt hatte, um seine Leiche zu entsorgen? Urplötzlich erschien ihr die Geschichte mit dem regennassen Gernot, der sich in der Badewanne seines Bruders ein Bad einließ und dann einen Herzinfarkt bekam, als sehr abenteuerlich. Sie hatte Juli, ohne zu zögern, jedes Wort geglaubt.
Warum?
Weil ich ein schlechtes Gewissen hatte wegen damals, dachte Marla. Weil ich verstehe, dass sie Angst um ihre Familie hat, wenn es rauskommt. Denn diese Angst habe ich auch.
Und war sie Juli nicht auf ewig zur Dankbarkeit verpflichtet nach allem, was die für Marla und Lilly tat?

Sie schloss mit zitternden Händen die Haustür auf, trat in den Flur, schlug die Tür hinter sich zu. Drehte den Schlüssel im Schloss, einmal, zweimal. Dann steckte sie ihn in die Tasche. Für den Fall, dass sie einen Anfall bekam, durfte Lilly nicht hinaus, damit sie Juli nicht in die Arme lief.
Oder wurde sie gerade irre? Spielte ihr die Phantasie einen Streich?
Aus dem Fernseher drang das monotone Gequassel der Comicstimmen. Ein Stoßseufzer entfuhr ihr, als sie Lilly vor dem Fernseher hocken sah.
Marla fuhr sich über die Stirn. Sie schwitzte. Sie war hysterisch.
Was sollte sie tun? Die Polizei rufen? Aber was, wenn Juli Ernst machte und verriet, was damals passiert war? Der Polizei wäre das einigermaßen egal, aber was würde Hannes sagen? Alles würde in Trümmern liegen. Oder spielte das längst keine Rolle mehr?
Sie griff nach dem Telefon, als sie das Geräusch an der Tür hörte.
Ein Kratzen.
Dann ein Klingeln.
Marla zuckte zusammen und glitt neben Lilly zu Boden.
»Scht!«, machte sie und legte die Finger auf die Lippen.
Lilly starrte sie verwundert an.
»Marla?«, fragte Julis warme Stimme, gedämpft durch das Holz der Tür.
Lilly warf ihr einen fragenden Blick zu, der kleine rosa Mund ein Strich.
»Schscht!« Ein warnender Blick, ihre Hand griff nach der ihrer Tochter. Die nickte, und ihre klebrigen warmen Finger umschlossen Marlas Zeigefinger.

Erneutes Klingeln. Dann Julis Stimme ganz nah, sie musste den Mund direkt am Briefschlitz haben. »Bist du da? Geht es dir gut?«
In diesem Moment sah Marla es. Das Licht im Flur. Es brannte. Sie konnte unmöglich hin, um es zu löschen, es war zu spät. »Ganz leise«, flüsterte sie in Lillys blonde Locken. »Wir sind ganz, ganz leise, okay?«
Die Locken unter ihr nickten.
»Marla?« Die Schritte auf dem Kies entfernten sich, kamen wieder zurück.
Marla spürte, wie Panik in ihr emporschoss. Sie hatte vergessen, dass Juli einen Schlüssel besaß. Für Notfälle. Falls Marla nicht öffnete. Damit sie sich um Lilly kümmern konnte.
»Mama?« Die ängstliche Stimme an ihrem Ohr. Marla wollte dem Kind beruhigend über die Haare streichen, aber es gelang ihr nicht. Die Finger. Sie wurden steif. Sie bekam einen Krampf.
Die Tüte! Sie versuchte, in ihre Jackentasche zu greifen, der Daumen verhakte sich im Stoff.
Viel zu langsam schob sich Marlas Hand in die Jackentasche, in der es beruhigend hätte knistern müssen. Dann in die andere. Sie hatte doch extra zwei Tüten eingesteckt. Warum waren sie …
Doch. Marla entfuhr ein Stöhnen, als sie die Plastiktüte spürte. Dann hörte sie es.
Ein Kratzen im Türschloss. Ein Schlüssel, der sich drehte.
Marla nahm ihren eigenen keuchenden Atem wahr. Sie registrierte mit Verzögerung, dass ihr Puls hochgeschnellt war.
Die Tüte blähte sich, als sie ausatmete, und mit jedem

weiteren Atemzug lockerten sich ihre Glieder. Erleichterung durchflutete Marla.
Dann sah sie Juli in der Tür.
»Warum lasst ihr mich nicht rein?«

*

Der Kalender lag, mattschwarz glänzend, vor ihm auf dem Tisch. Nachdenklich blätterte Jan ihn durch.
Er sah nicht auf, als Elena näher trat. »Frenze hat die Ergebnisse über die Spuren an Schirners Leiche immer noch nicht«, sagte sie.
»Frenze ist ein Lahmarsch.«
Elena grinste. »Nein, Frenze ist ein Casanova.«
»Wie meinst du das?«
»Er meinte, ein Mann im besten Alter habe ausnahmsweise mal anderes zu tun gehabt.« Sie ahmte den näselnden Tonfall des Rechtsmediziners treffend nach, doch Jan war nicht nach Lachen zumute.
»So. Sagte er das.« Er starrte einen Moment vor sich in die Luft, dann erhob er sich. »Ich werde diesen verdammten Kalender so lange durchgehen, bis ich etwas finde, das uns weiterhilft. Ich will nicht gestört werden.«
»Okay«, sagte Elena und hob verwundert die Augenbrauen.
Jan sah ihr nach, bis sie aus der Tür war. Frenze, der Casanova. Frenze und Nicoletta. Musste das sein?
Dann nahm er den Kalender in die Hand. Er würde nicht eher aufstehen, bis er ihm sein Geheimnis entrissen hatte. Irgendwo auf den vielen vollgekritzelten Seiten musste der Schlüssel zu der ganzen Geschichte lauern, davon war Jan überzeugt.

*

»Mit mir hast du offenbar nicht gerechnet«, sagte Juli und ließ ihre Hand unter den Poncho wandern. Es war eine Drohgebärde, eine irritierend langsame, vielsagende Geste, und Marlas Augen weiteten sich.
Hatte Juli eine Waffe?
Juli lächelte. Es war kein gutes Lächeln. »Buh!«, machte sie und zog mit der Geste eines Zauberers die Hand aus der Tasche.
Eine Tüte.
»Ich …«, sagte Marla, dann schloss sie den Mund. Ihr Kopf war leer. War Juli gekommen, um ihr zu helfen? Oder …
Sie betrachtete die Tüte in Julis Hand. Die rote Tüte einer Buchhandelskette. Ihre Hand umklammerte die eigene Tüte. Sie besaß nur noch eine.
»Die hier hast du offenbar verloren, als du drüben warst«, sagte Juli. »In meinem Haus. Obwohl du ja auf die arme kranke Lilly aufpassen musstest. Offenbar wolltest du nach meiner Schwägerin sehen. Für die kommt allerdings jede Hilfe zu spät.«
Marlas Mund war trocken.
»Und warum hast du mich eben so erschreckt angesehen? Dachtest du etwa, ich hätte eine Waffe dabei?«
»Ich dachte gar nichts«, murmelte Marla.
Juli lächelte beinahe zärtlich. »Wie schade! Denn wenn du ein bisschen nachgedacht hättest, wäre dir aufgefallen, dass ich gar keine Waffe benötige! Nicht für dich!« Sie trat mit zwei Schritten auf die versteinerte Marla zu und griff nach ihrer Tüte. »Siehst du?«, hauchte sie. »Ich brauche keine Waffe!« Mit einem Ruck riss sie ihr die Tüte aus der Hand. »Und? Kriegst du jetzt Angst? Dann müssen wir nur noch abwarten, Marla, bis ein Anfall kommt und dich erledigt!«

In Julis Pupillen sah Marla ihr eigenes, angsterfülltes Gesicht, dann sprang diese Angst über, rauschte ihr durch die Adern und explodierte in ihrer Brust.

*

Es war eine unscheinbare Eintragung.
Herrmansweg 15, Brühl.
Jan sah auf und runzelte die Stirn. Irgendwo hatte er die Adresse schon einmal gehört.
Elena. Elena war dort gewesen. Das war die Adresse von Silke Brachau, der Laborantin, die in Gernots Betrug verwickelt gewesen und dann von ihm fallengelassen worden war. Jan griff nach der Akte und blätterte, bis er den betreffenden Eintrag gefunden hatte. Kein Zweifel, Gernot hatte die Laborantin aufgesucht, nachdem ihr gekündigt worden war.
Wann hatte er sie getroffen? Er blätterte erneut im Kalender.
Der 4. Dezember. War das nicht der Tag der ersten Abhebung gewesen? Er sah die Kontoauszüge durch. Tatsächlich!
Jan überlegte fieberhaft. Sie hatten die Sache mit den Geldbeträgen völlig falsch interpretiert. Gernot hatte das Geld nicht etwa einem Erpresser gegeben, sondern es an mehrere Menschen verteilt. An Menschen, denen er etwas schuldig geblieben war oder denen er Unrecht getan hatte. Konnte das sein? Und wie passte das zu der Misshandlungsgeschichte?
Er suchte nach den anderen Abbuchungen und verglich sie mit den Einträgen im Kalender.
Gernot Schirner hatte sein Leben in Ordnung bringen

wollen, ehe er starb. Er hatte dort für finanziellen Ausgleich gesorgt, wo er zuvor Schaden angerichtet hatte.
Vor dem Treffen mit Hannes gab es keine Abhebung. Lag das daran, dass er vorher gestorben war?
Nein, dachte Jan. Gernot hatte Hannes kein Geld geben wollen. Er hatte sich etwas von der Seele reden und Abbitte leisten wollen. Aber wofür?
Es gab auf diese Frage nur eine einzige logische Antwort. Für den Tod des Jungen.

*

Starr vor Schreck umklammerte Lilly ihre Puppe. Die Hand ihrer Mutter mochte sie nicht anfassen, sie war steif und verdreht.
»Mama«, sagte sie hilflos. Die Wimpern ihrer Mama flatterten.
Lilly wusste, dass es nie lange dauerte, wenn sie so war. Normalerweise kümmerte Juli sich darum, dass es ihrer Mama besserging, danach hob sie Lilly hoch und ging mit ihr in die Küche, wo sie mit den anderen Kindern Nüsse knacken durfte oder mit Wasserfarben malen, und wenn Lilly später ins Wohnzimmer zurücklief, um Juli zu fragen, ob sie noch mehr Nüsse durfte, war ihre Mama wieder normal, sie lag dann auf dem Sofa, blass und müde zwar, aber normal.
Das lag an der Tüte.
Nachdenklich steckte Lilly den Daumen in den Mund. Sie sollte eigentlich nicht am Daumen lutschen, aber wenn ihre Mama so am Boden lag und gar nicht auf sie achtete ... Schimpfen konnte sie ohnehin nicht. Sie rollte bloß mit den Augen und gurgelte so komisch.

Nachdenklich griff Lilly nach der Tüte. Und jetzt? Über den Kopf ziehen? Vertrauenvoll sah sie zu Juli.
»Wir müssen ihr helfen, Juli!«
Beruhigend lächelte Juli ihr zu. »Das machen wir auch, Schätzchen. Und weil du ein großes Mädchen bist, kannst du das machen. Hast du schon einmal gesehen, wie man deiner Mama helfen kann, wenn ihr schlecht geworden ist?«
Lilly nickte.
Lilly, komm zu mir, rede nicht mit ihr!, wollte Marla sagen.
»Du musst die Tüte nehmen, Schätzchen.«
Lilly nahm die Tüte. Zögernd sah sie von ihrer Mutter zu Juli.
»Und jetzt musst du die Tüte über Mamas Kopf ziehen. Ganz fest.«

*

Nein, sie war nicht enttäuscht, dass Jan ihren Geburtstag vergessen hatte.
Mit über achtzig hört man ohnehin auf zu zählen, dachte Edith. Geburtstage sind dann nicht mehr wichtig. Viel wichtiger ist, dass man einigermaßen gesund ist. Und dass man ein gutes Buch hat.
Beinahe zärtlich strich sie über den Einband von Effi Briest, die ihr den Tag so wunderbar vertrieben hatte. War es nicht großartig, wenn Dinge, die eigentlich böse waren, einem die Dinge, die gut waren, ins Bewusstsein riefen?
Edith hatte einen wunderbaren Tag mit der Lektüre verbracht, auch wenn sie das Rätsel um die aufbewahrten Liebesbriefe noch immer nicht hatte lösen können. Viel-

leicht war das gut so. Vielleicht war es gut, wenn große Bücher ihre Geheimnisse bewahrten.

Sie stand auf, um sich eine Tasse Tee zu machen, und verdrängte den Gedanken an Herta, die so gern mit ihr bei Kaffee und Kuchen gefeiert hätte. Und bei Sherry.

In diesem Moment klingelte es an der Tür. Edith ging so schnell es eben ging zur Wohnungstür und drückte den Knopf der Sprechanlage. »Ja bitte?«

»Ich komme von nebenan. Wegen der Blumen.«

Blumen? Edith drückte den Türöffner und öffnete die Tür einen Spalt.

Eine fremde Frau kam die Treppen herauf, in der Hand hielt sie einen gewaltigen Blumenstrauß.

»Hier wohnt doch der Kommissar. Der war gestern im Tubak und hat seine Rosen vergessen. Und da dachte ich …«

»Das ist aber nett von Ihnen!« Ediths Wangen hatten sich gerötet, erfreut griff sie nach dem Strauß, versenkte für einen Moment die Nase in den gelben Blüten. Jan hatte doch daran gedacht, natürlich hatte er das!

»Ich bekomme auch noch Geld«, sagte die Frau und hielt Edith einen Bierdeckel hin. »Der Herr Kommissar hat nämlich die Zeche geprellt.«

»Tatsächlich?« Erstaunt suchte Edith nach ihrem Portemonnaie, griff aufs Geratewohl zwischen die Scheine. Sie hatte ihre Lesebrille nicht auf. »Reicht das?«

»Passt schon«, murmelte die Frau.

»Danke! Und einen schönen Tag noch!«, rief Edith ihr hinterher, als sie schon wieder die Treppen hinuntereilte.

Erst als Edith zurück bei ihrem Ohrensessel war und ihre Lesebrille aufsetzte, bemerkte sie es. Dass dies kein Geburtstagsstrauß war. Die Blüten waren zerdrückt und schlapp, die Stengel sahen aus, als sei jemand damit verprügelt worden.

»Oh«, sagte Edith und setzte sich langsam in den bequemen Stuhl. Sie wurde nachdenklich. Sie hatte einen Geburtstagsstrauß erwartet, weil dies ihr Geburtstag war. Dabei bedeutete der Strauß etwas ganz anderes, sie wusste nur nicht was.

Es war wie mit den Liebesbriefen.

Fanny hatte Liebesbriefe gefunden, weil sie Liebesbriefe erwartet hatte. Und Liebesbriefe hatte sie erwartet, weil sie eifersüchtig auf ihre Schwägerin war.

Edith legte den Strauß auf den Tisch und dachte nach. Dann zog sie ihren Mantel an und griff nach ihrer Handtasche.

*

Mit angstgeweiteten Augen sah Marla, wie ihre Tochter sich ihr näherte.

»Gleich geht es dir besser, Mama«, flüsterte Lilly, und ihre pummeligen Finger streiften Marlas zu Pfötchen verkrümmte Hand.

Marla hörte knisterndes Plastik, und das Rot der Tüte senkte sich über sie und hüllte sie ein. Sie sog die Luft ein und spürte das Plastik zwischen den Zähnen.

Die Panik und die Starre würden nachlassen, wenn in wenigen Sekunden der Kohlendioxidgehalt in ihrem Blut wieder gestiegen war.

Aber dann würde der Erstickungstod einsetzen.

»Mach ich das gut, Juli?«, hörte sie die Stimme ihrer Tochter. Sie klang gedämpft, viel zu nah war hingegen

das Knistern der Plastiktüte, es drängte sich in ihre Gehörgänge, unerträglich laut.
»Das machst du super!«
»Wann steht Mama wieder auf?«
»Das dauert noch ein bisschen. Schön fest zuziehen, Schätzchen«, hörte sie Julis Stimme. »Das musst du ganz allein machen. Die Leute sollen doch nachher sehen, dass du es warst. Dass du deiner Mama ganz allein geholfen hast.«
»Ich helfe dir, Mama«, flüsterte Lilly.
Es war das Letzte, was Marla hörte.

*

Wenn Gernot Schirner tatsächlich Abbitte hatte leisten wollen, dann verriet dies möglicherweise seine Schuld. Und wenn er schuld am Tod des Jungen war, gab es automatisch ein Motiv mehr für seine Ermordung, dachte Jan.
In diesem Moment klingelte das Telefon. Jan sah die Nummer der Rechtsmedizin im Display und riss den Hörer hoch. »Ja?«
»Ich hörte, ich werde vermisst«, klang Frenzes näselnde Stimme aus dem Hörer.
»Das nun nicht gerade. Wir warten auf die Ergebnisse.«
»Die kann ich euch faxen. Die Kurzfassung gibt es auch telefonisch.«
»Ich höre!«
»Pollen von Gräsern und Blumen, alles, was im Sommer blüht. Nach meiner Vermutung wurde die Leiche in einem großen Plastikgegenstand befördert, der sich im Sommer draußen befunden hat. Gartenmöbelabdeckung,

schätze ich. Eine stabile Folie, auf der sich die Spuren des Sommers abgesetzt haben.«
Jan dachte an die Bilder in der Küche der Familie Schirner. An fröhliche Kinder im Baumhaus und im ...
»Planschbecken«, murmelte er. »Könnte es ein Planschbecken sein?«
»Das ist gut möglich! Besorgen Sie mir das Ding, dann kann ich Genaueres sagen.«
»Das mache ich«, sagte Jan und legte auf. Daran, ob Frenze die vergangene Nacht mit Nicoletta verbracht hatte, dachte er beinahe gar nicht mehr.
Er hatte zu tun.

Jan drückte den Daumen lange auf den Klingelknopf, aber nichts regte sich im Innern des Hauses. Hieß das, Juli Schirner war außer Haus? Oder öffnete sie einfach nicht? Jan war fest entschlossen, sich nicht abwimmeln zu lassen. Er dachte an das Planschbecken, das auf den Bildern die fröhlichen Kinder beherbergt hatte. Ein stabiles Ding aus Plastikfolie, in dem man wunderbar eine Leiche transportieren konnte – zu dem Preis, dass dieser die Spuren des Sommers anhafteten. Er musste dieses Planschbecken auftreiben. War es irgendwo entsorgt worden, oder lag es unschuldig im Keller und wartete zwischen dem zusammengeklappten Sonnenschirm und einer Tischtennisplatte auf den nächsten Sommer?
Er horchte auf. Da war ein Geräusch. War es aus dem Haus gekommen?
Jan sah sich um. Der winterlich kalte Park war leer und verlassen, nur von der Straße drang gedämpfter Autolärm

zu ihm. Und Schritte. Langsame tastende Schritte auf Kies. Jemand näherte sich.
»Edith?«
Er merkte, dass es ihn gar nicht überraschte, sie zu sehen.
»Was tust du hier?«
»Das erzähl ich dir später, Jan.« Sie wirkte aufgeregt, ihre Wangen leuchteten rosig. »Ist jemand drin? Machen sie nicht auf?«
Er schüttelte den Kopf.
Edith griff nach seinem Arm. »Es war gar kein romantischer Brief wie bei Effi Briest. Wir müssen da rein!«
Er nickte, obwohl er nicht verstand, wovon sie redete.
»Wir sollten nicht warten, Jan!«
In diesem Moment hörten sie den Schrei, er klang leise und gedämpft.
»Das kam aus dem Nachbarhaus!«, rief Edith aufgeregt.
Sie eilte voran, während Jan über sein Handy Verstärkung rief. Bei den Menzenbachs brannte Licht. Erneut hörten sie einen Schrei aus dem Innern des Hauses.
»Das klingt wie ein Kind!«, rief Edith. »Es ruft nach seiner Mama!«
Jan zog seine Dienstwaffe, ging einen Schritt zurück und trat gegen die Tür. Es war eine schwere Holztür, alt, aber stabil. Was nicht stabil war, war ihr Schloss. Beim dritten Tritt flog die Tür auf.
Mit wenigen Schritten war Jan im Haus. Er hörte sofort das Wimmern des Mädchens aus dem Wohnzimmer, öffnete die Tür und sah Juli Schirner, die sich über die am Boden liegende Gestalt beugte. Marla, deren Kopf in einer roten Plastiktüte steckte. Daneben stand das blondgelockte Mädchen und weinte herzzerreißend.
»Mama!«

Juli Schirner wich zurück, als sie die Waffe in Jans Hand sah. »Sie hat bloß wieder einen Anfall«, sagte sie. Jan stieß sie beiseite und zog Marla Menzenbach die Tüte vom Kopf. Dann griff er nach ihrem Handgelenk. Der Puls war da. Sie lebte.
»Ich habe nur versucht, ihr zu helfen!«
»Es ist vorbei, Frau Schirner! Setzen Sie sich in die Ecke, bis meine Kollegen da sind!«, befahl er knapp und überließ es Edith, sich um Marla zu kümmern.
Juli gehorchte.
Edith sah auf. »Langsam kommt sie zu sich. Wir sind wirklich in letzter Sekunde gekommen.«
Jan schüttelte den Kopf und warf einen Blick auf Juli Schirner, die sich auf das Sofa gesetzt hatte und einen unergründlichen Blick von einem zum anderen wandern ließ. »Wie konnten Sie das tun? Sie war doch ihre Freundin!«
»Das ist sie doch auch noch«, entgegnete Juli. Sie streckte die Hand nach dem Mädchen aus, doch Lilly wich zurück.
Jan musterte sie. »Wir wissen, dass Sie die Leiche von Gernot Schirner zum Rhein geschafft haben, wahrscheinlich haben Sie sich sogar von Ihrer Freundin helfen lassen. Wir werden gleich in beiden Häusern nach dem Planschbecken suchen, das Sie dafür benutzt haben. Aber warum um Himmels willen wollten Sie Ihre Freundin jetzt umbringen?«
Juli Schirner schwieg.
»Und wo steckt Fanny Schirner?«
Bei der Erwähnung ihrer Schwägerin huschte Julis Blick durch den Raum. »Sie lag heute Morgen tot in ihrem Bett.«

»Fanny Schirner ist tot?«, fragte Jan alarmiert.
Juli nickte. »Ich wollte einen Arzt rufen, sobald die Kinder aus dem Haus waren. Aber jetzt sind Sie ja da.«
Edith erhob sich. »Ich vermute eher, Sie haben Ihre Schwägerin aus dem Weg geräumt, weil sie Ihnen gefährlich wurde – ebenso wie Marla Menzenbach Ihnen gefährlich wurde. Und das lag noch nicht einmal am Tod von Gernot, sondern an der Sache mit dem Brief.«
Jan runzelte die Stirn. »Welcher Brief?«
»Ich habe dir doch davon erzählt. Die Sache mit Effi Briest. Die Frage, warum Menschen Liebesbriefe aufbewahren, obwohl sie ihnen schaden können.«
»Und?«
»Mir ist es eben erst klargeworden. Gernot Schirner hat einige Briefe von damals aufbewahrt, Briefe, die ihn an die gemeinsame Zeit erinnern sollten. Nur ein Brief hatte mit etwas anderem zu tun. Und ausgerechnet den hat Ihre Schwägerin gestern in der Küche laut vorgelesen, nicht wahr, Frau Schirner?«
»Ich weiß überhaupt nicht, wovon Sie reden«, sagte Juli Schirner, aber sie beobachtete Edith argwöhnisch.
»Aber ich«, meldete sich Marla Menzenbach zu Wort. Überrascht drehten sich alle zu ihr um. Sie war blass, und ihre Stimme klang schwach, aber sie sprach unbeirrt weiter. »Als Fanny ihn vorlas, ist mir nichts aufgefallen, aber heute Morgen erinnerte ich mich an etwas Eigenartiges – der Brief war datiert. Du hast ihn am Tag nach Chris' Verschwinden geschrieben. Das hat mich sehr verwundert, denn diese Tage waren wir ja praktisch ununterbrochen beisammen. Undenkbar, dass du dich zwischendurch zu einem Techtelmechtel mit deinem Schwager begeben hast.«

»Es gibt also doch noch Leute, die wichtige Briefe mit der Hand schreiben«, murmelte Jan.
Edith nickte und fuhr fort. »Ich kann mich an den Wortlaut so ungefähr erinnern. *Wir müssen einfach vergessen, was vorgefallen ist. Es ist nie geschehen.* Und: *Ich will nicht, dass diese Geschichte meine Familie zerstört.*«
Marla sah unsicher aus. »Der Brief bezeugt, dass die Geschichte von Juli und ihrem Schwager viel länger lief, als wir alle dachte. Aber wie konntest du denken, dass ich Gis etwas von dem Brief verraten würde, Juli? Bei allem, was wir zusammen durchgemacht haben ...«
Edith nickte milde. »Ein Verhältnis. So sieht es auf den ersten Blick aus, ja. Vor allem für die Schwägerin, deren Blick ohnehin von Eifersucht getrübt war. Sie sah Juli nur als die gefährliche Verführerin, eine ränkespinnende Nixe – und nicht als das, was sie war.«
»Nämlich?«, fragte Jan verwirrt.
»Eine Mutter«, sagte Edith einfach. »Eine Mutter, die um jeden Preis ihre Tochter schützen will. Ihre Tochter, die ziemlich aggressiv ist, die ihre Brüder schlägt, so wie früher ihren Sandkastenfreund Chris.«
Marla runzelte die Stirn. »Aber es geht in diesem Brief doch gar nicht um Chris!«
»O doch«, sagte Edith gedankenverloren, »das tut es. Um den Jungen, der vor vier Jahren unter ungeklärten Umständen ertrunken ist.«
Ein Schweigen entstand.
»Heißt das, du weißt, wie Chris ertrunken ist?«, fragte Marla ungläubig. Sie richtete die Frage direkt an Juli, die in ihrer Ecke auf dem Sofa saß, doch diese antwortete nicht.

Edith nickte an ihrer Stelle. »Gernot Schirner war an dem Tag, als Chris verschwand, hier in Königswinter.«
»Aber warum haben die beiden das verheimlicht?«
»Weil sie wussten, was mit Chris geschehen war. Und weil sie beschlossen, es sei besser, wenn niemand die Wahrheit erfährt.«
»Das ist unmöglich!«, rief Marla. »Juli, du weißt doch, wie wir alle gelitten haben! Weswegen hast du nicht gesagt, was du weißt?«
Edith hob den Zeigefinger. »Weil noch jemand dabei war. Und weil dieser Jemand die Schuld trug. Hedda.«
»Das ist unmöglich«, wiederholte Marla. Ihre Stimme war leiser geworden.
Edith legte den Kopf schief. »Ich bin mir ziemlich sicher, dass es Hedda war. Das kleine Mädchen, dass ihre Brüder kneift. Nur für seine eigene Tochter hat Gernot Schirner sich bereit erklärt zu schweigen.«
»Das war das Einzige, was er für sie tun konnte«, sagte Juli. Es war das erste Mal, dass sie sich zu Wort meldete. Marla Menzenbach war die Verwirrung deutlich anzusehen. »Hedda? Aber was hat Hedda damit zu tun?«
Juli redete jetzt schnell, die Worte drängten förmlich heraus. »Sie war an dem Nachmittag mit Gernot und mir draußen am Rhein, Hochwasser gucken. Gernot hatte darum gebeten, sie von Zeit zu Zeit sehen zu dürfen, auch wenn Hedda nicht wissen sollte, dass er ihr leiblicher Vater war. Gis habe ich nichts davon gesagt. Wir gingen spazieren, und plötzlich kam Chris dazu. Gernot und ich stritten. Er wollte mehr Kontakt zu Hedda, weil er sich entschieden hatte, keine weiteren Kinder zu bekommen. Ich sagte, wir müssten an Hedda denken. Sie sollte normal aufwachsen, mit Vater, Mutter und Geschwistern.

Ohne die Belastung, die das Wissen mit sich brachte, dass ihre Mutter was mit dem Onkel gehabt hatte. Wir achteten nicht auf die Kinder. Die Kinder hatten Ärger miteinander. Gernot wollte eingreifen, aber ich sagte, das sollten die Kinder unter sich ausmachen. Zu dem Zeitpunkt waren sie gar nicht in der Nähe des Wassers, ich kann mir nicht erklären, wie sie … Wir müssen sie für einen Moment aus den Augen gelassen haben. Und dann kam Hedda plötzlich angerannt und sagte, Chris sei ins Wasser gefallen. Sie hatte ihn geschubst. Wir suchten sofort das Ufer ab, aber da war nichts mehr zu sehen. Gernot wollte hinterherspringen, aber das machte keinen Sinn, es war ja Hochwasser, der Rhein war reißend, und wir sahen Chris überhaupt nicht mehr. Es war kein Mensch weit und breit.«
»Sie hätten sofort Hilfe holen müssen.«
Juli schüttelte den Kopf. »Ich sagte doch, er ist sofort untergegangen. Das Wasser war so hoch und schnell … Ich bin ganz sicher, dass wir nichts mehr für ihn hätten tun können. Und dafür das Risiko …«
»Welches Risiko?«
»Hedda wäre überall das Mädchen gewesen, das Schuld am Tod ihres Kindergartenfreundes trägt. Sie soll normal aufwachsen! Sie hat es doch schwer genug.«
»Seitdem«, sagte Marla. Ihre Stimme klang jetzt zornig. »Sie hat diese Alpträume doch erst seitdem! Wahrscheinlich hätte sie das viel besser verarbeiten können, wenn du nicht einfach so getan hättest, als wäre nichts passiert!«
Edith legte den Kopf schief. »Also überzeugten Sie Gernot, dass er über all das Schweigen bewahrte. Vermutlich redeten Sie ihm ein, dass er seiner Tochter immerhin die-

sen einen Gefallen tun müsste. Und Gernot, verliebt und dumm, wie er war, willigte ein.«

Juli nickte knapp, und Jan sprach anstelle von Edith weiter. »Doch dann wurde er todkrank. Er begann aufzuräumen – suchte die Leute auf, denen er Unrecht getan hatte. Die Laborantin, die von ihm reingelegt worden war, bekam Geld für eine Weltreise. Wer noch alles Geld bekam, werden wir vermutlich nie erfahren. Und eines Tages besuchte er Sie. Ich vermute, er sah dabei zufällig auch die Nachbarn und begriff erst da, was der Tod des Jungen in der Familie angerichtet hatte. Und er hatte die Idee, dem Vater von Chris die Wahrheit zu sagen, ehe er starb.«

»Geld wollte er ihm auch geben«, warf Juli ein. »Der Idiot kam überraschend vorbei und wollte wissen, wie er Hannes am besten entschädigen könne für den Verlust seines Kindes. Als ob man so etwas ersetzen kann! Ich versuchte ihm klarzumachen, dass durch die Wahrheit Chris nicht wieder lebendig, Hedda aber für ihr Leben gestraft werden würde. Aber er ließ sich nicht überzeugen.«

»Und deswegen musste er sterben. Sie betäubten ihn. Mit Tee?« Jan dachte an den blassen Kräutertee, der bei weitem nicht so verdächtig geschmeckt hatte wie Marlas bitterer schwarzer Kaffee. »Wo waren die Kinder? Haben sie ihren Onkel nicht gesehen?«

»Sie waren im Garten.«

»Sie legten Gernot in die Badewanne. Brauchten Sie dafür schon die Hilfe Ihrer Freundin?«

»Er hat sich gar nicht gewehrt. Ihm war bereits schwindelig, ich musste ihn nur führen und ihm beim Ausziehen helfen. Er war gar nicht misstrauisch. Immerhin hat er mich mal geliebt.«

Marla betrachtete nachdenklich die Frau, die eben versucht hatte, sie zu ersticken. »Und die Kinder durften fernsehen und dann ohne Zähneputzen ins Bett! Lilly hatte davon erzählt, ich dachte, sie redet Quatsch. Aber jetzt verstehe ich – sie durften nicht ins große Bad, weil dort Gernot in der Badewanne lag und starb.« Beschützend legte sie ihren Arm um Lilly, die mit verweintem Gesicht neben ihr saß und den Erwachsenen verständnislos lauschte.
Edith räusperte sich. »Für die Entsorgung der Leiche jedenfalls brauchten Sie Unterstützung. Sie riefen Ihre Nachbarin.«
Marla sah Juli an. Deren Blick war unergründlich. »Ich habe gar nicht in Frage gestellt, ihr zu helfen. In den letzten Jahren hat Juli mir immer beigestanden, ich habe sie so oft beansprucht, sie mitten in der Nacht rausgeklingelt, wenn Lilly Pseudokrupp hatte oder ich in Panik geriet ... Sie hat alles für mich getan, alles!«
Jan fiel die Sache mit dem Ohropax ein. Die Männer schliefen, um ihre Arbeitskraft oder was auch immer zu schonen, und währenddessen gingen die übermüdeten Mütter eigenartige Allianzen ein. Wer weiß, was aus solchen Nächten sonst noch erwuchs, genährt von Müdigkeit, Groll gegen die schlafenden Männer und dem Adrenalin, produziert durch das fortwährende Kindergeschrei?
»Trotz dieser Panikattacken haben Sie ihr geholfen! Das hätte ich nicht für möglich gehalten«, sagte Jan kopfschüttelnd. »Wie ist es Ihnen gelungen, nicht umzufallen?«
»Ich habe Medikamente genommen. Normalerweise rühre ich so etwas nicht an, aber als ich den toten Gernot in der Badewanne sah, habe ich eine Ausnahme gemacht,

um Juli zu helfen.« Marla warf einen erneuten Blick auf Juli. »Das Zeug hatte ich von ihr. Jetzt wird mir erst klar – es war wahrscheinlich dasselbe, mit dem Gernot betäubt worden war. Und Fanny?«
Juli schwieg, doch ihrem Gesicht war abzulesen, dass Marla auch damit recht hatte. In die Stille hinein hörten sie das Martinshorn.

*

»Diese ganze Loreley-Sache kam jedenfalls nicht von ungefähr«, sagte Elena gedankenverloren. »Das mit den Wellen, die den Mann verschlingen, das stimmte schon mal. Und auch der Rest im Grunde. Gernot ist ein schlimmer Fehler unterlaufen, weil er damals den tödlichen Unfall nicht sofort gemeldet hat. Aber das hat er nicht gesehen, weil er nur die Frau im Sinn hatte: Juli. Im Prinzip ist das wie mit den Klippen und der Nixe.«
Reimann prustete.
»Vielleicht nicht ganz«, räumte Elena ein. »Aber in weiten Zügen.«
»Sorry, Elena«, sagte Jan. »Wirklich nicht.«
»Ne, Elena«, sagte Reimann. »Allein für diesen plumpen Vergleich musst du uns Schmerzensgeld zahlen und uns einen ausgeben.«
Elena sah von einem zum anderen, dann grinste sie. »Okay. Dann gehe ich schon mal vor ins Tubak und bestelle drei Bier.«
»Vier«, sagte Jan. »Ich würde da noch jemanden mitbringen. Aber vorher muss ich noch Blumen besorgen. Und vielleicht einen Geburtstagskuchen.«

Epilog

Es war an der Zeit.
Viel zu lange schon hatte Vater Rhein darauf gewartet, wieder mächtig anzuschwellen, hatte seine Kraft gesammelt, und jetzt endlich war es so weit.
Sein Strom war schneller geworden, doch noch blieb seine glitzernde Oberfläche trügerisch ruhig. Es war ein letztes kurzes Kräfteholen, ein Innehalten vor der großen Flut, mit der er die Ufer in Besitz nehmen und alles Umstehende unter seinen Wassermassen ersticken und mit sich reißen würde.
Vater Rhein wusste, dass die Menschen vorgewarnt waren, dass sie alles taten, um sich und das Ihre in Sicherheit zu bringen, aber er wusste auch, dass es nichts nutzen würde. Er würde spielen. Bäume, Schuppen, Fahrräder würde er auf seinen Wellenkronen hüpfen lassen, in einen nassen Tanz zwingen oder in ein müdes Schunkeln, ganz wie das der Feiernden auf den Ausflugsbooten, deren Gesänge ihn im Sommer so verhöhnten.

Einmol em Johr kütt d´r Rhing us sem Bett
nämlich dann wenn hä Huwasser hätt ...

Der Rhein freute sich. Jetzt kam seine Zeit. Die Zeit der Rache.

Da sah er die Frau. Sie hatte die Buhne betreten, von der nur noch ein schmaler Streifen sichtbar war. Die Frau war seltsam. Sie ging langsam, schleppend, als bereite jeder Schritt ihr Schmerzen. Endlich stand sie am äußersten Ende der Buhne, und jetzt hörte er ihren keuchenden Atem und erkannte, dass sie Angst hatte.

Das gefiel ihm. So sollte es sein. Er war gefährlich. Die Frau sollte fliehen, doch das tat sie nicht. Sie beugte sich vor und warf etwas aufs Wasser, das leicht, kaum spürbar auf den spiegelnden Wellen landete und von ihnen fortgerissen wurde.

Ein Blumenopfer. Das besänftigte Vater Rhein, und er gluckste geschmeichelt. Er gluckste so laut, dass er die Worte der Frau kaum verstand.

Chris ...

Die seltsame Frau sah auf, dann trat sie zwei Schritte vor, eckig, stockend, stieg zwischen die betonverschandelten Basaltbrocken der Buhne, bis ihre Füße von den eisigen Wellen umspült wurden und sie wie erstarrt stehen blieb. Sie sah den Blüten nach, die pfeilschnell rheinabwärts in Richtung Brücke flossen. Dann geschah etwas mit ihr. Ihre Erstarrung löste sich, ihr Rücken streckte sich, der Körper wurde weich und biegsam. Vater Rhein blinzelte. Es war ein schöner Körper.

Die Frau bückte sich und beugte sich nah, viel zu nah zur Strömung hinunter. Eine vorwitzige Welle schwappte bis an ihr Knie, aber die Frau rührte sich nicht, sie bewegte ihre Finger, liebkoste die eisigen Wellen, als wolle sie den Rhein kraulen.

Vater Rhein fühlte die Finger der Frau auf seinem grauen

Rücken, dann hob die Frau den Kopf und lachte, lachte aus vollem Halse, glücklich und befreit. Sie hatte keine Angst mehr.

Das Lachen der Frau stieg in die Luft wie eine Möwe und breitete seine Flügel aus, es war ein perlendes, ein silberhelles Lachen, das etwas in den Tiefen von Vater Rhein berührte, eine Erinnerung an längst vergangene, märchenhafte Zeiten, Zeiten, in denen er nicht allein gewesen war.

An Loreley.

Vater Rhein richtete seinen trüben Blick auf die Frau. Ihr Haar war sehr lang und schimmernd, ihr Lachen stimmte ihn froh, und ihre schmalen Finger kraulten zärtlich seinen Rücken.

Er schickte einen nassen Stoß auf die Buhne, griff gierig nach der Frau und ihrem schönen Haar, riss sie mit sich und ließ seine grauen Wogen über ihr zusammenschlagen. Triumphierend presste er sie unter seinen schweren Leib. Das perlende Silberlachen, das ihm so gut gefallen hatte, erstarb, und das Haar der Frau formte einen Wirbel auf den hellen Rheinkieseln seines Bettes. Er kämmte es mit nassen Fingern, damit es wieder glatt wurde.

Vater Rhein war glücklich.

Dieses Opfer würde er nie mehr loslassen.

Danke

Erst einmal danke ich allen, die mir von ihren Angststörungen, Panikattacken und Erfahrungen mit Psychopharmaka erzählt haben.
Danke an Björn für die Einblicke in die Welt der Pharmaforschung.
Danke an Wolf, der mir half, Anglerlatein von Fakten zu trennen.
Danke an das Rheinhotel Loreley für die Führung und dafür, dass ich mir in aller Ruhe ein geeignetes Zimmer aussuchen durfte.

Der Anfang dieses Romans entstand im Rahmen des Töwerland-Stipendiums auf der schönen Insel Juist. Ich danke Inka von der Villa Charlotte für die Unterkunft, dem Café Kunststück für Anglergespräche und die Knicklicht-Idee und vor allem Thomas Koch für die Abende in der Spelunke.

Ich danke meiner wunderbaren Agentin Kerstin von Dobschütz dafür, dass sie mir alles abnimmt, was mich am Schreiben hindert.

Dem Verlag Droemer Knaur danke ich dafür, dass sie so viel für mich und meine Bücher tun, allen voran Alexandra Löhr, aber auch Patricia Kessler und Noomi Rohrbach. Vielen Dank auch an Maria Hochsieder für ihr genaues Auge beim Lektorat.

Ich danke meiner Erstleserin und Freundin Kerstin.
Ich danke Liane, die mir vor vielen Jahren in Leipzig von dem Badewannenselbstmord erzählte – ohne zu wissen, dass ich einen Mord daraus machen würde.

Ich danke meiner Kollegin Sabine Trinkaus für unsere kritischen und hilfreichen Arbeitstreffen bei Tee und Cider.
Meiner Kollegin Nora Miedler danke ich für ihre tatkräftige Unterstützung via Mail.

Ich danke meinen Eltern für ihre Unterstützung.
Und vor allem danke ich Sanjay – nicht nur, aber auch für seine Gedanken zur Loreley.

Judith Merchant

NIBELUNGEN MORD

Leseprobe

Irgendwo hinter der grünlackierten Tür im Inneren des Hauses erklang ein melodischer Klingelton.
Janina Scholz wartete. Sie war es gewohnt zu warten. Bei den meisten alten Leuten dauerte es eine Weile, ehe sie an die Tür kamen. Sie nestelte ihre Perlenkette zurecht – Perlen versprachen Ehrlichkeit und Verlässlichkeit, und das war genau der Eindruck, den sie hinterlassen wollte – und fuhr sich noch einmal durch den silberblonden Pagenkopf.
»Ja bitte?« Die Stimme klang dünn und zittrig. Eine echte Oma-Stimme.
Janina näherte ihren Mund der Gegensprechanlage und setzte ein gewinnendes Lächeln auf. Sie wusste, dass man ihrer Stimme anhörte, wenn sie lächelte. Sie hatte sich coachen lassen müssen, ehe sie anspruchsvolle Fälle wie diesen übernehmen durfte. »Scholz ist mein Name, vom Gerlinde-Bauer-Haus, wir hatten telefoniert. Kann ich kurz hochkommen?«
Statt einer Antwort das Schnarren des Türöffners. Auch gut, dachte Janina und trat ein. Ein bisschen leichtsinnig, die Dame.
Im Inneren des Treppenhauses war es dunkel. Sie hielt sich am geschnitzten Geländer fest, als sie die polierten Holzstufen hochstieg. Schönes Haus, dachte sie, Jahrhundertwende. Kein Wunder, dass unsere Kundin ihre Mutter hier raushaben will, der Marktwert ist bestimmt ganz anständig, und wenn man vermietet … Hier wohnen doch mindestens drei Parteien drin. Das macht an Kaltmiete …
Vor ihr öffnete sich eine Wohnungstür, und eine alte Dame steckte ihren Kopf heraus. In der Hand hielt sie ein

Taschenbuch, den Zeigefinger hatte sie als Lesezeichen zwischen die Seiten geklemmt. »Könnte ich bitte Ihren Ausweis sehen?«, fragte sie anstelle einer Begrüßung geschäftsmäßig.

Janina setzte ihr süßestes Lächeln auf. So kann man sich täuschen, dachte sie und wühlte in ihrer Handtasche. Doch nicht so arglos, die gute Frau.

Die alte Dame betrachtete den Ausweis argwöhnisch, warf Janina einen forschenden Blick zu und nickte.

»Kommen Sie doch herein«, sagte sie und ging mit wackeligen Schritten voran. Das Buch in ihrer Hand schwang dabei hin und her.

In der Wohnung war es warm und stickig. Ein grünes Sofa stand unter dem zweiflügligen Fenster. Auf dem mächtigen Ohrensessel lag eine Wolldecke. Vermutlich hatte Edith Herzberger gerade ein Nickerchen gemacht.

»Möchten Sie Tee? Ich habe mir gerade eine Kanne gekocht.«

»Ja, gerne.« Janina nahm auf dem Sofa Platz und sah sich unauffällig um, während die Alte in hektische Betriebsamkeit ausbrach, Tasse, Untertasse und Löffel holte, die in ihren zittrigen Händen in lautes Geklapper verfielen.

»Schön haben Sie es hier.« Das gehörte zu ihren Standardsätzen. So etwas musste man sagen, wenn man das Vertrauen alter Damen gewinnen wollte. Ebenso wie die Fragen nach Enkeln und Urenkeln, das stundenlange Betrachten von Familienfotos und der Verzehr von staubtrockenem Gebäck, das lange in der Speisekammer darauf gelauert hatte, dass endlich, endlich ein Gast kam

und es aß. Und weil die Kinder und Enkel und Urenkel nicht kamen, mussten bezahlte Besucher wie Janina alles aufessen. Brrrr.
Edith Herzberger war jedoch weit davon entfernt, ihrem Gast Gebäck anzubieten. »Darf ich fragen, was Sie zu mir führt? Ich kann mich nämlich gar nicht erinnern, dass wir telefoniert haben«, sagte sie, sobald sie sich in den Sessel hatte sinken lassen. Ihr liebreizendes Alte-Damen-Gesicht nahm der Frage ein wenig an Schärfe.
Janina schickte ein trillerndes Lachen in den Raum. »Man erinnert sich ja nicht an alles. Das geht selbst mir so, muss ich Ihnen ganz ehrlich gestehen.«
Edith Herzberger musterte sie, als schätze sie ihr Alter. »Ich vergesse viel. Deswegen notiere ich mir Telefonate immer ganz besonders sorgfältig. Und mit Ihnen habe ich nicht telefoniert.«
Na, du bist ja eine ganz Schlaue, dachte Janina. Haben wir auch nicht. Das ist nur ein Spruch, der bei den meisten alten Leuten gut ankommt. Und wenn sie denken, sie hätten ein Telefonat vergessen, habe ich schon einen Fuß in der Tür, denn dann muss ich sie nicht mehr davon überzeugen, dass sie bald dement werden.
Sie räusperte sich. »Ich komme vom Gerlinde-Bauer-Haus in Oberkassel. Ich bin Außendienstmitarbeiterin, das bedeutet, ich sehe bei den Seniorinnen in der Gegend von Zeit zu Zeit nach dem Rechten. Wir wollen uns vergewissern, dass es ihnen gutgeht.«
Der Blick der alten Dame wurde wachsam. »Ist das ein Altenheim?«
»Aber nein! Wir bieten alle möglichen Dienstleistungen

für Senioren an, von Freizeitaktivitäten über betreute Busreisen bis hin zu Mahlzeiten auf Rädern, wenn Ihnen das etwas sagt.«

Die alte Dame nickte und trank einen winzigen Schluck von ihrem Tee. Sie sah aus, als warte sie auf etwas.

»Ich habe Ihnen hier«, Janina zog mit einer fließenden Bewegung mehrere Hochglanzbilder aus der Handtasche und verteilte sie routiniert wie ein Croupier auf dem Couchtisch, »einige Bilder mitgebracht, damit Sie sich einen Eindruck machen können.«

»Von Ihrem …« Die alte Dame blickte in ihre Tasse und lächelte still, als habe sie etwas verstanden.

»Von unserem Seniorenzentrum, ja.« Janina visualisierte einen Schalter, wie sie es im Coaching gelernt hatte. Ein Regler, der ihre Stimme noch ein wenig werbender klingen ließ. Sie drehte ihn ganz nach oben. Dies war der kritische Moment. Sie nahm den zweiten Packen Bilder in die Hand und gab sich selbst die Stichwörter.

»Sehen Sie, unsere Wellness-Oase.« Knallblaues Wasser, fröhliche Seniorengesichter, Palmen im Hintergrund, die extra für dieses Bild in großen Kübeln ins Schwimmbad gerollt worden waren.

»Unsere Zimmer.« Kirschholzmöbel, Blumensträuße auf dem Tisch. Hoffentlich traf sie damit den Geschmack von Edith Herzberger, es war manchmal schwierig, das richtige Bild auszuwählen. Manche Leute bevorzugten Eichenfurnier, andere dagegen helle, moderne Möbel. Selbstverständlich durften die Bewohner ihre eigenen Sachen mitbringen, aber in dieser sensiblen Phase der Anwerbung ging es darum, den potenziellen Kunden ei-

nen spontanen Anreiz zu vermitteln, den optimalen Eindruck, ein »Hier-will-ich-Leben«.
Janina Scholz war gut in ihrem Job. Sie wurde auf die schwierigen Fälle angesetzt. Bei vielversprechenden Kandidaten, die sich hartnäckig weigerten, ihr Zuhause zu verlassen, und deren Angehörige einen Batzen Geld auf den Tisch legten, damit jemand alle Register zog. Na ja, fast alle. Wobei sie vorerst ja noch beim angenehmen Teil war. Natürlich gelang es nicht immer, den Auftrag auszuführen. Aber der Versuch lohnte sich. Zusätzlich zu ihrem Stundenhonorar winkte bei erfolgreicher Vermittlung eine fette Prämie, da sie, anders als sie behauptete, an keine Institution gebunden war. Scherzhaft nannten ihre Freunde sie eine Kopfgeldjägerin der Altenheime. Was soll's?, dachte Janina. Das ist freie Marktwirtschaft. Unglaublich, worauf sich Angehörige einließen, um ihre alten Verwandten loszuwerden.
Hier würde es jedenfalls schwierig werden. Man sah, dass die alte Dame sich wohl fühlte. Das Wohnzimmer wirkte gemütlich, zahlreiche golden gerahmte Bilder nahmen die Fläche über dem Esstisch ein, dunkle Regale zogen sich bis über die Tür, vollgestopft mit Büchern.
Stimmt, überlegte Janina, Edith Herzberger war Buchhändlerin gewesen, das stand in den Unterlagen. Und offenbar war sie nicht so technikfeindlich wie viele Menschen ihres Alters, denn an einer Wand hing ein moderner Flachbildschirm.
Janina stockte. Ein Flachbildschirm? Ihr Blick wanderte durch den Raum, und plötzlich sah sie einige Details, die

ihr längst hätten auffallen müssen. Ein zusammengeklappter Laptop auf dem Esstisch. Eine Lederjacke, die über einem Stuhl hing.

Hier wohnte noch jemand. Ein Mann. Vermutlich kein Mann in Edith Herzbergers Alter, denn die besaßen meist weder Laptop noch Lederjacke.

»Dürfte ich jetzt erfahren, was Sie von mir wissen möchten?«, fragte die alte Dame.

Janina setzte routiniert ihr strahlendstes Gesicht auf und trank, um ihre Verwirrung zu überspielen, von dem Tee. Unauffällig musterte sie ihr Gegenüber. Schneeweiße Haare, porzellanblaue Augen, rosige Wangen. Und ein süßes Lächeln, das sie nun nicht mehr täuschen konnte. Diese Dame hatte es faustdick hinter den Ohren. Ließ ihre Tochter nicht in die Wohnung und hielt stattdessen einen Mann aus. Wie alt mochte er sein? Was lief wohl zwischen den beiden? Und vor allem: War sie verpflichtet, ihre Kundin darüber zu informieren?

Während sie nachdachte, flossen die Worte wie von selbst über ihre sorgfältig geschminkten Lippen. »Natürlich möchten wir vom Gerlinde-Bauer-Haus Sie gerne für uns gewinnen, liebe Frau Herzberger. Und deswegen habe ich Ihnen eine ganz besondere Überraschung mitgebracht.« Sie zog den Umschlag mit der Satinschleife aus ihrer Handtasche. »Unser Geschenk für Sie: ein Gutschein für ein Gratis-Wochenende in unserem Haus! Lassen Sie sich doch einmal so richtig verwöhnen!« Die schon so oft gesprochenen Sätze halfen ihr, die Fassung wiederzufinden. Auch wenn es ihr schwerfiel. Ein Mann! Und diese alte Frau! Das war ja pervers!

AUS: NIBELUNGENMORD

Die alte Dame indes verzog keine Miene. »Ich gehe nicht in ein Altenheim«, sagte sie.
»Aber, Frau Herzberger! So können Sie unser schönes Haus wirklich nicht bezeichnen.« Es gehörte zu den Kunstfertigkeiten der Gesprächsführung, das Wort »Altenheim« zu vermeiden, und diese Strategie war Janina im Laufe der Jahre so in Fleisch und Blut übergegangen, dass sie automatisch zusammenzuckte, wenn jemand das Wort in den Mund nahm.
Es war, als hätte sie gar nichts gesagt. Die andere ignorierte ihren Einwand einfach.
»Hat meine Tochter Sie geschickt?«
Alarmglocken schrillten in Janinas Kopf. Niemals den Auftraggeber preisgeben!, lautete die oberste Parole. Wir treten auf als freundliche Mitmenschen der Gemeinde, am besten erwecken wir den Eindruck, wir seien von der Kirche.
»Aber, aber!« Sie zeigte ihre weißen Zähne und spürte dabei genau, dass ihr das Lächeln heute besondere Mühe bereitete. Ihrer Chefin würde sie einiges zu erzählen haben. Normalerweise wurden diese sensiblen Gespräche nur mit Kandidaten geführt, bei denen eine gewisse Aussicht auf Erfolg bestand. Also solche, die für Suggestion empfänglich waren. Die Kunden wurden ausdrücklich darauf hingewiesen, dass es nicht zweckmäßig war, das hohe Honorar für ein Gespräch mit Kandidaten zu bezahlen, die, nun, intellektuell noch in Form waren.
»Sie können meiner Tochter ausrichten, dass ich um nichts in der Welt ausziehe. Da muss sie mich schon selbst raustragen. War das alles, weswegen Sie gekom-

men sind? Ich soll für ein Wochenende bei Ihnen zur Probe wohnen?«
Es war Zeit, andere Geschütze aufzufahren. Das tat Janina nicht gerne, aber sie machte sich an dieser Stelle immer klar, dass das, was sie vorhatte, im Sinne der alten Leute war. Alte Menschen sollten unter ihresgleichen wohnen. »Liebe Frau Herzberger, ist Ihnen denn bewusst, was Ihnen hier alles Mögliche passieren kann, so ganz allein? Was, wenn Sie stürzen und niemand Sie rufen hört?« Falsches Stichwort, dachte sie im selben Moment. Für jemanden mit jugendlichem Lover dürfte das ein schwaches Argument sein.
»Mir passiert schon nichts«, sagte die alte Dame halsstarrig.
Janina verzog die Lippen zu einem schmalen, überlegenen Grinsen. Dann beugte sie sich vor, bis ihre Nase nur noch Zentimeter vom Gesicht der alten Dame entfernt war.
»Und was«, zischte sie, »wenn eines Tages ein Verbrecher hier hereinspaziert, so wie ich eben? Er muss noch nicht einmal klingeln. Er könnte im Hausflur gewartet haben und dann …«
Sie brach ab, als sie spürte, wie sich etwas Kaltes in ihre Rippen bohrte. Was war das?
»Er soll nur kommen«, sagte die alte Dame mit vor Erregung bebender Stimme und lehnte sich zurück in ihren Ohrensessel. In der Hand hielt sie eine glänzende Pistole.
»In meinem Alter ist man für jede Abwechslung dankbar.«
Janina brach der Schweiß aus.
Die Mündung zeigte genau auf sie.

*

AUS: NIBELUNGENMORD

Der Regen hatte aufgehört. Vier Stunden lang waren gleichmäßige Schauer auf das Siebengebirge niedergegangen und hatten den Tatort systematisch in ein Matschfeld verwandelt. Irgendjemandem hatte der Regen einen unschätzbaren Gefallen getan. Jemandem, dessen Fußabdrücke jetzt verwischt und dessen Spuren in den Boden gespült worden waren, einen Boden, der locker und krümelig war von verrotteten Buchenblättern.

»Schlimmer hätte es nicht kommen können«, sagte Markus Reimann. Der Name Markus war im Dezernat inflationär verbreitet, so dass ihn jeder beim Nachnamen nannte. Er saß im Polizeibus und qualmte. Er tat es mit Konzentration und Hochgenuss, wohl deswegen, weil er es nirgends sonst mehr durfte. »Die von der KTU sind schon an der Arbeit. Ich rauch hier noch fertig, geh du ruhig schon mal vor, Jan.«

Von der Bundesstraße war der Fußweg, der am Mennesbach entlang ins Nachtigallental führte, kaum zu sehen. Da das Tal unter Naturschutz stand, hatte man den Polizeibus auf der asphaltierten Straße abgestellt.

Typisch, dachte Jan, dessen Mini direkt dahinter parkte. Was sollte dieser Kniefall vor dem Naturschutz? Polizeiliche Ermittlungen hatte immer Vorrang, besonders bei Mord. Jan Seidel war ein wenig zu spät. Das lag an der verdammten Lederjacke, die er sich am Wochenende gekauft hatte. Ein Kriminalhauptkommissar musste einfach eine Lederjacke tragen, hatte er gedacht. Und als er heute im Präsidium angekommen war und sich in den spiegelnden Scheiben gesehen hatte, war ihm aufgegangen, wie lächerlich das war.

Er war kein Typ für Lederjacken. Seine eher schmale Gestalt, die in gut geschnittenen Jacketts adrett aussah, verschwand in der neuen Jacke. Und so hatte er auf dem Weg zum Tatort einen Umweg gemacht und sich schnell umgezogen.
Albern, klar. Aber wenigstens fühlte er sich jetzt wieder wie er selbst. Und das war wichtig, denn noch nie war ihm bei der Arbeit so unwohl gewesen wie jetzt.
»Auch schon da, Herr Kollege?«, fragte Elena Vogt, und wenn dies ein Vorwurf war, so verbarg sie ihn gut hinter dem scherzhaften Ton. »Komm mit, ich zeige dir den Weg.«
Er schloss sich ihr an, obwohl er lieber allein gegangen wäre oder mit Reimann. Er hasste es, neben Elena zu gehen. Sie war einfach viel zu groß. Sie war größer als jede andere Frau, und ihn überragte sie um eine Haupteslänge. Keine Frau sollte so groß sein, vor allem nicht, wenn sie mit ihm zusammenarbeitete.
»Ach, Jan ...«
»Ja?«
»Wie war es denn eigentlich?«
»Wie war was?«
»Die Hochzeit.«
»Gut. Danke, danke.«
Elena grinste wissend. »Meinen Glückwunsch noch mal. Dann grüß mal deine Frau von mir.«
»Klar.« Jan versuchte, den Schritt nicht allzu sehr zu beschleunigen. Es sollte nicht nach der Flucht aussehen, die es war.
Elena war schon die Vierte, die fragte. Und es würden noch mehr kommen. Das hatten Hochzeiten so an sich.

Jeder interessierte sich dafür, vor allem natürlich die, die ein Geschenk geschickt hatten. Und dabei gab es auf der ganzen Welt nichts, an das er weniger denken wollte als an diese Hochzeit, die nicht stattgefunden hatte. Aber wie sagte man das den Kollegen, die man erst ein knappes Jahr kannte und die für ein Fondueset aus Edelstahl zusammengelegt hatten? Unmöglich, ohne Fragen zu provozieren. Und auf Fragen hatte er verständlicherweise keine Lust.
Zum Glück gab es die Leiche, über die man sprechen konnte.
»Was haben wir denn?«, fragte er.
»Eine weibliche Leiche«, klärte Elena ihn auf, während sie mit langen Schritten neben ihm über den weichen Waldweg schritt. Eigentlich war es eher eine Schlucht als ein Tal. Steil aufragende Hänge, die immer höher in den Himmel zu wachsen schienen, je tiefer die beiden Polizisten vordrangen. Die Bäume hatten ihr Laub längst abgegeben, es lag auf dem Boden wie ein dicker rotbrauner Teppich, aus dem hin und wieder Efeu oder ein paar einsame Farnwedel herausragten.
»Sie lag in einer der kleinen Höhlen. So wie es aussieht, ist sie an Ort und Stelle mit einem stumpfen Gegenstand erschlagen worden, vielleicht mit einem der Steinbrocken.«
»Eine Touristin?«
»Sie sieht nicht wie eine typische Touristin aus.«
»Wie sieht denn eine typische Touristin aus?«
»Holländisch, du weißt schon. Mit Hut, festen Schuhen und Steppweste.« Sie schwiegen beide. In den Sommer-

monaten und im Frühherbst war Königswinter regelrecht besetzt von Touristen. Nicht nur aus Holland kamen sie, um mit sommerlichen Strohhüten und zahlreichen Plastiktüten in der Hand die Hauptstraße auf und ab zu laufen, in einem der zahlreichen Souvenirshops billige Mitbringsel zu erstehen oder aber den Weg zum Drachenfels einzuschlagen, wo sie sich dann entweder mit der ächzenden Zahnradbahn oder von Eseln hinauf zur Ruine schaffen ließen. Meist waren es Gruppen, bevorzugt Rentner, deren laute, fröhliche Zurufe durch die Straßen schallten und die Anwohner seufzen und das Ende der Saison herbeisehnen ließen.

Jetzt war Spätherbst. Darum war es unwahrscheinlich, dass eine Touristin sich ins Tal verirrt hatte. Das Nachtigallental war vor allem bei Läufern und Hundebesitzern beliebt, und natürlich bei den Kindern, für die die verträumte Schlucht ein Paradies war mit ihren Kletterbäumen und dem mehrfach gestauten Bach. Und den Höhlen.

Er erinnerte sich noch gut an die Höhlen, auch wenn es lange her war. »Wer hat sie gefunden?«

»Jimmi.«

»Jimmi. Und weiter?«

»Nichts weiter. Jimmi ist ein Labrador. Sein Herrchen ist sicher, dass der Hund nicht an der Leiche dran war. Wuttke ist mit ihm ins Präsidium gefahren, weil ihm so kalt war.«

»Wem, Hund oder Herrchen?«

Offenbar hatte Elena das Frage-und-Antwort-Spiel satt, denn sie blieb stehen, bohrte die Fäuste in die Taschen

ihres braunen Filzmantels und sah Jan forschend an.
»Warum kommst du eigentlich jetzt erst?«
»Ich hatte noch was zu erledigen.«
»Aha. Na, dann kann ich ja froh sein, dass du damit fertig bist.«
»Kannst du.«
»Gut. Eigentlich ist es richtig hübsch hier, oder?«
»Geht so.« Jan legte den Kopf in den Nacken. Im Sommer mochte es idyllisch sein, wenn das Licht durch die Buchenblätter fiel, aber jetzt war es bedrohlich und kalt. Hübsch war auf jeden Fall das falsche Wort. Schön war es vielleicht. Mystisch. Wild.
»Ist das da unsere Höhle?« Auf der anderen Seite des Bachs klaffte ein Loch in der Felswand. Eine knorrige Wurzel verbarg es, die so dick war wie ein Baumstamm.
»Nein, wir müssen noch ein Stück höher, bis zum Ostermann-Denkmal. In dieser hier haben die Kollegen immerhin eine Windel gefunden, die jemand einfach reingeworfen hat. Unfassbar, dass die Leute so ein schönes Tal verschmutzen.« Ihre Bemerkung umfasste auch die Leiche, die jemand hier hatte liegen lassen und die jetzt den Frieden dieses verzauberten Ortes störte.
Schon von weitem signalisierte das rot-weiße, flatternde Absperrband den Tatort. Mit wenigen Schritten kletterte Jan zum Eingang der Höhle. Sie war grell ausgeleuchtet vom Schein der Baulampen, die die Leute von der Spurensicherung aufgestellt hatten. Jan zögerte unwillkürlich, dann trat er näher. Das musste er. Das war sein Job.

Die Frau lag in einer Blutlache, das Gesicht nach unten. Verklebtes Haar hing ihr wirr um den Kopf, das in gewaschenem Zustand vermutlich blond war.

Er war froh, dass er ihr Gesicht nicht sehen konnte. Wenigstens diese Leiche würde keine Gelegenheit bekommen, unerwünschte Bilder heraufzubeschwören. Er starrte auf den zertrümmerten Hinterkopf und war erleichtert, dass nichts ihn daran hindern würde, heute seine Arbeit zu tun. Ein befreiender Gedanke.

»Sind die Kollegen fertig?«, vergewisserte er sich, ehe er Handschuhe überstreifte, nach dem Arm der Toten griff und den Ärmel hochschob. Die Totenflecken ließen sich wegdrücken, und es gab noch keine Anzeichen von Starre. Die Kälte mochte dazu beigetragen haben, aber selbst wenn man das berücksichtigte, war die Frau erst seit kurzem tot, wahrscheinlich erst wenige Stunden. Genaueres würde der Rechtsmediziner Georg Frenze garantiert auch nicht sagen, er tat sich mit klaren Zeitangaben sehr schwer. Nie wollte er sich festlegen.

Jan taxierte den dunkelroten Hosenanzug, die eleganten schwarzen Stiefel. Die Frau war auffallend gut gekleidet. Für die Arbeit, vielleicht auch für einen Besuch, aber ganz sicher nicht für einen Spaziergang auf Waldboden.

»Wo ist ihre Handtasche?«

»Fehlanzeige. Entweder sie hatte keine dabei, oder der Täter hat sie verschwinden lassen.«

»Handy, Papiere? Wissen wir, wer sie ist?«

»Nichts. Einen Ehering trägt sie, aber da müssen wir auf Frenze warten, der kann ihn abmachen.«

AUS: NIBELUNGENMORD

»Sie ist ein bisschen dünn angezogen, findest du nicht? Hatte sie keinen Mantel dabei?«
»Anscheinend nicht.«
Es musste an den Felswänden liegen, die Kälte speicherten wie ein Kühlakku. Hier im Tal war es um einiges kälter als auf den Straßen. Ohne triftigen Anlass würde niemand so dünn bekleidet ins Tal spazieren. Vielleicht war die Frau verabredet gewesen und hatte ihr Auto auf der Asphaltstraße stehen gelassen in dem Glauben, gleich zurück zu sein. Oder sie hatte nur rasch etwas holen wollen und keinen Mantel dabeigehabt. Oder der Täter hatte den Mantel verschwinden lassen, weil er irgendetwas verriet. Wenn er Handy und Papiere mitgenommen hatte, lag ihm offenbar daran, dass die Leiche nicht gleich zu identifizieren war. Vielleicht hatte der Mantel ein Monogramm gehabt.
Elena beobachtete ihn, das Gesicht halb unter ihrem Strickschal verborgen, und er hätte schwören können, dass sie sich fragte, wo seine schicke Lederjacke geblieben war.
»Wo bleibt Frenze denn?« Vielleicht konnte der sich einmal nützlich machen und ihnen wenigstens sagen, ob jemand dem Opfer den Mantel ausgezogen hatte.
»Er steckt im Stau. Mir ist kalt. Gehen wir zurück in den Bus?«
Ihm war auch kalt. Es fühlte sich an, als quöllen Schwaden von Eiseskälte aus der Höhle und breiteten sich im gesamten Tal aus. Der Tag war doch mild gewesen. Oder? Wortlos überließen sie den Tatort den Kollegen von der Spurensicherung und gingen zurück. Gern hätte Jan das

bedrückte Schweigen vertrieben, aber wie immer nach dem Anblick einer Leiche war sein Kopf wie leer gefegt. Als habe der tote Körper alle frohen Gedanken, alle flotten Sprüche absorbiert.
Mühsam rang er sich zu ein paar sachlichen Bemerkungen durch.
»Haben wir eine Vermisstenmeldung?«
»Bisher nicht. Die Frau ist ja noch nicht lange tot, kann sein, dass sie noch gar nicht vermisst wird. Ich habe im Präsidium Bescheid gegeben, dass die sofort anrufen, wenn eine Meldung eingeht.«
»Okay.«
»Der Chef will, dass wir ins Präsidium fahren und warten, dass die Mordkommission einberufen wird.«
»Okay.«
»Und, Jan? Willst du dich vorher noch mal umziehen?«
»Ha, ha.«
Er schnitt ihr eine Grimasse und ließ sie vorangehen, während er sein Handy aufklappte. Da war jemand, den er jetzt sprechen wollte, von dem er wissen wollte, dass alles in Ordnung war. Er führte seine Fürsorglichkeit auf den Anblick der Leiche zurück.
Es klingelte dreimal, ehe jemand abnahm. »Ja bitte?«
»Ich bin es. Wie geht es dir, Edith?« Er hatte sich angewöhnt, seine Großmutter beim Vornamen zu nennen. Das fiel ihm nicht leicht. Es klang in seinen Ohren beinahe respektlos, aber es schützte ihn ein wenig vor dem Spott der Zuhörer. Die meisten Menschen fanden es eigenartig genug, wenn ein Kriminalkommissar von dreißig Jahren in einer Wohngemeinschaft mit seiner Groß-

mutter lebte. In einer vorübergehenden Wohngemeinschaft, korrigierte er sich, denn irgendwann würde seine Wohnung ja wohl fertig renoviert sein.
»Jan! Mir geht es gut so weit.«
Ihre Stimme klang unsicher, als überlege sie, wie viel sie am Telefon erzählen sollte.
»Ist etwas passiert?«
»Eine Frau war da, aber ich bin sie wieder losgeworden.«
»Was denn für eine Frau?«
»Deine Mutter hat sie geschickt. Eine Frau von einem Altenheim. Sie hat mir erzählt, was mir alles zustoßen kann, so ganz allein.«
»Und was hat Henny damit zu tun?«
»Nun ja.« Er hörte sie hüsteln. »Ich erzähle dir das später. Wann kommst du denn nach Hause?«
»Wahrscheinlich spät. Wir haben hier eine tote Frau, die erst noch identifiziert werden muss. Sie hat keine Papiere und so, das kann dauern.«
»Oh.« Ihrer Stimme war die Faszination anzuhören. Sie las zu viele Krimis, und immer wieder musste Jan sie darauf hinweisen, dass es in seiner Arbeit anders ablief als an den Sonntagabenden im Fernsehen.
»Tschüss dann, Edith.«
»Warte, Jan! Du hast deine Dienstwaffe hier vergessen.«
»Ich habe was?«
»Sie vergessen. Tschüss!«
Er klappte das Handy zu und runzelte die Stirn. Nach einem raschen Blick auf Elena griff er unter seine Jacke. Tatsächlich. Er hatte beim Umziehen seine Dienstwaffe abgelegt und im Wohnzimmer liegen gelassen, griffbereit

für seine Großmutter. Das war vermutlich schlimmer, als wenn er sie direkt vor eine Schule gelegt hätte.

Na super, dachte er. Noch ein Umweg.

»Elena? Ich muss noch mal nach Hause. Fahr schon mal vor.«

»War mir klar«, sagte sie. »Mach dich hübsch für den Chef. Und grüß deine liebe Frau von mir, unbekannterweise.«

Das hat sie schon mal gesagt, dachte Jan. Elenas wissendes Grinsen folgte ihm noch, als er in den Wagen stieg.

Judith Merchant

NIBELUNGEN MORD

Kriminalroman

In einer der sagenumwobenen Höhlen des Siebengebirges, wo Siegfried einst den Drachen tötete, wird eine Frauenleiche gefunden. Noch am selben Tag wird in Königswinter die Ehefrau des Notars vermisst. Hat die Geliebte des Notars, die exzentrische Künstlerin Romina, ihre Widersacherin kaltblütig aus dem Weg geräumt? Als sich Kriminalhauptkommissar Jan Seidel die Bilder der Künstlerin anschaut, sieht er das Mordmotiv förmlich vor sich: Verzerrte Frauenfratzen kämpfen um einen strahlenden Helden. Aber nicht nur Jan Seidel, sondern auch seine eigenwillige Großmutter Edith erkennt, dass die Lösung des Falles weitaus komplizierter ist ...

Knaur Taschenbuch Verlag